DERNIÈRE VALSE A VIENNE

GEORGE CLARE

DERNIÈRE VALSE A VIENNE

LA DESTRUCTION D'UNE FAMILLE

1842-1942

Traduit de l'anglais par Jean-Baptiste Grasset
avec la collaboration d'Odile Pidoux

PAYOT, PARIS
106, Boulevard Saint-Germain

1984

Une édition allemande de cet ouvrage a été publiée en 1980
aux Éditions Ullstein, à Darmstadt.

Une édition anglaise a été publiée en 1981
aux Éditions MacMillan, à Londres.

Pour Ernst et Stella Klaar, mes parents,
et pour leurs petits-enfants
Sylvia, Andrew, Jacqueline et Julie

PREMIÈRE PARTIE

« *Klaar!* » Au son de sa voix, on sentait que le sergent Lowe commençait à se mettre en colère.

« *Klaar!* Nom de Dieu, où c' qu'il est passé ? » Il criait maintenant assez fort pour être entendu à travers toute la caserne.

« J'arrive, sergent ! » Je m'extirpai en rampant de derrière la pile de sacs de jute, pleins d'attaches Bailey, où j'avais passé la pause du déjeuner à lire mon journal. Une fois qu'on avait le tour de main, on pouvait donner à ces sacs la forme de sièges étonnamment confortables, presque de vrais fauteuils. Depuis deux semaines que je passais mon temps à les décharger des wagons et à les entasser les uns sur les autres, je commençais à savoir y faire.

« Tu vas te magner le train, non ? » hurla le sergent.

Quand j'arrivai à sa hauteur, il marmonna : « Où c' que t'avais encore les oreilles ? Ça fait quatre fois que je t'appelle... »

« Excusez-moi, sergent ! »

Il me tendit une grande enveloppe blanche :

« C'est pour toi, ça, hein ? »

De fait, le doute n'était pas permis ; l'adresse portait, sans aucune ambiguïté :

13805783
77 Coy. Pioneer Corps
APO 1387

En venant m'engager en 1941 dans l'armée britannique, après m'être enfui de l'Autriche nazie pour gagner l'Irlande, pays neutre, où j'avais passé quelque temps, j'espérais qu'on m'offrirait de rejoindre un régiment sur le front, au lieu de rester à l'arrière dans le Pioneer Corps. Hélas !

Quand je demandai à être affecté à l'artillerie de Sa Majesté, on me demanda immédiatement : « Où êtes-vous né ? — A Vienne, en Autriche. — Êtes-vous naturalisé citoyen britannique ? — Non. — En ce cas, vous irez vous présenter au centre dc formation n° 3 du Pioneer Corps, à Ilfracombe. » De toute évidence, je n'avais pas le choix. Mais, par la suite, je ne cessai de chercher tous les moyens possibles de quitter le Pioneer Corps.

C'est ainsi que j'eus l'idée d'écrire à « William Hickley ». Lisant régulièrement la chronique du *Daily Express* que tenait sous ce pseudonyme Tom Driberg, je savais qu'il aimait à faire état des revendications des soldats. Certains jours les pavés d'imprimerie dont se composait son texte semblaient édifier quelque mur des Lamentations consacré aux infortunés fantassins, marins et aviateurs britanniques. C'est avec le plus vif intérêt que j'avais suivi les batailles menées par Driberg contre la balourdise des fonctionnaires comme des officiers. Peut-être cet homme-là pourrait-il me venir en aide ?

Je lui écrivis donc que j'avais vingt et un ans, que j'étais d'origine autrichienne, apte au service et désireux d'aller au feu, que je parlais couramment l'allemand et correctement le français — mais que l'armée me faisait perdre mon temps (et gaspillait ses propres ressources) en m'utilisant comme simple terrassier. J'ajoutai qu'au moins trente jeunes gens de mon âge se trouvaient dans le même cas à la 77e compagnie, et que dans l'ensemble des compagnies de type « A » il devait y en avoir bien d'autres encore qui éprouvaient les mêmes sentiments.

Driberg venait d'être élu député de New Malden, à l'occasion d'une élection partielle, lorsque je lui adressai ma lettre en juillet 1942.

Et c'était sa réponse que je tenais maintenant entre les mains. En haut à gauche, sur l'enveloppe que venait de me remettre Lowe, on pouvait lire : « *Daily Express,* Fleet Street, London E.C.4. » Le souffle court, je décachetai.

« Cher Monsieur, m'écrivait Driberg, je vous remercie de votre lettre. Les questions que vous y soulevez m'intéressent tout particulièrement. Dès que vous aurez l'occasion de passer à Londres, je vous propose de venir déjeuner avec moi à la Chambre des Communes.

Avertissez-moi lorsque vous connaîtrez la date de votre prochaine permission. »

Ce fut là un des jours les plus importants de ma vie, un jour de véritable bonheur. Jamais je n'oublierai le sentiment d'exaltation que m'inspira cette lettre. Si le sergent Lowe n'avait déjà depuis longtemps filé vers le mess des sous-officiers pour y siffler encore quelques pintes de bière, je crois qu'en terminant ma lecture j'aurais été capable de sauter au cou de ce vieux chameau pour l'embrasser !

Ainsi donc, moi, jeune Juif viennois réfugié en Grande-Bretagne et dépourvu de toute relation, j'étais convié à déjeuner par un membre du Parlement, et ni plus ni moins qu'à la Chambre des Communes ! C'était absolument incroyable ! Pourtant, c'était vrai... Je ne sais avec quels mots décrire l'extraordinaire émotion que fit naître en moi cette invitation : en 1942, pour un jeune réfugié qui savait ne pouvoir compter pour sa survie que sur l'Angleterre, la Chambre des Communes, centre de son pouvoir impérial, était proprement le centre du monde. Le moindre député m'apparaissait nimbé d'une aura presque surhumaine, de nature quasi divine.

Après la pause, je retournai au travail, encore tout étourdi de bonheur. Il s'en fallait, malheureusement, que mes tâches matérielles fussent aussi exaltantes que les perspectives qui s'ouvraient à mon imagination : cet après-midi-là, mon travail consistait à ajouter une cinquième couche de poutrelles de ponts Bailey aux quatre qui se trouvaient déjà empilées.

Fin octobre, en plein « été indien », je pénétrai dans la Chambre des Communes par la porte St-Stephen. M'adressant au policier de faction, je lui appris, sans doute avec quelque suffisance, que j'étais attendu à déjeuner par M. le député Tom Driberg. Étrangement, la chose ne parut pas l'impressionner outre mesure ; il me dirigea vers le bureau d'accueil, situé à deux pas, où l'on me pria fort civilement de remplir le formulaire vert destiné aux visiteurs, puis d'attendre que M. Driberg vienne me chercher. L'huissier me gratifia même d'un « *Sir* » — moi qui portais l'uniforme d'un simple soldat du Pioneer Corps !

Si ému que je fusse, je ne me privai pas cependant de contempler le cadre exceptionnel où je me trouvais : la splendeur des voûtes néo-gothiques, la rangée des bustes représentant les précédents Premiers ministres — si étrangement semblables que l'on pouvait se demander si c'était l'importance de leur charge ou la médiocrité des sculpteurs qui les privait à ce point du moindre trait personnel. Je reconnus aussi Jeannie Lee qui s'entretenait avec un visiteur, si près de moi que je ne pouvais manquer d'entendre leur conversation : comme par un fait exprès, ils parlaient de l'avenir de l'Autriche ! Vraiment, le monde est petit, me dis-je, même à la Chambre des Communes...

J'attendais depuis près de vingt-cinq minutes lorsque Tom Driberg fit son apparition. Je le reconnus sur-le-champ, grâce aux photographies de lui que j'avais eu l'occasion de voir. Fort svelte encore à cette époque, il me parut plus grand que je ne m'y attendais. Son sourire affable et le regard bienveillant de ses yeux sombres le rendaient tout à fait séduisant. Ses cheveux bruns légèrement bouclés, sur un front largement dégagé, me rappelèrent un peu mon père.

Il s'excusa de m'avoir fait attendre et me proposa de commencer par prendre un verre. Je déclinai son offre pour la bonne raison que je n'avais pas la moindre idée du genre de boisson qu'il convenait de commander...

Par rapport à l'avant-guerre, la salle-à-manger de la Chambre et les mets qu'on y servait devaient certainement paraître austères. J'y vis pour ma part le comble du luxe. La nappe blanche fraîchement empesée, l'argenterie étincelante, les verres du plus brillant cristal, tout me transportait dans un monde magique, me paraissait baigner dans une lumière dorée. L'air même que je respirais me semblait chargé d'un parfum d'histoire, de tradition ancienne. Cela paraîtra peut-être banal, mais je me sentais, de fait, profondément troublé. Me trouver là, moi, plongé dans la même atmosphère que Winston Churchill ! Aucun breuvage au monde n'eût pu m'enivrer davantage.

N'ayant jamais eu l'occasion de déjeuner avec un Anglais, j'ignorais tout du rituel de rigueur. Aussi fus-je d'abord surpris d'entendre Driberg se mettre à parler du temps qu'il faisait ; ensuite il enchaîna sur l'univers des journalistes de Fleet Street (ce qui me fascina, car c'était justement la profession que je rêvais d'exercer après la guerre), puis sur le théâtre, bref sur mille sujets hormis celui qui me tenait à cœur.

C'est seulement au café que Driberg se jeta enfin à l'eau :

« Après avoir reçu votre lettre, déclara-t-il, j'ai mené ma petite enquête au ministère de la Guerre. On m'a dit que des garçons tels que vous pouvaient se porter volontaires au *Glider Pilot Regiment* ou dans les commandos. Pourquoi ne le faites-vous pas ? Cela résoudrait bien votre problème ?

— Pas vraiment. Voyez-vous, le Commandant de ma compagnie, qui me considère comme un trublion depuis que j'ai écrit au ministère de l'Air pour poser ma candidature dans la RAF, m'a discrètement convoqué pour tenter de me pousser vers les commandos.

— Et alors ?

— Eh bien, j'ai répondu « non merci » à la proposition de cet officier...

— Mais pourquoi donc ? Vous dites souhaiter l'affectation à une unité de combat : c'était une excellente occasion !

— C'est que nous ne sommes pas libres de choisir n'importe quelle unité : le seul commando qui nous soit accessible est le commando n° 10, composé exclusivement de soldats non britanniques. D'une certaine façon, c'est encore une sorte de ghetto. Qu'est-ce que cela veut dire ? Le ministère de la Guerre veut bien nous expédier dans des unités pratiquement vouées au suicide, et nous ne serions pas aptes à combattre dans des unités ordinaires ? Pour ma part, je souhaiterais entrer dans l'Artillerie Royale. D'autres préféreraient les tanks. On accepte de nous confier des planeurs : alors, pourquoi pas des fusils ? Pourquoi ne nous laisse-t-on pas partager le sort de l'infanterie et des tanks ?

— En d'autres termes, vous estimez injuste l'attitude du ministère de la Guerre à votre égard ?

— Absolument.

— Vous ne pensez pas que vous vous montez un peu la tête dans toute cette affaire ?

— C'est possible ; mais imaginez que vous soyez dans la même situation, que ceux que vous admirez le plus au monde, en l'occurrence les Anglais, vous témoignent une pareille méfiance... Savez-vous, par exemple, que les premières compagnies étrangères, formées juste après le début de la guerre, furent envoyées en France sans une seule arme ? Quand les armées allemandes déferlèrent, on leur donna tout de même quelques fusils, grâce auxquels ils réussirent, avec toutes les peines du monde, à gagner Saint-Malo d'où ils furent évacués. Mais, dès leur retour en Angleterre, on leur retira leurs armes. Et ce n'est pas tout : il s'en fallut d'un cheveu que ces hommes, soldats britanniques, ayant fait allégeance au roi et qui s'étaient battus en France aux côtés des BEF, ne fassent l'objet d'une mesure administrative d'internement. Pour ma part, à vrai dire, j'étais encore en Irlande à ce moment-là. Mais, réellement, estimez-vous que c'est se monter la tête que de trouver surprenantes pareilles façons d'agir ? De surcroît, n'oubliez pas qu'officiellement nous sommes toujours « ressortissants d'un pays ennemi ».

— Ressortissants d'un pays ennemi ? répéta Driberg non sans surprise.

— Eh oui ! Et nous le resterons jusqu'à la fin de la guerre, car pour l'instant toutes les naturalisations sont bloquées. C'est ridicule ! Aux États-Unis, tout réfugié qui s'engage dans les forces armées devient citoyen américain dans un délai de six semaines.

— Mais alors, si jamais vous étiez faits prisonniers, vous ne disposeriez absolument d'aucune protection ?

— En effet. Mais ce risque-là, c'est à nous de le prendre. Tout ce que je voudrais, c'est que les Britanniques fassent preuve d'un peu plus d'équité à notre égard ; or, le ministère de la Guerre est toujours une institution britannique, me semble-t-il... »

Driberg éclata de rire : je venais de paraphraser une de ses propres chroniques du *Daily Express*.

« Je vais voir ce que je peux faire, dit-il. De fait, je ne vois pas pour quelle raison on vous empêcherait de passer du Pioneer Corps dans l'unité de votre choix, dès lors que par ailleurs vous avez les capacités requises. Je vais me renseigner encore un peu, puis j'en parlerai dans mon journal. »

Driberg ne faillit pas à sa promesse : quelques semaines après ce déjeuner, il consacra à notre situation un très long paragraphe d'un de ses articles, arguant qu'ayant fait la preuve de notre loyauté, nous méritions d'être traités avec un peu plus d'égards.

Certes, Driberg ne fut pas le seul à plaider alors en notre faveur, et je ne fus sans doute par le seul, au sein du Pioneer Corps, à rechercher le soutien de personnages en vue, susceptibles de faire jouer leur influence. Toujours est-il que le ministère de la Guerre finit par céder : au printemps 1943, apparut sur le panneau d'affichage de notre compagnie une note du Conseil supérieur de la Guerre, aux termes de laquelle les étrangers servant dans le Pioneer Corps pouvaient désormais demander leur transfert dans n'importe quel régiment. Enfin les portes s'ouvraient !

C'est ainsi qu'en juillet 1943, j'obtins mon affectation dans l'Artillerie royale. Avec la plus vive satisfaction, je détachai de mon béret militaire l'insigne des pionniers — surnommé « l'emblème des fossoyeurs » : une bêche et une pioche entrecroisées — et le jetai à la poubelle, pour le remplacer par celui de mon nouveau régiment : un ravissant petit canon de cuivre poli.

Je faisais partie d'un groupe de quinze ex-pionniers « étrangers » envoyés au centre de formation de l'Artillerie royale, près de Harrogate dans le Yorkshire. Comme nous étions arrivés le même jour, on nous cantonna tous ensemble.

Chaque matin, l'un d'entre nous devait quitter le dernier notre baraquement après avoir vérifié que les lits avaient bien été refaits selon les normes réglementaires, les couvertures correctement pliées et nos ballots de campagne, remplis de papier journal qui les faisait ressembler à de grosses saucisses, placés à la tête de chaque lit de façon à faire apparaître, peints en blancs, le nom et le numéro matricule de chaque soldat.

La première fois que cette tâche m'échut, je me souvins soudain de ces paroles de Tom Driberg : « Mais alors, si jamais vous étiez faits prisonniers, vous ne disposeriez absolument d'aucune protection ? »

Qu'était-ce donc qui me faisait repenser à cela ? La raison me sauta aux yeux : tous les matricules inscrits sur les ballots commençaient par les même quatre chiffres : 1380. Bien sûr ! Tous les hommes des compagnies « étrangères » avaient un numéro matricule commençant par 1380 et leur numéro n'avait pas été changé lorsqu'ils avaient été versés dans l'artillerie. Cela n'était pas seulement stupide, me dis-je, c'était en outre dangereux : selon toute probabilité, les services de renseignements allemands savaient que les soldats dont le matricule commençait par ces chiffres n'étaient pas des Anglais mais des réfugiés étrangers, et probablement des Juifs. Si l'un ou l'autre d'entre nous était fait prisonnier, ce numéro le trahirait immanquablement.

Certes, nous portions pour la plupart des noms à consonance germanique. Mais cela ne me semblait pas constituer un trop grave danger : des Goldstein ou des Rosenberg, on en trouvait aussi bien chez les Anglais que chez les Allemands, à telle enseigne que le général de division commandant la zone Est des forces métropolitaines britanniques s'appelait Schreiber : il était difficile de trouver un patronyme plus typiquement allemand !

Le soir même, je fis part de ma découverte à mes camarades. Tous partagèrent mon point de vue et jugèrent que, puisque c'était moi qui avais soulevé le problème, il m'incombait d'aller en parler au commandant de notre batterie.

Je sollicitai donc une entrevue avec notre officier, ce qui me fut accordé. En entrant dans le bureau du commandant, je m'avançai vers lui avec autant de correction que possible, claquai des talons comme l'exigeait le règlement, fis le salut militaire et, quand il m'eut demandé ce que j'attendais de lui, lui déclarai ceci :

« Mon commandant, mes camarades et moi-même, qui venons du Pioneer Corps, portons toujours nos anciens numéros matricules. Ceux-ci commencent tous par le numéro 1380. Maintenant que nous avons été versés dans une unité combattante, il peut se faire qu'allant au feu, nous soyons faits prisonniers. Supposons que les Allemands me capturent : je ne serais pas trop inquiet de m'appeler Klaar ; ce nom n'est pas spécifiquement juif, ni même allemand, d'ailleurs : je pourrais très bien, par exemple, avoir une ascendance hollandaise. En revanche, les renseignements allemands n'ignorent sans doute pas que les soldats dont le numéro matricule commence par 1380 ne sont pas sujets britanniques. Et cela peut s'avérer extrêmement dangereux. C'est pourquoi, mon commandant, je suis venu vous prier de faire en sorte que mes camarades et moi-même nous voyions attribuer de nouveaux matricules. »

Le commandant jugea ma requête raisonnable et m'assura qu'il la transmettrait au commandement du régiment. Mais nous ignorions l'un et l'autre que dans cette affaire allait intervenir — Dieu sait à quel niveau et de quelle manière — ce qu'on avait coutume d'appeler le « Service des gaffes en tout genre » du ministère de la Guerre.

Quinze jours plus tard, je fus convoqué aux bureaux de notre batterie. « Aàà gauche ! Aàà droite ! Aàà gauche ! Haààlte-là ! » mugit le sergent-major de la batterie. Je claquai les talons, saluai.

« Ree-pos ! »

Le commandant leva les yeux vers moi.

« J'ai reçu la réponse du régiment, Klaar, me dit-il. Aucun problème pour ce qui est de la modification de vos numéros matricules. Mais le colonel souhaite que vous changiez en même temps vos noms de famille : dès que vous aurez changé de nom, vous recevrez un nouveau numéro. Ainsi, dans votre cas, le colonel suggère que vous vous appeliez désormais Clark.

— Avec tout le respect que je vous dois, mon commandant, répondis-je, je préférerais autre chose : de toute façon, on prononce toujours mon nom comme si je m'appelais Clare. Alors, s'il faut vraiment changer de nom pour obtenir un nouveau matricule, j'aimerais autant transformer Georg Klaar en « George Peter Clare ».

— Très bien, dit le commandant, je vous tiendrai informé. »

« Aaa-tten-tion ! dee-mi tour, marche ! » cria le sergent-major.

Et c'est ainsi qu'un individu nommé Klaar depuis sa naissance quitta les bureaux de la batterie sous le nom de Clare.

Je reçus ultérieurement le document officiel attestant ma nouvelle identité de George Peter Clare et indiquant par ailleurs mon changement de matricule : celui-ci ne commençait plus par les chiffres 1380, spécifiques des pionniers d'origine étrangère, mais par 1157. De mon point de vue, le problème était donc résolu ; mais c'était compter sans le « Service des gaffes en tout genre » du ministère de la Guerre.

Ledit service fit diligence et, en moins de deux semaines, attribua un nouveau matricule à tous les soldats non britanniques de l'Artillerie royale : tous commençaient par les chiffres 1157 et, en conséquence, indiquaient tout aussi clairement aux autorités militaires — tant britanniques qu'allemandes — que nous n'étions que de fichus étrangers.

Lorsque je découvris cette absurdité, je fus loin d'apprécier la plaisanterie. Mais il était trop tard pour y remédier, et par ailleurs, mon attitude n'était pas sans quelque ambivalence. D'une part, en effet, j'avais envie de franchir le pas, de m'assimiler, de devenir Anglais ; de ce point de vue, le nom de Clare était évidemment bien préférable à ce « Klaar » si peu britannique. A cette époque, j'avais déjà acquis ce que je croyais être l'accent d'Oxford ; aussi, quand il m'arriva, plus tard, de sourire, voire de rire en lisant les articles et les dessins de *Punch,* je me persuadai que cette assimilation était chose faite. J'étais bien trop jeune encore pour comprendre que l'on ne peut jamais faire table rase de ses origines, de cette part essentielle de son identité qu'il faut au contraire chérir ; le temps aidant, peut-être pouvais-je espérer atteindre, au mieux, à une sorte d'agréable dédoublement qui me permettrait de considérer l'Angleterre et les Anglais à la fois de l'intérieur et de l'extérieur, même si cela restait un peu vague.

D'un autre côté, j'étais cependant peiné d'avoir perdu, pour des raisons à tout le moins discutables, un nom de famille dont j'avais jadis été si fier. Cette fierté d'être un Klaar me venait de mon père et des anecdotes que ma grand-mère Julie et lui m'avaient racontées sur notre famille.

En vrai petit Autrichien que j'avais été, je me considérais comme issu d'une famille bien à part, du simple fait que mon arrière-grand-père, à en croire les récits familiaux, avait été le premier Juif à obtenir le grade de médecin militaire de première classe dans l'armée impériale et que mon grand-père (fils du précédent) était devenu l'un des médecins-chefs de la municipalité de Vienne.

Il est fort probable, au demeurant, que ces antécédents militaires familiaux (mon grand-père avait lui aussi été médecin militaire, avec le grade de capitaine, quoique à titre de réserviste et non pas dans l'active comme l'avait été son père) n'étaient pas étrangers à l'aversion que m'avait inspirée le Pioneer Corps, à mon désir de devenir véritablement un soldat.

A bien des égards, les Klaar étaient aussi de typiques représentants de ces Juifs d'Europe centrale qui, sortis de leurs étroits ghettos orientaux pour se lancer dans le vaste et fascinant univers de la culture occidentale, avaient assimilé cette culture jusqu'à en devenir un élément essentiel, avaient gravi des cimes toujours plus hautes tout au long d'un XIXe siècle encore imprégné de l'esprit des Lumières — pour finalement sombrer dans l'obscur abîme de l'extermination que ce siècle-ci avait méticuleusement préparée à leur intention.

Aussi voudrais-je reprendre ici l'histoire des Klaar, l'histoire de l'Autriche et de l'Europe centrale, l'histoire de ce monde à jamais disparu, en commençant par celle de Herrmann Klaar, mon propre arrière-grand-père. Il était né en 1816 à Stanislau, bourgade de la Bukovine — qui fait aujourd'hui partie de l'URSS mais constituait alors la province la plus orientale de l'empire des Habsbourg. En cette période, où Napoléon finissait ses jours dans l'amer exil de Sainte-Hélène, tandis que Beethoven était encore loin d'avoir atteint l'apogée de son génie, l'Autriche se trouvait entièrement sous la coupe du prince Metternich, homme habile et arrogant, impitoyable ennemi du progrès, du libéralisme, des droits de l'homme — bref, de toutes les idées qui s'étaient répandues à travers l'Europe dans le sillage de la Révolution française. Pour Metternich, les trois mots les plus exécrables, dans toutes les langues, étaient : « Liberté, Égalité, Fraternité. » Il était le plus fervent et actif défenseur de la « légitimité », c'est-à-dire de la monarchie de droit divin, incarnée par les Habsbourg et les autres souverains européens. Le seul et unique droit que le prince Metternich fût disposé à accorder aux populations était celui de vivre en paix — à condition de ne se mêler en rien des affaires politiques, de ne pas manifester le moindre désir de participer aux affaires du gouvernement, en somme de rester dociles et silencieuses. Que les bouches servent à chanter des hymnes et à manger du *Backhendl*, soit ; mais ces « orifices ovales » n'étaient pas destinés à parler politique.

Cette période a conservé, dans l'histoire de l'Autriche, le nom de « temps du *Backhendl* ». De fait, tant que ledit poulet rôti ne venait pas à manquer, bien rares étaient ceux qui ressentaient comme une oppression cette police de la pensée qu'exerçait Metternich. Dans leur grande majorité, les gens acceptaient parfaitement de s'en remettre à « ceux d'en haut » pour tout ce qui relevait de la politique, et ne cherchaient guère qu'à gagner leur vie du mieux possible. L'absence d'érosion monétaire, plus que tout, symbolisait la stabilité de cette époque, qui semblait destinée à se perpétuer tant au niveau économique que politique. En définitive, l'Autriche connut alors une ère de bonheur et de sécurité grâce à la politique de Metternich qui — comme l'a bien montré Henry Kissinger — ne faisait que refléter cette certitude fondamentale : que la liberté est inséparable de l'autorité et ne peut se concevoir si ne règne d'abord un certain ordre.

C'étaient également des temps d'espoir pour les Juifs. Ainsi, un jeune Juif tel que Herrmann pouvait alors — contrairement à son père Isaac, négociant en vins très à son aise, mais portant toujours le caftan et la barbe — recevoir une éducation juive irréprochable, mais devenir ensuite le représentant de cette espèce totalement inconnue jusque-là : un Juif autrichien embrassant la carrière des armes.

Certes, on ne lui accorda pas le panache des dragons ou l'éclat de la Garde impériale : aucun Juif encore attaché à sa foi n'aurait pu être affecté à un régiment d'élite tel que ceux-là. Sa carrière militaire n'était pas vraiment des plus martiales, elle devait beaucoup à la récente expansion du corps médical au sein de l'armée autrichienne, à la faveur de laquelle il avait pu être, sinon le premier, du moins l'un des premiers Juifs à obtenir, au sein de l'armée impériale, le grade de médecin militaire de première classe.

Une photographie prise longtemps après qu'il eut quitté le service actif révèle indiscutablement, en Herrmann, tous les traits de l'ancien officier de carrière. Son visage sévère, son maintien rigide, trahissent non seulement l'officier qu'il avait été, mais un homme dont toute la vie avait reposé sur le culte de la discipline. J'ignore si son plus jeune fils, Ludwig — mon grand-père —, son frère et sa sœur devaient effectivement claquer les talons et saluer quand il rentrait le soir. Probablement les choses n'étaient-elles pas poussées aussi loin, mais je serais enclin à penser que les manières de caserne ne manquaient pas de déteindre sur la vie familiale elle-même.

Herrmann Klaar était âgé de vingt-cinq ans quand, terminant ses études médicales, il épousa Rosalie Goldberg, le 14 novembre 1841. Il obtint son diplôme de médecin obstétricien à l'Université de Vienne le 25 janvier 1842. Il pouvait désormais voler de ses propres ailes. Héritier d'une lignée d'aubergistes de village qui s'étaient élevés jusqu'au rang de négociants en vins, il avait tiré parti de la première occasion offerte aux habitants des ghettos, que les Autrichiens considéraient comme un élément quasi « asiatique » de leur empire, pour acquérir une éducation occidentale et se préparer à une profession dont les Juifs étaient jusque-là restés exclus.

Au sortir de l'université, il commença sa carrière à Czernowitz, cependant que de son mariage avec Rosalie naissaient, comme il se doit, trois enfants — deux garçons et une fille, le plus jeune des trois étant mon grand-père Ludwig, né le 1er novembre 1849, alors que son père avait trente-trois ans.

Les graines semées par la Révolution française, tombant sur le terreau fertile de conditions économiques nouvelles, commencèrent à germer, dans la monarchie habsbourgeoise, vers 1848-1849. L'opposition aux monarchies autoritaires prit alors la forme d'un mouvement révolutionnaire qui affecta, à peu de chose près, l'ensemble du continent européen. Vigoureux et au plus haut point contagieux, ces élans nationalistes et libéraux constituaient une grave menace pour ce retour aux méthodes autoritaires que Metternich s'évertuait à propager en Europe.

Cette situation constituait un dilemme pour les Juifs qui avaient réussi à sortir des ghettos et à se tailler une place dans une Europe aux mœurs transformées. Ils devaient pour une large part leur émancipation au nationalisme et au libéralisme qui se répandaient alors à travers l'Europe. Dans la première moitié du XIXe siècle, le nationalisme visait uniquement à l'autodétermination, et restait encore exempt des éléments de chauvinisme qu'il allait acquérir dans la seconde moitié du siècle. De la même façon, le libéralisme n'était point encore devenu l'instrument politique d'affairistes cherchant à s'affranchir de toute entrave ; à ses débuts, il luttait simplement pour l'égalité politique et l'extension du droit de vote.

Cependant, pour les Juifs, le nationalisme ne laissait pas de présenter certains dangers. En théorie, certes, nationalisme et libéralisme devaient accroître la tolérance à l'égard des minorités. Mais il n'en allait pas ainsi dans la pratique. Une partie de la population estimait que les Juifs étaient de connivence avec les gouvernements centraux, et une autre partie, constatant que certains

Juifs adhéraient aux mouvements révolutionnaires, les dénonçait comme ennemis de l'ordre établi.

Comme il arrive si souvent, une fois passé le premier élan, on vit bientôt les révolutionnaires se mettre à se quereller entre eux. Certains étaient partisans de renverser absolument tout l'ordre établi, d'autres préconisaient une démarche plus circonspecte. Mais, tandis qu'ils se chamaillaient ainsi, les forces légitimistes qui d'abord, terrorisées par la révolution, avaient choisi la fuite, entreprenaient de s'organiser et de rappeler qu'elles n'avaient pas cessé d'exister. En Autriche, François-Joseph succéda sur le trône à son oncle Ferdinand — débile mental mais jusque-là néanmoins empereur.

Les troupes de François-Joseph écrasèrent impitoyablement la révolution. Ce furent là des journées où bourreaux et pelotons d'exécution ne chômèrent guère. Le 11 mars 1849, neuf mois tout juste avant la naissance de Ludwig, Herrmann Klaar ferma son cabinet de consultation de Czernowitz et s'engagea dans l'armée.

Pourquoi ce choix ? Entendait-il défendre le système légitimiste qui lui avait apporté l'émancipation ? Craignait-il de voir le nationalisme populaire le priver un jour d'une égalité si difficilement conquise ? Ou bien ne faisait-il que se rebeller contre le judaïsme orthodoxe de son père, contre les anciennes règles et superstitions du ghetto ? Tel était certainement le cas dans une certaine mesure ; pourtant, quand un Klaar se rebellait, c'était toujours dans les limites du raisonnable : Herrmann ne renia point sa religion pour se convertir au catholicisme. Mais, tout en restant Juif, il se voulait aussi un véritable Autrichien, et dans cet empire polyglotte rien n'était plus autrichien que l'armée, comme l'avait exprimé en une brève maxime le plus grand des dramaturges autrichiens, Franz Grillparzer : « L'armée, c'est l'Autriche même. » La loyauté de l'armée, dont les officiers et les soldats appartenaient à de nombreuses nationalités, allait directement à la Couronne des Habsbourg, cette Couronne qui, jusqu'à l'effondrement de l'Empire habsbourgeois en 1918, constituait à elle seule toute l'Autriche, et dont on parlait comme de « la Monarchie ». Il existait plus d'une monarchie en Europe, mais dont les souverains régnaient sur des pays bien définis : l'Allemagne, la France, l'Italie, le Royaume-Uni. Seule l'Autriche des Habsbourg pouvait être justement désignée comme « la Monarchie », car jamais elle ne constitua une entité ethnique nationale.

Herrmann fut reconnu apte au service militaire par un certain Dr Bürtl, colonel commandant le corps médical du district de

Lemberg (aujourd'hui Lvov, en Pologne). Agé de trente-trois ans, il fut nommé « premier lieutenant médical » et affecté à l'hôpital de campagne n° 11.

Sur son formulaire d'inscription figurait la question : « Capacités intellectuelles ? » L'officier recruteur avait porté, en guise de réponse : « Nombreuses ». La nouvelle recrue était fort douée pour les langues, parlant et écrivant l'allemand, le français, le polonais et le ruthène — les deux dernières étant celles de la région où il avait été élevé. Sans doute connaissait-il aussi le yiddish, en usage dans les ghettos, et il avait de bonnes notions de latin. Par la suite, lorsque la guerre l'entraîna en Italie, il apprit également la langue.

Intelligent mais aussi ambitieux, tout en servant au 29e régiment d'infanterie, il profita du fait notoire que les exigences du service n'avaient à cette époque rien d'excessif pour poursuivre en même temps ses études de médecine ; en février 1851, il obtint son diplôme de chirurgien à l'Université de Cracovie. Il resta médecin militaire, avec le grade de lieutenant, pendant quatre ans et demi encore, puis démissionna et entreprit d'exercer son métier dans le civil. Ses six années de service lui ouvraient droit à une pension et, bien entendu, il demeurait réserviste.

La famille Klaar retourna alors à Czernowitz. C'est en effet dans cette ville qu'il était connu, que son épouse et lui avaient leur famille, leurs amis et, pour tout dire, se sentaient chez eux. Cependant, l'armée ne lui permit pas de jouir bien longtemps de la vie civile. Le 1er mars 1858, soit deux ans et demi seulement après avoir quitté l'uniforme, son cas fut « reconsidéré » — tel était le terme en usage dans l'armée autrichienne — et il fut affecté au 5e régiment d'infanterie, le régiment « Prince Lichtenstein ». François-Joseph mettait alors son armée sur le pied de guerre, en vue d'infliger une bonne leçon à ceux de ses sujets qui se révoltaient contre lui en Italie.

En Pologne et en Hongrie, la révolution de 1848 avait été noyée dans le sang, avec l'aide efficace et empressée du Tsar et de ses cosaques. Mais, dans les territoires autrichiens d'Italie, les troubles s'accroissaient de jour en jour. Les Italiens n'entendaient pas se laisser pareillement pacifier. Le *Risorgimento*, visant à constituer l'Italie en une nation unique, était à l'ordre du jour. L'idée d'unité nationale embrasait le cœur des Italiens. Garibaldi et ses « chemises rouges » leur avaient apporté une fierté nationale toute neuve, cependant que les éblouissantes manœuvres politiques de Cavour, Premier ministre du royaume piémontais, démontraient que le pays ne manquait pas d'habiles dirigeants : son coup le plus brillant était certainement l'alliance qu'il avait conclue contre l'Autriche avec Napoléon III, Empereur des Français. L'unification de l'Italie sous une seule et même couronne n'était plus désormais un rêve inaccessible.

Cavour jouait ses cartes à merveille ; son principal atout était l'inexpérience de l'empereur François-Joseph, âgé de seulement vingt-neuf ans, à laquelle s'ajoutait la sottise de ses conseillers. L'Autriche déclara la guerre, la France également, les Italiens également. Et toutes ces armées s'ébranlèrent ; parmi les troupes autrichiennes se trouvait le Dr Herrmann Klaar, récemment promu capitaine.

Il n'était pas revêtu de la tunique d'un blanc éclatant qui depuis des siècles, chez les officiers et les soldats des régiments d'infanterie, symbolisait la puissance militaire de l'Autriche impériale : les médecins militaires de l'armée autrichienne — au total 972 officiers de carrière — portaient une redingote bleue, avec parements noirs au col et aux manches et deux rangées de boutons de cuivre, sur un pantalon anthracite liséré de rouge du haut jusqu'en bas, une longue épée d'officier ornée de glands d'or, et un tricorne galonné surmonté d'une aigrette verte. Sur le col noir de sa redingote étincelaient les trois étoiles de capitaine que venait d'obtenir Herrmann.

Ainsi donc cette vaste masse d'hommes vêtus de blanc et d'or déferlait maintenant sur l'Italie. Tout cet or qui étincelait sur leurs shakos noirs, scintillait sur les fourreaux de leurs sabres, rendait chaque homme aussi visible sous le soleil qu'un bouton de métal poli — et en faisait une cible idéale pour les tireurs ennemis.

A lire tous les ouvrages qui relatent les guerres et les batailles du siècle dernier, décrivent les exploits et la bravoure de ces hommes qui avançaient et reculaient au son du clairon, évoquent ces tout jeunes porte-enseigne qui, au moment de rendre leur dernier soupir, serraient toujours fermement le drapeau entre leurs mains, on pourrait se forger de ces guerres passées une image toute d'héroïsme et de pureté — presque de beauté. Pour ceux qui y participèrent effectivement, la réalité était bien loin d'apparaître aussi magnifique et exaltante. De tout temps, la guerre n'a jamais été que sanglante et écœurante boucherie. Le capitaine Herrmann Klaar et ses collègues médecins voyaient affluer les morts et les mourants, sans parler des blessés qui se traînaient jusqu'à leur poste pour demander leur aide. Ils ne cessaient, heure après heure, de manier le scalpel et la scie, de voir le sang couler à flots sur ces magnifiques uniformes blancs et les transformer en chiffons d'un rouge flamboyant.

Encore ces horribles scènes, dont les postes de secours et les hôpitaux de campagne étaient le théâtre, restaient-elles peu de chose au regard de l'incroyable chaos qu'avaient réussi à instaurer partout les officiers supérieurs autrichiens. Ceux-ci disposaient de bons soldats : hommes de troupe pleins de courage et brillants sous-officiers. Mais leur stupidité atteignait de tels sommets qu'on l'eût crue délibérée. Ils étaient fermement persuadés qu'au combat, mieux valaient dix sergents-majors forts en gueule et quelques colonels revêches qu'un petit état-major de qualité.

Que l'on considère, par exemple, le général Gyulay qui commandait à Magenta le 4 juin 1859. Il avait accédé à ces hautes fonctions pour le seul et unique motif qu'il était dans les bonnes grâces de l'archiduchesse Sophie, la propre mère de l'empereur. Toujours bienvenu dans son salon, il y faisait étalage de manières irréprochables et savait alors trouver les mots qui convenaient. Mais ledit général, souhaitant que ses hommes aient l'apparence de véritables soldats, leur ordonna de porter des moustaches noires; ceux qui les avaient blondes durent recourir à la teinture, et ceux qui n'en portaient pas en dessiner au bouchon roussi la forme sur leur visage.

Le 24 juin de la même année, jour de la bataille de Solferino, l'empereur prit personnellement le commandement des troupes, ajoutant ainsi à l'ineptie régnante son propre manque d'expérience. Vers les six heures du matin, il ordonna à son état-major d'avancer vers le front, lui-même et son chef d'état-major devant les rejoindre un peu plus tard. Cette décision entraîna bientôt une situation du plus haut comique — qui tourna vite à la tragédie. Quelque trois heures plus tard, l'état-major cherchait partout son empereur, lequel de son côté cherchait son état-major. On eût cru quelque chasse au renard à la manière anglaise : soixante ou soixante-dix officiers de l'état-major, en quête de leur empereur et commandant en chef, couraient en tous sens à travers les labours, bravant les haies et les fossés… Quand enfin les deux groupes se retrouvèrent, il était évidemment déjà trop tard.

Les troupes autrichiennes — et avec elles Herrmann Klaar — durent refluer vers les régions de l'Italie qui demeuraient territoires autrichiens. C'est là qu'étaient stationnés les régiments dans lesquels Herrmann fut versé par la suite. C'est là aussi que sa fille épousa l'un des princes de la famille Colonna — un homme qu'elle n'aurait certainement pas rencontré à Czernowitz...

Herrmann Klaar se trouvait toujours en Italie en 1866, année qui vit la défaite de l'Autriche face aux Prussiens de Bismarck — lesquels, pour leur part, accordaient plus de valeur à quelques brillants officiers d'état-major qu'à tous les sergents-majors gueulards et les colonels acariâtres du monde.

Les difficultés rencontrées par les Autrichiens face à l'armée de Bismarck incitèrent les Italiens à renouveler leur tentative — qui cependant tourna cette fois à leur désavantage. Parmi les places qu'ils attaquèrent figurait la forteresse de Palmanova qui protégeait l'accès du plus important port maritime de la Monarchie, Trieste. Les troupes italiennes isolèrent cette garnison et assiégèrent la forteresse, commandée par le général Corte. Sans doute n'est-il jamais bien agréable de se retrouver dans une forteresse assiégée ; mais pour mon arrière-grand-père Herrmann, principal médecin militaire de la garnison, ce fut certainement là une expérience infernale. Le choléra s'étant déclaré parmi les défenseurs de Palmanova, Herrmann déploya d'extraordinaires efforts pour contenir l'épidémie. Il fut pour cela cité à l'ordre du jour et promu capitaine de première classe. Voici le texte officiel relatif à cet événement :

> Le 10 octobre 1866, le capitaine Herrmann Klaar, médecin des armées, a été cité à l'ordre du jour et hautement félicité pour le dévouement sans faille avec lequel il a accompli son devoir au cours du siège de la forteresse de Palmanova, notamment face à l'épidémie de choléra qui s'y était déclarée. Le général Corte a personnellement adressé une lettre d'éloge à cet officier.

C'est ainsi qu'à l'âge de cinquante ans, Herrmann Klaar reçut enfin sa troisième promotion, après avoir servi l'armée pendant près de vingt ans. Il est hors de doute qu'en temps de paix les promotions étaient lentes dans l'armée autrichienne ; mais Hermann avait pris part aux campagnes d'Italie, avait été au feu — et malgré cela n'avait progressé dans l'échelle hiérarchique qu'avec une extrême lenteur.

Les officiers sous les ordres desquels il avait servi le tenaient en excellente estime. Ainsi le colonel Franz von Brznina et le major Gustav Lorenz, respectivement commandant et capitaine de son régiment, avaient-ils porté sur son livret matricule que c'était un homme « de tempérament affable, plein de respect et de prévenance à l'égard de ses supérieurs, de bonté et d'équité pour les hommes placés sous son commandement, manifestant toute la rigueur et la ponctualité nécessaires dans l'accomplissement de ses tâches ».

Cependant, le supérieur de Herrmann au niveau des services sanitaires, un certain colonnel Zimmermann, donnait quant à lui un tout autre son de cloche : « Faible de caractère — écrivit-il sur le même livret matricule —, facilement influençable, déplaisant dans son apparence extérieure ; suffisamment actif et appliqué pour les tâches bien délimitées du service ordinaire, mais inapte à faire face à des situations plus exigeantes. Aucun motif de promotion. » En termes plus simples, « déplaisant dans son apparence extérieure » signifiait : « C'est un Juif » ; et « aucun motif de promotion », tout simplement que les Juifs devaient être maintenus à la place qui leur revenait.

Il est bien évident que Zimmermann n'aimait pas les Juifs ; mais son appréciation négative renvoyait également à des problèmes de jalousie professionnelle. De plus en plus nombreux étaient les Juifs qui sortaient de la Faculté de médecine nantis des meilleurs diplômes, puis ouvraient des cabinets à Vienne, ou dans d'autres villes d'Autriche, avec d'excellents résultats. Zimmermann ne pouvait rien faire pour contrecarrer ce mouvement ; en revanche, il s'efforçait d'empêcher que celui-ci ne se répandît au sein de l'armée. Nul besoin pour cela d'affirmer ouvertement ses opinions, au demeurant parfaitement claires ; sa manière de les exprimer était typiquement autrichienne.

L'équité oblige toutefois à souligner que cette même Autriche qui produisait des hommes comme Zimmermann permettait aussi à un jeune Juif d'échapper à ces entraves qui, des siècles durant, avaient maintenu son peuple dans la servitude. Il pouvait désormais, dans ce pays, faire des études, devenir officier, franchir en l'espace d'une seule génération l'immense fossé qui sépare le Juif du ghetto du respectable citoyen de cette ville de Vienne, alors la plus brillante de toutes les capitales européennes. Et c'est bien parce que Herrmann, ayant eu cette possiblité, avait en effet accompli cette transformation, qu'il constitue à plus d'un titre la figure centrale de notre histoire familiale.

Il fut le premier de notre lignée à s'occidentaliser pleinement, à intégrer à sa personnalité la culture autrichienne, à s'assimiler entièrement — et très certainement aussi le premier à commettre la tragique erreur de se considérer comme un Autrichien à part entière, que rien ne séparait des autres Autrichiens hormis le fait, secondaire, d'appartenir à une religion minoritaire.

Herrmann vivait, certes, dans un univers où des colonels Zimmermann existaient aussi ; ce n'est que trop certain. Mais en ce temps-là, finalement, les Zimmermann étaient à tout prendre des êtres civilisés. Ils avaient bien entendu leurs préjugés et leurs aversions, mais ce n'étaient pas des brutes sanguinaires. L'antisémitisme existait dans ce pays, et les antisémites ne se privaient pas, chaque fois qu'ils le pouvaient, de rendre la vie difficile aux Juifs. Mais leur antisémitisme était essentiellement fondé sur des motifs d'ordre religieux, et non pas encore ethnique. Un Juif « converti » voyait s'ouvrir devant lui à peu près toutes les portes qui pouvaient lui être utiles du point de vue professionnel. C'était une époque où le monde semblait encore, d'une certaine façon, ordonné.

Le célèbre écrivain autrichien Stefan Zweig écrit, dans son autobiographie *le Monde d'hier :*

> Dans notre vieille monarchie autrichienne plus que millénaire, tout semblait rester immuablement en place, et l'Etat lui-même était le principal garant de cette stabilité... Chacun savait combien il possédait et ce à quoi il pouvait prétendre, ce qui était permis et ce qui était interdit. Chaque chose était évaluée selon son poids et sa mesure exacts. Celui qui était riche pouvait ainsi calculer les intérêts annuels de sa fortune.
>
> Un fonctionnaire ou un officier pouvait, par exemple, en consultant le calendrier, prévoir tranquillement l'année où il obtiendrait de l'avancement, ou celle où il jouirait de la retraite... Quiconque possédait une maison pouvait la léguer en toute propriété à ses enfants et petits-enfants ; les fortunes personnelles, les entreprises commerciales se transmettaient de génération en génération... Dans ce vaste Empire, tout gardait sa place attitrée et immuable, avec, au premier chef, le vieil empereur ; viendrait-il à mourir, on savait (ou on croyait) qu'un autre arriverait et prendrait sa place et que rien ne viendrait perturber le cours ordonné des choses. Personne ne songeait à la guerre, à la révolution, ni même à de simples révoltes. Tout radicalisme, toute violence paraissaient impossibles en cet âge de raison.

Pourtant, dans ce « vaste empire », il n'était en fait rien ou presque qui demeurât « immuablement en place » — hormis un homme, l'empereur François-Joseph. Dans les mouvements nationalistes, une nouvelle dimension vint s'ajouter au désir d'autodétermination : la haine. Les Hongrois haïssaient les Autrichiens germanophones, mais également les Tchèques et les Croates ; les Autrichiens haïssaient plus que tout les Hongrois ; et les Tchèques haïssaient tout le monde. Une crise succédait à l'autre, un gouvernement au précédent.

Au-dessus de cette cacophonie, la Monarchie, elle, restait en effet « immuablement en place ». François-Joseph n'était nullement un grand homme ; il pouvait faire preuve de la jalousie la plus mesquine ; il était de tempérament dur et intransigeant ; il considérait bien trop souvent les problèmes propres au XIXe siècle et au début du XXe avec le regard d'un souverain du XVIIIe ; il commit d'innombrables erreurs — dont la dernière, et la plus dramatique, en ce jour de 1914 où, sur un coin de bureau, dans sa modeste chambrette en son pavillon de chasse de Bad Ischl, il signa un certain document qui allait coûter la vie à des millions d'êtres humains. Mais le seul fait d'être demeuré si longtemps « immuablement en place » suffisait à cette impression de permanence et de sécurité si bien décrite par Stefan Zweig.

C'est grâce à ce climat que les arts — musique, théâtre, littérature — purent alors s'épanouir mieux que jamais. La Vienne de François-Joseph fut sans doute le lieu au monde où la création artistique se trouva le plus vivement encouragée, en un espace et un laps de temps aussi restreints. Les artistes trouvaient alors à Vienne le public indispensable à leur épanouissement et au développement de leur œuvre. Bien après que l'empire de François-Joseph se fut effondré, Sigmund Freud — sans nul doute le plus fin et plus attentif témoin de cette époque qu'il soit possible de citer — écrivait :

> L'Autriche-Hongrie n'est plus, mais je ne désire pas m'en aller ailleurs ; l'émigration n'est pas pour moi. Je préfère vivre avec un corps mutilé, *en m'accrochant à l'illusion qu'il est toujours entier*.

La permanence dont parle Zweig était également illusoire, mais une illusion à laquelle on accorde foi devient par là même réalité.

Herrmann Klaar vivait en une période où régnait la raison, où toutes choses semblaient durables et par conséquent stables. Et c'est bien là ce qui permettait à la famille Klaar, en dépit de sa religion et de ses antécédents, de s'estimer l'égale de toute autre, dans un monde d'égalité.

Mais rien n'est moins permanent que la permanence, rien moins assuré que la sécurité. Une vieille plaisanterie dit que les Juifs sont exactement semblables aux autres hommes ; juste un peu plus semblables… On pourrait dire de même que la permanence est tout aussi peu permanente pour eux que pour les autres, juste un peu moins permanente encore ; et la sécurité tout aussi peu assurée que pour les autres, juste un peu moins assurée encore.

Le destin des petits-enfants de Herrmann — Paul, Fritz, Pepi, Sally et Ernst — montre bien à quel point on se trompe quand on conclut de la durée des choses, de l'absence de changement, à la stabilité et à la sécurité. Dès l'instant de leur naissance, ils étaient des Viennois parfaitement intégrés, et ils grandirent dans cette situation en apparence si « permanente » et « assurée », comme des Autrichiens au même titre que tous les Autrichiens. Stefan Zweig, qui appartenait à la même génération, écrivait à propos de cette époque :

> Ainsi était-ce notre tour, des siècles plus tard, de voir éclater des guerres sans déclaration de guerre, de connaître les camps de concentration, la persécution, le pillage à grande échelle, le bombardement de villes sans défense, toutes ces atrocités inconnues depuis cinquante générations, et il faut espérer que les générations futures ne les permettront plus. Mais, paradoxalement, en cette période où notre monde régresse moralement de mille ans, j'ai vu l'humanité s'élever dans le domaine technique et intellectuel à des hauteurs insoupçonnées, dépassant d'un simple battement d'aile les résultats accumulés en un million d'années... Jamais jusqu'à nos jours l'humanité ne s'est conduite de manière aussi diabolique, et jamais elle n'a tant accompli de choses qui la rapprochent de la divinité.

Lorsque Herrmann quitta l'armée, en 1868, après vingt années ou presque de service, il n'avait encore que cinquante-deux ans et était donc tout à fait en âge d'ouvrir un cabinet à Vienne. Sa pension militaire lui assurait, sinon certes l'opulence, du moins une certaine sécurité matérielle. Comme réserviste, il finit tout de même par être promu major, ce qui lui apporta 60 guilders supplémentaires de pension annuelle ; ainsi la vie paraissait-elle s'écouler : simple et paisible.

Une photographie de mon grand-père Ludwig (le plus jeune des fils de Herrmann), prise quand il était déjà un vieil homme, révèle dans ses yeux noirs de Juif non moins de gentillesse que de tristesse ; mais on devine aussi en lui, par les rides gravées en travers de son front, un tempérament vif et impétueux, et les sourcils broussailleux révèlent un homme plein de détermination. Sa moustache et sa barbe dissimulent la bouche, et les pointes de la moustache retombant sur ses bajoues lui donnent un air plus triste encore.

Dans l'histoire de notre famille, Ludwig devait garder la réputation d'être un homme autoritaire, et son attitude vis-à-vis de l'enfant né de son premier mariage alimenta pendant de nombreuses années les spéculations.

En effet, ma grand-mère Julie n'était que la seconde épouse de Ludwig. La première, prénommée Hermine, était la fille du Dr David Winternitz, l'illustre fondateur et rédacteur en chef de l'*Österreichisches Journal für praktische Medizin*.

Hermine, née en 1859, était d'un an plus jeune que Ludwig. Ils se marièrent en 1881 et de leur union naquit l'année suivante un fils, qu'ils prénommèrent Felix. Ils divorcèrent au printemps de 1884, et deux ans plus tard Ludwig épousa Julie. L'échec de ce premier mariage venait de ce que Hermine souffrait d'un dérangement mental qui devait, d'ailleurs, l'amener à passer les douze dernières années de sa vie à Steinhof, l'hôpital psychiatrique de Vienne — où Felix fut lui aussi envoyé en 1919, l'année même où sa mère y décédait.

C'est seulement en 1938, après l'*Anschluss*, que j'appris l'existence de ce premier mariage. J'avais accompagné mon père à l'Hôtel de ville, où il devait se procurer un certificat attestant qu'il était libre de toute dette vis-à-vis de l'État : sans cette pièce, il était désormais impossible de quitter le pays.

Le fonctionnaire qui nous reçut, un homme assez jeune avec une petite moustache à la Hitler, nous salua d'un *Heil Hitler* presque cordial puis, après nous avoir considérés, se reprit : « Ah oui, vous n'avez pas le droit d'utiliser cette formule... Mais, bonjour, que puis-je faire pour vous ? » Il alla même jusqu'à nous offrir un siège. Mon père expliqua qu'il avait besoin de ce certificat. « Et vous avez bien payé tout ce que vous deviez payer ? » demanda l'homme. Mon père répondit qu'il était en effet en règle, sur quoi le fonctionnaire entreprit de fourrager parmi ses dossiers. « Ah oui, voilà, Klaar Ernst... » Il sortit le dossier, l'ouvrit, le parcourut quelques instants en fronçant les sourcils, puis leva les yeux vers mon père avec aux lèvres un sourire sarcastique : « Eh bien, voyez-vous, dit-il — et l'on sentait que la découverte qu'il venait de faire lui procurait un plaisir infini —, il m'est impossible de vous délivrer ce certificat. — Mais pourquoi donc ? répliqua mon père. J'ai réglé tous mes impôts ! — En êtes-vous bien certain ? reprit l'autre en faisant allègrement claquer sa langue dans sa bouche. N'avez-vous vraiment rien oublié ? Et votre frère, alors ? — Duquel de mes frères voulez-vous parler ? — De votre demi-frère à moitié timbré, pour lequel les contribuables chrétiens de cette ville payent depuis vingt ans les frais d'internement. Voyez-vous, il est désormais hors de question que les Aryens entretiennent ainsi, à leur charge, des Juifs à l'esprit dérangé. D'autant que vous autres avez tout à fait les moyens d'y pourvoir par vous-mêmes. Faites comme il vous semblera ; pour ma part, je ne pourrai vous délivrer ce certificat que si vous couvrez ces dépenses. A vous de choisir. »

Aux termes de la loi autrichienne, mon père ne pouvait en aucune façon être tenu pour financièrement responsable vis-à-vis de son demi-frère. Mais une chose était la loi, autre chose le fait que les nazis étant maintenant les maîtres du pays, c'était leur bon vouloir qui faisait loi. Mon père eut beau plaider qu'il n'avait pas même rencontré une seule fois dans sa vie son malheureux demi-frère, rien n'y fit. N'ayant d'autre choix, il paya donc la somme qu'on lui réclamait.

C'est seulement une fois la guerre terminée que nous apprîmes que ce même fonctionnaire avait contraint de la même manière mes oncles Paul et Fritz à payer, chacun, la totalité des frais occasionnés par l'internement de Felix Klaar.

Le dossier de ce dernier, qui figure toujours aux archives de l'hôpital Steinhof, indique qu'il fut par la suite — le 1er août 1940 — transféré dans une « institution non spécifiée ». Selon toute probabilité, ladite « institution non spécifiée » n'était autre que le château de Hartheim, près de Linz, où les Nazis exterminaient les handicapés mentaux sous couvert d' « euthanasie ».

Mon grand-père Ludwig et ma grand-mère Julie étaient tous deux originaires de Czernowitz, alors capitale de la province de Bukovine, quoique cette modeste bourgade commerçante ne comptât guère plus de 24 000 habitants, moitié Juifs, moitié Ruthènes et Polonais, auxquels s'ajoutaient les fonctionnaires et les soldats autrichiens. Ludwig, bien qu'il fût réellement chef de famille — ce qui à l'époque représentait bien autre chose qu'une simple rubrique sur les formulaires de recensement —, était d'un tempérament beaucoup moins dynamique que ma grand-mère Julie. Extérieurement, il compensait le fait de ne pas vraiment diriger lui-même les affaires familiales par des accès d'humeur tout à fait excessifs. Un rien suffisait à le mettre hors de lui, et il commençait alors à beugler et tonitruer de telle manière que ma grand-mère fondait en larmes, que les enfants terrorisés couraient se cacher loin de sa vue, tandis qu'Annitschek, la bonne, s'en retournait dans sa cuisine, le visage tout congestionné et en reniflant bruyamment. De telles scènes étaient tout à fait habituelles chez les Klaar. L'époque où Ludwig jouait ainsi son rôle paternel était une ère heureuse et douce pour les pères de famille ; ils étaient immédiatement obéis dans leurs moindres désirs, constituaient le centre incontesté de toute l'existence familiale, ne donnaient jamais un ordre qui ne fût exécuté. La libération de la femme, ou les droits de l'enfant, étaient encore des notions parfaitement inconnues. Toutes les gâteries allaient au chef de famille et nullement aux enfants, la seule et unique devise étant : « Pour le père le meilleur ! » Ainsi revenaient à Ludwig les morceaux de choix dans les plats de viande, ou encore les pointes des asperges ; il paraissait même tout naturel que pour faire tranquillement sa petite sieste d'après-midi, il fît reposer ses pieds sur les épaules d'un de ses fils, position qu'il estimait bonne pour sa circulation.

Chaque soir, lorsque le Dr Ludwig Klaar allait se coucher, devait trôner sur sa table de nuit un gâteau au chocolat cuit l'après-midi même, une *Sachertorte* à la façon d'Annitschek. Sans doute redoutait-il davantage d'éventuels accès d'appétit nocturnes que les dangers d'un tel régime pour sa dentition ; ou peut-être les médecins et les dentistes de l'époque n'avaient-ils pas encore découvert ces dangers. Toujours est-il que c'était seulement le lendemain, quand ledit gâteau avait quelque peu perdu de sa fraîcheur, que les enfants étaient autorisés à s'en partager le reste — cependant qu'Annitschek, en fidèle esclave, repartait déjà vers le four brûlant pour y faire cuire le régal chocolaté et onctueux indispensable pour la nuit suivante.

En ce temps-là, de tels comportements paternels apparaissaient parfaitement normaux et étaient acceptés de tous. Mon propre père, fils de Ludwig, semblait lui aussi admettre ce « droit divin » attribué à la fonction paternelle. A l'en croire, certains pères allaient plus loin, beaucoup plus loin encore que Ludwig. Jamais je n'oublierai l'histoire qu'il me raconta un jour à propos du mari de sa tante Thalia, sœur de ma grand-mère Julie : cet excellent homme trouvait un considérable plaisir à emmener ses enfants dans l'excellente pâtisserie de M. Beisiegl, située juste en face de l'appartement de ma grand-mère. M. Teller — tel était en effet son nom — avait coutume de s'installer à l'une des classiques petites tables de marbre, de rassembler autour de lui ses enfants, puis de commander à sa propre intention un café viennois abondamment recouvert de crème fouettée, avec deux ou trois gâteaux ou toute autre douceur qui pouvait lui faire envie à cet instant précis. Il sirotait donc son café, mangeait ses gâteaux, puis, satisfait de lui-même, allumait un cigare de bonne marque. Pendant tout ce temps, les enfants demeuraient assis autour de la table, sans même pouvoir se partager un simple verre de limonade. Tout ce qui leur était offert, c'était de pouvoir pénétrer à l'intérieur de cette fameuse pâtisserie. Et ils savaient, d'amère expérience, que leur seul et unique rôle était celui d'observateurs. Après s'être complaisamment caressé le ventre, qu'il avait proéminent, M. Teller avait coutume de lever la main droite, de pointer l'index vers son fils aîné Erwin et de prononcer ces mots immortels : « Et voilà, mon cher enfant ! Toi aussi, plus tard, quand tu seras devenu père de famille, tu pourras entrer dans une pâtisserie et y manger autant de gâteaux que tu voudras... »

Ludwig ne poussait pas les choses aussi loin : ses enfants pouvaient toujours manger les queues des asperges et, le matin, obtenir une tranche du gâteau au chocolat de la veille. Malgré cette appréciable générosité, une autre anecdote, relative à Ludwig et à son fils Fritz, fait apparaître par comparaison M. Teller sous un jour meilleur. Le jeune Fritz, âgé de douze ou treize ans, était alors malade, atteint d'un rhumatisme articulaire — affection nullement bénigne ni à l'époque ni même aujourd'hui. Un matin que tout le monde était sorti et que seuls le père et le fils se trouvaient dans l'appartement, Ludwig eut tout à coup besoin d'un certain article que l'on pouvait trouver dans un magasin de la Josefstädterstrasse. Plutôt que de prendre son manteau et son chapeau pour y aller lui-même, Ludwig envoya à sa place son fils malade. Tout docteur en médecine qu'il était, il ne lui vint apparemment pas à l'esprit que le petit Fritz pût voir son état s'aggraver à la suite de cette sortie et devoir ensuite passer plusieurs mois alité — ce qui fut en effet le cas.

Comment expliquer de pareilles attitudes ? Comment expliquer, dans le même ordre d'idées, que ma grand-mère se trouvât pour ainsi dire constamment enceinte, une grossesse succédant immédiatement à l'autre ? Même en tenant compte des comportements habituels pour l'époque, Ludwig paraît bien avoir été un parfait égoïste. Contemporain de Sigmund Freud — qui était son collègue, et qui exerçait dans la même ville que lui —, il avait vu la folie s'emparer sournoisement de sa première épouse, une femme qu'il avait sans doute aimée, dont il devait à tout le moins s'être senti proche ; mais il semble avoir toujours traversé l'existence avec la même impassibilité, sans rien comprendre, sans rien voir de ce qui se passait autour de lui. Il n'ignorait rien du fonctionnement du corps humain et de ses défaillances, mais ne voulait apparemment rien savoir du fonctionnement et des défaillances de l'esprit humain. Était-ce par crainte de ce qu'impliquait un tel savoir, par refus, en définitive, de tout examen de sa propre personnalité ? Comment comprendre autrement sa façon de traiter les membres de sa seconde famille, mais surtout son fils Felix, l'infortuné rejeton de son premier mariage ? Celui-ci avait trois ou quatre ans lorsque ses parents divorcèrent et que sa mère fut enfermée dans l'institution psychiatrique où elle devait mourir douze ans plus tard, en 1919.

Combien de temps Felix fut-il élevé par cette mère maniaco-dépressive, avant d'être recueilli par sa tante Laura ? Je sais que mon père n'avait jamais rencontré son demi-frère. Le seul des fils Klaar de son second lit qui l'ait peut-être rencontré à l'âge adulte est Fritz : la fille de celui-ci se souvient l'avoir entendu dire qu'un autre Klaar était affecté au même régiment que lui pendant la Première Guerre mondiale, qu'il l'avait rencontré et avait pu lui parler. Selon toute probabilité, cet homme n'était autre que Felix. Mais pourquoi donc n'avait-on jamais fait venir cet enfant à l'appartement de la Josefstädterstrasse, pour qu'il pût faire la connaissance des autres enfants de son père et jouer avec eux ? Faut-il penser qu'à cette époque, le stigmate du divorce suffisait à mettre au ban de la société l'enfant d'un mariage raté ? Le petit Felix revit-il même jamais son père ? Décidément, il y a une sorte de mystère dans le début de la vie de Ludwig Klaar.

Celui-ci trancha de l'avenir professionnel de ses fils sans tenir compte le moins du monde de leurs propres désirs ; cela aussi était bien conforme à l'esprit de l'époque. C'est lui qui décida que l'aîné, Paul, et le plus jeune, Josef, feraient leur médecine. Les ressources de la famille ne permettaient pas d'envoyer les quatre enfants à l'université : Ernst et Fritz auraient beau se ronger les sangs, ils ne deviendraient jamais médecins. Toute leur vie durant, ils devaient regretter, l'un et l'autre, de ne pas avoir de diplômes ; mais ils n'y pouvaient rien, et ma grand-mère pas davantage.

Sans doute les déceptions professionnelles subies par Ludwig du fait qu'il était juif expliquent-elles en partie qu'il soit devenu si difficile à vivre, une fois arrivé à l'âge mûr. Mais sa femme et ses enfants faisaient preuve à son égard d'une grande tolérance, particulièrement sur ce point. La manière dont ils évoquaient son souvenir après sa mort, même lorsqu'ils parlaient de sa sévérité et de ses autres défauts, révélait clairement combien ils l'avaient aimé.

Les épais sourcils broussailleux, sur la photographie que j'ai retrouvée, trahissent aussi le tempérament obstiné de Ludwig. En dépit d'occasions fort tentantes, il refusa toujours d'abandonner la foi de ses ancêtres. La religion n'était pas son fort, et il n'allait guère à la synagogue que lorsque des événements familiaux l'exigeaient. Pourtant, et quoiqu'on lui eût fait savoir qu'en raison de ses excellents diagnostics il pourrait être nommé médecin à la Cour, sous la seule condition d'embrasser la foi catholique, Ludwig resta attaché à ses convictions et refusa.

Il ne ressentait nulle aigreur de n'avoir pas obtenu ce poste : on lui avait donné le choix, et il avait pris sa décision en connaissance de cause. En revanche, il supportait fort mal que sa carrière dans les services médicaux de la municipalité de Vienne continuât de piétiner, à cause de l'antisémitisme ambiant. Dans ce cadre-là, il devait en principe être traité à l'égal des autres médecins, les promotions reposant sur le seul mérite. Malheureusement pour lui, sa carrière se développa précisément au moment où Vienne tombait entre les mains de l'avocat Karl Lueger, qui pour atteindre ses fins politiciennes n'hésitait pas à s'appuyer sur un antisémitisme toujours vivace dans la majorité de l'opinion. « Le beau Karl » — ainsi les Viennois surnommaient-ils leur idole, en effet de belle prestance — devint le bourgmestre le plus apprécié et aussi le plus efficace que la ville eût jamais connu.

Mais il y avait aussi des hommes, au premier rang desquels François-Joseph lui-même, qui tenaient en horreur ce recours à la racaille antisémite, et même un Dr Lueger devait prendre garde, en certains cas, de ne pas étaler trop ouvertement sa politique antijuive. On en trouve un exemple dans les minutes de la réunion du conseil municipal de Vienne en date du 25 juin 1907 :

> Le Dr Hein, conseiller municipal, soulève la question suivante : « De récents événements, ayant trait au problème des nominations dans les services sanitaires de la Ville, ont entraîné un profond malaise dans les milieux concernés. L'un des chefs de secteur, qui s'acquittait depuis déjà quelque temps de ses fonctions à la satisfaction générale et dont ses collègues recommandaient la promotion, se l'est vu refuser en raison de ses origines juives. Le poste a été octroyé à un médecin de moindre ancienneté, mais qui avait pour lui d'avoir reçu deux décorations ecclésiastiques. Cette promotion s'est effectuée malgré l'ancienneté supérieure de nombre de ses collègues.

Comment M. le Bourgmestre entend-il justifier cette discrimination à l'encontre de médecins de nos services municipaux, dont le mérite et le dévouement ne sont pas contestables ? » Réponse du bourgmestre, le Dr Lueger : « Monsieur le conseiller municipal n'est pas sans savoir que la promotion des fonctionnaires municipaux, en l'occurrence au sein des services sanitaires, relève de la seule compétence du conseil municipal. Lorsque celui-ci a examiné la question soulevée à l'instant, il se trouve que je n'étais pas présent. Je refuse, de la façon la plus catégorique, que l'on m'impute la moindre responsabilité dans les décisions prises par le conseil en mon absence. Je n'ai d'aucune manière à me justifier relativement à cette affaire, où mon innocence est absolue. » Les conseillers municipaux : « Très bien, très bien ! »

Cette réponse, parfaitement cynique mais d'une grande habileté politique, ne prêtait guère à objection. De fait, le Dr Lueger n'était pas présent à cette séance-là du conseil municipal, pour la bonne raison qu'il préférait manipuler en coulisses des questions aussi délicates. Il avait parfaitement conscience que cette décision de nommer au poste de *Stadtphysicus* un médecin sans grande ancienneté, mais d'un catholicisme irréprochable, plutôt qu'un Juif aux antécédents professionnels bien supérieurs, présentait tous les éléments propres à déclencher un scandale considérable, dont la presse ne manquerait pas de se régaler — ce qu'elle fit en effet. Car les postes de *Stadtphysicus,* au nombre de trois en tout et pour tout, devaient en principe revenir aux médecins municipaux possédant la plus grande ancienneté. Ma grand-mère Julie avait découpé toutes les coupures de journaux relatives à cette affaire, où le médecin chef de secteur, mais d'origine juive, qui aurait dû obtenir le poste était son propre mari Ludwig Klaar.

Mais la presse pouvait bien écrire ce qu'elle voulait, Lueger réaffirmait tranquillement son innocence : il n'était pas au conseil ce jour-là et n'avait strictement rien à voir dans l'affaire. Au bout du compte, tout cela paraissait plutôt montrer jusqu'où pouvait aller l'effronterie de toute une presse de bas étage, tenue en main par les Juifs.

Peu de temps après, passé le bref délai qu'exigeait tout de même une certaine diplomatie, Ludwig fut nommé *Ober-Medizinalrat,* grade décerné par l'État et non par la Ville. Sans nul doute, il fallait voir dans cette promotion la main de l'empereur lui-même — qui, détestant le Dr Lueger et jaloux de l'immense popularité dont il jouissait parmi les Viennois, aimait à lui lancer de temps à autre ce genre de petits coups d'épingle.

Même après le décès de Lueger, il fallut encore deux ans pour que Ludwig Klaar accédât enfin à la fonction de *Stadtphysicus*. Encore ne dut-il cet honneur qu'à une pétition spéciale, du reste passablement surprenante, de trois membres influents du parti social-chrétien, celui-là même auquel avait appartenu Lueger. Ces trois personnalités étaient un prêtre catholique, nommé Michael Hersan, ainsi que le greffier municipal du district de Josefstadt, Herr Bergauer, et le conseiller municipal du même district, Herr Walter. Ils plaidèrent que Ludwig avait été délibérément écarté pendant dix-sept ans de toute promotion, simplement parce qu'il était Juif, et qu'il était grand temps que les services qu'il avait rendus à la ville fussent enfin reconnus à leur juste valeur.

Cette proposition fut soumise au conseil municipal au début de septembre 1911, et obtint gain de cause. On peut lire dans les minutes de la séance du 12 janvier 1912 du conseil municipal de la ville de Vienne :

Le conseiller municipal Dr Haas a rendu compte des nouvelles nominations au sein des services sanitaires de la Ville. Le Dr Ludwig Klaar, *Ober-Bezirksarzt,* est promu au rang de *Stadtphysicus,* et son traitement en conséquence augmenté de 500 Kroner par an.

Mon grand-père Ludwig finit donc par obtenir le titre qu'il ambitionnait, mais seulement le titre : il n'exerça jamais véritablement la fonction.

Deux ans plus tard, il quitta les services sanitaires municipaux. Les seules fonctions officielles qu'il conserva jusqu'à la fin de sa vie furent celles de directeur médical à l'orphelinat municipal du district de Josefstadt.

A la fin de sa vie, grand-père Ludwig avait obtenu les honneurs qu'il souhaitait et qu'il méritait en effet. Il mourut d'un cancer de la gorge le 24 mars 1922, âgé de soixante-treize ans, et on put lire dans le principal journal autrichien l'entrefilet suivant :

Dans la matinée de ce dimanche ont eu lieu au cimetière de Döbling les funérailles du Dr Ludwig Klaar, *Ober-Medizinalrat*. Dans le cortège, on notait la présence du président de la communauté juive, le professeur Alois Pick ; du médecin en chef de la police, le Dr Merta ; du Dr Munk, conseiller à la Cour ; du Dr Boehm, *Ober-Stadtphysicus ;* du Dr Lelewer, conseiller à la Cour et professeur à l'Université ; ainsi que de nombreuses autres personnalités. Au-dessus de la fosse, le rabbin Bauer a évoqué dans les termes les plus émouvants la vie méritoire qui avait été celle du défunt.

Ce furent certainement d'impressionnantes funérailles, car on y vit accourir toutes les notabilités, y compris — la chose mérite d'être notée — ce fameux Dr Boehm qui avait dû son ascension à ses deux décorations ecclésiastiques.

Si longtemps qu'il lui eût fallu attendre la reconnaissance d'un véritable statut social et les honneurs qu'il désirait, Ludwig avait donc fini par les obtenir. Jamais, en revanche, il n'avait acquis une véritable sécurité financière. En mourant, il laissa à grand-mère Julie 120 000 Kroner en liquide, une montre en or avec sa chaîne, une chevalière, quelques livres et instruments de médecine, trois chemises blanches, deux manteaux noirs, deux complets, quatre paires de chaussures, un chapeau noir, un parapluie — et, bien sûr, le mobilier de l'appartement. L'inventaire de ses biens note que la plupart des livres médicaux étaient périmés quant à leur contenu. Une fois additionnée la valeur de ces divers objets, et compte tenu des honoraires médicaux dépensés tout au long de sa maladie, du prix de la concession perpétuelle à Döbling et des frais occasionnés par ses funérailles, le solde s'avéra négatif : grand-mère et ses enfants restaient débiteurs de 108 510 Kroner. Ce n'était pas une somme considérable car en 1922, dans l'Autriche de l'après-guerre, l'inflation n'était pas loin d'avoir atteint son point culminant. Le temps d'établir le dossier de succession, et déjà cette dette ne représentait plus guère que le prix de dix paquets de cigarettes. Le misérable bilan financier que laissait derrière lui Ludwig n'était nullement exceptionnel à cette époque, surtout parmi ceux de ses concitoyens qui tiraient leur subsistance de revenus fixes ou de pensions. En tout cas, Ludwig n'avait rien de ces fameux capitalistes juifs, spéculant sur la misère engendrée par l'inflation, dont les antisémites aimaient brandir la figure caricaturale. A maints égards, l'inflation des années vingt n'était pas bien différente de celle que nous connaissons aujourd'hui. A cette époque déjà les retraités en étaient les principales victimes : la pension que touchait Ludwig en 1922 restait du même montant que lorsqu'il avait pris sa retraite en 1914, mais son pouvoir d'achat s'était réduit à 16 % de ce qu'il était au départ. Les titres de l'emprunt de guerre dans lesquels, en bon patriote autrichien, il avait investi ses économies, n'auraient pas suffi à payer le papier sur lequel ils étaient imprimés. Tout ce qui restait donc à ma grand-mère Julie, c'était cette pension, c'est-à-dire presque rien. Si elle n'avait pu compter quelque peu sur l'aide de ses fils, elle se serait trouvée dans une situation désespérée. En particulier, elle aurait été obligée de quitter l'appartement dans lequel elle avait vécu si longtemps, qui avait vu naître ses enfants et mourir son mari.

Efroïm Schätz avait de la chance, et il vivait heureux. Âgé de trente ans à peine, bien de sa personne et disposant d'amples revenus, il faisait partie des très rares Juifs à pouvoir s'estimer privilégiés, possédant de vastes domaines, des troupeaux considérables, d'immenses forêts. A vrai dire, tout cela ne lui appartenait pas réellement : il ne faisait que jouir des revenus de ces terres alors que le légitime propriétaire, petit noble polonais endetté jusqu'au cou vis-à-vis d'Efroïm, consacrait son temps, loin de sa Bukovine natale, à jeter l'argent par les fenêtres : l'alcool, les femmes, mais surtout le hasard des cartes et le doux ronronnement de la roulette, à Monte-Carlo, à Vienne ou ailleurs, pourvu que les enchères y fussent élevées et la moralité faible. Et, à mesure que s'accroissaient ses dettes à l'égard d'Efroïm, celui-ci devenait maître de terres de plus en plus étendues, avec tout ce qu'elles contenaient — des villages entiers avec leurs paysans (y compris les Juifs), leurs auberges et leurs scieries, leurs rivières et leurs champs onduleux.

Pleins de fierté et de confiance en l'avenir, Efroïm et sa jeune épouse Pauline, née Baltinester, contemplaient le berceau où sommeillait leur petite fille. Née le 7 avril 1861, celle-ci avait reçu pour prénom Jochewed-Julcze ; et, comme tous les parents, Efroïm et Pauline voyaient en leur première-née un vrai petit ange, le plus joli et le plus adorable bébé qui fût au monde.

Moi-même, en tant que petit-fils de Jochewed-Julcze, j'ai bien sûr quelque peine à me représenter cette scène. Comment ma grand-mère, qui de tout temps avait souverainement régné sur notre famille, pouvait-elle avoir ressemblé jadis à autre chose qu'à cette vieille dame que j'avais toujours connue, avec son gros corps en forme de poire ? Comment se représenter un visage rose de bébé derrière cette tête imposante, qui n'était pas sans évoquer Goethe vieillissant avec ce nez saillant, aquilin, que l'on devait retrouver, par le mystère de la transmission génétique, chez ses enfants, ses petits-enfants, certains de mes propres enfants, et qui certainement réapparaîtra avec constance pendant des générations et des générations ?

Les espoirs et les calculs d'Efroïm concernant l'avenir étaient sans nul doute avisés, mais ne tenaient pas compte de deux ou trois facteurs qu'à vrai dire il ne pouvait prévoir. Tout d'abord, la fréquence encore importante des décès postpuerpéraux lui arracha sa jeune épouse Pauline en 1865, après qu'elle eut donné le jour à une seconde petite fille. Jochewed-Julcze, qui n'avait pas encore cinq ans lorsque sa mère mourut, dut néanmoins prendre en charge sa petite sœur. Le seul et unique souvenir qu'elle conserva de sa mère fut la bouleversante petite couronne de myrte qu'elle avait portée au jour de ses noces : triste et humble relique, on pouvait encore la voir, sous le verre d'un cadre doré et plutôt chargé, dans le salon de grand-mère.

Le second facteur imprévu était la détermination de Bismarck, chancelier de Prusse, à rejeter l'Autriche hors de l'Allemagne, condition nécessaire pour faire de la Prusse la principale puissance au sein de l'Allemagne et, de ce fait, en Europe centrale. En 1866, les troupes autrichiennes affrontèrent l'armée prussienne lors de la bataille de Sadowa. Les Prussiens, avec leur entraînement et leur matériel militaires modernes — tout particulièrement les nouveaux fusils à aiguille, que l'état-major autrichien avait trouvés beaucoup trop « nouveau genre » et d'un fonctionnement trop incertain par rapport au bon vieux fusil à chargement par le canon, déjà en usage pendant les guerres napoléoniennes —, gagnèrent la bataille et du même coup la guerre. L'armée autrichienne se retira dans le plus grand désordre.

Selon ma grand-mère, ce fut cette guerre qui ruina à peu près entièrement Efroïm Schätz. Des quantités considérables de bétail furent alors réquisitionnées — par les Prussiens qui avançaient ou les Autrichiens en déroute, je ne sais au juste. Je ne serais pas davantage capable d'expliquer comment les hommes des deux camps, qui venaient de se battre en Moravie, purent se retrouver dans la province de Bukovine, aux alentours de Czernowitz où se trouvaient les propriétés d'Efroïm. Quoi qu'il en soit, il est certain que celui-ci trouva quand même moyen de refaire en partie sa fortune. La défaite militaire n'empêchait pas l'économie autrichienne d'être alors en pleine industrialisation et de connaître un vigoureux essor. Le grand krach boursier de 1873 devait par la suite dissiper bien des illusions, mais les bases de la croissance économique n'en avaient pas moins été posées.

Efroïm était certainement redevenu un homme puissant lorsque, le 6 avril 1886, sa fille Jochewed-Julcze — dont les prénoms judaïques avaient entre-temps fait place au simple « Julie » — épousa le

Dr Ludwig Klaar. En témoigne l'adresse de l'épousée sur le certificat de mariage : « Opernring, n° 3 » : c'était là l'une des meilleures adresses que l'on pût avoir à Vienne à cette époque. L'immeuble qu'habitait grand-mère quand elle le quitta pour devenir l'épouse de Ludwig Klaar devait disparaître au cours de la Seconde Guerre mondiale, pour faire place à l'un des rares immeubles modernes construits après-guerre dans le centre de Vienne — lequel a dans l'ensemble miraculeusement survécu non seulement aux deux Guerres mondiales et aux années d'occupation, mais encore aux projets les plus extravagants des architectes contemporains.

J'aurais aimé en savoir davantage sur la jeunesse de grand-mère et sur son existence de jeune mariée. Car à travers la biographie de cette femme, issue des confins ruthènes de l'ancien Empire et qui ne s'éteignit qu'à l'âge de quatre-vingt-deux ans, dans le ghetto nazi de Theresienstadt, on pourrait lire l'histoire non pas d'un monde disparu, mais de plusieurs. Elle vit le jour dans l'univers des Juifs est-européens, où l'atmosphère n'était pas exactement celle des ghettos, des *shtetl* de la Pologne orientale et de la Russie tsariste, mais n'en différait pas cependant sensiblement. La principale différence était que les Juifs, dans les régions orientales de l'Empire autrichien, pouvaient vivre sans craindre de voir se déchaîner contre eux les pogroms dont étaient si fréquemment victimes leurs frères de sang soumis au pouvoir tsariste.

De ce monde primitif, où les Juifs portant caftan se mêlaient à la pittoresque population paysanne et villageoise, aux marges du plus indolent mais aussi du plus agréable à vivre des Empires, la jeune Julie se trouva transportée vers la capitale impériale à l'époque où Vienne surpassait Paris même comme centre de la culture, de l'élégance du XIXe siècle. De l'appartement du n° 3, Opernring, elle pouvait voir, juste de l'autre côté de la place de l'Opéra, la célèbre Sirk Ecke, ce carrefour où la Kärntnerstrasse, la plus élégante de toutes les rues commerçantes de la ville, aboutit à la Ringstrasse. Le *Ring* — l' « anneau » —, large boulevard planté d'arbres, affecte en effet la forme d'un fer à cheval, dont les deux extrémités s'appuient pour ainsi dire sur le canal du Danube, qui double le fleuve sur tout le nord-est de la vieille ville ; il enserre ainsi toutes les étonnantes beautés de celle-ci, les palais baroques d'une noblesse qui a dû depuis longtemps renoncer aux fastes d'antan, les églises anciennes, les vastes parcs où se promenaient naguère des Mozart, des Haydn, des Beethoven, des Schubert, les antiques ruelles de la cité médiévale tout comme les larges artères bordées de bâtiments à l'ornementation recherchée, bref le centre à partir duquel l'Empire fut gouverné pendant des centaines d'années.

La Ringstrasse est représentative de tout un style, de toute une époque. Pendant le dernier quart du XIXe siècle, le règne de François-Joseph était à son apogée. A une confiance sans limites envers l'avenir s'ajoutait un étalage de richesse qu'absolument rien ne venait refréner. Les immeubles de luxe s'édifièrent, le long de ce boulevard plus splendide que les plus splendides de tous les autres boulevards européens, à une cadence stupéfiante. Rien, jamais, n'y paraissait trop ornemental, trop chargé. Pour être digne du Ring, un bâtiment se devait de présenter toutes les cariatides et autres personnages, toutes les urnes, tous les motifs et enjolivures imaginables, dans la décoration de leurs façades. Quant aux bâtiments officiels, ils surclassaient encore les demeures particulières pour ce qui est de l'opulence et du mélange de styles. L'Opéra fut ainsi construit comme un palais de la Renaissance italienne, l'Université comme un château à la française, le nouvel Hôtel de ville comme une cathédrale néo-gothique, le Parlement à la manière d'un temple grec (les Viennois ne manquèrent d'ailleurs pas d'observer que Pallas Athénè — la déesse grecque de la Sagesse, dont la statue à casque d'or se dressait devant ce dernier bâtiment — ne le regardait pas en face mais au contraire lui tournait le dos).

La Ringstrasse était entièrement l'œuvre de François-Joseph lui-même. En 1858, l'empereur, qui voulait une capitale digne de l'Empire des Habsbourg, décida qu'il convenait de porter les limites de Vienne au-delà de celles de l'ancienne cité. Il ordonna la destruction des douves et fortifications qui ceignaient celle-ci depuis des siècles. Cependant, avant de pouvoir réaliser son projet, il dut venir à bout de l'opposition résolue de ses généraux, encore sous le choc de la révolution de 1848. Un compromis fut finalement trouvé : l'empereur aurait son grand boulevard, à condition qu'il les laissât décider de son tracé. Les places élégantes et autres dégagements qui, régulièrement disposés tout au long du Ring, lui confèrent cette allure claire et légère, cette variété si agréable à l'œil, sont dus en fait à l'état-major de François-Joseph. Une fois de plus, le génie autrichien était parvenu à contourner avec charme et élégance la difficulté des décisions à prendre. La plupart de ces espaces ouverts se trouvent du côté extérieur du Ring, celui vers lequel rayonnent les grandes artères venant des quartiers périphériques, où le prolétariat s'écrase dans des logements surpeuplés. Il suffisait de disposer infanterie et artillerie du côté intérieur, protégeant le centre de la ville, ses ministères et ses palais, pour transformer ces places charmantes en autant de superbes champs de tir où massacrer la racaille des faubourgs, si jamais celle-ci se risquait de nouveau à menacer l'ordre établi.

La partie centrale de ce fer à cheval que constitue la Ringstrasse — la plus chic — est celle sur laquelle a été construit l'Opéra et qui pour cette raison s'appelle l'Opernring.

Regardons, maintenant, avec les yeux de Julie, par la fenêtre du n° 3 de l'Opernring, la scène qui s'offrait à elle au centre même de la capitale impériale. Quand venait le soir, elle pouvait admirer, de l'autre côté de l'Opernplatz, les élégants attelages qui montaient la rampe d'accès jusqu'à l'entrée principale du palais, et en voir descendre les femmes de la haute société avec leurs somptueux atours et leurs bijoux, accompagnées de leurs maris ou de leurs amants — parfois des deux — vêtus, soit de l'habit blanc de rigueur, avec cravate blanche, soit des spendides uniformes de l'armée impériale : tuniques blanches galonnées d'or des dragons, avec leurs culottes rouge vif prises dans leurs bottes noires de cuir verni étincelant ; uniformes bleus des officiers d'infanterie ; tuniques brunes de l'artillerie, rehaussées d'un éclatant col rouge ; courts manteaux fourrés des hussards, avec leurs brandebourgs d'or, négligemment jetés sur l'épaule ; habits vert sombre, sobres, des plus hauts gradés de l'état-major, dont les éperons cliquetants et les sabres étincelaient à la lumière des torchères à gaz ; ceinturons et boucles dorés — toute une panoplie d'opérette soudain devenue réalité. C'était là, sans nul doute, un spectacle incroyable d'opulence et de splendeur, avec lequel nul autre, nulle part au monde, n'eût pu prétendre rivaliser.

Comment la jeune Julie eût-elle pu savoir que tout cela n'était que clinquant de théâtre, que toute la gloire de l'Empire ainsi déployée sous ses yeux n'était qu'élégante futilité, brillant faux-semblant, qui dissimulaient en réalité le déclin du XIXe siècle — et de la Monarchie austro-hongroise ? Comment eût-elle pu soupçonner que derrière tout cela l'immonde et meurtrier désir inspiré par l'envie et la haine commençait à affleurer à la surface de cette ville ravissante et la condamnerait finalement à mourir dans la misère et la terreur ? La haine raciale et l'antisémitisme ne furent nullement inventés par Adolf Hitler : il ne fit que mettre en œuvre les abominables pensées que d'autres avaient nourries avant lui. Tout le venin que recelait le XIXe siècle devait se déverser dans l'âme de ce seul homme. Hitler fut pour ainsi dire la personnification du Mal propre à un siècle tout entier. Lui seul mena à leur terme les pensées et les écrits d'autres hommes pour aboutir à la solution finale, conclusion définitive de la haine des siècles : un massacre à telle échelle que l'esprit humain n'est pas apte à le comprendre. Or, si l'on peut éprouver un réel intérêt à l'égard de personnes distinctes, il est impossible de s'identifier à des millions d'individus. C'est pourquoi ce livre ne prétend pas raconter le destin des millions d'hommes et de femmes sans défense qui succombèrent à l'holocauste hitlérien et qui, du fait même de leur nombre, sont condamnés à ne rester pour nous que des ombres étrangères et irréelles : il relate simplement l'histoire de ces quelques personnes qui furent ma famille. Leurs souffrances, nous pouvons les comprendre, parce que ce sont des victimes que l'on peut nommer, que l'on peut décrire.

En 1882, quatre ans avant le mariage de Julie Schätz avec le Dr Ludwig Klaar, les associations étudiantes austro-allemandes adoptèrent la résolution Waidhofer. Ce fut l'une des premières occasions où l'on vit apparaître les traits du reptile odieux qui allait ronger les forces vitales de l'humanité. Le problème qu'il s'agissait d'examiner était celui du droit, pour un étudiant juif, de se battre en duel avec un étudiant non juif. Dans *Ma jeunesse à Vienne,* le célèbre écrivain juif autrichien Arthur Schnitzler cite le texte de cette résolution :

> Tout fils de mère juive, tout être humain ayant du sang juif dans les veines, est né sans honneur et manque par conséquent de tout sens de l'humanité. Un tel individu est donc incapable de faire la différence entre ce qui est pur et ce qui est impur. Sur le plan éthique, il se situe au plus bas de l'échelle. Il en résulte que tout contact avec un Juif est déshonorant ; en conséquence, il faut éviter tout contact avec un Juif. Il est impossible d'offenser un Juif. De ce fait, nul Juif ne peut réclamer réparation, quel que soit l'affront qu'il prétende avoir subi.

A cette époque même, un étudiant juif, membre de l'Organisation des étudiants austro-allemands, circulait fièrement dans l'université de Vienne en arborant la casquette bleue et la canne d'ébène à poignée d'ivoire, symboles de l'appartenance à cette organisation : c'était le jeune Theodor Herzl. Cette résolution Waidhofer eut sur la pensée du futur fondateur de l'État d'Israël de profondes répercussions. Il quitta à cette occasion son association, et tel fut sans doute son premier pas vers le sionisme.

Il n'apparaît guère probable que la jeune Julie, fraîchement débarquée de Czernowitz, eût entendu parler de la résolution Waidhofer. Ce qui la captivait alors, c'était cette vie métropolitaine si différente de ce qu'elle avait pu connaître dans sa province. Le fascinant spectacle qu'elle pouvait voir chaque soir en regardant l'entrée de l'Opéra était peut-être encore surpassé par ce qui s'offrait à elle pendant la journée : de son appartement de l'Opernring, on apercevait presque toute la longueur du célèbre « Corso », ces cinq ou six cents mètres de trottoir, avec leurs terrasses de cafés et leurs boutiques de luxe, qui mènent de l'Opernplatz jusqu'à l'angle du Ring avec l'extrémité de l'Akademiestrasse, en passant devant l'élégant hôtel Bristol. C'est là que, de onze heures du matin à l'heure du déjeuner, tout ce que Vienne comptait d'élégants déambulait, saluait, claquait des talons, baisait des mains, flirtait. D'exquises idylles s'ébauchaient là sur ce court espace de trottoir, avec des regards audacieux ou timides, des sourires discrets mais ô combien significatifs, des murmures prometteurs ou désespérés.

Il n'y avait, dans toute l'Europe, aucun lieu comparable à ce que fut ce « Corso » viennois, en cette fin de siècle et au début du suivant. C'était le centre même de cet univers doux-amer si brillamment rendu dans les drames et les récits d'Arthur Schnitzler ou de Hugo von Hofmannsthal.

Il m'est facile de raconter le peu que je sais de ma grand-mère Julie : les lieux et les dates de sa naissance, de son mariage, de sa mort. Mais les faits en définitive ne sont rien. Pour ma part, j'avais connu une vieille dame, dont j'ai gardé un clair souvenir. Mais quelle femme avait-elle pu être à vingt ans, à trente, à quarante ? Je revois, comme si c'était hier, la dernière visite qu'elle nous rendit. J'étais alors malade, souffrant de quelque rougeole ou varicelle comme il est habituel à l'âge de neuf ou dix ans. Il fallut bien des minutes à grand-mère pour gravir les deux étages. Ses jambes, étroitement sanglées dans des bottines noires, pouvaient à peine porter son énorme corps. Haletant à chaque marche, elle finit par arriver à l'appartement puis, appuyée au bras de ma mère, s'approcha de mon lit. Enfin elle se dressa devant moi, vêtue d'une longue robe de soie noire, un bonnet noir épinglé sur ses cheveux gris ; ayant peine à reprendre son souffle, elle s'assit sur une chaise près de mon lit. Elle m'avait apporté un cadeau : l'un des « Dr Dolittle » de Hugh Lofting. J'adorais les histoires du Dr Dolittle, et en cet instant j'adorais ma grand-mère qui m'avait apporté ce joli livre. Je considérais Julie comme ma grand-mère « numéro un », et ce non pas seulement parce que dans l'ensemble je préférais ses cadeaux à ceux de ma grand-mère maternelle — qui y consacrait pourtant plus d'argent, car des deux c'était elle la plus riche — : il y avait d'autres raisons encore, et non des moindres. Avec grand-mère Julie, je pouvais parler ; ou, plus exactement, elle savait comment s'y prendre pour parler avec moi. Et le fait est qu'une large part de mes souvenirs familiaux n'a d'autre source que les histoires qu'elle me racontait. Sur d'autres sujets aussi, elle savait trouver le ton propre à susciter et entretenir l'intérêt d'un petit garçon.

Ma grand-mère Adele, la mère de ma mère, était dépourvue de ce don de parler aux enfants. Tandis que Julie est demeurée dans mon souvenir comme une vieille dame intelligente et d'excellentes manières, je vois Adele comme étant beaucoup plus limitée et, par ailleurs, ne cessant de se lamenter. Peut-être suis-je tout à fait injuste à l'égard de cette pauvre femme, et le souvenir que j'en ai doit-il beaucoup à l'impression durable que, dans sa façon d'être et dans ses propos, ponctués d'interminables soupirs, Adele était largement restée une Juive des ghettos d'Europe orientale, contrairement à Julie qui parlait et se comportait de façon tout à fait occidentale, tout à fait viennoise. Jamais je n'ai pu m'expliquer cette étonnante différence entre Jochewed-Julcze de Czernowitz et Udel-Leie de Lvov (alors capitale de la Galicie autrichienne), qui tout comme la première avait donné à son prénom une sonorité plus germanique en choisissant de se faire appeler Adele. De toute évidence, leurs origines étaient comparables ; pourtant, l'une semblait s'être entièrement dépouillée de son passé, tandis que la seconde devait le porter en elle jusqu'au dernier jour de son existence.

Et c'est bien pour cela que je préférais tant Julie à Adele. J'étais déjà un Viennois de la seconde génération, et les Juifs viennois ne manquaient pas de regarder un peu de haut les Juifs venant de l'Est, moins bien assimilés. Nous étions, du moins le pensions-nous, totalement différents de ces gens-là, portant barbe et caftan. Plus même qu'Autrichiens, nous étions Austro-allemands. Comment dès lors n'aurais-je pas été irrité par l'accent chantant, d'origine yiddish, avec lequel ma grand-mère Adele parlait l'allemand, et par le « *Yoich* » qu'elle soupirait au début et à la fin de presque chacune de ses phrases ?

Cette visite à mon chevet fut la dernière occasion où Julie sortit de son appartement de la Josefstädterstrasse, si l'on excepte ses séjours estivaux à Bad Ischl. Cependant, son argument pour rester ainsi calfeutrée (à savoir qu'elle était trop grosse et trop vieille) n'était pas considéré comme très valable par la famille, puisqu'elle parvenait par ailleurs non seulement à se rendre à Bad Ischl, mais encore à gravir les marches escarpées qui menaient de chez elle à son jardin, puis à les redescendre. Certes, elle marchait lentement et toujours à l'aide d'une canne, mais enfin elle s'en tirait fort bien. A la vérité, pensait à juste titre la famille, elle préférait recevoir des visites plutôt que d'en donner. Cela s'accordait mieux à sa position « souveraine » : en outre, en demeurant ainsi chez elle et en y recevant ses fils, elle évitait en toute diplomatie de rencontrer tante Alice, la femme de mon oncle Paul, qui avait toujours gémi que grand-mère l'honorait moins souvent que ma mère de ses visites. Alice avait longtemps tenu le compte desdites visites de part et d'autre, et ne se privait pas d'en parler dans la famille.

Aussi grand-mère préférait-elle rester chez elle et « recevoir », ce dont elle s'acquittait extrêmement bien. Sans doute sa bonne Annitschek, éternellement chaussée de pantoufles, n'était-elle pas le plus élégant des chambellans ; en revanche, grand-mère avait fière allure assise dans son salon, superbement auréolée de ses folles mèches de cheveux gris, et suffisait à orner ces réceptions de tout l'apparat nécessaire.

L'ameublement de son appartement datait des années 1880, c'est-à-dire de l'époque où François-Joseph était à l'apogée de sa gloire comme empereur de la Monarchie austro-hongroise. Au temps de mon enfance — quelque cinquante ans plus tard —, rien n'y avait été changé ni modernisé. Il n'était pas une chaise, pas un des lourds rideaux de peluche de Bourgogne, pas un des appui-tête de dentelle qui eût été remplacé. Tout était exactement dans le même état que lorsque le Dr Ludwig Klaar et sa jeune épouse Julie avaient emménagé au n° 70 de la Josefstädterstrasse, tant d'années auparavant.

L'appartement de ma grand-mère avait traversé le temps comme un havre immuable, alors même que le monde extérieur subissait à une vitesse folle toutes sortes de cataclysmes et de catastrophes. François-Joseph avait disparu, et avec lui son Empire et sa gloire. Mon grand-père Ludwig était mort et sa jeune épousée de 1886 s'était transformée en une vieille femme obèse et matriarcale. Non, d'ailleurs, tel n'est pas le terme qui convient le mieux pour décrire grand-mère Julie : souverain absolu au sein de la famille, il faudrait plutôt la décrire, en dépit de son sexe, comme un patriarche...

Dans les années vingt et trente de ce siècle, tant du point de vue géographique que politique, l'Autriche n'était plus que le résidu de sa grandeur passée. Ce pays vivait dans le souvenir nostalgique de la formidable Monarchie engloutie par l'histoire, et sa capitale, Vienne, si elle convenait admirablement à l'Empire déchu, apparaissait bien trop importante pour ce pays nain qu'était devenu l'Autriche. Ni le pays ni la ville n'avaient pu se faire une raison du triste sort qui leur était désormais échu. La majorité des Autrichiens rêvaient encore à leur ancienne splendeur, détestaient le monde qui les entourait désormais et redoutaient l'avenir — à juste titre, comme devaient le montrer les événements. Leur pays était devenu, selon la juste expression d'un historien autrichien, « l'État dont personne ne voulait ».

La Vienne où je grandis se voulait encore une métropole mondiale, cosmopolite, élégante. Mais l'imposante façade de la splendeur impériale passée dissimulait l'échec, le dénuement, l'inquiétude. Derrière les façades des magnifiques constructions baroques, on trouvait des couloirs sombres et humides où flottaient l'odeur rance du chou longuement bouilli, celle de la sueur des hommes, celle surtout, difficile à définir mais immédiatement perceptible, de la haine et de l'envie. La Guerre mondiale, commencée avec tant d'allégresse, avait été perdue de la manière la plus sanglante ; des millions d'hommes y avaient laissé la vie, et de nouveaux États — qui allaient à leur tour disparaître peu d'années plus tard — s'étaient édifiés sur les ruines de l'Empire des Habsbourg.

Chez ma grand-mère cependant, sur le territoire restreint où gouvernait le patriarche Julie, le temps avait reçu pour consigne — de Julie elle-même, bien entendu — de ne pas avancer. L'atmosphère propre au temps de François-Joseph, atmosphère en somme victorienne, avait été soigneusement entretenue. Il existe aujourd'hui encore une pièce qui reflète presque exactement ce qu'était à l'époque cet appartement. On y retrouve les mêmes confortables vieilleries, les mêmes tapis usés, les mêmes chaises, les mêmes tentures murales... Je veux parler du bureau de l'empereur François-Joseph dans son pavillon de chasse de Bad Ischl, devenu pendant ses dernière années son lieu de villégiature préféré. Cette pittoresque station thermale de Haute-Autriche était aussi la villégiature favorite du « souverain » de notre famille — grand-mère Julie. Qu'on ne voie aucune intention de lèse-majesté dans cette comparaison entre le cadre de la famille Klaar et celui de la famille impériale. C'est simplement que, historiquement parlant, les relents de renfermé bourgeois de l'appartement des Klaar, comme des autres familles bourgeoises autrichiennes, dénotaient qu'elles partageaient le goût du bureaucratique empereur de l'Empire le plus bureaucratique du monde pour l'aménagement de son cadre de vie. Cette vieille dame juive obèse qu'était ma grand-mère, appréciait au fond d'elle-même le même traditionalisme bourgeois autrichien que cet empereur brillant mais rigide.

Lorsque je vins au monde, les Habsbourg avaient disparu ; pourtant, dans l'appartement de grand-mère Julie, chaque chose demeurait telle qu'elle avait été sous le règne de François-Joseph. On avait beau ouvrir grandes les fenêtres, cette tiédeur rancie persistait. C'est là ce qui donnait à son domicile ce caractère confortable, paisible et, surtout, immuable ; et ses enfants — quatre garçons et une fille — le ressentaient très certainement. A la seule exception de mon oncle Joseph, à qui son épouse interdisait de rendre visite à sa mère plus d'une fois l'an, les trois autres frères ainsi que ma tante Rosalie (qui avait reçu le prénom de sa grand-mère paternelle, mais que tout le monde appelait « Sally ») firent leur vie durant partie intégrante de la Josefstädterstrasse. Après la mort de Ludwig, le plus âgé des quatre frères, mon oncle Paul, généraliste et gynécologue, avait repris la consultation de mon grand-père, dans les pièces de derrière de l'appartement. On pouvait l'y trouver chaque jour. Mon père rendait visite à sa mère et à sa sœur Sally (qui vivait là elle aussi) au moins une fois par semaine, souvent même deux fois. Quant à mon oncle Fritz, bien qu'il fût marié avec deux enfants et possédât son propre foyer, il paraissait établi à demeure chez grand-mère Julie.

Du palier, on pénétrait dans l'appartement par un étroit couloir, meublé d'une immense armoire et d'une glacière : il ne pouvait être question de voir un réfrigérateur — cette nouvelle mode — dans la demeure de grand-mère Julie ; ladite glacière avait été installée à cet endroit lorsqu'elle avait emménagé, et n'avait jamais changé de place depuis. L'été, le marchand de glace passait deux fois par semaine, montait sur son dos d'énormes blocs de glace jusqu'au second étage et en garnissait la glacière. Quant à ce que grand-mère conservait dans l'armoire, je ne l'ai jamais su. Ce couloir conduisait dans le vestibule, une pièce d'amples dimensions au centre de laquelle trônait une grande table recouverte d'une housse. Derrière la table se trouvait un banc adossé au mur, encadré de deux fauteuils également couverts de housses. On trouvait encore, dans ce vestibule, un robinet au-dessus d'un bassin. Pourquoi un architecte autrichien du temps des

Habsbourg, quel qu'il fût, avait-il éprouvé la nécessité d'installer un robinet en cet endroit plutôt que dans la cuisine ? C'est là un mystère que je n'ai jamais pu percer. Une autre énigme, dont la solution ne m'est apparue que beaucoup plus tard, était constituée par cet élément de « mobilier » apparemment inamovible que constituait dans le vestibule en question mon propre oncle Fritz.

« Officiellement », l'oncle Fritz venait à la Josefstädterstrasse pour y rendre visite à sa mère et à sa sœur. On serait donc tenté de penser qu'il aurait dû se tenir avec celles-ci au salon. Or, je ne me souviens pas de l'y avoir vu une seule fois. Dans ma mémoire, il reste comme vissé sur le fauteuil au fond du vestibule, fumant l'une après l'autre ses cigarettes turques — et constituant d'ailleurs un élément décoratif somme toute fort plaisant. Peut-être était-ce son goût du tabac qui l'avait éloigné de la pièce où trônait ma grand-mère ? Notre chère tante Sally était de complexion délicate, et la fumée de cigarette aurait en effet risqué de l'incommoder. Mais peut-être aussi fuyait-il lui-même la conversation de grand-mère, qui tendait quelque peu à se restreindre au problème n° 1 de la famille : la santé de cette chère Sally. L'oncle Fritz qui, malgré les nombreuses maladies dont il avait été victime, possédait sans conteste une santé tout à fait étonnante (c'est lui qui survécut à tous les autres, pour terminer ses jours en 1972 à Melbourne, à l'âge de 84 ans), n'éprouvait aucune véritable envie d'entendre ainsi évoquer les petits malheurs de Sally. Il préférait quelqu'un capable de l'écouter parler des siens propres, et il l'avait trouvé.

De son fauteuil dans le vestibule, il pouvait en effet aisément se faire entendre d'Annitschek qui, grâce à la porte de la cuisine toujours ouverte, était certainement la plus apte à lui accorder toute son attention. La cuisine était la résidence attitrée d'Annitschek. Si grand-mère Julie était le souverain qui, depuis le salon, régnait sur la famille, Annitschek était pour ainsi dire son Premier ministre. De derrière ses fourneaux, c'est elle qui gouvernait au nom du souverain en titre. Annitschek était entrée au service du Dr Ludwig Klaar et de son épouse un peu avant le tournant du siècle. C'était alors une jeune paysanne bien joufflue, qui débarquait de sa Bohême natale. Quarante ans plus tard, elle parlait toujours l'allemand avec le doux accent chantant des Tchèques germanophones. Et, de toutes ces années, pas une fois elle n'était retournée dans son pays. Elle avait partagé les heurs et les malheurs de la famille Klaar, contribué à élever les cinq enfants, bref voué son existence tout entière aux Klaar.

Jamais elle n'eut d'homme dans sa vie — si l'on compte pour rien les diverses chatouilles et agaceries par lesquelles les adolescents se préparaient, à l'époque où les familles avaient encore des bonnes à leur service, et avec le demi-consentement de la famille, à ce qu'ils devaient ensuite vivre de plus important et de meilleur.

Annitschek savait tout. C'était elle qui décidait de ce qu'il fallait ou non porter à la connaissance de notre souverain, de notre patriarche femelle. Bien évidemment, elle avait déjà entendu l'oncle Fritz lui raconter ses histoires des centaines et des centaines de fois, mais elle ne refusait pas pour autant de les réentendre encore et encore ; car, si elle détenait le véritable pouvoir, telle une éminence grise, elle savait aussi se tenir à sa place. Jamais il ne lui serait venu à l'esprit de prier l'oncle Fritz de la laisser tranquille, pas plus qu'elle n'eût songé un seul instant à s'asseoir pour manger à la même table que grand-mère ou que n'importe quel autre membre de la famille. En dehors même des repas, et malgré plus de quarante ans de service, malgré le fait qu'elle savait tout ce qu'il était possible de savoir sur chacun des membres de la famille, en aucun cas elle n'eût, si fatiguée qu'elle fût, pris la liberté de s'asseoir en présence d'un Klaar. En fait, je ne me souviens pas de l'avoir jamais vue assise. Et l'on aurait bien tort d'en déduire que les Klaar formaient une clique réactionnaire et que c'est eux qui exigeaient d'elle cette attitude servile. Bien au contraire, j'entendis souvent grand-mère demander : « Annitschek, pourquoi ne vous asseyez-vous pas un peu ? » Non, c'est Annitschek elle-même qui, tout naturellement, ignorait ces invites à plus de naturel et de familiarité. Annitschek connaissait son rang, comme on dit, et elle s'y sentait bien. Ce qui l'intéressait, c'était le pouvoir, non l'apparat dont il s'entoure. Et ce pouvoir, il ne fait nul doute qu'elle l'exerçait en effet, comme principal conseiller de grand-mère.

Mon oncle Fritz, celui qui fumait cigarette sur cigarette, était fort bel homme. Avec sa fine et élégante moustache, son agréable apparence, ses costumes de bonne coupe bien qu'un peu usés déjà, il répondait parfaitement à l'image que l'on pouvait se faire d'un officier en retraite de l'armée autrichienne. Le fait est qu'il avait monté en grade jusqu'à devenir capitaine, ce qui pour un Juif n'était vraiment pas rien. Plus d'un lustre, certes, s'était écoulé depuis ces années grisantes, mais il n'en donnait pas moins l'impression de sortir toujours d'une opérette de Strauss ou de Lehar. Son profil, net et bien dessiné, semblait plus celui d'un aristocrate que d'un Juif. Sans doute était-ce la raison — compte tenu aussi de son bel uniforme militaire — pour laquelle ma tante Hanna avait ressenti à son égard assez d'attirance pour en faire son époux, malgré le fait qu'il était Juif.

C'est que tante Hanna n'était pas d'un philosémitisme effréné. Par la suite, elle joua même un certain rôle, mineur il est vrai, parmi les dames de la haute société clérico-fasciste, sous les régimes de Dollfuss et Schuschnigg. Du point de vue religieux, tante Hanna appartenait officiellement aux « vieux catholiques », qui s'étaient séparés de l'Église catholique romaine en 1871, suite à l'encyclique de 1870 sur l'infaillibilité pontificale. Les « vieux catholiques » refusant d'admettre ce dogme, certains Juifs autrichiens en tirèrent la conclusion qu'à maints égards ils s'affirmaient ainsi comme plus proches du judaïsme et, pour ce qui les concernait, offraient de meilleures possibilités pour une éventuelle conversion. Ainsi tante Hanna — aussi anti-juive fût-elle — n'était-elle en fait à l'origine qu'une petite Juive tout à fait ordinaire. Son nom de jeune fille était Hanna Valerie Weiss. Son père, le vieux Herr Weiss, était un homme aisé, directeur d'une des plus importantes brasseries autrichiennes. Le « flirt », pour ainsi dire, qu'entretenait Hanna avec l'antisémitisme n'avait nullement pour source quelque conviction fermement arrêtée, mais simplement son ambition sociale. Elle était avant tout arriviste, si ce mot a jamais eu un sens. Avant son mariage, cette demoiselle se faisait imprimer des cartes de visite libellées au nom de « Hanna v. Weiss ». La lettre « v. » signifiait bien sûr « Valerie » mais, étant imprimée en minuscule, elle ne pouvait apparaître aux yeux d'un Autrichien que comme l'abréviation de la particule aristocratique « *von* », et l'amener à penser que le véritable nom de la jeune femme était « Hanna von Weiss ».

Aussi n'est-il guère surprenant que « la » patriarche de la famille Klaar n'ait pas estimé devoir consacrer un temps considérable à une bru de cette espèce. A dire vrai, aucune des épouses de ses fils ne lui inspirait de véritable adoration ; mais, à une exception près toutefois, elle adorait encore moins Hanna que les autres. Quand elle se laissait aller à dire le fond de sa pensée — et cela lui arrivait plus souvent qu'à son tour —, elle appelait tante Hanna « la grimpeuse ». Ce n'était pas vraiment une gentillesse, mais il faut bien reconnaître que cette déplaisante appellation n'était pas sans contenir quelque vérité. En effet Hanna, quoique fort intelligente, était capable de se livrer aux actes les plus étranges. Ainsi, souhaitant désespérément savoir ce que les gens pensaient d'elle, alla-t-elle un jour jusqu'à faire publier dans les journaux sa propre notice nécrologique. J'ignore si, suite à cette bizarre démarche, elle reçut quantité de bouquets et en tira tout le plaisir attendu, ou si, une fois apparu qu'elle appartenait toujours heureusement au monde des vivants, elle dut faire face à toutes sortes de problèmes...

Pour ma part, j'aimais bien cette jolie rousse pleine de vivacité et, bien que ses visites chez nous fussent rares (mon père était si proche de grand-mère que leurs jugements sur les tiers étaient généralement presque identiques), j'avais toujours plaisir à la voir. Il y avait en elle une chaleur et une gentillesse certaines, que seules recouvraient son ambition sociale et une insouciance quant à l'argent qui manqua de la ruiner, elle et toute sa famille. L'avènement d'Adolf Hitler devait d'ailleurs faire apparaître ce qu'elle était en vérité, et chasser tous ces défauts qui n'étaient que sottise et vanité. Au cours de la guerre, alors qu'elle-même disposait de fort peu d'argent, elle me surprit en se mettant soudain à envoyer de fort généreux colis de nourriture depuis l'Australie, où elle avait émigré avec oncle Fritz et leur fille.

Ce pauvre oncle Fritz était censé avoir été victime des difficultés économiques de l'Autriche, faire partie de ces nombreux milliers de gens tout à fait convenables qui avaient perdu leur emploi sans y être pour rien. Fritz travaillait en effet à la Creditanstalt, la plus importante banque d'Autriche, qui fit presque totalement faillite lors de la crise économique du début des années trente : qu'il se trouvât au chômage, cela n'était donc aucunement de sa faute. Néanmoins, la famille estimait, non sans quelque dureté, qu'il aurait pu s'efforcer un peu plus sérieusement de chercher du travail et qu'en tout cas, ce n'était certainement pas dans le vestibule de grand-mère qu'il risquait d'en retrouver. Peut-être passait-il tout ce temps dans cette appartement parce que la proximité de cette mère dominatrice le rassurait ?

Du vestibule, une double porte à panneaux vitrés donnait dans la salle d'attente de la consultation reprise par oncle Paul. Celui-ci avait modernisé le cabinet après la mort de Ludwig. Ce n'était partout qu'acier et peinture blanche, jusqu'à son bureau métallique très moderne — mais l'aspect victorien quelque peu étouffant de la salle d'attente avait été préservé. C'était une pièce sombre, malgré ses deux fenêtres sur cour. Elle était meublée d'un grand divan, d'une table massive, de deux ou trois fauteuils, d'une table basse encombrée de vieux magazines, d'un grand tableau représentant un Beethoven plus tempétueux que jamais, et de quelques plantes, caoutchoucs ou aspidistras, dont le vert sombre rendait cette morne pièce plus déprimante encore. En fait, son aspect lugubre aurait suffi à décourager les patients. Jamais je n'y aperçus à la fois plus de deux ou trois personnes, qui la plupart du temps paraissaient n'être que de fidèles reliques de l'époque de grand-père. On ne pouvait dire que ce fût une consultation florissante. En fait, la principale occupation d'oncle Paul, et celle qui lui rapportait le plus d'argent, était son travail salarié comme médecin légiste.

Normalement, son cabinet aurait pourtant dû être l'un des plus fréquentés du quartier, car oncle Paul, homme de haute taille et d'un caractère enjoué, doté d'une panse formidable, était un excellent médecin. Malgré sa corpulence, il se révélait étonnamment rapide et agile ; il devait bien peser 130 kilos, mais jamais je n'oublierai avec quelle vivacité il pouvait mouvoir cette énorme masse quand il le fallait. Ce fut pour moi une expérience inoubliable que de le voir sauter dans un tramway qui roulait déjà très vite. Cet homme gigantesque se mit soudain à poursuivre le tramway, qui s'éloignait de plus en plus vite, et se précipita sur la plate-forme du conducteur. Tout cela se passait au terminus d'une ligne de tramway, près de la forêt viennoise, cette célèbre et superbe zone de bois, de collines et de prairies qui entoure la ville.

Nous étions partis en excursion, Paul, sa femme Alice, leurs deux garçons Didi et Heinzi, un cousin éloigné nommé Leopold Klaar, accompagné de son épouse Sophie et de leur fils de quatorze ans, Herbert, mes parents et moi. J'avais alors huit ou neuf ans. Nous avions passé toute la journée à marcher sous le soleil et ressentions notre fatigue — bien que je sois à peu près certain que nous n'avions pas dû marcher énormément. Mon père était loin de compter parmi les plus grands sportifs de l'époque, et une rapide balade dans les bois méritait dans sa terminologie l'appellation de « randonnée pédestre ». A la fin de la journée, notre petite troupe, fatiguée et tout en sueur, se tenait près de l'arrêt en attendant le tram. Quelle mouche piqua le conducteur de cet engin lorsque enfin il arriva, Dieu seul le sait. Nous vîmes les trois wagons ralentir en abordant le virage qui précédait l'arrêt proprement dit, puis continuer à ralentir comme s'ils allaient s'arrêter, de sorte que le jeune Herbert Klaar sauta dedans sans plus attendre. Mais, tout à coup, le chauffeur accéléra et tout le tram repartit à toute allure, de plus en plus vite, séparant Herbert tout penaud du reste de la famille qui criait sur un ton hystérique : « Arrêtez, mais arrêtez ! » C'est à cet instant qu'oncle Paul propulsa sa corpulente personne à travers l'espace et réussit à sauter agilement sur la plate-forme du conducteur. Quelque cent mètres plus loin, le tram s'arrêta brusquement. Oncle Paul, notre héros, avait fait briller sous le nez du conducteur sa grosse plaque de police, insigne vernis orné de l'aigle autrichien, en hurlant qu'il allait le faire arrêter pour tentative d'agression corporelle aggravée — ce qui, naturellement, effraya assez le conducteur pour lui faire arrêter son véhicule sur-le-champ.

Tel était mon oncle Paul quand j'étais enfant : un homme grand et fort, toujours de bonne humeur — ô combien différent de cette pauvre carcasse éteinte, de cet homme hanté par l'atrocité, qui revint à Vienne en 1945, sortant du ghetto de Theresienstadt !

Cela dit, outre ses qualités propres de médecin et sa séduisante personnalité, Paul était également le fils de Ludwig Klaar, qui avait été l'un des meilleurs praticiens de Josefstadt et en outre directeur sanitaire de ce quartier. Aussi aurait-on pu s'attendre à voir sa salle d'attente toujours pleine, un flot continu de patients franchir ces sombres portes vitrées, tirer en permanence la sonnette de l'appartement de grand-mère.

Si le cabinet de Paul restait aussi désert, cela tenait-il à l'atmosphère générale de l'appartement, qui évoquait des temps bien révolus ? Ou peut-être était-ce à cause d'Annitschek ? Certes, elle ne répondait guère à la classique image de l'assistante médicale, bien soignée et vêtue d'une blouse blanche, pour ouvrir la porte aux patients : d'aspect lourdaud, toujours fagotée d'une vieille robe noire plutôt passée et que recouvrait un tablier de cuisine rien moins qu'immaculé, Annitschek se traînait vers la porte dans ses bonnes vieilles pantoufles. Mais en fait c'était autre chose. La vérité, c'est que l'époque et les circonstances jouaient contre Paul. Il y avait alors à Vienne quantité de médecins : la ville, avec sa célèbre École de médecine et ses nombreux praticiens de renommée mondiale dans toutes les spécialités médicales, connaissait à ce niveau une situation d'inflation. Quelques très rares génies de la médecine pouvaient espérer se hisser jusqu'aux sommets de leur profession et s'enrichir. Mais oncle Paul ne faisait certainement pas partie de ce petit groupe d'aristocrates de la médecine. En outre, une grande partie de son temps était prise par ses obligations de médecin légiste. Ce poste n'était sans doute pas facile à obtenir, surtout pour un Juif. Peut-être les relations de Ludwig y avaient-elles été pour quelque chose, ainsi que le fait que Paul avait dirigé un hôpital de campagne pendant la Grande Guerre et avait reçu pour son activité dans ce cadre une importante décoration : il était chevalier de l'Ordre militaire de François-Joseph.

Travailler pour la police n'était pas une sinécure. Lorsque oncle Paul était de garde, il pouvait être appelé à n'importe quelle heure du jour et de la nuit. Je ne me souviens pas, en ce temps-là, d'avoir vu oncle Paul venir dîner chez mes parents sans qu'à un moment ou à un autre le téléphone ne retentît, obligeant le pauvre Paul, qui aimait tant manger, à partir en toute hâte, sans même pouvoir terminer son repas. Il reçut certes une compensation, fort importante dans ce pays où pour être quelqu'un il fallait pouvoir se targuer d'un titre quelconque : Paul fut officiellement nommé *Regierungsrat* (conseiller du gouvernement) vers le milieu des années trente. En Autriche, les titres ont une très grande importance.

Paul appréciait la vie. Il adorait la compagnie et, tout au contraire de mon père, était le type même de ce qu'on peut appeler un « clubman ». Jeune étudiant encore, il avait appartenu à l'une de ces associations universitaires qui aimaient les duels violents, façon teutonique, et les grandes saouleries à la bière, le tout agrémenté de rites étranges et d'uniformes datant du début du XIXe siècle. Il avait la repartie spirituelle et un certain talent pour rédiger d'amusants vers burlesques, qualités qui l'avaient rendu fort populaire dans sa loge maçonnique. Que de toutes les loges existant à Vienne il eût choisi celle qui s'appelait « Schlaraffia », cela le décrit parfaitement : cette appellation renvoyait à la vieille légende germanique du Schlaraffenland, contrée où les plus exquises nourritures et les plus délicieuses boissons sont gratuites pour tous — à la seule condition d'avoir été d'abord capable d'y pénétrer, ce qui ne pouvait se faire qu'en se taillant son chemin à coups de dents à travers une gigantesque montagne de pudding.

Car l'impressionnante corpulence de Paul n'était pas un don de Dieu, mais un résultat purement humain, fabriqué entièrement par lui-même. Il mangeait énormément et, de préférence, toutes ces bonnes choses qui, couche de graisse après couche de graisse, vous construisent un homme. Il faut préciser ici que le culte de la sveltesse et, plus généralement, de la jeunesse, n'était point encore de mode. Une bonne bedaine ou, en termes plus élégants, un certain embonpoint, étaient à cette époque considérés comme un attribut de dignité. Quelqu'un qui mangeait bien, et qui le laissait paraître, eh bien c'était, justement, quelqu'un. Au petit déjeuner, Paul tartinait abondamment de beurre ses petits pains croustillants et ingurgitait d'innombrables tasses de café, tant chez lui que dans les cafés chics de la ville, chaque tasse étant bien entendu recouverte d'épaisses couches de crème fouettée bien sucrée ; il avalait de bon appétit un second petit déjeuner au milieu de la matinée, moyennant quoi son organisme pouvait tenir le coup jusqu'à son retour chez lui — où l'attendait un vrai déjeuner, composé de trois plats comme il se doit, auquel faisait suite une petite sieste postprandiale, bien propre à permettre à toute cette bonne chère de se répandre convenablement à travers son ample organisme.

Ses après-midi n'étaient pas non plus des plus austères. Juste en face de chez grand-mère, de l'autre côté de la rue, se trouvait la célèbre pâtisserie de Herr Beisiegl. Chaque jour, on pouvait voir Annitschek traverser la rue, toujours dans ses bonnes grosses pantoufles, et revenir avec tout un assortiment de chocolats, crèmes et gâteaux divers destinés à être distribués aux membres de la famille, la part du lion revenant évidemment à Paul. Après l'heure du thé, Paul sortait faire ses visites et, comme chacun de ses patients lui offrait un petit « rafraîchissement », cela lui permettait de garder des forces jusqu'à l'heure du dîner.

Un de mes souvenirs les plus désopilants est celui de mon oncle Paul au régime. Ma tante Alice, fort enviée en cela par ma mère qui était plutôt grassouillette, mangeait beaucoup elle aussi mais restait toujours maigre comme un clou. Et, de temps à autre, elle s'en prenait à oncle Paul pour le faire « jeûner ». Il était alors obligé de recouvrir ses petits pains beurrés du matin avec du miel, au lieu des tranches de jambon habituelles, et il soutenait fièrement que ça, c'était vraiment un régime. Il lui fallait aussi réduire de moitié les montagnes de crème fouettée qui surmontaient ses tasses de café — du moins dans son salon de thé favori, mais ce n'était là qu'une simple ruse car tante Alice y faisait parfois irruption pour une rapide tournée d'inspection : cela ne l'empêchait pas de savourer des cafés agrémentés de portions de crème normales, dans d'autres maisons où tante Alice risquait moins de surgir à l'improviste.

La famille, c'est-à-dire bien entendu grand-mère Julie, acceptait Alice infiniment mieux que Hanna — mais non cependant sans critique. Alice était considérée comme quelque peu hystérique et plutôt panier percé. Elle était certes d'un tempérament nerveux, impression que renforçait encore sa voix haut perchée. Sa nervosité, ses mouvements rapides et un peu saccadés, sa voix à vous crever les tympans, avaient suffi à la faire qualifier d'hystérique. En fait, c'était une femme émotive, à tel point qu'il lui arrivait de faire des montagnes de choses sans grande importance — ainsi lors de la fameuse affaire « sexuelle » dont je fus le centre et qui sépara pendant quelque temps nos deux familles.

J'avais alors huit ou neuf ans, et l'autre protagoniste de cette histoire était mon cousin Heinzi, le plus jeune fils d'Alice, qui avait environ un an de moins que moi. Tandis que nous étions chez moi, en train de jouer à des jeux parfaitement innocents tels que massacrer mon cheval à bascule à l'aide de mon sabre de bois, Heinzi, que ces activités inoffensives commençaient à lasser, me demanda soudain : « Sais-tu ce que c'est qu'une putain ? » Comme je n'avais jamais entendu ce mot auparavant, il m'expliqua qu'il s'agissait d'une femme que l'on payait pour lui faire tout ce qu'on voulait — sans être cependant en mesure de me préciser ce qu'il entendait par là. Tout ce qu'il savait, c'est qu'il était question de déshabiller ladite personne et de la malmener. De toute évidence, il avait dû entendre son père parler de ce métier. En tant que médecin légiste, Paul était tout naturellement amené à rencontrer ces dames, surtout lorsqu'elles avaient été brutalisées, voire proprement mises en pièces, par des clients un peu exigeants. Nous décidâmes que Heinzi jouerait le rôle de la prostituée et moi celui du client. Il se mit à déambuler dans ma chambre comme s'il se fut agi de la Kärntnerstrasse, la rue commerçante la plus élégante de Vienne, où ces dames se promenaient le soir. Pour ma part, je jouais le rôle du Monsieur désœuvré et entrepris d'examiner les charmes de Mlle Heinzi. Je lui pris donc le bras et nous nous approchâmes du lieu de notre « orgie », à savoir mon lit.

Bien que représentant l'homme, je n'avais bien entendu aucune idée de ce que j'étais censé faire. Aussi fut-ce Heinzi, mieux informé, qui prit la direction des opérations : « Déshabille-moi », dit-il, et je fis comme il me disait. Arrivés à ce stade, nous commençâmes tous deux à nous prendre à ce jeu apparemment hétérosexuel, sur fond d'homosexualité latente. Tout cela commençait à nous sembler très réel et assez excitant. Ni lui ni moi ne savions ce qui devait avoir lieu ensuite, sinon, grâce aux connaissances de Heinzi, qu'il fallait qu'il y ait quelques coups. C'était moi l'homme, j'avais un an de plus que mon cousin et j'étais nettement plus robuste... Je fis ce que j'étais censé faire et le rossai. Il faut croire que dès mon jeune âge j'estimais que tant qu'à faire quelque chose, autant valait le faire bien : aussi ce cher Heinzi reçut-il une fort jolie raclée. Normalement, il eût dû hurler à ameuter toute la maisonnée, mais les circonstances n'avaient évidemment rien de normal. Après tout, il n'était qu'une prostituée, « payée » pour ses services. Telle une vraie professionnelle, il supporta stoïquement la volée que je lui infligeai et à la fin de la journée, quand il dut rentrer chez lui, nous nous séparâmes bons amis. Nous ne savions pas ce que me réservait la suite.

C'était justement le soir du bain de Heinzi. Quand sa chère petite maman — ma tante Alice — déshabilla son petit ange pour le plonger dans la baignoire, elle constata que son mignon derrière était sensiblement plus coloré qu'à l'habitude : en fait, tout contusionné de rouge, de vert et de noir. De douloureuses traces de nos « jeux amoureux » marbraient également d'autres parties du corps de Heinzi. Il ne fallut pas bien longtemps à tante Alice pour faire avouer la vérité à Heinzi, à ceci près qu'il ne lui dit pas exactement la vérité : à l'entendre, c'était moi qui l'avais séduit, qui avais eu l'idée de jouer au jeu des putains. Tout était de ma faute. Alice mit au lit son angélique bambin — c'était vraiment un joli petit garçon, avec d'abondantes boucles blondes —, non sans avoir signalé à l'oncle Paul que le petit chéri avait besoin de soins médicaux immédiats. Puis elle sortit précipitamment de chez elle pour venir plonger mon existence dans les flammes de l'enfer et de la damnation.

Quand j'entendis sa voix dans le vestibule, criant plusieurs octaves plus haut encore qu'à l'habitude, j'eus tôt fait de comprendre ce qui expliquait cette visite impromptue. J'étais déjà au lit à cette heure-là, aussi m'empressai-je d'éteindre la lampe et de feindre le sommeil. Mais j'avais tort de m'inquiéter : la porte de ma chambre ne s'ouvrit pas sur mes parents indignés. J'entendis simplement leurs voix, ainsi bien sûr que celle d'Alice, dont le ton était déjà un peu redescendu. Je m'endormis...

C'est seulement le lendemain matin que je fus soumis à un interrogatoire et pus établir mon innocence, du moins relative. Je reconnus qu'en effet j'avais battu Heinzi ; mais en fait, c'était lui qui m'avait dit de le faire, c'était lui qui avait eu cette idée et m'avait parlé des putains ; moi-même je n'avais jamais entendu ce mot auparavant, sur ce point c'était lui qui mentait et non pas moi. On me crut, car tout indiquait que Heinzi avait appris ces choses-là de son père, et que je n'étais donc pas prématurément pervers, comme le prétendait tante Alice. Paul se montra d'ailleurs beaucoup plus raisonnable que son épouse à propos de toute cette affaire. Ses relations avec mes parents ne furent en rien modifiées par cet épisode, alors qu'il fallut tout de même quelque temps à Alice pour nous adresser à nouveau la parole. Peut-être, après tout, la famille n'avait-elle pas entièrement tort en disant qu'elle était un peu hystérique.

Par la suite, Paul devait nous aider, mes parents et moi-même, à nous tirer d'une situation plutôt délicate ; c'était en 1936, j'avais alors quinze ans et je dus, pour la première fois, faire face à la marée montante du nazisme. Je fréquentais alors le Schopenhauergymnasium, un lycée plutôt strict et où les élèves juifs étaient en petit nombre. Dans chaque groupe d'âge, nous étions scindés en deux filières parallèles, le groupe A et le groupe B. Le groupe A comportait toujours quelques Juifs, alors que le groupe B restait « pur » du point de vue racial.

A cette époque, l'Autriche était un État clérico-fasciste, bien que le régime de Kurt von Schuschnigg ne fût pas ouvertement antisémite. Officiellement, aucune discrimination n'était exercée à l'encontre des Juifs. Cependant, le pouvoir avait pour base diverses organisations paramilitaires dont la principale était la *Heimwehr* du prince Starhemberg, une milice fasciste fortement apparentée à celle de Mussolini et qui, bien qu'elle comportât quelques éléments juifs — généralement convertis — parmi ses officiers et ses propagandistes, possédait une aile raciste, d'un antisémitisme virulent.

Malgré toutes les assurances données par le chancelier Schuschnigg à la communauté juive, fort influente à Vienne, assurances peut-être tout à fait sincères, en 1936 la menace était claire — mais les Juifs se refusaient à la prendre en compte. L'antisémitisme s'était déjà partout infiltré dans la vie publique. L'activité des nazis autrichiens (dont l'existence était illégale) s'accroissait de jour en jour, grâce à leurs cellules clandestines de SA et de SS, ainsi qu'à leurs commandos terroristes, groupes spéciaux menés par un gangster viennois d'ascendance slave, un certain Odilo Globocznik. Ils posaient des bombes dans les magasins juifs et semaient la terreur dès qu'ils en trouvaient l'occasion. Par la suite, Globocznik devint en Pologne dirigeant SS et chef de la police du district de Lublin, où il poursuivit à grande échelle ce qu'il avait commencé à faire à Vienne.

On attachait alors une grande importance, dans les écoles autrichiennes, non seulement aux résultats scolaires, mais également à l'entraînement prémilitaire, voire paramilitaire. Tous les six mois, les élèves les plus âgés (de quinze ans et au-delà) devaient accomplir une marche dans la forêt viennoise, agrémentée de petits exercices militaires. Je fréquentais le Schopenhauergymnasium depuis quelque cinq mois quand vint le jour d'effectuer cette marche. Nous quittâmes le lycée rangés en colonnes bien droites, sous le commandement de notre professeur d'éducation physique, petit homme sec aux cheveux blonds coupés en brosse, très raide d'allure et de comportement — une parfaite image de nazi. Après quelques heures de marche, il nous ordonna de chanter des hymnes militaires, ce que nous fîmes. Jusque-là, tout cela était plutôt plaisant et sain ; il y avait le plaisir d'être hors du lycée, de respirer le grand air, et de toute façon j'aimais assez à jouer aux soldats. Mais soudain j'observai que l'autre groupe, celui qui ne comportait aucun Juif, ne chantait pas la même chose que nous. Ils hurlaient à pleins poumons : « Quand le sang juif jaillira sous nos couteaux », refrain du *Horst Wessel Lied*, l'un des plus ignobles chants nazis. Je me tournai vers mon compagnon de marche, un non-Juif que j'aimais bien, et lui dis : « Je ne vais pas laisser passer ça ! Dès que nous serons de retour, j'irai voir le principal et ils entendront parler de moi ! — Pourquoi ne vas-tu pas te plaindre tout de suite au professeur ? me répondit mon camarade. — A quoi bon ? répliquai-je. Il les entend aussi bien que moi, et il ne fait rien contre. De toute façon, c'est lui-même un nazi. »

De retour au lycée, je demandai à voir le principal. Je lui racontai ce qui s'était passé. Il écouta ce que je lui disais et me promit de faire une enquête, puis déclara que je pouvais disposer. Le lendemain matin, c'est moi qui fus appelé au bureau du principal, qui me reçut en ces termes : « Vous allez immédiatement ramasser vos affaires et quitter le lycée. Je ne veux plus jamais vous voir ici. Vos parents en seront informés par lettre. Maintenant, dehors ! »

Je fis comme il avait dit. Ce fut ma mère qui m'ouvrit la porte. Je lui racontai ce qui s'était passé, sur quoi elle téléphona à mon père, qui lui-même appela oncle Paul. Une demi-heure plus tard, celui-ci arrivait chez nous. Si quelqu'un pouvait m'aider dans cette affaire, c'était bien lui, grâce à son titre officiel et à ses relations au gouvernement. Il n'était pas seulement d'accord pour agir en ce sens, il y tenait absolument. Il alla immédiatement voir le principal, lequel, évidemment impressionné par la visite d'un *Herr Regierungsrat*, expliqua enfin pourquoi j'avais été renvoyé. Mon « ami » chrétien, celui auquel j'avais dit qu'il ne servirait à rien de me plaindre au professeur parce qu'il était lui-même nazi, avait rapporté mon propos à celui-ci sur le chemin du retour. Je reste absolument convaincu qu'il était antisémite et appréciait plutôt ce fameux « sang juif jaillissant sous nos couteaux » ; mais enfin, officiellement, il n'était pas nazi : ce que j'ignorais, c'est qu'il était en réalité un très haut responsable du « Mouvement patriotique de la jeunesse », l'organisation autrichienne de jeunesse créée par le chancelier Schuschnigg.

Le principal n'avait pris en compte que la remarque que j'avais émise à l'égard de ce professeur. C'était la seule chose qui comptât à ses yeux : j'avais « offensé » un professeur. Du chant outrageant et de ceux qui l'avaient chanté, il ne fut tout simplement pas question. Lorsque oncle Paul menaça d'exiger une enquête policière sur les affiliations du corps enseignant, le principal baissa le ton et proposa, à condition que mes parents s'engagent à me retirer du lycée de leur plein gré à la fin du trimestre, d'annuler mon renvoi immédiat pour faute grave — sanction qui aurait signifié la fin de toutes mes études, car aucun autre lycée autrichien ne m'aurait admis avec un antécédent pareil. Ce compromis fut accepté de tous. De toute façon, je n'avais pas d'autre choix que de quitter le Schopenhauergymnasium, où les garçons nazis que j'avais dénoncés m'auraient mené une vie infernale, tout comme les professeurs également nazis — car, si ce professeur d'éducation physique n'était pas vraiment nazi, beaucoup de ses collègues l'étaient. Cela dit, sans l'intervention d'oncle Paul, aucun compromis n'aurait pu être conclu.

Mon père se sentait surtout proche de son frère Paul. Ses rapports avec Fritz étaient pour le moins limités et quant à Josef, le plus jeune de tous, dont le surnom (bien viennois) était « Pepi », c'est à peine s'il le rencontrait de temps à autre.

Pepi ne se rendait que rarement à l'appartement de grand-mère : nullement par manque d'affection pour elle et le reste de la famille, mais à cause de son épouse Gisi. Pepi, dont le prénom entier était Josef Pasquale, était devenu un brillant dermatologue, fort connu du public. Dans les milieux professionnels, son nom était prononcé avec un grand respect. Il jouait par ailleurs du violoncelle avec beaucoup de talent, et les quatuors d'amateurs recherchaient beaucoup sa participation. Avec ses épais cheveux noirs bouclés sous son chapeau à larges bords « à la Verdi », il ressemblait bien davantage au musicien qu'il aurait souhaité devenir qu'au médecin qu'il était.

Je ne m'étais rendu que deux ou trois fois au cabinet d'oncle Pepi ; mais quelle différence par rapport à celui d'oncle Paul ! Il y avait toujours foule, les patients ne cessaient d'aller et venir, et la porte n'était pas ouverte par une bonne telle qu'Annitschek, mais par une vraie assistante, vêtue d'une vraie blouse blanche ; pour peu d'ailleurs que l'assistante du moment fût jeune et jolie, on rencontrait aussi, inévitablement, une femme de haute taille, au regard sévère, également vêtue de blanc et qui s'affairait un peu partout dans la consultation. C'était tante Gisi, qui surveillait la bonne marche des choses — du moins le prétendait-elle ; en réalité, elle surveillait surtout son Pepi, à l'allure si romantique, et sa jeune assistante, pour s'assurer qu'aucune relation secrète ne se développait entre eux. Pepi n'aurait d'ailleurs jamais osé rien entreprendre de tel : Gisi lui avait signifié avec la plus grande clarté que s'il avait un jour une relation avec une autre femme, elle le tuerait sur-le-champ. Et Pepi, comme tout le reste de la famille, savait que ce n'était pas là une plaisanterie, ni même une menace, mais un simple constat. Cette femme était en proie à plusieurs démons, dont la jalousie n'était pas le moindre. C'est ainsi, alors que leur fille Susi avait six ou sept ans, que Pepi parvint de justesse à empêcher Gisi de jeter son propre enfant par la fenêtre du quatrième étage. C'était au beau milieu d'une terrible scène entre les parents de Susi : Gisi accusait Pepi de lui préférer leur fille, et Pepi s'efforçait une fois encore de lui démontrer que ce n'était pas vrai quand Gisi, prise d'une véritable rage, se saisit de l'enfant et l'entraîna vers la fenêtre ouverte. Pepi réussit à l'arrêter, mais il s'en fallut de peu.

Gisi était beaucoup plus âgée que son mari : officiellement de quelque dix ans, mais plus probablement d'une quinzaine d'années. Quand Pepi l'avait rencontrée, il n'avait guère plus de vingt ans. Gisi était divorcée et avait eu deux enfants de son premier mari, un médecin autrichien bien connu, Erich Störck. C'était une femme d'une forte personnalité et dont la beauté faisait l'admiration générale : grande, élancée, élégante, elle aurait pu sortir tout droit d'un tableau de Gustav Klimt. Pepi tomba éperdument amoureux d'elle mais, quand il la présenta à ses parents, l'impression mutuelle fut immédiate et plutôt sèche — à tel point que grand-père Ludwig finit tout bonnement par gifler sa future bru. Comme le montra la suite des événements, le vieux docteur Ludwig ne portait pas de mauvais diagnostics en matière d'individus. Je ne sais si c'est simplement la personnalité de Gisi qui mit à tel point grand-père Ludwig hors de lui, ou si cette gifle avait un rapport avec les circonstances du divorce de Gisi. En effet, le tribunal avait accordé la garde des enfants au Dr Störck — or, si les torts avaient été du côté de son mari, aucun tribunal autrichien, à cette époque, ne lui aurait confié les enfants.

On trouve trace de cette affaire dans les Mémoires de la première épouse de Stefan Zweig, Friderike Maria, qui écrit :

Un de mes amis d'enfance, le Dr Erich Störck, qui vient de divorcer, m'a demandé de m'occuper de ses enfants.

Plus loin, après avoir décrit la mort tragique du Dr Störck et de sa seconde femme, elle revient en ces termes sur les amères circonstances du divorce de Gisi :

Mes bons, mes chers, mes fidèles amis ! Il me faudrait écrire un livre pour raconter les batailles de toute votre vie, pour dire votre valeur humaine, à vous, infortunés, victimes de votre sentiment de culpabilité, doublement victimes de cette terrible guerre. Quant à vos enfants, Erich, quelle bataille sanglante vous avez dû livrer pour eux, contre votre première femme, qui est sans doute heureuse aujourd'hui de les avoir près d'elle. Votre mort les lui a rendus. Elle était la plus forte.

Oui, Gisi savait mener de sanglantes batailles.

Pepi manifestait une fixation maternelle plutôt marquée ; c'était un cas parfaitement classique, facile à diagnostiquer sans être pour cela Sigmund Freud. Et Gisi constituait un parfait substitut maternel. Elle donnait à Pepi un peu d'amour et le punissait abondamment. Le psychisme humain est un étrange instrument, dont bien des cordes laissent retentir l'écho de fort étranges désirs. Etant le plus jeune de la famille, Pepi avait toujours été le bébé choyé de tous, que sa mère aimait comme la prunelle de ses yeux. Mais il avait ensuite été privé de cette position privilégiée par l'arrivée d'une petite sœur — l'unique fille après quatre garçons, oisillon surprotégé par toute la famille et sans conteste la préférée de grand-mère Julie : c'est sur cette dernière-née que se concentra alors l'amour intense et à vrai dire étouffant de grand-mère, laissant tout à coup le plus jeune des garçons presque dépourvu d'affection.

Tous les Klaar semblent avoir hérité de grand-mère Julie cette capacité d'amour intense mais à l'intérieur d'étroites limites, d'affection extrêmement puissante mais exclusivement concentrée sur un être, au détriment de tous les autres. Ainsi de Paul avec Alice, le peu qui restait revenant au plus jeune des deux fils, Heinzi. Didi, de six ans plus âgé que Heinzi, comme on lui demandait pour son dixième ou onzième anniversaire quel cadeau il souhaitait, répondit : « Que maman et papa, pendant une seule journée, m'aiment autant qu'ils aiment Heinzi tout le temps. » Cette réplique devait par la suite être souvent citée dans la famille, avec beaucoup d'étonnement. Comment ce garçon avait-il pu dire pareille chose ? Est-ce que les parents n'aiment pas toujours semblablement tous leurs enfants ? Eh bien, non : le petit Didi savait de quoi il parlait.

Les trois aînés des frères Klaar, Paul, Fritz et Ernst, étaient nés à intervalles rapprochés. A peine la pauvre Julie avait-elle mis au monde un bébé que déjà un autre était en route, à tel point que Paul et Fritz naquirent dans le courant de la même année. Je ne sais si Ludwig aimait intensément Julie, toujours est-il qu'il lui faisait l'amour intensément. Pour elle, cette production d'enfants à la chaîne fut certainement traumatisante. Je me souviens que quelque quarante ans après la naissance de son dernier enfant, elle parlait encore, avec beaucoup de rancune dans la voix, de son cruel destin de jeune mariée. De la naissance de Paul jusqu'à l'arrivée de Sally, elle connut au moins une naissance ou une fausse couche par an. Elle ne cessait de répéter combien les femmes de la génération de ma mère avaient raison de se refuser à n'être que des machines à procréer. Il y eut cependant entre les naissances — sinon entre les grossesses — un intervalle de quelque quatre ans entre Ernst et Pepi, puis de deux ans entre Pepi et tante Sally. Aussi, pendant deux ans, un amour intense fut-il prodigué à Pepi — puis, et ce sont bien là les Klaar, plus rien. Bien entendu, les autres garçons, plus âgés, furent moins affectés que Pepi par cet événement, bien qu'ils eussent également une importante fixation maternelle. En tout cas, tel est le contexte dans lequel il convient de considérer la relation entre Pepi et Gisi.

La grande époque de Gisi en tant que beauté mondaine datait d'avant la Grande Guerre. Et, avec cette farouche volonté de domination qui lui était propre, elle cherchait à immobiliser le temps pour demeurer à jamais dans cette époque de sa plus grande gloire. Elle ne portait que des manteaux et des robes de style « édouardien ». Les autres femmes pouvaient bien montrer leurs jambes ou porter les cheveux courts : Gisi continuait à se promener dans des robes qui balayaient le sol, sans dévoiler la plus petite surface de ses chevilles, en exacte conformité avec la mode de 1908. De même laissait-elle aux autres les chapeaux « cloche » d'alors : sur la tête de Gisi, épinglé à sa chevelure toute empilée en hauteur, trônait un de ces immenses chapeaux en forme de roue et ornés d'un oiseau qui étaient absolument de rigueur tant à la cour de François-Joseph qu'à Ascot au temps d'Édouard VII. Dans la rue, les gens la dévisageaient, les enfants se la montraient du doigt et riaient sous cape, mais Gisi passait son chemin majestueusement, sans tenir compte de rien. Elle allait partout où se rendait Pepi, formant avec lui un couple vraiment étrange : lui avec son chapeau d'artiste à larges bords, tenant à son bras cette femme plus âgée et aussi plus grande que lui, vêtue selon une mode datant de quelque trente ou quarante ans. Tout le monde, dans le quartier, les connaissait, et tout le monde se moquait d'eux — derrière leur dos, bien entendu.

Un des restaurants que mon père et moi-même préférions était le Goldener Hirsch, charmante auberge à l'ancienne où l'on servait d'excellente nourriture. Ledit restaurant se trouvait dans la rue même où Pepi habitait et tenait sa consultation. Lui aussi allait souvent y manger. Jamais je n'oublierai l'expression embarrassée, sur le visage de mon père, un certain dimanche où il demandait au garçon du Goldener Hirsch si le Dr Klaar était venu ce jour-là. « Oh oui, répliqua le serveur, son gendarme est venu le chercher quelques minutes avant que vous n'arriviez. » « Le gendarme », c'est ainsi que l'on appelait tante Gisi d'un bout à l'autre du quartier...

Les rapports entre mes parents et la famille d'oncle Pepi étaient assez distants, mais il y eut un moment, alors que j'avais dans les six ou sept ans, où leurs contacts semblèrent se rapprocher. Je me souviens d'avoir alors été invité, contre toute attente, à une fête d'anniversaire de Susi. La chose en elle-même était déjà assez inhabituelle pour que le souvenir m'en soit resté, mais deux autres événements firent que cette fête-là restera à tout jamais inscrite dans ma mémoire. Le premier, qui n'est pas le plus important, est qu'on nous passa des films de Charlot. A cette époque, projeter des films dans une fête chez des particuliers était tout à fait hors du commun, et j'en fus intensément impressionné. Mais il y eut plus inoubliable encore : cet après-midi-là, je tombai profondément amoureux d'une des petites amies de Susi. C'était un véritable amour, au sens le plus fort. La petite fille me fit présent d'une pièce en chocolat enveloppée de papier doré. Je conservai précieusement ce trésor pendant plusieurs mois, et personne n'était autorisé à toucher à ce merveilleux cadeau. Je le gardais sur ma table de chevet pendant le jour, et sous mon oreiller pendant la nuit. La qualité du chocolat ne devait pas être fameuse, car même dans la chaleur de ma petite main, sous l'oreiller, il ne fondait pas. Qui sait ? Cette histoire d'amour aurait pu avoir une suite, si j'avais été invité au prochain anniversaire de Susi et avais pu y rencontrer à nouveau l'objet de mes rêves. Mais le sort en décida autrement, frappant une seconde fois en sorte que — de façon aussi injustifiée que la première fois — ma réputation d'obsédé sexuel précoce se vit renforcée au sein de la famille.

Pour une fois, Susi était en visite chez grand-mère et tante Sally. Je ne me souviens pas si grand-mère avait suggéré que je vienne aussi afin que nous puissions jouer ensemble, ou si ce fut par simple coïncidence que je me trouvais là également avec l'un de mes parents. Quoi qu'il en soit, pendant que les adultes étaient au salon, Susi et moi nous retirâmes dans la chambre à coucher de tante Sally pour y jouer, avec plaisir et en toute innocence. Ce fut Susi qui, à un certain moment, suggéra de jouer aux jeunes mariés. Nous disposâmes donc les meubles de façon à leur donner l'apparence d'un autel, vers lequel Susi et moi nous apprêtâmes à marcher côte à côte. Nous n'étions pas très au courant du rituel de pareilles cérémonies, mais je me souvins subitement que la fiancée portait toujours une longue robe blanche avec une grande traîne, que tenait soulevée une demoiselle d'honneur ou un petit page. Sans doute était-ce même là ce qui m'apparaissait comme l'aspect le plus important et le plus impressionnant de toute la cérémonie ; aussi me précipitai-je derrière Susi, saisis le bas de sa robe — cette traîne imaginaire, voyez-vous —, la soulevai... et mon regard tomba droit sur le petit postérieur tout nu de ma cousine, qui ne portait pas de culotte. Outragée, Susi se mit à crier, sortit de la chambre en sanglotant et se précipita vers le salon pour se réfugier auprès des adultes et se protéger de ce violeur en puissance. Grand-mère et tante Sally furent si déconcertées d'apprendre que Gisi laissait sa fillette se promener sans culotte que mon rôle dans cette affaire fut oublié — mais non de Gisi ni de Susi, par exemple : jamais plus je ne fus invité à aucune fête, d'anniversaire ou autre, chez ma cousine...

Le salon constituait dans l'appartement de grand-mère le centre de la vie familiale. Quand on y pénétrait par la double porte qui le séparait de la salle à manger, on apercevait tout d'abord l'immense piano noir de concert, près des deux fenêtres. Le mur du fond supportait une grande bibliothèque d'acajou contenant les livres de grand-père et, sur un rebord, les photographies dédicacées des trois grands saints que priait tante Sally. Sur la première, représentant un monsieur barbu d'un certain âge, on lisait cette dédicace : « A ma chère élève Rosalie Klaar. » C'était le grand Leschetizky, le plus célèbre professeur de musique et notamment de piano de son époque. Toute sa vie durant, la plus grande fierté de Sally devait rester d'avoir été acceptée comme élève par ce célèbre musicien, élève de Czerny qui, lui-même, avait étudié la musique avec Beethoven. Le second cadre contenait une photographie de Gustav Mahler, signée du maître, dont Sally avait été l'une des premières admiratrices. On apercevait enfin le visage triste et aristocratique du poète autrichien Richard von Schaukal, poète de second ordre dont tante Sally avait mis en musique quelques poèmes — la radio autrichienne diffusait de temps à autre ses *Lieder* de von Schaukal, et c'étaient là les instants les plus heureux de sa brève existence, où par ailleurs le bonheur ne fut jamais chose bien fréquente.

Espérons que tante Sally n'eut pas l'occasion de lire l'article que son idole Richard von Schaukal publia dans le journal austro-fasciste *Der Heimatschützer* en avril 1934. Il y dénonçait « la trop évidente influence juive dans la vie sociale et intellectuelle de l'Autriche » et estimait « scandaleux » que « l'arrogance juive déforme le véritable visage de l'art autrichien en une affreuse grimace. Comment donc un Arthur Schnitzler, dont l'œuvre mérite tout au plus une rapide mention dans les annales de la littérature autrichienne, peut-il représenter à l'étranger le meilleur de l'art autrichien, comment donc un Sigmund Freud peut-il passer pour un astre de la science autrichienne ? » On ne peut que s'étonner que Herr von Schaukal eût permis à une Juive de perpétuer ce « scandale » en mettant en musique ses propres vers...

Contre le mur le plus proche de la porte se trouvait le grand divan où dormait grand-mère. Devant ce divan, une grande table entourée de trois fauteuils. Les seuls éléments surprenants, parmi tout ce mobilier victorien d'aspect massif et lourd, étaient la grande table en chêne en face de la double porte, le miroir maïolique italien peint à la main qui la surmontait, encadré de deux grands vases assortis dont chacun portait un portrait du poète Pétrarque, entouré d'une ornementation florale. Ces somptueux objets, le miroir et les vases, étaient le présent de mariage qu'avait fait à grand-père Ludwig sa sœur la princesse Colonna. J'aimais à les regarder, le soir, quand leurs pâles surfaces reflétaient les lueurs jaune-vert de l'éclairage au gaz. Au gaz ? Mais bien entendu ! Grand-mère estimait cette source d'énergie mille fois supérieure à la vulgaire électricité. Et, chaque soir, Annitschek passait lourdement de pièce en pièce, une boîte d'allumettes à la main, pour allumer les lampes à gaz au sifflement bien caractéristique.

Tante Sally essayait de gagner sa vie comme professeur de piano. Excellente pianiste, elle était aussi un bon professeur et, si mes études de piano avec elle ne furent guère que perte de temps, cela n'est nullement de sa faute. Tout d'abord, je n'avais aucun talent ; en second lieu, comme elle était ma tante, je me croyais tout permis avec elle ; enfin, ma mère refusait que je me promène avec une de ces grandes chemises portant en lettres dorées « MUSIQUE », à l'instar d'autres enfants. Il me semblait qu'avec sous mon bras une telle chemise, j'aurais eu l'air de quelqu'un d'important — l'air d'un artiste ; mais ma mère s'y opposa formellement, voyant là une exhibition du plus mauvais goût, un pur spectacle — c'était bien là, d'ailleurs, ce qui m'attirait ! Faute de ces fameuses lettres dorées, la musique n'était pour moi qu'un enfer : crises de larmes à la maison, colères de ma tante pendant les leçons, à cause de l'impertinence et de la paresse de son neveu. Eût-on satisfait ma vanité, qui sait, peut-être eussé-je persévéré assez longtemps pour m'intéresser vraiment au piano...

Il faut également noter que tante Sally souffrait de fréquentes migraines, qui rendaient impossible toute régularité des leçons. Ces maux de tête, qui commencèrent quand elle n'était encore qu'une petite fille, allèrent en empirant au fur et à mesure. Si j'en ignorais la raison, je pourrais aujourd'hui me laisser aller à écrire quelques pages de pseudo-psychanalyse. Mais ces migraines n'étaient pas attribuables à sa relation avec sa mère — ma grand-mère —, malgré tout ce qu'il y aurait à dire sur cette relation, ni à ses rapports avec son père : la cause en était une tumeur au cerveau à évolution lente, dont elle mourut finalement en 1942 — peut-être faudrait-il dire heureusement, car ce fut peu avant que les derniers Juifs ne fussent déportés de Vienne, permettant au *Gauleiter* nazi de Vienne, Baldur von Schirach, de câbler joyeusement à Hitler : « Mon Führer, je vous informe que Vienne a été nettoyée de tous ses Juifs ! » Sally était entourée de médecins dans sa propre famille, et avait dû au fil des années consulter tous les grands spécialistes viennois ; pourtant, aucun d'entre eux ne découvrit l'existence de cette tumeur avant qu'il ne fût déjà trop tard.

Grand-mère ne vivait que pour Sally, celle-ci était l'alpha et l'oméga de sa propre existence. Quel que fût le sujet dont on eût commencé à parler avec grand-mère, il venait toujours un moment où, de façon ou d'autre, les problèmes de cette pauvre Sally étaient remis sur le tapis. Tout naturellement, celle-ci s'adapta au fur et à mesure au rôle qu'on lui attribuait et se mit à jouer à « cette pauvre Sally » avec un certain plaisir. Tout cela avait certes des causes physiques ; mais, de nombreuses années avant que cette tumeur eût pu gravement se développer, et alors que ses migraines étaient encore intermittentes et largement espacées dans le temps, Sally avait compris combien elles lui valaient le constant souci de sa mère et la sympathie des autres membres de la famille.

Sally devait avoir quelque trente-cinq ans quand grand-mère — qui n'était pas pour rien la femme d'un médecin et la mère de deux autres — diagnostiqua le mal dont souffrait en réalité cette pauvre Sally : elle était toujours vierge. Bien entendu, je n'étais pas présent lors de la réunion qui se tint à ce propos entre grand-mère et oncle Paul, mais Didi, l'aîné des enfants de Paul, se trouvait dans les parages et me rapporta allègrement que grand-mère ne cessait de crier : « Il faut un homme à Sally, il lui faut un homme ! »

Suite à cet éclat, des consignes strictes furent données aux membres de la famille susceptibles de « trouver un homme à Sally », et ces démarches aboutirent : Sally devait enfin trouver le bonheur grâce au Dr Robert Friedmann, pianiste et concertiste, comme elle ancien élève du grand Leschetizky. Robert était grand et extrêmement maigre, presque chauve avec juste une longue frange de cheveux « à l'artiste » autour de son crâne luisant ; il avait un visage intelligent et fin, avec un très grand nez bien juif. Pianiste brillant, il ne parvint cependant jamais à faire vraiment carrière. Je le tenais quant à moi pour un vrai toqué. C'était un plaisir que de l'entendre jouer, mais quand on le regardait, il offrait un spectacle plus excentrique que n'importe quelle scène de Charlie Chaplin. Ses mains ne volaient pas seulement sur les touches du piano, mais à travers tout l'espace alentour. Son corps entier était en proie aux contorsions les plus incroyables, les plus horribles. Son visage se tordait en des grimaces infiniment variées. Et, tout en jouant, il fredonnait, chantait, poussait des grognements et même des cris...

Il arrivait qu'il jouât lors des dîners chez mes parents. On le voyait alors apparaître avec un habit à queue blanc et une cravate de même couleur, qu'il avait dû acheter à l'âge où il était encore un enfant prodige. Le pantalon était trop court, la veste trop étroite, son gilet nageait au-dessus de son col empesé tandis que ses deux extrémités inférieures avaient à l'évidence perdu tout contact avec la ceinture de son pantalon depuis des années. Son comportement extravagant n'empêchait pas les gens d'apprécier l'éclat de son jeu, lors de soirées privées ; mais il n'aurait jamais pu passer sur une scène de concert, si ce n'est peut-être en tant que clown musical. Quand il portait ses vêtements de tous les jours, son apparence n'était pas moins hilarante. Il se promenait dans la rue avec un chapeau à larges bords, très relevé en avant et retombant loin vers l'arrière, le tout sur un pardessus trop grand de plusieurs tailles, ce qui accentuait encore son étrange façon de se tenir : la tête entre les épaules et celles-ci voûtées vers l'avant, à la façon d'une cigogne. Cette évocation était encore renforcée par son nez en forme de bec et son pantalon toujours trop court de plusieurs centimètres, qui laissait voir ses mollets filiformes. Ce fut un pur miracle qu'il n'eût pas été tué très jeune, écrasé par un tramway ou un autobus : il était constamment dans la lune, sans doute absorbé par quelque sonate ou symphonie. Le même ange gardien qui le protégeait des autobus devait aussi posséder d'excellentes qualités de guide, car faute d'une telle assistance céleste jamais Robert Friedmann n'aurait pu trouver son chemin d'un lieu à un autre. Outre la musique, il avait deux autres passions. Il collectionnait les savons parfumés, les eaux de Cologne et les crèmes faciales de toutes sortes ; et, par ailleurs, les briquets, dont il possédait une incroyable quantité. Il était ravi de me montrer ses trésors, de me laisser jouer avec ses briquets et respirer ses cosmétiques.

Il avait aussi, pour ainsi dire, une anti-passion : ma pauvre tante Sally. Il n'entrait là aucune animosité personnelle. Simplement, cet excellent homme que les recherches familiales avaient découvert pour délivrer Sally de sa virginité était impuissant. Pauvre Sally, pauvre grand-mère ! Quoique incapable de « remplir ses fonctions viriles », Robert Friedmann fut admis dans le cercle de famille par une sorte de tolérance. Le mariage, indépendamment du fait qu'il n'avait pas été consommé, fut maintenu à titre de fiction, et sans même qu'il s'agît là de politesse. Tout cela prit fin avec l'entrée de Hitler en Autriche. Le Dr Friedmann émigra alors en Angleterre et le choc du nazisme le transforma, le tira du monde onirique où il avait si longtemps vécu. Il s'installa à Birmingham et se remaria pour mener cette fois, semble-t-il, une existence conjugale parfaitement normale. Sans doute son impuissance n'était-elle pas d'origine physiologique mais psychologique. Il devait avoir une certaine tendance nerveuse à l'impuissance, laquelle s'était trouvée renforcée par l'envahissante présence de sa première belle-mère.

La thérapie conjugale ayant échoué, quelqu'un — sans doute encore grand-mère — proposa d'essayer la thérapie bridgesque. Le jeu de bridge était alors très en vogue à Vienne, et tout café un peu respectable se devait de compter un professeur de bridge parmi son personnel. Naturellement, il n'était pas question que Sally allât apprendre à jouer dans un lieu public. On organisa donc un cercle privé où, deux fois la semaine, une femme professeur de bridge, Sally et deux dames de ses amies passaient l'après-midi à jouer dans le salon, tandis qu'Annitschek s'occupait de l'aspect pratique des choses — allant et venant, toujours en traînant des pieds, avec d'innombrables tasses de thé, de délicats sandwiches et un choix des meilleurs gâteaux de chez Herr Beisiegl.

Tante Sally, cependant, n'était pas seulement l'objet des attentions et des initiatives d'autrui, notamment de sa mère, mais aussi une personne à part entière. Quand elle se sentait en forme, c'était quelqu'un de tout à fait énergique et capable d'affirmer des points de vue bien tranchés, bien que je n'aie pas souvenir si c'étaient vraiment les siens ou seulement un écho des opinions de grand-mère. Ses frères la traitaient comme une petite sœur qu'il ne fallait en aucun cas contrarier : je ne saurais dire si cette attitude était déterminée par l'état de santé de Sally ou renvoyait à leur éducation victorienne, qui les portait à mettre systématiquement tout membre féminin de la famille sur une sorte de piédestal.

De toute son existence, Sally n'avait jamais passé une seule journée séparée de sa mère. Été comme hiver, à Vienne comme en vacances, d'un bout à l'autre de l'année, ces deux femmes restaient comme collées ensemble. Chaque été, elles se rendaient à Bad Ischl, où elles louaient toujours le même appartement pour les mois de juillet et août. Les familles apparentées, c'est-à-dire celle de mon père et celle d'oncle Paul, se tenaient dans d'autres appartements de location, à proximité. Pepi n'était pas à l'appel, mais on ne l'apercevait jamais non plus dans l'appartement de Vienne. En fait, la seule différence notable par rapport à Vienne, outre l'air pur, était l'absence de Fritz, qui à Vienne apparaissait comme un élément permanent du mobilier de grand-mère. S'il ne venait pas, ce n'était pas faute d'affection, mais d'argent. Ainsi donc Sally vivait toujours avec grand-mère, Annitschek veillait sur l'une et l'autre, et tout le monde tournait autour de ces trois femmes plus étroitement encore qu'à Vienne, vu que les distances étaient moindres. Sally ne trouva jamais aucune occasion d'échapper à la présence de sa mère. Tout ce à quoi Bad Ischl lui permettait d'échapper, c'était les inexistantes tendresses de son époux. Lui ne venait jamais : pour Robert Friedmann, juillet et août étaient vraiment des mois de vacances.

Les conséquences d'une telle existence pour Sally ne sont que trop évidentes. Mais il ne fait aucun doute qu'elle-même aurait protesté ne rien pouvoir souhaiter de mieux, et aurait cru dire le vrai.

Je possède une photographie de mon père en tout petit garçon, âgé de quelque neuf mois, dans les bras de sa nurse. Celle-ci, une femme d'une trentaine d'années, est vêtue du foulard, de la robe noire de grosse toile par-dessus d'innombrables jupons, et du tablier rayé des paysannes de Ruthénie ; elle était depuis longtemps au service de la famille et devait avoir suivi ma grand-mère depuis Czernowitz.

Cette photo dut être prise à la fin du printemps ou à l'été de l'année 1890, car Ernst naquit à Vienne le 15 octobre 1889, au n° 26 de la Stoltzenthalergasse. Cet immeuble n'était qu'à quelques centaines de mètres de l'appartement de la Josefstädterstrasse. Aussi, quand la famille déménagea pour s'installer dans l'appartement que je devais ensuite connaître, les enfants restèrent-ils dans des parages qui leur étaient familiers. Ce quartier comportait, et comporte toujours, certaines des meilleures adresses de Vienne — mais non pas les « toutes meilleures ». Le quartier de Josefstadt descend directement vers la partie la plus recherchée du Ring ; de l'autre côté, il mène au quartier prolétarien de la Hernalserstrasse. Les appartements occupés par les Klaar — d'abord grand-mère, puis oncle Paul et oncle Pepi — étaient tous situés au milieu du quartier, dans la partie occupée par les classes moyennes. Le passage de la Stolzenthalergasse à la Josefstädterstrasse eut lieu alors que mon père était encore très jeune.

Malgré la sévérité de grand-père Ludwig et les méthodes d'éducation nullement progressistes de grand-mère Julie, leurs quatre petits garçons devaient donner à la maison une certaine animation. Et Ernst, ce bambin aux yeux intelligents et questionneurs, n'était certainement pas un ange.

Au sortir de l'école primaire, il fut envoyé, tout comme son frère aîné Paul, au célèbre Piaristengymnasium de la Josefstädterstrasse, collège jadis tenu par les pieux moines de l'ordre des Piaristes. L'école se trouvait et se trouve toujours située dans une aile de leur monastère. Mais, lorsque le jeune Ernst y entra, l'État avait remplacé les moines par des professeurs laïcs, dont la sévérité ne le cédait cependant en rien à celle des premiers. L'école est encore aujourd'hui réputée pour son éducation stricte, ainsi que pour la qualité de son enseignement. Du temps où Ernst était lycéen — et encore du temps où je le fus moi-même —, on ne pouvait s'adresser à un professeur de lycée autrichien sans l'appeler *Herr Professor ;* aussi, aux yeux d'un petit garçon ayant passé l'examen d'entrée — assez difficile — au sortir de l'école primaire, où les enseignants étaient plus simplement appelés *Herr Lehrer* et avaient plus ou moins figure humaine, ces *Herr Professor* semblaient des demi-dieux qui auraient daigné descendre de leur Olympe pour infuser le savoir à cette espèce infra-humaine, vêtue de culottes courtes, que constituaient les *Gymnasiasten.* Jamais je n'oublierai le choc que je ressentis en voyant un de mes maîtres manger un sandwich au jambon pendant la récréation. Jusqu'à cet instant, l'idée ne m'avait point traversé que les professeurs pussent être des êtres humains réels — en fait de modestes fonctionnaires —, qui mangeaient et dormaient comme tout un chacun.

Paul fut un brillant élève, parmi les tout premiers de sa classe ; les conjugaisons latines et grecques lui venaient sans la moindre hésitation. Ernst était plutôt médiocre et le *Bellum Gallicum* de Jules César lui donnait bien du fil à retordre. Ernst inaugurait là une tradition que moi-même, son fils, devais poursuivre tout naturellement, bien que je n'eusse jamais rien su des résultats scolaires de mon père avant la fin, ou presque, de mes propres études. En fait, Ernst savait par avance qu'il ne pourrait faire médecine, et telle fut sans doute la raison profonde de ses résultats plutôt maigres.

Ernst quitta le Piaristengymnasium à quatorze ans, avec des notes tout juste passables, et entra en 1904 à la Handelsakademie. Cette école, elle aussi située à quelques centaines de mètres seulement de la maison, avait le statut de *Gymnasium,* mais était spécialisée dans les études commerciales. Elle était fréquentée par des fils de familles aisées (souvent juives), qui devaient prendre la suite de leurs géniteurs à la tête des affaires familiales. Pour ce qui est de mon père, il n'avait bien entendu aucune affaire familiale à reprendre. Il savait que dans cette école il préparait sa future carrière, aussi y travailla-t-il avec ardeur et obtint-il de bons résultats. J'ai retrouvé son bulletin de fin d'études parmi ses papiers dans les archives de la Länderbank, où il travailla d'un bout à l'autre de sa vie ; on peut y lire qu'il s'était distingué au niveau scolaire, que sa conduite était digne d'éloges et son assiduité sans faille. C'étaient là les meilleures appréciations que l'on pût obtenir. Dans la plupart des matières, prises une par une, il avait aussi obtenu des notes élevées. Un seul enseignant avait estimé que cet élève « pourrait mieux faire » : un certain Mr Henry S. Langridge qui, bien entendu, enseignait l'anglais. Ernst n'était pas très doué pour les langues. Dans la sienne propre, l'allemand, qu'enseignait un certain Dr Jerusalem, il avait en revanche obtenu une « distinction » ; peut-être le Dr Jerusalem était-il de cette rare sorte d'enseignants qui savent éveiller l'enthousiasme de leurs élèves pour la discipline qu'ils enseignent. Toujours est-il qu'Ernst garda toujours un profond amour pour la littérature allemande, ses écrivains et ses poètes classiques. Il était capable de réciter de longs passages de Goethe, de Schiller et d'autres auteurs de moindre rang. Il fut déçu de voir que, devenu à mon tour élève, je ne partageais pas sa passion pour la littérature classique ; mais entre-temps, par rapport à sa propre jeunesse, l'atmosphère avait considérablement changé.

Le monde au sein duquel mon père avait grandi était au plus haut point romantique ; les jeunes gens, au sens propre comme au sens figuré, se prosternaient devant les écrivains et les poètes. Ils discutaient avec ardeur du dernier poème dû à la plume de Rainer Maria Rilke, de la dernière polémique lancée par l'esprit tranchant de Karl Kraus ; jusque tard dans la nuit, ils analysaient ensemble la véritable signification de tel passage tiré de la dernière pièce de Hugo von Hofmannsthal. Immense était la liste des écrivains, poètes et musiciens qui embrasaient leur imagination — et rares les villes, dans le monde entier, où les artistes jouissaient d'une si haute estime, d'un si grand prestige social que dans la Vienne de François-Joseph. Pourtant il y avait aussi dans leur art, quoique de manière souvent subtile, une sorte d'aspiration à la mort, de joie décadente, liées au déclin de l'Autriche-Hongrie et à la fin des dernières « décennies éclairées » de l'Europe. Cette tonalité trouble, voire désespérée, engendrait en eux un violent dégoût pour toute la civilisation dans laquelle ils vivaient, les menait à en désirer la destruction. Au sein même de la beauté qui se dégageait de leurs textes, de leurs tableaux, de leur musique, gisaient les germes de ce que deviendraient les cadavres sanglants des champs de bataille de la Grande Guerre. Au fond, ils souhaitaient la guerre, les uns consciemment, les autres sans le savoir eux-mêmes. Bientôt, le *Stahlgewitter,* l'orage d'acier de la guerre, allait purifier leur époque et leur âme de tous les maux qu'ils voyaient en eux-mêmes et autour d'eux. Il n'est pas jusqu'à Thomas Mann, Allemand du Nord autrement paisible dans ses appréciations que ces rêveurs de Viennois, qui ne partageât ce désir de mort. Ainsi écrivait-il en 1914 :

Ce monde de paix, qui vient de s'effondrer dans un tel fracas de tonnerre — n'en avions-nous pas tous assez ? Ne nous était-il pas insupportable avec tout son confort ? N'était-il pas imprégné de l'odeur putride de la civilisation en décomposition ? Sur le plan moral et psychologique, je sentais que cette catastrophe était nécessaire, j'éprouvais ce sentiment de purification, d'élévation et de libération qui m'emplit lorsque quelque chose d'impossible s'accomplit enfin.

C'est ainsi que l'instinct suicidaire des lemmings devint l'aberrante idéologie de la génération de mon père. Oui, la Grande Guerre fut accueillie avec enthousiasme…

Ernst appartenait à une génération profondément influencée par des hommes et des femmes dont la fanatique recherche des plus hautes valeurs intellectuelles et spirituelles créait une atmosphère de serre intellectuelle surchauffée, humide, suffocante, où pouvaient s'épanouir tant les fleurs les plus luxuriantes que des herbes empoisonnées.

Adolf Hitler était né la même année que mon père.

La Länderbank autrichienne, jouissant d'un « privilège impérial et royal », était sans nul doute une institution bancaire des plus distinguées. Son gouverneur, désigné par grâce « impériale et royale », le noble comte Montecuccoli, était à tel point privilégié, qu'il ne percevait point de salaire. Une fois l'an seulement on venait apporter, ou plutôt présenter au comte ses honoraires, qui ne consistaient ni en chèque ni en virement d'écritures, ni — c'eût été le comble ! — en simples billets de banque. Non : au premier jour ouvrable de chaque année, on plaçait sur le bureau du gouverneur un sac du cuir le plus fin, contenant ses émoluments annuels en pièces d'or. L'homme qui dirigeait réellement la banque — son président — était une personnalité quelque peu moins auguste que celle du gouverneur. Il s'appelait Herr Lohnstein, et ses ancêtres ne devaient pas être des Viennois de bien longue date, mais plus vraisemblablement provenir de quelque périphérique Czernowitz.

C'est à la Länderbank qu'Ernst, une fois obtenu son diplôme de la Handelsakademie, envoya sa première demande d'emploi :

A la très estimée Direction de l'Österreischiche Länderbank, jouissant du privilège impérial et royal.

Très estimée Direction,

L'humble soussigné a l'honneur de solliciter la très estimée Direction de l'Österreischiche Länderbank, jouissant du privilège impérial et royal, afin qu'elle ait l'obligeance d'accepter ses services au sein de son institution, et d'appuyer ainsi sa demande :

Le soussigné est né à Vienne et il est âgé de vingt ans. Après quatre années d'études dans un *Gymnasium,* il est entré à la Handelsakademie de laquelle, comme il ressort du bulletin ci-enclos, il est sorti diplômé avec de bons résultats. Au cours de ses années d'études, il a acquis une connaissance approfondie de toutes les questions afférentes au commerce, ainsi qu'une excellente pratique de la dactylographie et de la sténographie. Puisse la très estimée Direction avoir l'amabilité de répondre à la requête de l'humble soussigné, qui n'aura alors d'autre but que d'acquérir la confiance et l'appréciation de ses supérieurs par sa diligence et son sens du devoir.

L'humble serviteur de la très honorée Direction,

Ernst Klaar

Oui, l'humilité était nécessaire à qui voulait devenir employé de cette « très estimée » institution... Le *Règlement de service à l'usage des employés* ne laisse planer aucun doute sur ce point. Ainsi lit-on au paragraphe 10 : « Chaque employé est tenu de servir les intérêts de la banque pendant ses heures normales de service. En cas de nécessité, et sur instruction de son supérieur, il accomplira des heures supplémentaires, ou encore de pause-café. » En outre, même pendant les heures qui appartenaient en propre aux employés de la Länderbank, le regard de celle-ci ne les lâchait pas. Ainsi le paragraphe 12 du même document enjoint-il aux employés « de mener une vie privée telle qu'elle ne puisse engendrer aucune sorte de problème » ; et, pour bien s'assurer que leurs fonctionnaires ne risquent pas de succomber aux charmes d'une quelconque serveuse, le paragraphe 19 stipule-t-il : « Nul employé ne pourra contracter mariage sans l'assentiment explicite de la banque. Ledit assentiment pourra être refusé sans que la banque ait d'aucune façon à motiver son refus. »

La banque répondit à mon père trois jours plus tard, le 27 septembre 1909 : « Nous vous prions par la présente de vous rendre à nos bureaux à 9 h 30 le 20 octobre, afin de subir un examen d'admission. »

Après trois semaines pleines d'excitation et de préparation intensive, puis quelques heures, lors de l'examen lui-même, consacrées à dresser des feuilles de bilan imaginaires et à rédiger des lettres d'affaires imaginaires, puis une interminable attente, enfin arriva la lettre de la banque : « Nous vous proposons un emploi pour une période de six mois, à raison de trois couronnes par jour. »

Cette lettre décida de toute la carrière future de mon père. Il apprécia l'atmosphère de la banque, et la banque apprécia son travail. Après ces six mois d'essai, il fut « promu » employé temporaire, et se vit, six mois après encore, accorder un statut permanent. A partir de là, la vie dut paraître douce au jeune homme qu'il était. Il avait une bonne situation, avec sécurité d'emploi à vie, gagnait lui-même son existence, tout en continuant d'habiter chez ses parents par ailleurs, il portait une moustache distinguée, qui le faisait paraître plus âgé qu'il n'était et plus beau — et les jolies filles abondaient à Vienne, comme cela avait toujours été le cas. Mon père n'était ni un noceur ni un coureur. Mais il appréciait beaucoup les charmes du beau sexe, et eut certainement diverses aventures et liaisons au cours de son adolescence et de sa vie d'étudiant. Peut-être certains pères, quand ils prennent de l'âge, racontent-ils à leurs fils les épisodes romantiques de leur existence, revivant par ce biais leurs jeunes années. Mais mon père ne put jouir de cette innocente joie, le temps ne lui fut pas accordé d'établir avec son fils une relation réellement mûre.

La dernière fois que je le vis, ce fut un mois seulement avant mon dix-huitième anniversaire : il n'était pas temps encore d'échanger de tels souvenirs ou confidences intimes. Cependant, même sans cela, je savais que mon père « n'était pas de bois » — c'est de lui que j'avais appris le sens de cette expression. Selon toute apparence, les patrons autrichiens accordaient à leurs employés, quand ceux-ci se déplaçaient pour affaires, certaines sommes destinées « au vin, aux femmes et aux chansons ». Tant que les montants portés à cette rubrique sur leurs notes de frais n'étaient pas excessifs, on ne leur demandait pas autrement de comptes.

Si Vienne ne manquait pas, certes, de charmants et juvéniles objets de conquête, il était une autre ville en Europe où l'offre était pour le moins aussi abondante, et les demoiselles plus disponibles encore. Je ne veux pas parler du Paris de la Belle Époque, mais de Bucarest, capitale de la Roumanie — certainement la ville la plus « ouverte » dans le pays le plus « ouvert » de toute l'Europe à cette époque-là. On racontait alors que quand un monsieur descendait dans un hôtel et demandait une chambre pour une personne, le gardien lui demandait immédiatement s'il souhaitait dormir avec un seul oreiller ou avec deux. C'était vers les dix heures qu'arrivait généralement, portée par deux jambes bien faites, la gentille tête bouclée destinée au second oreiller. Mon père, de qui je tenais cette piquante information, était assurément fort bien placé pour parler de la vie à Bucarest avant la Grande Guerre : il fut envoyé dans cette ville en février 1914 pour travailler pour la Credit-Bank roumaine, une succursale de la Länderbank.

« Que faisais-tu pendant la Grande Guerre, papa ? » C'est là une question que je posais souvent à mon père quand j'étais enfant, à l'âge de huit ou neuf ans. C'était toujours le dimanche matin — jour où on me laissait m'étendre entre maman et papa dans leur grand lit à deux places — que surgissait ce genre de questions. Je dois rendre à mon père cet hommage de n'avoir jamais prétendu s'être précipité sous les drapeaux parmi les tout premiers, ni avoir accompli de grands exploits, ni avoir été enflammé du désir de sacrifier sa vie « pour l'empereur et la patrie » — sans doute ma citation est-elle incomplète, car Dieu devait certainement figurer également dans la maxime officielle, afin de mieux stimuler ces hommes qui allaient se faire tailler en pièces dans quelque infecte tranchée pleine de boue.

Les documents en ma possession confirment la bonne foi des réponses paternelles. Il passa devant la commission de recrutement en novembre 1914, et non pas au jour même de la déclaration de guerre, car la Länderbank avait déclaré qu'il était pour elle un employé « indispensable » — dans le cadre de l'émission des Bons d'épargne de guerre. Le 27 janvier 1915, la Länderbank s'adressa de nouveau au ministère des Finances pour épargner à Ernst Klaar d'accomplir ses obligations militaires. La banque y parvint cette fois encore, mais seulement pour six mois de plus. Le 1er août 1915, il dut revêtir l'uniforme.

D'après ce que j'ai retenu de ces souvenirs qu'il me racontait le dimanche matin, dans la chaleur et la tranquillité du lit conjugal, tandis que ma tête reposait au creux de son bras, mon père avait d'abord été versé dans l'infanterie. Aspirant-caporal, il n'apprécia guère ces trois mois d'exercice — mais bien moins encore la courte période qu'il passa au front avec l'artillerie. Aussi, arguant de ses activités passées dans la comptabilité et les affaires, mon père sollicita-t-il son transfert dans les services généraux de l'arrière. A cette fin, il fit jouer ses relations, notamment l'un des patients de grand-père, dont peut-être grand-père Ludwig avait lui-même hérité de son propre père et qui était un certain Ballasz, *Feldzeugmeister*, c'est-à-dire général de cavalerie. J'ignore si à cet époque Son Excellence était encore dans l'active ou déjà à la retraite ; toujours est-il qu'il sut à quelle porte frapper, qu'il le fit, et que mon père fut rapidement transféré dans les services généraux. Il parlait toujours de Ballasz comme de l'homme qui lui avait sauvé la vie, et j'ai encore en mémoire la vue et l'odeur des gros colis de nourriture et de boisson que mon père adressait au vieux général chaque Noël, jusqu'à la mort du vieil homme.

L'armée autrichienne n'affectionnait pas la simplicité, elle utilisait au contraire un langage toujours extrêmement compliqué ; aussi mon père n'était-il pas simplement désigné comme lieutenant, mais comme « auxiliaire de l'administration militaire » — le grade équivalent dans les services généraux. Encore adolescent, je trouvai parmi les vieux documents de grand-mère une photo de mon père en uniforme. Elle me plut tant et me procura tant de fierté que je la fis agrandir. C'était un de mes trésors les plus chers, et elle se trouvait certainement dans mes bagages quand je quittai l'Autriche ; mais par la suite, à mon grand regret, je la perdis, Dieu sait où et comment. Mon père y apparaissait très svelte, et la tunique militaire avec une unique étoile dorée sur le col montant lui allait comme un gant, si l'on peut dire. Il portait des culottes d'équitation extrêmement bien coupées, recouvertes de hautes bottes noires de cavalier, et sur ses épaules était jetée une courte veste militaire fourrée. L'ensemble, auquel s'ajoutait le shako noir élégamment incliné, lui donnait, du moins à mes yeux, une allure de Prince charmant. Mon père affirmait, et je suis certain qu'il disait vrai, que d'autres yeux, plus intéressants que ceux d'un fils encore à naître, se posaient aussi avec un certain plaisir sur ce jeune et pimpant lieutenant. Il voulait parler des Italiennes d'Udine, ville où il resta stationné un certain temps, et qui n'était d'ailleurs guère éloignée de la forteresse de Palmanova où Herrmann Klaar avait passé une période si désolante. Selon lui, elles l'appelaient leur *bellissimo tenente*, jugement auquel l'adolescent que j'étais souscrivait sans la moindre hésitation.

Mon père terminait toujours ses récits de la Grande Guerre par cette observation : « Dieu merci, Georgerl, toi, du moins, tu n'auras pas l'occasion de vivre une nouvelle guerre. Nous sommes désormais un petit pays, les Habsbourg ne sont plus là, et notre modeste République ne sera plus jamais mêlée à ce genre d'atrocités. » Cette interprétation de l'histoire n'emportait pas l'adhésion de tous mes meilleurs camarades d'école, qui n'admettaient pas que la guerre passée fût — comme le laissait entendre mon père — entièrement la faute des Habsbourg et que, si nous n'avions pas eu de Kaiser, nous eussions grandi dans un monde pacifique. En fait, ce que je répétais à l'école avec tant de certitude, en me couvrant de l'autorité paternelle, ne correspondait pas exactement à ce que mon père avait affirmé. Jamais il n'avait tenu les Habsbourg pour entièrement responsables de la guerre. Il n'était certainement pas monarchiste, mais éprouvait comme tout le monde un certain respect nostalgique pour le vieux François-Joseph, et une certaine pitié pour l'infortuné Karl Ier, le dernier des Habsbourg à avoir occupé le trône de la Double Monarchie.

La Double Monarchie était allée jusqu'au terme de sa longue route et s'était décomposée en différentes composantes : Tchèques, Hongrois, Polonais, Ruthènes, Italiens, Bosniaques, Croates avaient cessé d'être citoyens autrichiens. Certains d'entre eux, au nom de l'unité nationale et de l'autodétermination, fondèrent leurs propres États ; d'autres, également au nom de l'unité nationale et de l'autodétermination, furent absorbés au sein de ces nouveaux États, et bien vite opprimés avec plus de brutalité qu'ils n'en avaient subi sous les Habsbourg. Pleine de pertinence est l'épitaphe prononcée sur la monarchie austro-hongroise, avec quelque vingt ans d'avance, par le fondateur et premier dirigeant de la social-démocratie autrichienne, Victor Adler. S'adressant au Congrès international des partis socialistes, réuni à Paris en 1889, il déclara :

> En Autriche, la liberté est une créature composite. Elle évolue quelque part entre la Russie et l'Allemagne. Sur le plan formel, elle est allemande, dans sa réalité, elle est russe. Si l'on excepte la France et l'Angleterre, c'est probablement l'Autriche qui possède les lois les plus libérales, à tel point qu'on dirait une République gouvernée par un roi au lieu d'un président. Malheureusement, on n'y vit pas selon la loi, mais seulement selon le bon plaisir de tel ou tel officier de police. Lui seul a le pouvoir de confisquer toutes les libertés garanties par la loi, et bien entendu il en use et en abuse... Et pourtant, chose étrange, si le gouvernement autrichien est incapable d'accomplir des actes de justice, il est également incapable d'accomplir des actes d'oppression ; il hésite entre les deux, en sorte que nous vivons sous un régime despotique tempéré d'indolence.

Cependant que les soldats des légions tchèques, qui avaient d'abord combattu dans l'armée impériale, changeaient de camp pour se battre contre les Autrichiens aux côtés des Français, des Italiens et des Russes, et entraient dans une Prague en pleine effervescence, Ernst Klaar quitta sa dernière affectation, celle du dépôt de matériel militaire de Prague, et revint à Vienne. Il fut libéré de ses obligations militaires le 27 novembre 1918.

La conception populaire des Viennois quant au bonheur et à la sécurité n'a peut-être jamais trouvé meilleure expression que dans une rengaine qui disait à peu près : « Personne n'est plus tranquille qu'un type avec un travail assuré et puis une pension à la fin — une pension à la fin. » Et tel était bien le genre de travail dont jouissait Ernst. La Länderbank avait fort bien survécu à la guerre, cessant simplement de revendiquer dans son intitulé le fameux « privilège impérial et royal » pour devenir simplement l'Österreischiche Länderbank et, quelque temps plus tard, ayant été absorbée par la Banque française des pays d'Europe centrale, la Länderbank des pays d'Europe centrale. Ernst ne fut pas excessivement affecté par le chaos politique et économique qui régnait autour de lui, car « un travail assuré et puis une pension à la fin, une pension à la fin » l'attendaient dès sa démobilisation. Une note interne de la banque, en date du 2 décembre 1918, déclare :

> Vu que dans les circonstances actuelles M. Klaar ne peut retourner à la Banque de Roumanie, nous suggérons qu'il soit affecté au secteur comptabilité, en raison de ses excellentes compétences pour un pareil poste. Nous suggérons également que ses émoluments soient aussi élevés qu'il semblera possible.

Moins d'un mois après avoir quitté l'armée, Ernst était de retour au bercail, sain et sauf — contrairement à tant de malheureux. Mais ce n'était évidemment pas seulement la chance qui poussait la banque à le reprendre et à lui proposer des conditions avantageuses. Lui-même, mûri par l'âge et par l'expérience de la guerre, était à vingt-neuf ans un excellent employé, efficace et extrêmement travailleur. Trois mois plus tard, il fut promu *Inspektor* — en Autriche on a toujours aimé les titres, et ce aujourd'hui encore, si étranges que ces titres puissent parfois apparaître — et un mois plus tard contrôleur de la Banque populaire de Galicie à Lemberg (aujourd'hui Lvov, en

Pologne), ainsi que de la succursale praguoise de la Länderbank. Cela signifiait pour lui la possibilité de voyager, en des années où peu de gens, quel que fût leur pays, pouvaient en franchir les frontières.

La trentaine est l'âge où un homme se doit de fonder un foyer. De toute évidence, la partenaire idéale avait jusque-là encore échappé à Ernst. Dans les temps plus anciens, en Bukovine ou en Galicie, il n'était pas bien difficile de trouver femme. La traditionnelle *schadchen* (la marieuse juive) n'était plus cependant utilisée par les Juifs viennois assimilés. Ils rejetaient la *Yente* du *Violon sur le toit* mais, pour rester dans le ton des chansons populaires de l'époque, on trouvait tout de même des marieuses, telle la « Dolly » de la célèbre *Hello Dolly*. Ainsi donc se trouva-t-il une « Dolly » pour mettre en contact les Klaar et les Schapira.

Une rencontre fut organisée au café Josefstadt entre Ernst Klaar, célibataire de vingt-neuf ans, troisième fils du Dr Ludwig Klaar et de son épouse Julie, d'une part, et d'autre part Ernestine Schapira, dite Stella, âgée de trente ans et célibataire également, fille aînée de Bernhard Schapira et de son épouse Adele. Ce café était situé, de la manière la plus convenable possible, dans la Florianigasse, à trois cents pas peut-être du n° 70, Josefstädterstrasse, où Ernst vivait avec ses parents, et à cent pas seulement de l'appartement de la sœur cadette de Stella — Klara, qui habitait le n° 8 de la Bennogasse, dans le quartier de Josefstadt également. La jeune femme, tout émue de cette rencontre, disposait ainsi d'une base où se rafraîchir avant l'entrevue, cependant qu'Ernst pourrait posément se mettre sur son trente et un entre sa journée de travail à la banque et ce fatidique *rendez-vous à trois** vespéral — car, bien entendu, « Dolly » serait également présente.

L'homme répondant au nom d'Ernst Klaar qui marchait ce soir-là vers ledit café n'était plus tout à fait aussi svelte que le jeune officier de la photographie dont j'ai parlé plus haut, mais c'était toujours un fort beau jeune homme. Il avait les cheveux très sombres, avec de petites ondulations serrées et les portait plutôt longs, comme pour marquer qu'une âme poétique, romantique, habitait la poitrine de ce jeune inspecteur de banque. Sa moustache sombre, au-dessus d'une bouche aux lèvres plutôt fines héritée de sa mère Julie, avait gardé l'aspect broussailleux des militaires autrichiens ; par la suite, il la tailla plus soigneusement ; ses yeux bruns étaient surmontés de forts

* En français dans le texte. (N.d.T.)

sourcils d'allure quelque peu méphistophélique ; son nez était celui de Julie, mais en plus petit et plus finement dessiné.

Dans l'appartement de sa sœur Klara, Stella se repoudrait un rien le nez ; elle était vêtue d'une robe de soie grise étroitement lacée, faite pour lui donner une allure plus élancée que celle dont la nature l'avait en fait dotée, car elle était un peu ronde — *mollert,* selon une expression bien viennoise. Ses cheveux noirs, très raides, étaient peignés avec une raie à droite et, soigneusement ondulés par ses soins, retombaient élégamment autour de son front d'un bel ovale. Ce que Stella avait de plus attirant — et elle le savait à merveille —, c'étaient ses yeux bruns en amande, qui contemplaient le monde alentour à travers cette brume perpétuelle dont vivent entourés les myopes. Sa petite bouche sensuelle savait sourire avec une rare gentillesse et une grande douceur, qui se reflétaient immédiatement dans son regard. Oui, c'était une femme avec laquelle on pouvait vivre. Plus encore, comme devaient le montrer les circonstances, c'était une femme avec laquelle on pouvait mourir...

L'appartement de ma grand-mère — je veux dire ma grand-mère Adele Schapira — occupait tout le dernier étage d'une fort imposante maison : le n° 7 de la Türkenschanzplatz, dans le XVIIIe arrondissement de Vienne. L'architecte qui avait construit cet immeuble au tournant du siècle avait repris le style caractéristique de la Ringstrasse. Une fois achevée la façade proprement dite, il l'avait parsemée d'innombrables cariatides, urnes, guirlandes, figurines — tout ce mélange de faux grec classique, de toc plus ou moins baroque et de pseudo-gothique qui représentait parfaitement tout ce que l'Empire comportait de richesse, mais aussi de fausseté et d'inauthenticité. Ainsi avait-il coupé le toit de tuile rouge, aux parements de cuivre patiné verdâtre, de fausses mansardes dans le genre baroque. Au-dessus du gigantesque portail de fer forgé vert, flanqué de part et d'autre de piliers d'allure grecque, il avait placé une corniche de pierre, elle-même surmontée de dieux et déesses classiques aux généreuses proportions. Leur regard de pierre continue aujourd'hui encore de contempler, de l'autre côté de la rue, l'immense Türkenschanzpark, l'un des plus grands et des plus beaux espaces verts de la capitale.

Lorsque, bien des années après que les Schapira eurent vécu là, je me retrouvai face à ce pot-pourri architectural, j'eus si fort l'impression que rien n'avait changé que je n'eusse point été surpris de voir une des deux « folies » de mon grand-père Bernhard — deux énormes automobiles allemandes de marque Adler — remonter le trottoir et venir s'arrêter devant le portail, et Herr Klein, le chauffeur de grand-père, avec son bel uniforme, sortir alors de la voiture et, debout près de la portière ouverte, attendre respectueusement que le Conseiller en Bourse Bernhard Schapira fît son apparition. Grand-père serait alors sorti du portail, aurait humé l'air de la ville, puis aurait décidé laquelle des deux voitures devait servir ce jour-là : la limousine ou le cabriolet. Tout ce cadre convenait parfaitement à Bernhard Schapira, semblait vraiment fait pour lui. On notait sur-le-champ l'opulence, ou ses apparences, de cet homme d'un mètre quatre-vingt-cinq, solidement charpenté, dont les yeux gris observaient le monde extérieur, derrière son pince-nez cerclé d'or, avec tout le calme majestueux d'un grand seigneur. Son visage rasé de près était aussi lisse, aussi dépourvu de rides, que la peau de son crâne chauve. Il portait un classique complet sombre, avec en haut de son gilet un lacet blanc étroitement serré, et tenait entre ses mains gantées de blanc une canne à pommeau doré.

Il était né en 1864 à Tarnów, bourgade de Galicie, sous le nom de Baruch Schapira, mais plus rien dans son apparence ne dénotait le Juif d'Europe orientale : il ressemblait à un millionnaire américain, plus encore qu'à un homme d'affaires européen de l'époque. Wall Street aurait été pour lui un cadre parfait, fait à sa mesure tout comme ses gants d'agneau. Il n'y avait là aucune sorte de coïncidence. Tout jeune encore, Bernhard avait émigré aux États-Unis, et c'est là-bas qu'il avait établi les fondements de sa future carrière d'homme d'affaires. Dieu sait comment, ce jeune Juif de Galicie était entré en contact avec une des firmes américaines les plus proches de la haute société protestante : la Quaker Oats Company de Chicago, qui était déjà à l'époque une importante société mais en aucune façon le géant de l'agro-alimentaire qu'elle est devenue aujourd'hui. Dans les années quatre-vingts du siècle dernier, ses deux principaux produits étaient les galettes d'avoine pour bétail et le porridge pour la consommation humaine.

Il ne dut pas être facile pour Baruch Schapira de convaincre ses interlocuteurs que l'on pouvait transformer les sujets du Reich de Bismarck, ou de la Monarchie de François-Joseph, en consommateurs de porridge. Dans ces deux pays, l'avoine servait aux animaux, jamais, ou bien rarement, aux hommes. Nul Allemand ou Autrichien jouissant de toutes ses facultés physiques et mentales n'aurait jamais songé à considérer comme une éventuelle nourriture un bon bol de porridge bien nourrissant. Cependant, en cas de maux d'estomac, il arrivait souvent que les médecins prescrivissent une diète de gruau. Il fallait toute l'inventivité d'un Bernhard Schapira pour imaginer que l'avoine pût tirer de là quelque avenir — et surtout, pour un homme élevé dans le respect de la tradition kascher, le bacon et le lard : il revint en Autriche comme représentant de la société Quaker Oats mais aussi de Harrison Brand, fabricants de bacon et de lard. Ayant fondé son négoce, il lui restait à fonder un foyer. C'est ainsi qu'il tomba dans les bras d'Udel-Leie (dont le prénom devait ensuite devenir « Adele ») Immerdauer, âgée de vingt-deux ans, et l'épousa dans la plus pure tradition du rituel judaïque.

Adele était la fille d'un riche négociant en tabacs, fournisseur du monopole d'État dont faisait l'objet le tabac sous la Monarchie. Elle appartenait à une nombreuse famille, ne comptant pas moins de sept sœurs et sept frères. Une photographie de mon arrière-grand-père et de son épouse, prise par un certain Blachkowski, photographe de Lvov, aux alentours de 1870, les présente sous l'aspect éternel des Juifs orthodoxes. Le père Immerdauer porte un caftan tombant presque jusqu'au sol et, sur son crâne, une *yarmulke* de velours noir — la petite calotte de prière. Les vêtements de mon arrière-grand-mère reflètent la mode de l'époque. Ses cheveux raides, sous un petit bonnet, sont peignés avec une raie au milieu et paraissent naturels : elle ne portait pas, manifestement, la traditionnelle perruque des femmes juives orthodoxes. Bien que les Klaar et les Schapira fussent juifs et appartinssent aux mêmes catégories sociales, le mariage d'Ernst et de Stella rassemblait deux courants bien distincts de la société juive d'Autriche. Les Klaar étaient des Autrichiens de confession juive, tandis que les Schapira étaient des Juifs vivant en Autriche... Le fait que Bernhard lui-même, Conseiller en Bourse et membre de la présidence de la Guilde de commerce de Vienne, n'eût pas l'air d'être juif, ne change en rien cette vérité pure et simple. Pas davantage le fait qu'il fût, presque autant que Ludwig, un tyran familial à la manière victorienne. L'atmosphère de l'appartement de ma grand-mère Adele portait le sceau de sa personnalité, à savoir celle d'une Juive de Galicie.

La différence transparaît dans les photographies anciennes : Immerdauer avec son caftan et ses cheveux bouclés, Hermann avec son apparence rigide et ses favoris dans le style impérial. Les deux hommes appartenaient à la même génération de Juifs, venaient des provinces orientales de la Monarchie, mais l'un s'était engagé sur la voie de l'assimilation, tandis que l'autre restait pris dans le monde des ghettos ; c'est aussi que leurs ancêtres n'avaient pas connu la même expérience historique.

La Galicie revint à l'Autriche à la suite de la seconde partition de la Pologne. Les Juifs de Galicie étaient polonisés et portaient le caftan, vêtement de l'aristocratie polonaise qu'ils avaient adopté à la fin du Moyen Age, quand les Juifs ashkénazes arrivèrent en Pologne en provenance d'Allemagne. Se voyant traités comme des parias par leurs hôtes polonais, ils s'isolèrent dans des ghettos, physiquement et intellectuellement.

La Bukovine (ce qui signifie : le pays des hêtres) était restée sous autorité turque jusqu'en 1774, date à laquelle les Autrichiens acquirent cette province. A la différence des Juifs ashkénazes, qui n'avaient émigré vers la Pologne qu'à partir du XIVe siècle, les Juifs de Bukovine s'étaient installés là beaucoup plus tôt : les premiers colons juifs arrivèrent sans doute avec les légions de la Rome impériale. Les Turcs, maîtres beaucoup plus cruels mais aussi plus indolents que les Polonais, ne faisaient pas de différence entre les Juifs et les autres au sein de la province. En dehors de périodiques déchaînements de violence, avec meurtres, pillages et viols, dont toutes les fractions de la population avaient à souffrir, ils laissaient tout le monde également tranquille. Les Juifs de Bukovine ne portaient pas de vêtements propres à les distinguer des autres, mais bien le costume coloré des Moldaves. Ils ne laissaient pas pousser leur barbe, et se montraient mieux éduqués et bien plus sociables que leurs frères de Galicie.

Entre les Juifs de Galicie et les Polonais existait une relation — de haine et non d'amour, mais une relation tout de même. Entre les Turcs et les Juifs de Bukovine n'existait aucune relation d'aucune sorte. Quand les troupes autrichiennes pénétrèrent dans la province, elles furent accueillies comme forces de libération par la population tout entière, y compris les Juifs — tandis qu'aux yeux des Polonais de Galicie les Autrichiens constituaient une armée d'occupation. Aussi n'est-il pas surprenant que le processus de germanisation, d'identification aux libérateurs à travers leur langue et leur culture, ait été immédiat chez les Juifs de Bukovine, que le contact se soit immédiatement établi directement ; en Galicie, au contraire, les aristocrates polonais restaient maîtres de « leurs » Juifs, continuant d'interposer leur propre culture entre celle de ces derniers et celle des Autrichiens, rendant le processus de germanisation ou d'austrisation, même pour les Juifs qui rompaient avec l'orthodoxie religieuse, plus lent et plus difficile. Ainsi divers facteurs historiques et culturels se combinèrent-ils pour créer ce phénomène unique dans l'histoire des Juifs européens : une enclave de Juifs « occidentalisés » au sein de la plus orientale des provinces de l'Empire, une oasis de culture occidentale dans laquelle les Juifs véhiculaient et adoraient la langue allemande, son art et sa littérature.

C'est là ce qui explique qu'un Herrmann, avec son sabre à glands d'or, ses trois étoiles dorées et ses éperons, pût dans ma généalogie trouver place aux côtés d'un Immerdauer, négociant en tabac portant toujours le caftan ; et aussi bien l'évidente différence entre ma grand-mère Julie, hautement cultivée et prisant la musique, et ma grand-mère Adele avec son allemand légèrement teinté de yiddish. Les Klaar et les Schapira représentaient deux univers juifs dissemblables, qui ne devaient se retrouver que derrière les portails d'Auschwitz.

Ernestine Schapira, ma mère, était née le 13 février 1889 à Lemberg — à Lvov, si l'on préfère. Adele vivait alors toujours avec ses parents, du fait que Bernhard ne cessait pratiquement de voyager pour établir son négoce. Toute sa vie durant, Adele fut une femme plutôt forte, mais par ailleurs très jolie. Elle était dotée d'une certaine finesse d'esprit naturelle, de l'humour juif hérité du vieil Immerdauer, mais n'avait guère de culture à proprement parler. Les Juifs orthodoxes tels que les Immerdauer tenaient en très haute considération l'étude chez les hommes ; les femmes, pour leur part, devaient surtout savoir tenir une maison — comme elles savaient tenir également leurs maris, la plupart du temps ; mais les livres et le savoir n'étaient pas choses faites pour elles.

Adele était une merveilleuse femme d'intérieur. Tout chez elle était absolument étincelant, et elle faisait une cuisine délicieuse. Certes, elle ne se tenait pas elle-même devant ses marmites, la cuisinière était là pour ça ; mais en rajoutant une pincée de sel ici, un rien de sucre là, Adele transformait des plats simplement bons en mets succulents. Sans nul doute, elle possédait le *tahm*, comme on dit en yiddish : cette capacité de changer, sans effort apparent, le banal en merveilleux. Grand-mère Julie n'avait pas ce don, ni dans sa cuisine (qui de toute façon était le fief d'Annitschek, et où je ne me souviens pas l'avoir jamais vue), ni dans la plupart des autres domaines. En revanche, descendante de Juifs assimilés, Julie était très cultivée. Elle poursuivit ses études même après son mariage, et l'étendue de ses intérêts intellectuels était considérable. Elle possédait de bien plus grandes ressources personnelles qu'Adele. Sans doute est-ce pourquoi, après la mort de Ludwig, grand-mère Julie poursuivit son existence autonome, tandis que la disparition de Bernhard démolit complètement Adele, qui ne cessa plus jamais de se lamenter, devenue désormais une femme brisée.

Ma mère fut prénommée Ernestine, probablement en souvenir de quelque lointaine aïeule Schapira ou Immerdauer. Les Juifs ne donnent jamais à leurs enfants le prénom d'un parent ou d'une parente encore en vie, mais honorent souvent par ce biais la mémoire de leurs chers disparus. Qui que pût être, d'ailleurs, cette tante, cousine ou arrière-grand-mère depuis longtemps trépassée, cette forme de culte ne lui fut pas rendue bien longtemps : le prénom d'Ernestine ne fut jamais utilisé, car on appela ma mère « Stella » dès sa naissance.

Si Bernhard et Adele avaient pu attendre ne fût-ce que deux ans avant d'avoir leur premier enfant, ils auraient bien moins heurté ma sensibilité « autrichienne ». Pendant des années et des années je restai irrité de savoir que ma mère était née en Pologne. Ils vinrent s'installer à Vienne en 1891, et c'est là que naquit, deux ans plus tard, ma tante Klara. La première fois, ils ne restèrent dans la capitale autrichienne que huit ans, parce que la société Quaker Oats s'étant heurtée à des difficultés avec son représentant en Allemagne, elle avait demandé à grand-père Bernhardt de reprendre les choses en main et d'apporter quelque ordre dans cette affaire. Il installa ses bureaux dans la Kaiser Wilhelm Strasse de Hambourg, le plus grand port du Reich et son plus important centre d'import-export. Quand Stella eut dix ans et Klara six, la nouvelle maison de la famille se trouvait dans le quartier de Winterhude, près du second Alster, le plus grand des deux lacs autour desquels est construite la ville, avec ses multiples clochers verts.

Il fallut naturellement quelque temps à Bernhard et Adele pour s'adapter à leur nouveau cadre de vie, mais les deux petites, Stella et Klara, y parvinrent quant à elles très rapidement, comme savent toujours faire les enfants. Il suffisait d'entendre les deux sœurs parler de leurs années à Hambourg pour comprendre qu'elles y avaient été heureuses. Ma mère ne se défit jamais d'une certaine nostalgie pour cette ville, qui représentait aussi pour elle la fin de son enfance, et le passage à l'adolescence. C'est là qu'elle connut ses rêves de jeune fille et dut affronter les craintes, les peines, les incertitudes et les espoirs propres à la puberté. Bien souvent elle me dit combien elle aurait aimé m'emmener à Hambourg et me faire connaître la ville ; en fait, elle n'y retourna qu'une seule fois, en 1929, quand mon père et elle consacrèrent leurs vacances à voyager à travers l'Allemagne.

La famille vécut à Hambourg jusqu'en 1906. Stella et Klara n'y fréquentèrent aucune école, mais furent envoyées dans un pensionnat pour *Höhere Töchter*, autrement dit pour jeunes filles de bonne famille, près de Hanovre. C'est dans cette région de l'Allemagne (à en croire du moins les Hanovriens) que l'on parle le meilleur allemand — prétention sans nul doute justifiée, en tout cas pour ce qui concerne ma mère. Elle n'avait ni l'accent chantant des Viennois, ni les rudes sonorités des Prussiens ; et sa douce voix de contralto faisait de son allemand très pur un véritable miel. Les étroites amitiés qu'elle noua avec de nombreuses pensionnaires non juives de ce pensionnat se maintinrent pendant de nombreuses années ; certaines de ces amies restèrent même en contact avec elle après l'accession de Hitler à la chancellerie du Reich.

Certains traits propres au tempérament de l'Allemagne du Nord étaient bien faits pour répondre à celui de Stella. Quoiqu'elle fût fort chaleureuse, voire même émotive, elle répugnait à laisser transparaître ses sentiments, sauf dans le cercle de ses amis vraiment intimes. Elle s'efforçait toujours de rester calme et maîtresse d'elle-même, de soumettre ses opinions et ses actes à son intelligence plutôt qu'à ses émotions. De ce point de vue, elle était une compagne idéale pour mon père, qui était d'une humeur extrêmement changeante et se laissait parfois aller à des éclats complètement disproportionnés par rapport à leur cause. On peut trouver une certaine similitude entre les attitudes propres aux Allemands du Nord et aux Anglais. Cette affinité était encore mise en relief dans le pensionnat de Stella, où l'on enseignait aux jeunes filles à penser de manière claire et objective, à éviter tout manque de fermeté intellectuelle. Sur ce point aussi, Stella était fort différente de mon Viennois de père, dont les opinions personnelles et les relations étaient trop souvent déterminées par ses inclinaisons subjectives, voire par une sorte de romantisme pas toujours des plus sains.

Tant dans ses études que chez elle, Stella avait acquis la réputation d'être quelque peu bas-bleu. En quelque lieu qu'on la rencontrât, elle avait toujours le nez plongé dans un livre, ses yeux déjà myopes et affublés de lunettes parcourant les pages à toute allure. Et elle adorait raconter des histoires. Au pensionnat de Hanovre, les filles plus jeunes s'agglutinaient autour d'elle pour l'entendre dire des contes de Dickens, écrivain qui avait sa faveur par-dessus tous les autres.

Un problème éclata le jour où Stella déclara à ses parents qu'elle souhaitait poursuivre ses études universitaires en vue de devenir elle-même enseignante. Adele poussa un soupir : elle ne voyait nul inconvénient à ce que ses filles reçussent une meilleure formation intellectuelle qu'elle-même, mais considérait que leur véritable destinée n'en consistait pas moins à devenir épouses et mères. Bernhard, quant à lui, explosa : il n'allait certainement pas tolérer pareille absurdité ! Du reste, il était parfaitement capable de subvenir aux besoins de sa famille. Stella, bien sûr, se plia au verdict paternel.

Tout au long de leur enfance, Stella, ainsi que ses sœurs Klara et Louisa — la petite dernière, qu'on appelait « Lisa » et qui était née à Hambourg en 1902 —, avaient appris à considérer qu'en toute chose le dernier mot appartenait à leur père. Si celui-ci se sentait un tantinet indisposé, tout le monde devait observer une absolue tranquillité, parler d'une voix complètement étouffée, ne bouger que si cela était strictement indispensable ; plus aucun ami ne pouvait venir jouer à la maison, c'était l'univers entier qui s'obscurcissait derrière les volets tirés — papa avait une migraine... Et encore, quand Klara et elle furent devenues des jeunes femmes, de véritables adultes, il arriva qu'Adele les suppliât de ne pas se rendre à une représentation de théâtre ou d'opéra pour laquelle elles avaient déjà leurs billets, parce que Papa était dans une de ses mauvaises heures. Bien entendu, elles restaient alors à la maison.

C'est dans l'appartement de grand-mère Adele que j'eus mon premier contact avec le judaïsme. C'était en 1925, le soir de *Seder*, on célébrait la Pâque juive. Ma mère et moi étions allés Türkenschanzplatz au début de l'après-midi, de telle sorte que je pusse me reposer avant l'arrivée des autres invités. Ceux-ci arrivèrent à sept heures. Ernst Lamberg, le fiancé de Lisa, vint encadré de ses parents : un tout petit bonhomme et une toute petite bonne femme ; on aurait plutôt dit des figurines chinoises que des gens de chair et d'os. Tante Klara et son mari Alfred suivirent avec leur petite fille Hedi, âgée de sept ans. Les derniers à nous rejoindre furent Netty, la sœur d'Adele, son fils Oscar qui était déjà un adulte, et mon père. Nous étions quatorze autour de la table à rallonges recouverte de sa nappe en damas doré, ses verres étincelants, ses assiettes à bordure dorée, son argenterie bien polie. Les dames portaient des robes longues, avec leurs plus beaux bijoux, les hommes étaient en habit et portaient sur la tête des chapeaux melons, remplaçant les traditionnelles *yarmulkes* des Juifs orthodoxes. Chez M. le Conseiller en Bourse Schapira, le soir de *Seder,* les chapeaux de ville étaient de rigueur.

Grand-père Bernhard, avec son pince-nez, trônait majestueusement en haut de table. Grand-mère était placée à sa gauche, et moi-même assis à côté d'elle, sur une chaise rehaussée de coussins. Il est de tradition que le plus jeune convive mâle récitât le *Mah Nishtane,* l'introduction au récit de l'Exode, qui commence par la question : « En quoi ce soir diffère-t-il de tous les autres soirs ? » L'assemblée répond à cette question et ainsi, de question en réponse, se dit toute l'histoire de la fuite des Juifs hors de l'Égypte pharaonique. Tout au cours de cette récitation prennent place certains rites, chaque morceau de nourriture avalé pendant ce repas symbolisant les souffrances de nos lointains ancêtres alors qu'ils cuisaient les briques pour construire les pyramides sous le brûlant soleil égyptien, flagellés, selon la légende, par les fouets des surveillants qui entendaient les pousser à fournir plus d'efforts encore. Comme j'étais trop jeune pour lire, en quelque langue que ce fût, c'est ma cousine Hedi, âgée de sept ans, qui, avec l'aide assidue de ma tante Lisa, dut ânonner le *Mah Nishtane* du début jusqu'à la fin.

Le dîner qui suivit fut copieux et interminable, les deux serveuses chargées de passer les plats obéissant aux regards significatifs de grand-mère Adele. Tout, ce soir-là, n'était que perfection, et moi-même je me trouvais dans mes dispositions les plus angéliques — non que l'esprit du judaïsme m'eût décidément pénétré, mais parce que j'avais une espérance non négligeable de profit personnel. Grand-mère m'avait dit, dans l'après-midi, qu'elle allait dissimuler un petit morceau de *mazzoth* pendant le dîner : on appelait cela l'*affikomen,* c'était toujours le plus jeune des enfants présents au dîner qui le découvrait, et il pouvait ensuite revendiquer une récompense pour son ingéniosité. De fait, dès que grand-mère eut caché l'*affikomen,* elle se tourna vers moi et me confia où je pourrais le découvrir. J'étais gagnant à tout coup, et je pensais pouvoir obtenir ainsi ce que je désirais le plus au monde, à savoir une voiture à pédales, peinte du rouge le plus agressif. Nul doute que mon riche grand-père allait me faire présent de ce petit trésor céleste à quatre roues...

S'il avait fallu à Moïse quelque quarante ans pour faire entrer les Juifs qui le suivaient dans la Terre promise, ce dîner, simple commémoration du début de ce long voyage, me sembla bien plus long encore. Après chaque plat il en apparaissait toujours un nouveau, et je commençais à m'impatienter pour de bon. Ma grand-mère s'en aperçut et, se penchant à nouveau vers moi, me glissa que le grand moment n'allait pas tarder. Je savais exactement comment les choses allaient se passer. Grand-mère se lèverait et demanderait si quelqu'un avait vu l'*affikomen*. Alors je lancerais la main en l'air, brandissant mon petit trésor friable. Le visage austère de Bernhard se fendrait d'un quasi-sourire, et je pourrais faire part de mon souhait. Il plongerait alors la main dans sa poche intérieure et en extirperait son portefeuille, qu'il ouvrirait pour en tirer un billet de banque suffisant pour acquérir la voiture à pédales la plus extraordinairement voyante de tout Vienne.

« Personne n'a vu l'*affikomen ?* », entendis-je enfin ma grand-mère s'exclamer. Je l'élevai à la vue de tous. « Alors, c'est toi qui l'as trouvé ! Comme tu es malin, mon petit ! Mais c'est que cela mérite récompense, sais-tu ? Qu'est-ce qui te ferait plaisir ? — Une voiture à pédales, grand... » Mais je n'avais pas fini de répondre que déjà sa main droite se déplaçait, non pas cependant vers son portefeuille plein de billets, mais vers la poche de son pantalon, d'où il ne ressortit rien de plus qu'un misérable schilling — avec cette somme, je ne pourrais pas même m'acheter un petit modèle réduit.

Bien sûr, j'aurais dû m'y attendre. Car enfin, existait-il au monde un autre grand-père qui reçût ses petits-enfants, quand ils venaient lui rendre visite, à la façon de Bernhard Schapira ? Quand ma cousine Hedi et moi arrivions Türkenschanzplatz (on nous demandait généralement de venir les mêmes jours, afin que nous puissions rester dans notre coin sans déranger les adultes), grand-père, à un moment ou à un autre, dépliait sa longue carcasse de son siège, puis nous invitait à le suivre et s'avançait à grands pas vers son bureau. Là, il s'arrêtait devant la grande bibliothèque, sortait de sa poche son trousseau de clefs qu'il gardait fixé par une chaîne d'or à ses bretelles, puis ouvrait la porte de droite de la bibliothèque — tout cela avec l'air cérémonieux d'un rabbin ouvrant la porte du tabernacle pour en sortir l'objet saint parmi les saints, les rouleaux de la Torah. Mais ce que grand-père Bernhard tirait de la bibliothèque, c'était une grosse barre de chocolat de cuisine, dont il coupait un morceau pour Hedi et un pour moi. Hedi faisait une révérence pour l'en remercier, moi-même je me pliais en deux, après quoi le chocolat de cuisine retournait dans son tiroir, grand-père refermait la bibliothèque et remettait les clefs dans sa poche. Ainsi estimait-il avoir dûment témoigné de sa générosité et de son intérêt à l'égard de ses petits-enfants.

La seconde expérience judaïque de ma première enfance ne fut pas moins pénible que la déception liée à l'*affikomen*. C'était le jour de mon sixième anniversaire. Ce jour-là, mon père nous annonça que dorénavant il n'y aurait plus chez nous d'arbre de Noël — ni de cadeaux de Noël. J'étais assez âgé déjà pour m'en faire une raison; après tout, nous étions Juifs, et de toute façon mon anniversaire tombait trois jours seulement avant Noël...

Le jour où il me vint à l'esprit de demander à ma mère comment elle et mon père s'étaient rencontrés, elle me dit que c'était grâce à une dame, une connaissance commune, qui avait pensé que leur rencontre pourrait être une bonne chose. Que cette « connaissance commune » si entreprenante fût en réalité une marieuse professionnelle, je ne devais l'apprendre que plus tard, par Annitschek. La brave femme qu'était celle-ci ne trahit ce secret que par inadvertance. Ce qu'elle voulait en fait me raconter, c'était combien le premier rendez-vous de mes parents avait été exaltant et romantique; comment mon père était rentré du café Josefstadt en annonçant avec jubilation : « Enfin j'ai trouvé la femme qu'il me fallait; Stella sera mon amour, elle et personne d'autre ! » Et c'est alors qu'elle éventa la mèche et fit mention de la « *Dolly* ». « Qui aurait jamais pu penser, dit-elle, qu'une rencontre arrangée aurait pu produire un tel coup de foudre ? »

La réaction de ma mère face à Ernst avait été, à l'en croire, un peu moins enthousiaste. « Je ne savais pas bien quoi faire face à ce jeune homme aux cheveux longs qui exhibait devant chacun son âme poétique, toute grâce et légèreté... Je m'étais représenté les jeunes banquiers un peu différemment. Il y avait pourtant en lui quelque chose qui me plaisait. Nous décidâmes de nous revoir. »

Ernst était plutôt porté à l'exagération, Stella à la litote. Mais quelque chose avait bien dû la captiver dans ce banquier sentimental. Car, s'étant rencontrés pour la première fois au café Josefstadt en octobre 1919, ils étaient déjà fiancés dans la seconde semaine de novembre, et six semaines plus tard l'inspecteur de banque Ernst Klaar écrivait à ses supérieurs de la Länderbank :

Le soussigné souhaite informer son estimée Direction qu'il a épousé Mlle Stella Schapira le 21 décembre 1919.

Le fidèle serviteur de l'estimée Direction,

Ernst Klaar

On aura noté au passage qu'il n'est plus question de la « hautement estimée », mais de l' « estimée » Direction, dont Ernst n'est plus l' « humble », mais le « fidèle » serviteur. On aura aussi observé que le paragraphe 19 du règlement intérieur — « Aucun employé ne pourra contracter mariage sans l'assentiment explicite de la banque » — était resté lettre morte. La Direction n'était informée qu'après-coup de l'événement. Mais désormais cela suffisait.

Les temps avaient changé.

Ernst et Stella étaient devenus citoyens de « cet État dont personne ne voulait » et qu'avaient tracé sur la carte d'Europe centrale les vainqueurs de la Grande Guerre. Les hommes qui dirigeaient maintenant l'Autriche n'étaient plus les mêmes qui avaient gouverné la Monarchie. Ce n'étaient pas à eux que la guerre était imputable. Il s'agissait de braves sociaux-démocrates, non d'impérialistes habsbourgeois ; mais, aucune Autriche autre qu'impériale n'ayant jamais existé par le passé, ils ne voyaient pas comment elle pouvait être devenue désormais viable, et c'est pourquoi ils l'avaient baptisée « République austro-allemande ». Cette appellation n'était pas dépourvue de signification, car tout ce qui restait de l'Autriche, c'était six millions de germanophones. Mais le danger venait de ce que cette « Autriche allemande » n'était pas une simple appellation, que ces mots décrivaient aussi les buts politiques et le programme de la gauche modérée autrichienne. A leurs yeux, cette Autriche réduite à rien ne pouvait vivre par elle-même. Ils souhaitaient se réunir à la nouvelle Allemagne démocratique, ils souhaitaient l'*Anschluss*, l'annexion au Reich. Les Alliés, pour leur part, ne voulaient pas en entendre parler : ils n'avaient pas combattu quatre ans durant le Reich allemand pour transformer celui-ci, maintenant qu'il était vaincu, en une immense puissance dont les frontières seraient allées depuis la Hongrie et l'Italie jusqu'à la Baltique !

La droite modérée autrichienne, les sociaux-chrétiens héritiers du Dr Lueger, considéraient cette politique visant à l' *Anschluss* avec des sentiments mêlés. Ils souhaitaient plutôt une fédération danubienne qui eût intégré, du point de vue géographique, la plupart des territoires de la défunte Monarchie. Mais de cela, c'étaient les États nouvellement constitués qui ne voulaient pas entendre parler. Pour eux, une telle fédération danubienne n'était rien d'autre que l'Empire des Habsbourg, déguisé sous un autre nom. Il n'y avait qu'un seul point — le point décisif — sur lequel sociaux-démocrates et sociaux-chrétiens fussent entièrement d'accord : un État autrichien de six millions d'habitants seulement ne pourrait jamais se maintenir par ses propres moyens.

Ainsi la capitale de cet État condamné à mort, dans l'esprit de tous, dès l'instant de sa naissance, cette Vienne jadis étincelante métropole impériale, fut abandonnée à son dénuement, réduite au chaos et à la misère. Le directeur des services sanitaires de la ville fit un rapport aux termes duquel au moins 20 000 enfants étaient au bord de la famine. 130 000 hommes, soit une importante fraction de la population active, se trouvaient sans emploi. Chaque jour, la monnaie nationale avait moins de valeur. Et chaque jour, même avec de l'argent, on trouvait de moins en moins de biens à acheter. Les manifestations violentes se succédaient à intervalles rapprochés. On voyait des gens mourir dans la rue, blessés par balle ou victimes de la famine. Vêtus de haillons, ils traînaient à travers la ville, parmi les monceaux de détritus qui jonchaient les parcs et les rues, cherchant du travail, des bribes de nourriture, le plus infime espoir.

Telle était Vienne à l'hiver de l'année 1919, quand Ernst quitta l'appartement de grand-mère Julie et Stella celui de grand-mère Adele, pour se mettre à vivre ensemble. C'est au cours de la dernière semaine de décembre 1919 qu'ils s'installèrent dans leur nouvel appartement, au n° 1 de la Pichlergasse, dans le IXe arrondissement de Vienne.

DEUXIÈME PARTIE

Ce fut une dame qui m'ouvrit la porte de mes parents. Âgée d'une soixantaine d'années, corpulente, elle avait l'air un peu gêné. Elle me pria d'entrer et, pour la première fois depuis trente-six ans, je franchis à nouveau le seuil de « chez moi ». Des « chez moi », j'en avais connu plus d'un, au fil de toutes ces années ; j'avais dormi dans d'innombrables lits, en de nombreux pays. Pourtant, quand je disais « chez moi », malgré tout le temps écoulé depuis lors, je pensais toujours à l'appartement de mes parents à Vienne — celui où j'ai passé les dix-sept premières années de ma vie. Aucun autre foyer au monde ne pouvait être plus mien que celui de mon enfance, me procurer un tel sentiment de sécurité, de chaleur et d'amour, une telle impression d'être à l'abri de tout danger.

Bien souvent, j'avais revisité en pensée cet appartement, j'en avais reparcouru toutes les pièces, la main dans celle de mon père. Il aimait à faire ainsi avec moi, de temps à autre, ce qu'il appelait « la visite du musée ». Ensemble nous contemplions ses tableaux, ses bronzes, le merveilleux arlequin du XVIIIe siècle en bois délicatement sculpté et peint auquel le cadran d'une horloge à balancier tenait lieu de visage ; les meubles aussi, la chambre à coucher Louis XVI, l'écritoire dans le bureau de mon père, œuvre d'un certain Herr Gruber, l'un des derniers maîtres ébénistes exerçant encore à Vienne. Et mon père, étant ce qu'il était, rappelait fièrement combien il avait payé chacun de ses trésors, estimait la valeur qu'ils avaient acquise depuis lors, pour terminer invariablement notre « visite » sur ces mots : « Et un jour, tout cela t'appartiendra, Georgel ! »

Dans mon souvenir, l'appartement où je me promenais ainsi avec mon père était spacieux, élégant, confortable ; à mes yeux d'enfant, puis d'adolescent, il détenait dans ses murs tout ce qui était beau, bon et aimable, tout ce qui constituait la vie de mes parents et la mienne, bref tout ce qui peut être attaché à l'idée d'un « chez soi ».

Et voilà que, tant d'années après, je m'y trouvais à nouveau. Mais au lieu de mon père se trouvait à mes côtés cette blonde d'un certain âge au teint rougeaud, qui avait certainement été dans sa jeunesse une charmante et coquette Viennoise. Et il me fallait admettre que mes parents avaient en fait vécu dans deux appartements différents : celui qu'avaient perçu mes yeux de jeune garçon et emmagasiné ma mémoire — et celui que, devenu adulte, je voyais aujourd'hui tel qu'il était en réalité. Il y eut un instant, tandis qu'entré dans le vestibule j'alignais des phrases polies mais insignifiantes, où je pensai avoir commis une erreur, m'être tout bonnement trompé d'étage ; mais, en me retournant, j'aperçus les barres de sécurité en acier que mes parents avaient fait poser sur la porte d'entrée pour éviter les cambriolages. Je me souvins du serrurier en bleu de travail et de son apprenti qui étaient venus les installer. Je revis ma mère en train de les regarder travailler, son fichu sur la tête et un chiffon à la main — c'était un travail salissant, et ma mère ne pouvait apercevoir la moindre poussière sans fondre dessus comme le serpent sur un lapin... Elles étaient toujours là, bien solidement en place, ces barres d'acier qu'aucun cambrioleur ne parviendrait jamais à forcer. Mais les criminels qui étaient venus, semant la peur et le pillage, n'avaient pas eu besoin de recourir à la force physique : les clés de la terreur ouvrent toutes les portes, si fortement protégées soient-elles. Oui, j'étais bien à l'appartement 9 du n° 1 Pichlergasse. J'étais chez moi...

Je parcourus toutes les pièces l'une après l'autre : chacune était à la fois semblable et différente de ce qu'elle avait été jadis. Comme si notre demeure n'avait été ni celle dont j'avais gardé le souvenir ni celle que j'examinais en cet instant. J'éprouvai quelque irritation à constater que des étrangers étaient venus s'imposer par-dessus le souvenir que j'avais de mon « chez moi » — mais aussi quelque honte à réagir ainsi. Mon hôtesse et moi prîmes place à la table installée au milieu de la salle à manger — exactement au même endroit que la nôtre par le passé — et j'acceptai un peu de vin, que je sirotai tout en débitant quelques paroles de pure courtoisie.

Avant de partir, je lui demandai si je pouvais faire tout seul encore une fois le tour de l'appartement — ce qu'elle m'accorda sur-le-champ, fort gentiment. Par la porte de gauche, je pénétrai dans la cuisine où j'avais passé tant d'heures assis sur la caisse à charbon, les jambes pendantes, à regarder notre bonne Poldi — qui avait exercé une telle influence sur mon enfance — vaquer à ses occupations devant le fourneau, un de ces vieux fourneaux de fonte qui marchaient encore au charbon. Sur la porte au fond de la cuisine, qui donnait dans ce qui était à l'époque la chambre de Poldi, on voyait encore la marque des coups de couteau que j'y avais portés le jour où j'avais découvert qu'elle était fiancée et allait se marier : fou de jalousie, son petit amoureux de huit ans s'était emparé du grand couteau de cuisine et s'était acharné contre la porte en sanglotant et en criant : « Voilà pour lui, voilà pour lui ! » D'autres bonnes avaient logé par la suite dans ce réduit sombre et morne, qui servait aujourd'hui de débarras ; mais, pour moi, cela avait toujours été la chambre de Poldi.

Retraversant la cuisine, je retournai dans le vestibule, d'où je jetai un rapide coup d'œil dans la petite salle de bains, derrière la seconde porte à gauche, où s'étaient déroulées tant de batailles entre ma mère et moi à propos du débarbouillage, de l'hygiène dentaire, de tous les principes de propreté grands ou petits, de leur importance pour ma bonne santé présente et future. Je résistais avec force à l'idée de me laver, j'accumulais les arguments contre la philosophie sous-jacente à cette exigence. Certes, les arguments de maman étaient meilleurs que les miens, mais je savais y résister et marquais, du moins me semblait-il, quelques points contre l'idée de propreté. Cependant la force brutale finissait toujours par l'emporter : ma mère m'appliquait violemment sur les joues le gant de toilette humide et ensavonné, puis se mettait à me frotter le visage dont, après pareille torture, je hurlais qu'il ne subsisterait plus un lambeau.

Notre poste de téléphone était fixé au mur, dans un coin du vestibule, à côté de la porte de la salle de bains et dissimulé derrière un épais rideau. Quel âge pouvais-je avoir quand on vint l'installer ? Trois ans ou quatre ? Jamais je n'oublierai l'excitation qui m'envahissait lorsque le disque central de cette boître noire (c'était une ligne partagée, et quand d'autres s'en servaient, ce disque virait au noir) était blanc et que nous pouvions appeler mon père à son bureau. Pas plus que je n'oublierai notre numéro d'alors (A-16-7-51), moi qui serais bien incapable de retrouver aucun de ceux que j'eus dans la suite de mon existence.

Après le rideau du téléphone venait une petite porte blanche qui donnait dans la chambre de mes parents. Je la traversai sans m'intéresser au mobilier lourd et sombre qu'y avait disposé l'actuelle occupante de l'appartement ; en revanche, je reconnus fort bien le grand poêle de faïence verte qui avait été notre unique source de chaleur, dans tout l'appartement, pendant le terrible hiver de 1928 où il avait fait si froid que les voitures pouvaient rouler sur le Danube entièrement gelé et où, faute de charbon, nous ne pouvions chauffer que cette seule pièce.

Par la porte de droite, à côté de laquelle se trouvait jadis le lit de mes parents, j'entrai dans ma chambre — occupée maintenant par le fils de cette dame, et meublée d'un véritable bric-à-brac de salles de vente. C'est au fond de cette pièce que se trouvait jadis mon berceau, c'est là que Poldi était venue faire ma connaissance quand elle s'était présentée à la maison pour devenir ma nourrice. Selon ma mère, j'avais tout de suite bondi en tendant les bras et en criant « Upuldi ! Upuldi ! » — ma toute première expérience de coup de foudre, à n'en pas douter.

C'est dans le même coin de la pièce qu'avait été ensuite placé mon lit d'enfant, sur lequel j'accomplissais tous les soirs ma petite cérémonie : en guise de bonsoir, j'exécutais sous les yeux attendris de mes parents de grands sauts sur mon lit en soulevant ma petite robe de nuit pour laisser voir mon derrière tout en criant à tue-tête : « La lune va sortir ! La lune va sortir ! » ; après quoi je m'effondrais entre mes draps en gloussant nerveusement. Et plus tard, bien plus tard, mon lit d'adolescent fut situé toujours au même endroit : c'est donc là aussi que je connus mes rêves sexuels les plus brûlants, imaginant assez de jeunes filles et de femmes pour parvenir à épuiser — de façon toute théorique — tous les actes et positions dont j'avais entendu parler ou que j'avais trouvés dans mes lectures, et atteindre ainsi, de même que ma partenaire imaginaire, la suprême félicité.

C'est d'ailleurs sur ce même lit que ledit grand théoricien, censé ne rien ignorer de ces mystères, avait connu sa première véritable expérience sexuelle. Cependant, quand la chose se produisit, ni moi ni la fille avec qui j'étais n'avions la moindre idée de ce que nous étions en train de faire. Je ne la pénétrai pas délibérément : il se fit simplement que dans le cours de nos caresses, soudain, j'entrai en elle. Ce n'était là que pur instinct, bien différent de la douce progression menant à la grande fusion finale, que j'avais si souvent trouvée décrite dans les livres. Telles furent ma déception et ma confusion, tandis qu'elle-même fondait en larmes sous le coup de la honte, de la surprise et de la crainte, qu'à l'instant même où se produisait le grand événement dont j'avais rêvé pendant des années, j'aurais préféré qu'il ne se fût rien passé.

Je ne fus guère surpris, en contemplant mon ancienne chambre, que ce soit cette scène — la plus dramatique que j'y eusse jamais vécu — qui ait surgi dans ma mémoire. Je me détournai et gagnai la double porte donnant sur la salle à manger. Là, je m'efforçai de chasser de mon souvenir tout ce qui avait trait à cette pièce, véritable centre de notre vie familiale : je ne voulais pas imaginer maintenant mes parents assis dans les fauteuils d'antan, ressentir la douleur qui est inséparable de telles réminiscences. Plus tard, j'aurais tout le temps d'imaginer et de souffrir, mais pas maintenant, avec cette femme et son fils à mes côtés.

Venait enfin le bureau de mon père, adjacent à la salle à manger. Il affectait une forme trapézoïdale assez particulière et élégante, du fait que cette pièce faisait l'angle de l'immeuble. Ainsi ses deux fenêtres donnaient-elles sur des perspectives assez différentes : d'un côté la Pichlergasse, plutôt paisible, de l'autre la Nussdorferstrasse, considérablement plus animée avec ses tramways, ses voitures, ses boutiques. Entre les deux fenêtres, sur le pan coupé qui donnait cette forme spéciale à la pièce, une double porte-fenêtre ouvrait sur un petit balcon en fer forgé. L'appartement était au premier étage mais, comme tous les vieux immeubles viennois sont dotés d'une mezzanine, c'était en fait un véritable second étage, fort au-dessus du niveau de la rue. C'est pourquoi je m'aventurais rarement sur notre balcon : pris de vertige, j'y craignais trop de m'effondrer, avec le balcon lui-même, d'un instant à l'autre dans la rue.

Après leur brève lune de miel, Ernst et Stella s'établirent donc Pichlergasse — la rue tenait son nom de Caroline Pichler, poétesse et journaliste, qui avait mieux que personne rendu compte du Congrès de Vienne de 1814-1815.

On ne saurait parler, en revanche, de lune de miel, même brève, entre Ernst et ses beaux-parents. Car Bernhard Schapira n'était guère fait pour plaire à mon père. L'air arrogant de grand brasseur d'affaires avec lequel cet homme de haute taille baissait ses yeux affublés d'un pince-nez sur son beau-fils, portait sur les nerfs de mon père ; M. Schapira semblait dire : « Je suppose que ce jeune employé de banque avait de bonnes raisons d'épouser Stella — après tout, elle n'était plus de première jeunesse. »

Bien entendu, il eût été difficile pour Ernst de déclarer carrément à sa jeune épousée : « Ton père ne me plaît pas beaucoup. Moins je verrai ce vieux machin, et mieux ce sera. » Il avait besoin d'une bonne excuse pour rencontrer les Schapira le moins possible — et grand-père Bernhard la lui fournit le plus aisément du monde. Lors d'une de ses rares visites à l'appartement de la Pichlergasse, il advint que mon père, désignant les parquets encore nus, déclara ne pas être en mesure d'acheter des tapis. Bernhard prit cette remarque pour ce qu'elle était en effet, à savoir une évidente insinuation : « Mais à quoi bon des tapis ? grommela-t-il ; si vraiment vous voulez recouvrir le sol, vous n'avez qu'à découper quelques sacs de toile ! Ça suffira bien pour commencer ! » Mon père adorait cette histoire et ne cessait de la raconter, toujours en ma présence. Ma mère assurait que la chose était un peu différente : dans l'esprit de son père, c'était une plaisanterie, peut-être pas des meilleures, mais une plaisanterie quand même. Mon père refusait cette version des faits : cette anecdote l'arrangeait à merveille et comme il avait, à l'instar de tout le clan des Klaar, une vision assez personnelle de l'objectivité, il maintenait que Bernhard avait toujours été un affreux grigou. Ses relations avec les parents de ma mère et le reste de sa famille étaient dans le meilleur des cas simplement correctes, au pire elles donnaient matière à de réjouissantes scènes et disputes, activités qu'Ernst pratiquait avec beaucoup de savoir-faire.

Le quatrième membre de la famille, Poldi, notre bonne, compta sans doute davantage pour moi, pendant mes premières années, que ma mère ou mon père. Cette robuste fille des classes populaires viennoises, âgée de vingt ans, était dénuée de la plus élémentaire culture. Jamais elle n'avait lu le moindre livre sur l'éducation des enfants ; mais elle savait s'y prendre. Nulle autre que Poldi n'aurait su mieux éduquer, et avec plus de sagesse, un petit garçon tel que moi. Et, pour ma part, je l'aimais tendrement. Sa façon de s'occuper de moi était simple et efficace, mais point toujours très respectueuse de la vérité. En voici un exemple : jusqu'au moment où mes parents allaient se coucher, la lampe de chevet de mon père restait toujours allumée. Une nuit, alors que j'avais quatre ans, je me réveillai soudain et appelai, m'attendant à entendre mon père grogner : « Rendors-toi, bébé. » Mais pas de réponse. Et pas non plus de lumière ! Je me persuadai que quelque chose d'horrible avait dû se produire. Sans nul doute, mes parents avaient été assassinés dans leur lit, et je voyais le sang couler par leurs plaies, percées de centaines de coups de couteau. Je criai, et sans doute très fort puisque Poldi m'entendit depuis sa chambrette, derrière la cuisine. Elle arriva en toute hâte, alluma la lumière et me prit dans ses bras.

« Mais qu'est-ce qu'il y a donc, Georgerl ? » Quand je pus enfin réprimer mes sanglots, je lui racontai tout. « Mais tu sais bien que maman et papa sont allés à un bal ! Il n'est que minuit, et ils ne reviendront pas avant l'aube, me dit-elle. — Pourquoi alors la lumière est-elle éteinte ? — Ah oui, répondit-elle, je voulais t'en parler demain. Tu vois, un policier a aperçu la lumière, depuis la rue. Il a cru qu'il y avait un cambrioleur dans l'appartement, alors il est monté. Quand je lui ai dit que nous laissions la lumière allumée parce que tu avais peur du noir, il m'a dit qu'il ne fallait pas faire ça. C'est très mal de tromper ainsi la police, on n'a pas le droit, voilà ce qu'il m'a dit. Il était vraiment fâché. C'est pour ça que maintenant il n'y aura plus de lumière à côté : sinon, nous aurons tous des ennuis. »

Je crus entièrement à cette histoire sans queue ni tête... La chère Poldi avait tout simplement décidé qu'il était temps que je cesse d'avoir peur du noir. Et quand la chère Poldi avait décidé quelque chose, eh bien, c'était comme ça, et pas autrement ! Par ailleurs, elle connaissait la psychologie des petits garçons autrichiens : je pouvais me disputer avec mes parents, je pouvais même parfois me disputer avec Poldi — mais en aucun cas avec un policier. Un gardien de la paix en uniforme vert, armé jusqu'aux dents, avec son long sabre, son revolver et sa matraque en caoutchouc — c'était là pour moi la plus haute autorité au monde.

La « psychologie appliquée » de Poldi fonctionna à merveille et, par la suite, j'allai me coucher dans le noir. Cela ne me faisait certes pas plaisir, et je conservai longtemps encore cette crainte : mes pauvres parents n'avaient-ils pas été massacrés dans leur lit, juste derrière la porte ? Mais il fallait que je me fasse une raison, et en silence. Je n'avais pas le choix : ma peur d'un policier autrichien en colère l'emportait sur toute autre.

Mon père, expert-comptable de premier ordre, était un grand travailleur. Bien souvent, il passait à la maison son samedi après-midi ou son dimanche à lire des bilans, vérifier des comptes, rédiger des rapports. En ces occasions, il se faisait aider soit par Mlle Grossfeld, sa propre secrétaire, soit par Mlle Blankenberg. Hedwig Blankenberg travaillait au secrétariat de Herr Fischer, l'un des deux directeurs généraux de la banque, de sorte que mon père ne pouvait, sans autre forme de procès, la convoquer pour qu'elle vînt travailler à ses côtés. Mais il avait trouvé une façon toute viennoise de tourner cette difficulté. Pour « l'emprunter », en quelque sorte, à la banque, il mettait en avant des prétextes tels que : « Ma femme vous aime beaucoup, savez-vous ? Pourquoi ne viendriez-vous pas déjeuner avec nous dimanche ? Vous pourriez arriver vers onze heures et passer la journée avec nous. »

Bien entendu, Hedwig Blankenberg savait fort bien que maman, tout en se montrant charmante et pleine de gentillesse à son égard, ne souhaitait pas particulièrement sa compagnie, surtout un dimanche. Mais elle jouait le jeu et acceptait l'invitation : « Ce sera avec grand plaisir ; moi aussi, j'ai tellement envie de revoir votre femme. » Elle n'en oubliait pas pour autant d'apporter ses blocs sténo et quantité de crayons bien taillés, pour cette occasion « mondaine »...

De toutes les banques viennoises, la Länderbank était l'une de celles qui marchaient le mieux et connaissaient la meilleure gestion. Elle surmonta toutes les tempêtes de la fin des années vingt et du début des années trente, et cela ne tenait pas seulement à ses rapports avec la France. Ses deux directeurs généraux, Fischer et Bergler, étaient des banquiers fort avisés, et ce furent eux qui, en liaison avec leur supérieur direct, M. Reuter, du siège parisien, maintinrent l'institution en bonne voie.

La Länderbank, sans doute en raison de ses capitaux français, était restée un important actionnaire de grandes banques tchèques et hongroises. Comme mon père devait vérifier les comptes de la plupart de ces filiales, son travail l'obligeait à voyager beaucoup et à s'absenter souvent de Vienne, parfois pour d'assez longues périodes. Sans doute un certain don pour les langues lui eût-il été précieux dans son travail ; mais, s'il était remarquable en comptabilité, pour ce qui est des langues, en revanche, c'était l'homme le moins capable que l'on pût imaginer. Jamais je n'ai entendu personne d'autre que lui prononcer de façon aussi surprenante l'anglais avec un accent français tandis que par ailleurs il mâchonnait les mots français comme si ç'avait été de l'anglais. On n'ose imaginer ce qu'il aurait pu faire subir à des langues aussi difficiles que le tchèque et le hongrois si d'aventure il s'y était attaqué. En fait sa *lingua franca* était celle des chiffres, celle que parlaient les écritures qu'il examinait. Il dut un jour se rendre en Croatie pour contrôler les livres d'une société en difficulté. Il trouva là-bas des Croates qui ne parlaient que le croate ou le serbo-croate (peu importe, puisqu'il ignorait l'un et l'autre) tandis que lui-même parlait allemand avec un si fort accent viennois qu'ils étaient incapables de le suivre ; tout cela ne l'empêcha pas de constater très rapidement que les comptes avaient été falsifiés et de découvrir comment ils l'avaient été.

Papa adorait la banque et le travail qu'il y faisait, et, parmi ses priorités dans l'existence, portait très haut les responsabilités qu'il y exerçait — plus haut, peut-être, que quoi que ce soit d'autre. Mais son dévouement et son amour du métier ne l'empêchaient pas de me répéter : « Toi, tu ne seras pas banquier quand tu seras grand. » Peut-être cela tenait-il à sa déception de n'avoir jadis pu suivre des études universitaires. Et de là venait peut-être aussi le jeu qu'il avait inventé et qu'il appelait : « *Qui suis-je ?* », bien avant que la télévision n'eût utilisé le même principe. Ce jeu faisait appel à un jury composé d'une seule personne — moi-même — et se jouait dans la rue ou dans un parc. Mon père me laissait debout à un coin de rue, ou assis sur un banc de parc ; puis il s'éloignait d'un mètre ou deux, se retournait et revenait vers moi. Mon rôle consistait à deviner la profession de l' « étranger » qui s'approchait de moi. Il était extrêmement satisfait quand je le situais dans le monde intellectuel ou académique : médecin ou avocat, ce n'était pas mal ; professeur d'université valait mieux encore ; écrivain célèbre, c'était le summum. En revanche mes qualités filiales devenaient à peu près nulles à ses yeux si par effronterie ou par rancune — voire les deux à la fois — je le taxais de « petit marchand juif ».

Peut-être Herr Josef Lippert, le barbier personnel de mon père, avait-il quelque rapport avec l'invention de ce jeu. Lippert, dont la boutique se trouvait juste après le coin de la Pichlergasse, devint en 1920 le « fournisseur attitré » de mon père après que celui-ci eut été promu *Oberinspektor* par sa banque : chaque matin, le dimanche comme en semaine, Lippert pénétrait dans l'appartement de la Pichlergasse avec un sonore « Bonjour, *Herr Oberinspektor*, bonjour, Madame ». Mon père était depuis longtemps devenu *Herr Prokurist* et, à Vienne, il était indispensable de s'adresser à chacun en lui prêtant au moins un grade au-dessus de son grade réel ; aussi le barbier de mon père aurait-il dû, conformément aux usages, l'appeler *Herr Direktor*, voire même *Herr Generaldirektor*.

La raison pour laquelle il n'en faisait rien était bien particulière, et tout à fait viennoise elle aussi. Dans la police viennoise, un

Oberinspektor n'était rien moins qu'un brigadier. Mon père grommelait souvent, en s'entendant appeler ainsi, qu'il n'était pas « un fichu policier », et qu'un tout simple « Herr Klaar » aurait fort bien fait l'affaire ; mais Lippert ne tenait aucun compte de ses protestations. A ses yeux, un *Oberinspektor* de police représentait la forme la plus achevée de l'espèce humaine, dotée de plus de pouvoir et d'importance qu'aucun *Prokurist* ou même qu'aucun *Generaldirektor*. Toujours est-il que, chaque matin, le *Herr Oberinspektor* prenait place devant la coiffeuse de maman tandis que Herr Lippert disposait ses instruments et préparait une exquise mousse à raser dans son bol de barbier (qui présentait encore la même forme que le célèbre heaume de Don Quichotte), puis commençait ses œuvres : raser et savonner le menton paternel, puis tailler et affiner la moustache, dont les extrémités émergeaient tout juste de l'épaisse couche de mousse à raser.

Ce cérémonial quotidien prenait place tous les matins, bien après que « le roi Gillette » eut inventé et perfectionné son rasoir de sécurité ; mais c'était là un instrument que mon père refusait absolument de manier ou même d'avoir chez lui. Ce n'était nullement, comme il le prétendait, qu'il en redoutât la lame effilée. Le vrai motif, beaucoup plus simple, était qu'il appréciait immensément les services de Lippert. Se retrouver bien net, les joues bien lisses, une fois retirée la mousse du barbier, se faire vaporiser de l'eau de Cologne sur le visage, puis doucement masser les joues par des mains expertes, ensuite se laisser tamponner, brosser, traiter aux petits soins par un véritable professionnel — tout cela lui permettait de se sentir plus propre, plus élégant, mais aussi plus prospère et important que s'il s'était rasé lui-même, comme tout le monde se mettait alors à le faire.

A l'été 1926, Budapest était la capitale d'un royaume sans roi, sur lequel régnait un amiral sans flotte. Nikolaus Horthy de Nagybanya, ancien amiral de la Flotte impériale mais désormais dépourvu de tout navire, régnait sur ce pays depuis le château royal, sur la colline de Buda, après en avoir chassé le roi légitime de Hongrie, l'infortuné Karl — dernier des Habsbourg —, et s'être autoproclamé régent de ce royaume. D'une intelligence limitée, mais d'une extrême résolution, Horthy est l'un des plus étonnants personnages parmi tous ceux qui firent l'histoire de l'Europe après la Grande Guerre. Antisémite convaincu, il connaissait si peu le monde que, fidèle à la tradition autrichienne, il supposait toute organisation « chrétienne » nécessairement antisémite ; c'est ainsi qu'il reçut le secrétaire d'une organisation américaine, l'Association chrétienne des jeunes gens (YMCA), en visite à Budapest, par les mots suivants : « Je suis ravi de rencontrer le dirigeant d'une si importante organisation antisémite. »

En 1926, Horthy était à l'apogée de son pouvoir. A mes yeux, il constituait un personnage fort redoutable. Non pas tant d'ailleurs l'homme lui-même, ni l'expression féroce de son visage magyar, telle qu'on pouvait la voir sur les innombrables photographies qui, de partout, surplombaient ses sujets — et moi-même. J'étais surtout effrayé par les grands lions de pierre qui se dressaient devant son château, sur la colline de Buda, et plus encore par les soldats qui gardaient ce château. Ces géants à moustaches noires, armés de grands fusils à baïonnette, marchaient au pas lent des défilés de parade de l'armée hongroise, pliant légèrement la jambe au moment où leur pied touchait le sol, ce qui donnait à leur démarche quelque chose d'implacable. J'étais persuadé que, tout à coup, l'un de ces géants allait s'arrêter, se tourner vers nous, viser ma mère de son fusil et tirer. J'imaginais déjà celle-ci s'écroulant à côté de moi, je voyais son sang couler de la blessure, au-dessus de son cœur. Je me mis un jour à pleurer et à hurler, et l'entraînai loin de ce spectacle. Complètement ahurie par cet éclat imprévisible, maman essaya de me calmer, de comprendre ce qui s'était passé en moi. Mais je ne pouvais le lui dire. Nous ne retournâmes jamais en cet endroit.

Cela mis à part, j'aimais beaucoup la vie que nous menions à Budapest. Nous vivions dans une chambre unique, mais grande et confortable, au dernier étage d'une fort élégante pension de famille. Mon père aimait à habiter de beaux endroits, ainsi qu'à manger dans les meilleurs restaurants. Deux mois dans un grand hôtel nous auraient coûté trop cher. Mais notre pension était un établissement de première catégorie, qui surplombait le « Corso » où le Budapest élégant aimait à se montrer — et, au-delà, le Danube qui dans cette ville, par beau temps, est en effet aussi bleu que dans la célèbre valse de Johann Strauss. J'aimais énormément cette perspective. Mais vint un matin où j'aurais préféré que nos fenêtres donnassent sur une quelconque arrière-cour.

Mes parents dormaient encore quand je me réveillai. Entendant de la musique, je me précipitai vers la fenêtre ouverte, mais le rebord était trop haut pour que je pusse regarder en bas. J'approchai donc une des chaises cannées de la chambre et montai dessus. Maintenant, je voyais tout. Le soleil étincelait dans le ciel bleu clair, jetant des reflets argentés sur le bleu plus sombre du fleuve. Un grand vapeur à aubes, tout blanc, y avançait, et sur le pont principal une fanfare de scouts jouait des marches militaires. C'était une vision merveilleuse : l'or des trombones et des trompettes, l'argent étincelant des flûtes, les grands tambours peints aux couleurs hongroises, rouge, blanc et vert — je n'avais jamais rien vu d'aussi beau. Désireux de mieux contempler le spectacle, j'entrepris de passer de la chaise au rebord de fenêtre. J'étais sur le point d'y amener mon second genou, quand je sentis l'arrière de ma chemise de nuit saisi par une main puissante, et fus arraché de cet appui de fenêtre. Je tombai à terre, et les grosses mains de mon père se mirent à frapper partout, sur mes fesses, mon dos, ma tête, tout mon corps. Il était complètement hors de lui, bouleversé, furieux, et m'infligea la plus sérieuse rossée que j'aie jamais reçue de ma vie.

Papa s'était réveillé et m'avait vu qui m'apprêtais, selon toute apparence, à me jeter par la fenêtre du sixième étage. Il était encore à moitié endormi, mais ce spectacle le bouleversa. Il fallut à maman un long moment pour parvenir à le calmer. Il cessa de me battre, mais continuait à trembler autant que moi-même. Ces coups m'avaient fait rudement mal, mais je savais que je les avais mérités et que, m'aimant comme il m'aimait, mon père n'aurait pu agir autrement. Jamais plus je ne lui infligerais pareil choc : telle fut ma première résolution de la journée. La seconde fut de devenir scout dès que j'en aurais l'âge. Moi aussi, je porterais ce grand chapeau Mafeking, je participerais avec prestance à des défilés, je ferais ma bonne action quotidienne et mènerais toute mon existence de telle sorte à pouvoir répondre au grand slogan de Baden Powell : « Toujours prêt ! » Mais tout cela n'était qu'à venir et, de fait, je n'étais certes pas prêt à ce que nous réservait encore ce dimanche.

Moins d'une heure après le drame qui s'était déroulé près de la fenêtre, une fois dissipés les derniers relents de sa colère, papa, comme d'habitude, se sentit tout à fait désolé de m'avoir infligé ce traitement. Il embrassa mes joues, sur lesquelles coulaient encore mes larmes, et me promit qu'au cours de la matinée nous irions faire une excursion en vapeur sur le Danube, pour déjeuner dans un restaurant de l'île Margarete puis revenir en ville dans une voiture de louage, avec des chevaux. Je cessai rapidement de pleurer à l'idée d'une journée aussi merveilleuse. Papa tint sa promesse et quelques heures plus tard, plein de bonheur, j'étais à genoux sur la banquette de bois poli d'un bateau, contemplant les reflets étincelants du fleuve. Tout était merveilleux, jusqu'au moment où je me retournai pour poser une question à papa. C'est alors que la seconde catastrophe de la journée s'abattit sur moi, toujours par le biais paternel. J'avais commencé ma question par ces mots : « *Tate,* qu'est-ce... » Une gifle cinglante s'abattit sur ma joue droite : mon père m'avait à nouveau frappé. D'une voix sifflante, il me dit : « Ne m'appelle plus jamais *Tate,* tu m'entends, plus jamais, plus jamais ! » Je n'ai aucune idée de ce qui m'avait pris de l'appeler soudain *Tate,* d'utiliser ce mot yiddish au lieu de dire simplement « papa ». Sans doute avais-je entendu récemment ce mot quelque part.

Cette scène pénible, qui ne dura guère plus d'une minute, était bien significative de tout le conflit qui divisait alors les Juifs d'Europe centrale. Notre famille, celle des Klaar, appartenait déjà au monde juif assimilé, doté d'une éducation et d'une culture occidentales. Nous portions de beaux habits, pouvions avoir accès à divers titres et honneurs, possédions puissance et influence. Mais l'égalité totale, l'égalité intime, nous ne l'avions toujours pas. Et cela ne valait pas seulement de ceux qui, comme nous, avaient conservé leur foi judaïque, même si nous ne la pratiquions que de loin en loin ; il en allait de même pour ceux qui étaient allés jusqu'au bout et s'étaient convertis. Tous, nous savions que les autres, les *Goyim,* même quand ils se montraient polis, voire serviles, à notre égard, ne faisaient guère de différence entre les Juifs parlant yiddish, portant le caftan et se laissant pousser de longues boucles sur les tempes, et les Juifs élégants, rasés de près — à la Klaar —, qui fréquentaient les meilleurs cafés viennois.

Il se peut d'ailleurs que nous autres, membres de la deuxième ou troisième génération de Juifs assimilés, enviions inconsciemment ces étranges créatures orientales, si différentes de nous mais qui possédaient quelque chose que notre distinction et notre imprégnation de culture allemande nous avaient fait perdre : une puissante conviction religieuse, fondée sur la croyance en un futur conforme à l'ordre divin. C'était là ce qui leur permettait de supporter avec sérénité un statut social inférieur, ainsi que toutes sortes de préjugés, tandis que nous autres tremblions face au moindre signe de discrimination.

Cet âpre conflit, profondément ancré dans l'âme juive, touchait tous les Juifs d'Autriche, et touche aujourd'hui encore tous les Juifs qui ne vivent pas en Israël. Les trois principaux aspects de ce problème peuvent être rapportés à la vie et à l'œuvre de trois hommes de valeur, tous trois Juifs autrichiens de cette époque : Karl Kraus, Moritz Benedikt, Theodor Herzl.

Benedikt, dont les traits épais et la lourde moustache révélaient l'impétuosité du taureau, personnage tout de force et d'intelligence, était le puissant directeur et rédacteur en chef de la *Neue Freie Presse*, le seul journal autrichien de renommée mondiale. Il se considérait comme un Autrichien de foi juive, comme un Juif entièrement assimilé.

Herzl, d'une élégance tout aristocratique, occupait une des positions les plus influentes dans la littérature autrichienne et allemande. La chronique qu'il tenait dans la *Neue Freie Presse* de Benedikt pouvait faire ou défaire une réputation artistique. Né à Budapest, Herzl s'affirma tout d'abord comme un Austro-Allemand convaincu, mais au cours de sa brève existence il passa par des phases nombreuses — et souvent confuses —, avant de trouver enfin son véritable but, son unique vocation : le sionisme.

Des trois personnages cités, le plus habile, celui qui était doué de l'intelligence la plus pétillante, était Karl Kraus. Les reflets ironiques qui passaient dans ses yeux myopes, les expressions d'amer sarcasme sur sa bouche souriante, son esprit au vitriol et ses fureurs passionnées marquaient sa physionomie anguleuse, lui conféraient une force et un poids étonnants. Chaque trait de son visage semblait avoir été brûlé par l'acide qui coulait d'une âme désespérément malheureuse. Kraus détestait bien des choses : tout d'abord lui-même, et surtout le Juif qui était en lui ; mais aussi Benedikt, ce magnat de la presse, ce Juif flagorneur ; et Herzl, ce Juif visionnaire et creux. Il haïssait et redoutait le sionisme, aspirait à la disparition de sa propre race grâce à l'assimilation et aux mariages mixtes, et contribua, inconsciemment dans une certaine mesure, à édifier les fondations qui permettraient l'anéantissement de plusieurs millions de Juifs tels que lui-même. De fait, si sa plume venimeuse savait aussi s'en prendre aux Gentils, elle n'était jamais si mauvaise que lorsqu'il décrivait — ou plutôt caricaturait — des Juifs.

S'il haïssait les Juifs tels que lui, ceux qui étaient arrivés, qui avaient obtenu dans la société reconnaissance et influence, il n'en ressentait pas moins par ailleurs une pitié abstraite et impersonnelle pour le vaste et misérable prolétariat juif des ghettos de l'Est. Sans être lui-même socialiste, il jugeait que ce serait le socialisme et non le sionisme qui parviendrait à libérer les masses juives et à leur apporter la lumière. Ainsi écrivit-il à propos du sionisme : « Cette fois, les Juifs atteindront la Terre Promise à pied sec. Une autre Mer Rouge — le socialisme — leur bloquera la voie. »

Le principal organe dans lequel Karl Kraus exprimait ses idées était sa revue *Die Fackel* (« Le flambeau »), que pendant de nombreuses années il rédigea lui-même d'un bout à l'autre. Le fait est que mon père en fut longtemps un lecteur assidu ; mais il ne devint jamais pour autant un véritable *Krausianer*, l'une de ces milliers de personnes, principalement juives et pas toutes viennoises, qui portaient à ce génie une dévotion quasi messianique. Combien d'entre eux devaient partager avec Kraus cette faim inextinguible d'être de véritables Austro-Allemands, cette soif insatiable de s'abreuver au plus profond de la culture et de la langue allemandes, d'appartenir pleinement à un monde qui, avec une véhémence toujours croissante, refusait de les accepter en son sein ? Ces gens-là suivaient Kraus avec une adoration fervente partout où il les menait, et telle est sans doute la raison pour laquelle mon père ne se rallia jamais à cette communauté constituée autour de Kraus. Il était trop individualiste pour s'intégrer à quoi que ce fût, loge maçonnique ou parti politique. Ce qu'il admirait en Kraus, c'était son exceptionnelle maîtrise de l'allemand, ainsi que ses prodigieux commentaires sur les œuvres de Shakespeare, d'Offenbach et de Nestroy. Je me souviens qu'ayant été emmené à une conférence de Kraus, alors que j'avais peut-être dix ans, je vis ce petit homme qui considérait son public d'un regard sévère, lire des passages, me semble-t-il, de *la Tempête* de Shakespeare — mais peu importe, de toute façon cela passait bien au-dessus de ma tête. Je restai assis poliment, mais plein d'un effroyable ennui, sans me rendre compte que j'entendais là un des maîtres du domaine poétique, et que j'avais le privilège de voir de près le plus grand satiriste allemand vivant.

Que Kraus fût d'abord un satiriste, c'est bien entendu le fait qu'invoquent aujourd'hui encore ses partisans pour faire passer tout ce que son caractère comportait de retors. Si Kraus détestait Vienne, arguent-ils, c'est seulement en raison de son grand amour, au fond, pour cette ville et pour l'Autriche. Sa haine n'aurait donc été que l'expression de son désespoir face aux imperfections de l'État autrichien et de sa capitale. Curieusement, cependant, jamais aucun *Krausianer* d'hier ou d'aujourd'hui n'a encore prétendu que de la même façon, l'amour et la haine étant comme chacun sait l'avers et l'envers d'une même médaille, les nombreuses dénonciations des Juifs dues à ce grand satiriste ne pouvaient qu'avoir été écrites « pour leur bien ». C'est que, jusque dans la satire, la vraie grandeur exige un certain sens de la mesure. Faute de quoi elle devient purement destructive, alors que son véritable objet est comparable à celui de l'acupuncture : les aiguilles effilées de l'esprit doivent toucher les terminaisons nerveuses qui contrôlent les organes malades, mais afin de les guérir et non de les détruire.

L'œuvre majeure de Karl Kraus, *Les Derniers Jours de l'humanité*, est une féroce satire des Empires autrichien et allemand pendant la Grande Guerre. Les fervents de Kraus voient dans cette pièce gargantuesque l'œuvre d'un grand visionnaire, prophétisant déjà Auschwitz. Cela est certainement vrai en partie, tout comme il est vrai que la férocité de la Seconde Guerre fut la conséquence logique de la brutalité de la Première. Mais *Les Derniers Jours de l'humanité* ne sont pas seulement cela. Cette œuvre attaque certes avec une grande perspicacité et une étonnante puissance de langage l'Autriche impériale, son armée, son administration, sa presse — où Kraus ne voyait qu'imposture, mensonge et cruauté ; mais quand des personnages juifs apparaissent sur cette scène panoramique que dresse Kraus, c'est alors que son attaque devient réellement perverse, et qu'il remplit sa plume non plus de l'acide de la satire, mais du cyanure de la haine mortelle.

La plupart de ces personnages juifs renvoient à diverses facettes de la personnalité de Moritz Benedikt, ce magnat de la presse en qui Kraus voyait la réincarnation du diable lui-même, sous une forme juive dans sa chair et son âme. On trouve aussi Benedikt le parasite, Benedikt le corrompu et le corrupteur, Benedikt le profiteur de guerre, Benedikt le flagorneur. Il apparaît sous plusieurs noms dans *Les Derniers Jours de l'humanité*, on le voit tantôt saluer, tantôt se gratter tout au long de ces pages interminables, ramper devant les puissants, piétiner les faibles. Et aucun de ces Juifs, dans la pièce de Kraus, ne parle un allemand correct. Certains s'y essaient, mais ils retombent inévitablement dans leur jargon judaïque.

Dans sa volonté de se défaire de sa judéité, Kraus se convertit d'abord au catholicisme, puis à la foi luthérienne. Il était en quête d'une identité non juive — que, bien sûr, il ne trouva pas. Son âme elle-même, sa propre conscience de ce qu'il était, et aussi le monde autour de lui, ne cessaient de le ramener vers le tourbillon de sa judéité, dans lequel ses pieds décochaient d'inutiles coups dans le vide.

Moritz Benedikt lui fournissait une cible parfaite. Il tenait là un Juif qui restait fidèle à sa confession, mais n'en constituait pas moins un des piliers de l'*establishment* de l'Autriche impériale. Benedikt comptait parmi les rares confidents proches de François-Joseph. Jour après jour, dans sa *Neue Freie Presse,* il prenait résolument la défense de tout ce système qui semblait demeurer si « immuablement en place ». Aux yeux de Kraus, Benedikt et le journal qu'il contrôlait représentaient le pire des maux dont souffrît l'Autriche. De fait, tandis que lui-même en arrivait à ne voir que vice partout en Autriche-Hongrie, Benedikt — non moins aveuglément — n'y voyait que vertu. Comme ces milliers de Juifs assimilés, Benedikt reculait face aux Juifs des ghettos orientaux, d'aspect si barbare avec leur idiome yiddish, leurs barbes, leurs cheveux bouclés et leurs étranges vêtements. Les Juifs occidentalisés considéraient leur existence même comme menaçante pour leur propre statut et dès qu'un simple mot — *Tate* — venait leur rappeler qu'ils appartenaient au même peuple que ces étrangers, que ces primitifs, ils ripostaient, mûs par le désespoir, comme venait de le faire mon père.

Le seul qui finit par prendre réellement en compte ce dilemme, peut-être d'ailleurs au début pour de mauvaises raisons, fut Theodor Herzl. Progressivement, il prit conscience que les Juifs constituaient un peuple, et non pas seulement une secte religieuse. Il est inexact de prétendre, comme on le fait souvent, que cette révélation se fit en lui d'un seul coup, à l'époque où il écrivait sur l'affaire Dreyfus en tant que correspondant parisien de la *Neue Freie Presse*. Ce qu'il faut avant tout considérer, c'est que Herzl était Autrichien et qu'à cette époque, de nombreuses nationalités gouvernées par la Double Monarchie se mettaient à réclamer toujours plus fort leur indépendance nationale — cependant qu'au même moment l'antisémitisme se faisait plus ouvert et plus virulent. Si les Tchèques, les Polonais, toutes les nations de l'Empire, pouvaient se poser en minorités opprimées, si, tout en jouissant de territoires nationaux propres, ils luttaient avec une véhémence toujours plus grande pour leur liberté, cela n'indiquait-il pas la route à suivre pour le seul de tous les peuples qui n'eût en aucun lieu d'autre statut que celui de perpétuelle minorité, pour la seule nation qui ne pût revendiquer, en aucune partie du monde, un seul kilomètre carré de terre comme lui appartenant en propre ? Herzl vivait à l'époque du nationalisme, et c'est ainsi qu'il se convainquit qu'un nationalisme juif, le sionisme, visant à la création d'un État juif, constituait pour son peuple la seule et unique garantie quant à l'avenir. Ce n'est pas à Herzl que revient d'avoir créé l'idée du sionisme. Son importance vient de ce qu'il fut le premier Juif assimilé et influent à considérer le sionisme comme la mission de sa propre existence, le premier dirigeant sioniste à être par ailleurs doté d'une position importante et hautement respectée à l'extérieur, dans la société juive. Il avait la stature, la personnalité, et surtout l'énergie capable de transformer le rêve des Juifs orientaux en réalité.

Herzl n'était pas seulement motivé par le pur amour des millions de Juifs qui vivaient dans la misère. Sa vanité personnelle, son échec en tant que dramaturge, son sentiment puissant d'être un homme différent des autres — élu, pour ainsi dire —, tous ces facteurs jouèrent aussi dans son combat pour se faire reconnaître comme le seul et unique dirigeant des Juifs, comme leur prince, comme leur roi. Une certaine instabilité de caractère l'amena même parfois à soutenir des propositions ou des idées qui confinaient au ridicule. Bien de son époque en cela — sans doute n'avait-il guère lu Machiavel —, il accordait une confiance fort excessive aux princes. Ainsi en vint-il à proposer un « marché » au Pape : celui-ci soutiendrait Herzl dans son combat contre l'antisémitisme, moyennant quoi lui-même lancerait parmi les Juifs un grand mouvement de conversion au catholicisme. Alors, un dimanche, pendant que sonneraient les cloches de la cathédrale Saint-Stéphane, Herzl conduirait une vaste procession de Juifs jusqu'à cette église, la plus importante de Vienne. Herzl et d'autres dirigeants sionistes attendraient devant les immenses portails gothiques de la cathédrale, tandis que ces Juifs y pénétreraient et seraient reçus au sein de l'Église romaine par le cardinal-archevêque...

Même un assimilationiste convaincu tel que Benedikt, le patron de Herzl, estimait que ce projet insensé allait vraiment trop loin. Il le lui écrivit d'ailleurs :

« Pendant des générations, lui dit-il, ceux qui ont suivi votre ligne se sont réfugiés au sein du Judaïsme. Et maintenant, voilà que vous vous érigez vous-même en but suprême de tout ce combat ».

Il peut sembler incroyable que Herzl ait pu songer, fût-ce un instant, à un pareil projet ; mais ce n'est pas si incroyable qu'il y paraît si l'on tient compte de ses antécédents familiaux et personnels, profondément autrichiens.

Quand je rendais visite à grand-mère Julie, il arrivait parfois qu'une petite vieille dame fût assise avec elle dans le salon, la pièce où trônait le grand piano. Lina Marmorek était restée une amie de grand-mère depuis leur jeunesse. Elle était par ailleurs la sœur d'Oskar Marmorek, l'un des plus proches collaborateurs de Herzl, et s'était souvent rendue chez lui. Elle me raconta comment on célébrait jadis Noël chez les Herzl : autour du grand sapin traditionnel, avec ses bougies, toute la famille, y compris Herzl lui-même, se rassemblait pour chanter « Douce nuit » avec autant de ferveur que des millions de familles catholiques autrichiennes. Ce genre de choses prit fin par la suite, à mesure que Herzl prenait conscience de sa judéité et de sa mission, se convainquant de plus en plus que les Juifs ne seraient jamais en sécurité tant qu'ils resteraient ainsi déracinés.

Benedikt, quant à lui — et ce n'est pas surprenant —, ne voulait en aucun cas avoir affaire avec le sionisme. Selon Karl Kraus, Benedikt utilisait toujours la même phrase quand il souhaitait détruire ou ruiner une carrière politique ou artistique. Cette phrase était : « Jamais ne soit son nom mentionné dans nos colonnes ! » Et, de fait, ne plus voir son nom apparaître dans la *Neue Freie Presse* constituait pratiquement une sentence de mort pour tout ambitieux — si grand était alors le pouvoir de ce journal et de son propriétaire. Est-il exact que Benedikt utilisait cette formule hébraïsante au lieu de la construction allemande naturelle : « Son nom ne sera plus mentionné dans nos colonnes » ? Ce n'est probablement là qu'une des nombreuses insinuations calomniatrices que notre satiriste aimait à glisser. Certes, Kraus possédait une maîtrise pratiquement sans rivale de la langue allemande ; mais peut-on raisonnablement penser que Benedikt, propriétaire du meilleur journal autrichien de langue allemande, doté des meilleures relations dans les sphères les plus élevées, fût incapable de construire ses phrases en bon allemand ? Le fait est cependant, quelque formule qu'utilisât Benedikt, qu'il ne laissait pas publier dans son journal le nom des gens qu'il n'approuvait pas. Et il n'approuvait certes pas le sionisme ; cependant, il lui eût été difficile de ne pas mentionner dans ses colonnes le nom de son dirigeant, le Dr Herzl, puisque celui-ci dirigeait les pages littéraires du journal. En revanche, le sionisme comme tel n'apparaissait jamais dans la *Neue Freie Presse*. Pour Benedikt, il n'existait tout simplement pas. Il ne consacra pas un seul mot à l'un des événements les plus importants de l'histoire des Juifs, et qui eut aussi une importance non négligeable dans l'histoire mondiale, à savoir le premier Congrès sioniste, qui se tint à Zurich.

Benedikt ne se départit qu'une seule fois de cette règle de fer — pour la notice nécrologique de Theodor Herzl. A cette seule occasion, il laissa imprimer la phrase : « Le défunt avait consacré beaucoup de temps et d'énergie à la cause sioniste. » Et la justice exige de reconnaître que Benedikt autorisa toujours Herzl à « consacrer beaucoup de temps et d'énergie à la cause sioniste », alors même que Herzl travaillait pour lui.

Comme beaucoup de Juifs assimilés non seulement d'Autriche et d'Allemagne, mais aussi bien de France et d'Angleterre, Benedikt avait peur du sionisme. Dans tous ces pays, les Juifs riches et influents considéraient la lutte entre sionisme et antisémitisme comme un dilemme du même genre que celui de la poule et de l'œuf : lequel était apparu le premier ? Il était des esprits assez myopes pour considérer le sionisme comme un mouvement juif donnant raison aux antisémites : en se posant eux-mêmes en nation, en affirmant différer des populations environnantes par leur ascendance et non pas seulement par leur religion, ne confirmaient-ils pas le point de vue antisémite qui voyait en eux des étrangers, ayant usurpé leur richesse et leur influence ? Il fallait un peu plus de perspicacité pour comprendre qu'il n'y avait là aucune véritable analogie avec la fameuse énigme des origines, que le sionisme, loin de prolonger en aucune façon l'antisémitisme, prenait simplement en compte le caractère inéluctable de sa logique « finale ».

Un aspect du sionisme que peu de Juifs assimilés comprenaient, mais que Herzl avait très clairement discerné, était qu'il ne s'agissait pas là d'un mouvement nationaliste semblable aux autres. Il offrait, certes, à des millions de Juifs l'espoir de vivre librement dans leur propre pays. Mais, avant tout, il répondait à la promesse qu'apparaîtrait un jour une nouvelle sorte de Juifs, différents des assimilés qui ne se sentaient jamais en sûreté, et échappant aussi aux perversions du judaïsme engendrées par les ghettos. Les Juifs qui à Massada préférèrent se donner la mort plutôt que de se rendre, les guerriers juifs décrits par Flavius Josèphe ou, plus récemment, les Juifs espagnols avant le règne de Ferdinand et d'Isabelle, ceux d'Italie, de France et d'Allemagne avant le début des Croisades et des persécutions, ceux-là étaient des hommes fiers, d'une tout autre trempe que les Juifs opprimés et serviles des ghettos. Le retour d'un peuple tout entier à sa véritable nature, tel était le but final du sionisme de Herzl — et là reposait, là repose toujours la véritable grandeur de sa vision.

Un autre Juif autrichien célèbre, Arthur Schnitzler, médecin et dramaturge, contemporain de Kraus et de Benedikt, outre qu'il n'était pas moins brillant qu'eux intellectuellement, possédait aussi une qualité moins prisée chez les intellectuels, mais plus importante : l'instinct. C'est pourquoi l'on trouve chez lui une prescience qui faisait défaut à ces autres personnages hautement doués. Dans son roman *Le Chemin vers la liberté,* écrit avant la Première Guerre, Schnitzler atteint au cœur même du problème. Le baron Georg von Wergenthin, héros de ce livre, reproche à son ami juif Bermann de souffrir, comme la plupart des Juifs, d'un éternel complexe de persécution.

« Non, réplique Bermann, les Juifs viennois ne souffrent pas de la manie de la persécution, mais de la manie de la sécurité. En comparaison, la manie de la persécution est inoffensive : quand on a conscience d'un danger, réel ou imaginaire, une sorte d'instinct animal vous pousse à vous défendre. Tandis que la manie de la sécurité pousse à détruire. »

Quelques jours après cet incident où j'avais appelé mon père *Tate,* ma mère et moi rentrions chez nous par l'express Budapest-Vienne. Ce n'était pas que mon père nous eût exilés à cause de ma conduite « impossible », qu'il eût hâté notre retour pour que je puisse me remettre à parler le bon allemand « de Schönbrunn » dont s'honorait notre famille, au lieu d'attraper un accent quasi hongrois et même (qu'à Dieu ne plaise ! — Pourquoi Dieu, me demandais-je ?) certaines expressions yiddish. Non, il était simplement temps de rentrer. Papa n'avait plus que deux semaines de travail à faire dans cette banque hongroise avant de nous rejoindre.

L'été précédent, nous avions passé nos vacances à Lovrana, en Italie. C'étaient vraiment des vacances de famille. La sœur de maman, Klara, son mari Alfred, leur tout petit Fritzl et sa sœur Hedi (qui fut pendant mon enfance mon amie la plus proche, ma confidente, presque ma sœur), étaient descendus dans le même hôtel. Ce furent les dernières vacances communes des Klaar et des Bartmann.

L'année suivante, juste avant notre séjour à Budapest, grand-père

Bernhard mourut ; aussi les deux beaux-frères commencèrent-ils à se disputer l'héritage. A Lovrana, Alfred était encore simplement « oncle Alfred » — un homme plutôt bien de sa personne, avec quelque chose en lui de sévère, rigide, déterminé. Lors de ce séjour italien, ma mère se plongeait de temps à autre dans l'eau, alors que mon père se tenait toujours bien loin de la mer. Il était déjà fort difficile de l'amener jusqu'à la plage. Il est vrai qu'il n'aimait pas trop le soleil, mais ce n'était pas la seule raison : l'autre était qu'il se détestait en costume de bain. Les caleçons de bain étaient déjà alors chose courante, mais pour Ernst Klaar, il était impensable de se promener devant tout le monde à moitié nu. Aussi, sur la plage, portait-il un costume de bain d'une seule pièce, couvrant également son torse, avec en bas une pudique jupette pour cacher ses parties viriles. A cette époque, mon père avait acquis une silhouette plutôt majestueuse. Les replis de son ventre étaient mis en évidence par son costume de bain noir et, avec ses cuisses et ses mollets pâles au-dessous de cette petite jupe plutôt ridicule, mon père n'avait rien d'un Apollon des plages — il le savait. Tant qu'il restait vêtu d'un pantalon de flanelle (trop court) et d'une légère veste d'été (point trop bien coupée), il gardait un air impressionnant et une certaine beauté. Mon père, pour des raisons où entrait sans doute quelque vanité, ne s'occupa jamais beaucoup de ses vêtements. Ma mère devait user de toutes sortes de ruses pour l'envoyer chez son tailleur commander un nouveau costume. Contrairement à oncle Alfred, qui ne fréquentait que les meilleurs tailleurs de Vienne, mon père faisait sans difficulté affaire avec n'importe quel petit artisan de quartier plus ou moins doué. C'est à Lovrana que l'on vit pour la toute dernière fois mon père en costume de bain. Il lui arriva par la suite de passer ses vacances près des lacs autrichiens, mais jamais je ne le revis dans cet appareil.

J'entrai dans la seconde classe* de l'école élémentaire de la Währingerstrasse en septembre 1927. Notre instituteur, Herr Lehrer Schneider, grand et de belle allure, aux façons strictes et amicales à la fois, n'était pas un de ces instituteurs autrichiens partisans de la discipline rigoureuse, mais un excellent enseignant. Il donnait l'impression, à vrai dire plutôt rare, d'aimer vraiment les enfants et

* Tant pour l'enseignement primaire que secondaire, les classes autrichiennes (et pas seulement autrichiennes...) sont *naturellement* numérotées par ordre croissant, contrairement à l'étrange habitude française. (N.d.T.)

de ne pas avoir oublié sa propre enfance. En sa présence, nous formions une classe bien ordonnée ; mais malheur au pauvre stagiaire qui devait s'occuper de nous quand Schneider était malade ou absent ! La classe devenait alors un enfer, empli de petits démons de sept ans qui grillaient tout vif le pauvre jeune remplaçant, jusqu'à ce que le directeur, l'*Oberlehrer* Sobotka, entendant ce vacarme effrayant, accourût pour rétablir l'ordre. Notre groupe était très mélangé. Des jeunes délinquants en puissance — et même en certains cas plus qu'en puissance — côtoyaient là des enfants de la bonne bourgeoisie choyés par leurs mamans, bien vêtus de culottes courtes et de longues chaussettes de laine, cependant que la majorité de la classe provenait de la petite bourgeoisie, commerçants ou employés pour la plupart. Une bonne partie de la classe, un quart peut-être, se composait de Juifs qui ne venaient certes pas tous de foyers aisés, mais dont aucun cependant ne se mêlait au groupe des « durs ». Tous les cours avaient lieu en commun, sauf l'instruction religieuse.

La première fois que nous nous séparâmes pour ces cours, les élèves catholiques restèrent dans la classe tandis que les Juifs sortaient, en rangs, sous des quolibets du genre : « You-pins ! Coquins ! »*. En quittant la classe, je remarquai que mon voisin de table, Fredl Resch, garçon paisible, joufflu et dodu, restait silencieux, le regard dans le vague. Fredl Resch devint mon meilleur ami pour de nombreuses années. Nous ne parlâmes jamais de ces incidents mais son silence, alors que la plupart des autres catholiques s'esclaffaient à nos dépens, joua certainement un rôle dans le début de notre amitié. D'ailleurs, nous autres Juifs n'acceptâmes pas passivement ce comportement des catholiques. La fois suivante, comme ils recommençaient leurs chansons, nous répondîmes en chœur : « *Christ, Christ, g'hörst am Mist !* » J'ignore si cette aimable comptine (littéralement : « Chrétien, chrétien, ta place est dans l' crottin ! ») avait été inventée par l'un de nous, ou si les deux phrases, la litanie antisémite et notre réponse, faisaient partie d'une ancienne tradition scolaire autrichienne. Pour nous, en tout cas, c'était match nul. Par ailleurs, nous jouions avec joie tous ensemble, Juifs et chrétiens, et quand une absence temporaire du *Lehrer* Schneider nous donnait l'occasion de chahuter, tous les petits diables, juifs ou catholiques, se retrouvaient en un vaste et ferme front uni.

* L'expression anglaise utilisée par George Clare signifie, littéralement : « Youpin, crache dans ton capuchon et dis à ta mère que c'est bon ! » (N.d.T.)

Mes performances scolaires étaient plutôt médiocres, pour ne pas dire plus, et quand ma mère alla voir le *Lehrer* Schneider (mon père n'aurait jamais songé à faire une telle démarche) pour s'enquérir de mes progrès, il lui répondit : « Votre fils est un garçon intelligent et ouvert, mais le travail est le cadet de ses soucis. Il ne veut pas se concentrer, son esprit papillonne d'une chose à une autre. S'il comprend immédiatement, tout va bien ; mais s'il lui faut réfléchir un tant soit peu, c'est trop pour lui. Dès que quelque chose nécessite le moindre effort, il ne veut pas en entendre parler. »

Herr Schneider était un instituteur expérimenté et perspicace.

Suite à cet entretien, ma mère m'adressa une sévère remontrance. Je n'en fus nullement impressionné. Si mon père avait dit quelque chose, il en serait peut-être allé autrement. Mais lui (se souvenant sans doute de sa propre scolarité) ne voyait pas que je me préparais à des études désastreuses. La seule et unique conversation que nous eûmes à ce propos pendant que j'étais à l'école primaire de la Währingerstrasse n'était guère faite pour m'inciter à davantage d'efforts. Il était resté à la maison à cause d'une furonculose, et demeurait étendu sur la causeuse de la chambre à coucher. J'entrai dans la pièce avec mon carnet de notes, à nouveau couvert de commentaires du genre : « Pourrait faire mieux s'il voulait. » Mon père y jeta un coup d'œil, sourit et me dit : « Oui, eh bien, je ne vais pas te répéter ce qu'a écrit ton instituteur ? L'école, ce n'est pas si important que cela. Un tas de gens célèbres ont été des élèves franchement paresseux. A toi de voir ce que tu dois faire, de mener ta vie, voilà ce qui compte ; mais essaie tout de même de faire un petit effort. »

Il avait certes raison sur le fond, mais tort de me parler ainsi. Ses paroles ne firent que renforcer ma conviction qu'étant son petit garçon chéri, je ne pouvais avoir tort — je savais qu'il m'aimait comme la prunelle de ses yeux. Il lui arrivait parfois de se porter à des extrémités tout à fait ridicules, par amour pour moi. Ainsi quand j'eus la rougeole, avec une forte fièvre : il entra dans une de ces rages qui le prenaient parfois, tempêtant contre ma mère comme si c'était sa faute : mais enfin, comment donc avait-elle pu me laisser attraper la rougeole ?

Mon grand problème, à l'école, c'était que je ne faisais pas mes devoirs. Je lisais beaucoup, mais pas mes livres de classe. Je lisais à table, au lit (souvent avec une lampe de poche, sous ma couverture), aux toilettes, dans les tramways quand j'allais rendre visite à grand-mère Julie. Ma lecture favorite, outre les livres, était *Der Gute Kamerad,* un magazine allemand pour jeunes garçons. L'abonnement annuel à *Der Gute Kamerad* était le cadeau d'anniversaire que me faisait chaque année grand-mère Julie. Cette revue était pleine de récits sur les découvertes, inventions et réalisations allemandes, invariablement présentées comme supérieures à celles des autres nations. Je lisais évidemment chaque épisode de ses romans-feuilletons. Je m'identifiais à leurs héros bien germaniques — toujours bien bâtis, aux yeux bleus et aux cheveux blonds —, et je conspuais (mentalement) les méchants, toujours dotés d'un teint sombre et de cheveux bruns, ainsi que de noms à sonorité slave, française ou italienne. Je me souviens qu'un jour où je lisais dans les toilettes le journal de mon père, apprenant qu'un avion civil français s'était écrasé et que ses huit passagers avaient été tués, je me dis : « Parfait, cela fait toujours huit ennemis de moins... » Je portais aux nues tout ce qui était allemand, ainsi bien sûr que le glorieux passé de l'Autriche.

Mon livre préféré était le *Kaiser Buch,* également un cadeau de grand-mère Julie : il s'agissait d'un épais volume publié en 1908, pour le soixantième anniversaire du couronnement de François-Joseph. Sur son épaisse couverture brune figurait un portrait doré, en relief, de « notre Empereur », entouré d'une couronne de lauriers. Au-dessous, formant une gracieuse arabesque, sa devise impériale *Viribus Unitis* — l'union fait la force —, qui semble aujourd'hui involontairement ironique, s'agissant d'un empire appelé à se désintégrer en mille morceaux.

L'Autriche de la première République n'avait pas de problème de nationalités, cependant elle n'était pas plus unie que ne l'avait été l'ancien Empire. Les deux principaux partis politiques, le parti social-démocrate et le parti social-chrétien, se considéraient mutuellement, à travers la barrière des classes sociales, avec autant de soupçons sous-jacents, de méfiance et de haine que jadis les diverses nations au sein de l'Empire. Un pays comme l'Autriche, qui avait connu sept cents ans de domination absolue ou quasi absolue et ne savait plus du tout en quoi consistait désormais son identité, ne pouvait du jour au lendemain se transformer en une démocratie véritable. De la démocratie, elle possédait les apparences, non le contenu. Les dirigeants du parti social-démocrate, hommes à tout prendre plutôt modérés, et dont le parti lui-même avait des positions de gauche nullement radicales, se sentaient obligés d'utiliser le langage des barricades : lutte des classes, exploitation capitaliste, combat, bataille, déroute, tous ces slogans sortaient de leur bouche avec le plus grand naturel. En réalité, c'étaient des hommes civilisés, fort intelligents, pour la plupart membres des classes moyennes et en bonne partie juifs — nullement des fanatiques. Et, de fait, ce furent eux qui, après 1918, s'opposèrent à une tentative communiste de transformer l'Autriche en république soviétique.

Leurs adversaires sociaux-chrétiens n'étaient pas non plus, quant à eux, des brutes fascistes. Mais ils ne faisaient guère de différence entre la social-démocratie et le bolchévisme. Ils sentaient menacée leur existence bourgeoise. Aussi usaient-ils également d'un langage violent du haut de leurs tribunes, tonitruant sur la nécessité de défendre la Civilisation Occidentale et les Valeurs Chrétiennes Allemandes. Ils entendaient par là tout ce qui n'était pas « judéo-bolchévique » — leurs discours étaient abondamment parsemés de petites phrases antisémites, toujours populaires auprès de l'électorat autrichien depuis l'époque de Lueger et même bien avant, et toujours efficaces.

Chacun des deux camps se mit à consacrer de plus en plus d'attention à ses milices privées. Les sociaux-démocrates avaient leur *Schutzbund,* essentiellement composé de vétérans de la Grande Guerre et commandé par certains officiers de l'armée impériale, y compris un ancien général de brigade : le général Koerner, qui devait, plusieurs dizaines d'années plus tard, devenir un président très populaire sous la seconde République.

Mais contrairement aux sociaux-démocrates, qui contrôlaient leurs partisans armés du *Schutzbund,* les sociaux-chrétiens ne contrôlaient guère la milice qui leur était la plus proche, à savoir la *Heimwehr* du prince Starhemberg. Celle-ci, tout comme eux, s'en prenait aux « rouges », mais elle suivait sa propre politique, laquelle ne fut d'ailleurs jamais clairement définie tant elle dépendait des humeurs momentanées du Prince ou de ses satrapes de province. Il y avait beaucoup de luttes intestines à la direction de ces troupes en uniforme vert, au chapeau orné d'une aigrette. Seule les unissait leur admiration pour Benito Mussolini et ses milices fascistes, modèle du plus gros de la *Heimwehr* — à l'exception d'un groupe dissident qu'impressionnaient davantage les sections d'assaut de Hitler et qui par la suite se joignirent aux nazis. Cette prédominance des armées privées, en Autriche comme en Allemagne, leurs manifestations et contre-manifestations, leurs batailles de rues à coup de fouets, de bouteilles de bière, de coups-de-poing américains et même à l'occasion d'armes à feu, ne démontraient pas tant leur force que la faiblesse de l'État.

Le début de l'été 1927 avait été chaud, et la chaleur ne fit ensuite que s'accroître. Mon père avait décidé de faire des économies, aussi ne devions-nous pas partir en vacances cette année-là, mais rester à Vienne. Pour un petit garçon, cela constituait une perspective plutôt maussade, dans cette ville écrasée de chaleur. N'ayant pas encore été à l'école, je n'avais pas d'amis avec lesquels jouer. Oui, c'était maussade, très maussade — et il faisait très chaud.

Mais voilà qu'un matin — la chaleur était toujours aussi suffocante — survint enfin un incident intéressant. Je me frottais les yeux pour sortir du sommeil, quand Poldi pénétra en trombe dans ma chambre. « Allez, vite, il faut t'habiller tout de suite. Tes parents sont allés chercher un taxi, ta maman t'emmène chez grand-mère Adele. Tu passeras la nuit là-bas. Tu auras tout ce grand appartement pour jouer, et puis le joli jardin. »

Poldi aurait mieux fait de ne pas parler du jardin, car dans ce jardin de la Türkenschanzplatz vivait un ogre : un ogre chauve, le colonel Besser, ancien officier de l'armée impériale et frère de la dame à qui appartenait la maison. Ce géant d'allure martiale avait la charge du jardin et, quand j'y jouais et que je touchais du pied, ou avec mon ballon, une de ses précieuses plates-bandes, il poussait un rugissement épouvantable, qui eût suffi à terrifier un régiment impérial. Aussi le petit garçon de six ans et demi que j'étais avait-il une peur bleue du vieux colonel — qui, en réalité, aboyait mais ne mordait pas.

Poldi s'étant, pour une fois, montrée dépourvue de tact en me rappelant l'existence de l'ogre, je me mis à crier que je n'irais pas. Mais mes parents étaient déjà revenus, le taxi attendait en bas, moteur en marche, et je fus entraîné dans l'escalier à toute vitesse. Dès que nous fûmes dans le taxi, je cessai très vite de dire que je ne voulais pas aller Türkenschanzplatz. C'est que je n'avais pas retenu, de ce qu'avait dit Poldi, le fait que nous ferions le chemin en taxi. Les taxis étaient pour nous un extra tout à fait rare et spécial. D'habitude, nous allions partout en tramway, plutôt que de dépenser de l'argent inutilement par ce moyen de transport qui restait, dans la Vienne des années vingt, un luxe considérable. En outre, la route jusque chez grand-mère Adele était longue, au moins vingt minutes, ce qui rendait la chose d'autant plus agréable. Oui, vingt minutes, c'était le temps qu'il fallait dans des conditions de circulation normales (car les voitures devaient attendre derrière les tramways chaque fois que ceux-ci s'arrêtaient, dans les petites rues, pour laisser monter et descendre les voyageurs) ; mais, en cette matinée du 15 juillet 1927, la circulation n'avait absolument pas son rythme habituel. Il n'y avait pas de tramways, très peu de voitures et presque personne dans les rues. En revanche, on apercevait un grand nombre de policiers ; et, en sortant du centre de la ville, nous croisâmes un bon nombre de gros cars de police, qui se dirigeaient vers le centre. Maman m'expliqua qu'il y avait des problèmes en ville, sans me donner beaucoup plus de détails (qui du reste ne m'auraient guère intéressé), et me dit qu'il valait mieux que je reste chez ma grand-mère. Papa nous rejoindrait probablement le lendemain, si tout était arrangé, et me ramènerait à la maison. Nous arrivâmes donc Türkenschanzplatz beaucoup plus vite que je n'aurais souhaité. Ma mère me confia aux soins de ma grand-mère, puis repartit en taxi vers notre appartement de la Pichlergasse.

Si je n'avais pas passé cette nuit-là dans l'appartement de grand-mère Adele, sans doute n'aurais-je aucun souvenir personnel de ce 15 juillet 1927. Pour moi, la journée se déroula sans le moindre incident ; l'ogre-colonel étant par bonheur absent, je passai mon temps à jouer et m'amuser dans le jardin. Ce n'était pas la première fois que je dormais chez grand-mère Adele, j'y avais déjà passé deux nuits à l'automne 1926. Nous avions dû quitter la Pichlergasse du fait qu'un matin, en se levant, mon père avait découvert avec horreur des punaises escaladant ses draps. Malgré l'extraordinaire propreté de ma mère, il arrivait parfois que les punaises envahissent ces vieilles maisons.

On appela une société spécialisée dans la destruction des insectes, qui procéda à des fumigations d'acide prussique, hautement toxique, à travers l'appartement. Cela tua les punaises, mais rendit la Pichlergasse inhabitable pendant trois jours.

Cette journée que je passai benoîtement à jouer dans le jardin de grand-mère Adele marquait en fait une coupure dans l'histoire de l'Autriche. Avant le 15 juillet, il subsistait encore une chance, quoique mince, de voir la gauche et la droite autrichiennes trouver un mode de coexistence. Après cette date, tout espoir fut perdu. La cause immédiate de cette catastrophe était l'acquittement, par un jury viennois, de trois jeunes de la *Heimwehr* qui avaient abattu un membre du *Schutzbund* et en avaient blessé cinq autres, tuant en outre accidentellement un petit garçon de huit ans qui se trouvait là par hasard lorsque la fusillade commença.

Ce crime avait été commis dans un petit village du Burgenland, la plus reculée et la plus retardée de toutes les provinces autrichiennes. Lorsqu'ils furent jugés à Vienne, les membres de la *Heimwehr* reconnurent avoir tiré, mais plaidèrent la légitime défense. Le jury accepta cet argument, et le juge ne put faire autrement que de les relâcher. A l'annonce du verdict, le 14 juillet, il y eut de violentes protestations dans l'enceinte du tribunal. Dès le soir, une atmosphère de tension et de malaise général avait gagné toute la ville. Le chef de la police viennoise prit contact avec les dirigeants sociaux-démocrates pour leur demander s'ils avaient l'intention d'organiser des manifestations de protestation le lendemain. On lui assura, en toute sincérité, qu'aucune manifestation n'était prévue et que le *Schutzbund* ne bougerait pas.

Mais, en donnant ces assurances, les dirigeants du parti n'avaient pas conscience que certains de leurs membres avaient déjà entrepris de réagir par eux-mêmes. Les ouvriers électriciens de la ville se rassemblèrent et décidèrent la grève. Le rédacteur en chef du journal du parti, l'*Arbeiter Zeitung*, écrivit un éditorial incendiaire pour dénoncer l'acquittement. Peut-être souhaitait-il que cet article joue le rôle d'une soupape de sûreté, mais le résultat fut tout à fait inverse. De toute façon, la situation politique avait atteint le point d'incandescence : l'acquittement des membres de la *Heimwehr* et l'éditorial de l'*Arbeiter Zeitung* mirent le feu aux poudres.

Dès le début de la matinée du 15 juillet, des groupes d'ouvriers en colère commencèrent à descendre les grandes artères menant des faubourgs vers le « Ring ». Aucun fusil, aucune carabine ne se pointa pour les empêcher de venir remplir les espaces ouverts si soigneusement aménagés par les généraux de l'ancienne armée. Le gouvernement ne pouvait faire confiance à ses soldats ni même à certains de ses officiers — on estimait qu'ils sympathisaient plutôt avec les socialistes. Le maintien de l'ordre fut confié à la police, qui manquait de préparation, n'était pas assez nombreuse et n'avait d'autre armement que ses longs sabres de cavalerie. La police fut donc rapidement débordée. Vers le milieu de la matinée, les quelques centaines de manifestants de la première heure étaient devenus une foule déchaînée, et des milliers de travailleurs continuaient à se diriger vers le centre.

Ce fut alors une scène de carnage, tout à fait dans le style autrichien. Comme d'habitude, la réaction des autorités avait d'abord été trop faible et trop lente ; et, comme d'habitude également, elle se fit soudain trop brutale et violente. Comme d'habitude encore, les hommes raisonnables qui essayaient d'éviter la catastrophe ne surent pas se faire entendre à temps. Au milieu de la matinée, les dirigeants sociaux-démocrates firent intervenir le *Schutzbund* pour tenter de maîtriser la fureur qui grondait ; mais, quand les dirigeants des partis et leurs milices entrèrent enfin en action, la haine fiévreuse de la foule était devenue si contagieuse que la moitié du *Schutzbund* rallia les manifestants. Les dirigeants qui appelaient au calme furent conspués et même physiquement menacés.

Personne n'a jamais su si ces vastes masses suivirent ou non un plan établi par avance ; toujours est-il qu'elles se mirent à converger vers le Palais de justice. Cet édifice symbolisait à leurs yeux la détestable justice de classe qui avait relâché les meurtriers de la *Heimwehr*. Les policiers alentour ne purent que regarder les meneurs se ruer dans le bâtiment et y mettre le feu. Mais déjà, à ce moment-là, des renforts de police, armés de fusils pris dans les arsenaux de l'armée, étaient en route.

Ils arrivèrent juste au moment où les dirigeants sociaux-démocrates et les hommes du *Schutzbund* qui leur étaient restés loyaux commençaient à reprendre le contrôle de la foule. Les flammes s'élevaient bien au-dessus des toits du Justizpalast, mais la révolte avait atteint son apogée. La tornade de la colère populaire était sur le point de s'apaiser d'elle-même. Voyant que le pire était passé, le chef de la police Schober et Julius Deutsch, le principal dirigeant social-démocrate, convinrent qu'il n'était plus nécessaire de recourir à la force. On envoya des émissaires auprès des détachements de policiers, pour leur ordonner de s'immobiliser en attendant de nouveaux ordres. Mais désormais, ni Schober ni Deutsch ne dirigeaient plus rien. La Némésis autrichienne, la soif de vengeance, avait pris le dessus. Et la tragédie devait maintenant se jouer jusqu'au tomber du rideau.

Les messagers de Schober et de Deutsch ne réussirent pas à se frayer à temps un chemin à travers la foule. Et, ulcérés de savoir que certains de leurs camarades avaient été battus à mort par la populace, les policiers armés tirèrent sur les manifestants. Cette salve sonna le glas pour quatre-vingts travailleurs — et pour le pays : ces cadavres allaient rester désormais un obstacle insurmontable sur la voie de la raison.

Ni la droite ni la gauche n'avaient souhaité ce massacre. Mais l'une comme l'autre étaient également coupables d'avoir empoisonné l'atmosphère politique. Le 15 juillet 1927 ne fut pas une guerre civile. Ce fut la révolte d'un seul jour ; mais les événements de cette journée terrible rendaient inévitable la guerre civile de 1934.

Pour ce qui est de notre famille, la « guerre civile » avait éclaté un an plus tôt, en avril 1926, et en 1927 elle continuait de faire rage. Bernhard, qui n'avait jamais été malade de sa vie, fût-ce un seul jour, mourut le 8 avril 1926 à 11 heures du matin, alors qu'il s'apprêtait à prendre la parole devant la présidence de la Chambre de commerce de Vienne. Il n'avait alors que soixante-deux ans. Sa mort n'avait guère de signification à mes yeux mais, compte tenu de sa richesse supposée, elle en avait beaucoup pour mon père, pour oncle Alfred et pour Ernst Lamberg, fiancé de la plus jeune sœur de ma mère, ma tante Lisa.

Bernhard Schapira avait rédigé ses dernières volontés et son testament le 1er juillet 1917. Voici ce qu'on pouvait y lire :

> Ayant examiné le problème avec la plus grande attention, et libre de toutes pressions ou craintes, j'établis ainsi mes dernières volontés : je désigne comme unique héritière de toute ma fortune, en toutes ses rubriques et dénominations, mon épouse Udel-Leie (Adele) Schapira, née Immerdauer. En témoigne le présent testament, rédigé et signé de ma main.

Adele n'était nullement une femme naïve, mais elle ignorait tout du monde des affaires, et même des affaires de son propre mari. Son rôle avait toujours été d'épouse et de mère. Elle n'en devint pas moins, après la mort de Bernhard, l'unique héritière de tout ce qu'il possédait, en particulier de sa société — dont il s'avéra qu'elle était loin d'être aussi prospère qu'on le supposait dans la famille. Quand on eut fait la somme de tous les avoirs et qu'on eut retiré les dettes en cours de la société, la valeur nette des biens de Bernhard se montait à 36 034 schillings. Les banques autrichiennes avaient établi une règle empirique, selon laquelle un schilling d'avant-guerre valait environ quinze schillings d'aujourd'hui. Autrement dit, Bernhard laissait environ à sa veuve 540 510 schillings, soit quelque 200 000 francs d'aujourd'hui — ce qui, pour dire vrai, n'était pas la fortune.

Il y a cependant un mystère, qui laisse à penser que les biens de Bernhard étaient peut-être plus importants que ne purent le voir les fonctionnaires autrichiens chargés d'évaluer sa succession. Ce mystère concerne la disparition des deux automobiles. Celles-ci ne figurent sur aucun document, et pourtant elles existaient bel et bien. Je les ai vues de mes yeux, j'y suis monté avant la mort de Bernhard et après sa mort. Et mon père, dont on se souvient qu'il n'aimait pas excessivement son beau-père, répétait de temps à autre que vraiment grand-père avait été stupide de dépenser tant d'argent pour acheter des voitures de luxe, dont la valeur ne pouvait que se déprécier, alors qu'il aurait pu, pour une somme équivalente, acquérir la splendide maison de la Türkenschanzplatz. En termes purement comptables, mon père avait sans aucun doute raison ; mais Bernhard avait certainement tiré beaucoup de plaisir et de fierté de ces deux voitures, fort importantes pour son style de vie de grand seigneur. Ses héritiers en revanche, et notamment mon père, auraient tiré plus de bénéfice de la possession de cette prestigieuse villa — sans parler du plaisir et de l'excitation avec lesquels ils se seraient disputés pour se la partager.

Et pourtant, l'acquisition de ces deux voitures avait peut-être été sur le plan des affaires un acte beaucoup plus judicieux que ne le pensait mon père. Bien des gens, à Vienne, possédaient des immeubles, mais très rares étaient ceux qui avaient des voitures. Ainsi, le fait de posséder non pas seulement une automobile, mais deux, contribuait-il à la réputation de Bernhard et, par contrecoup, de ses affaires. Une automobile était à l'époque le symbole d'un statut social extrêmement impressionnant.

Toujours est-il que, quels qu'eussent été les motifs de Bernhard lorsqu'il acheta ces voitures, de marque Adler, en 1922 ou 1923, elles ne figurèrent pas sur la liste de ses biens ; or elles étaient toujours là, et elles appartenaient désormais à grand-mère. Elles furent par la suite utilisées comme taxis puis, quand cette opération s'avéra trop peu rentable, revendues. Le coupé disparut à jamais, cependant que la limousine devint la propriété du chauffeur de grand-père, Herr Klein, qui continua à s'en servir comme taxi. Je l'aperçus pour la dernière fois au début des années trente : elle sortait du n° 1 de la Pichlergasse et Herr Klein aidait galamment la personne qui avait succédé à Poldi, une certaine Otti, à monter — le terme est ici des mieux appropriés — dans son véhicule, qui à cette époque-là aurait fait meilleure figure sans le hall d'exposition d'un musée automobile que dans les rues de Vienne. La voiture roulait toujours fort bien, et c'est en cet équipage qu'Otti se rendit à son mariage — dans cette voiture que l'on avait jadis considérée comme la plus grande folie de grand-père Bernhard.

La pierre tombale de granit noir n'était pas encore posée sur la tombe de Bernhard au Cimetière central de Vienne (Porte IV — Secteur juif) que les deux beaux-frères, Ernst et Alfred, ainsi que le fiancé de tante Lisa, l'avocat Ernst Lamberg, commencèrent à exercer leurs pressions sur sa veuve. Adele, qui avait subi une légère crise cardiaque après l'enterrement, était clouée au lit quand commença le drame familial. Il n'atteignit certes pas la dimension des tragédies classiques — on n'y trouvait ni Othello ni Desdémone —, mais, mon père en était fermement convaincu, on y trouvait en revanche un Iago encore plus dangereux que le vil intrigant de Shakespeare. Mon père avait choisi Alfred pour jouer ce rôle, et il ne voulait plus que son nom fût désormais prononcé sous son toit. « Jamais, tu m'entends ! », avait crié mon père à l'intention de maman. Ainsi devait-il en être, pour les siècles des siècles, amen... Maman et moi, bien sûr, obéîmes à cet ordre — c'est papa lui-même qui ne respecta pas la consigne qu'il avait donnée. Ce n'est pas qu'il mentionnât exactement le nom d'Alfred, mais il revenait toujours à cette querelle familiale, et déployait une vaste palette d'épithètes diverses, toutes aussi peu flatteuses, pour faire allusion au seul de mes oncles pour qui j'avais vraiment quelque affection. Quand mon père parlait d'un certain « fourbe, bandit, coquin, salopard, canaille, vaurien, scélérat », qui revenait fréquemment dans son discours, ni ma mère ni moi n'avions grand-peine à deviner de quel individu il voulait parler.

A en croire mon père, voici ce qui s'était passé : peu de temps après l'enterrement de grand-père, et avant que rien n'eût pu être établi quant à la manière dont serait désormais gérée la société, lui-même avait dû se rendre à Budapest, sans avoir eu le temps d'expertiser les comptes et d'émettre des recommandations. Il avait demandé à grand-mère de ne rien signer, de ne se lier par aucun engagement contraignant avant son retour de Budapest, et elle avait donné son accord. Mais, à l'instant même où papa avait pris place dans son train pour Budapest, ce « Iago d'Alfred » était apparu auprès du lit de grand-mère et, utilisant toutes les ruses de l'arsenal dont disposent les intrigants, il s'était répandu en calomnies sur mon père.

Ainsi Alfred Bartmann avait-il été « nommé jusqu'à nouvel ordre » directeur général, concurremment avec Mme Adele Schapira, de la société Bernhard Schapira, chacun des deux directeurs ayant la faculté de représenter la société et de signer en son nom, indépendamment l'un de l'autre. Cette clause figure dans le Registre des sociétés de la municipalité de Vienne, en date du 24 avril 1926, soit seize jours après la mort de Bernhard et une petite semaine après le départ de mon père.

On imagine l'explosion qui s'ensuivit lorsque mon père apprit la nouvelle. De Budapest, il inonda la Türkenschanzplatz de missives indignées, un véritable déluge. Cette querelle familiale empêcha pendant longtemps la reconnaissance de la validité du testament laissé par Bernhard. L'avocat de la famille, le Dr Rumpler, demanda tout d'abord un report au 1er mai 1927 « pour autant que les négociations entre les héritiers concernant l'avenir de la société familiale n'ont pas encore abouti ». Mais quand cette date approcha, il dut proposer un nouveau délai, jusqu'au 15 juin, « pour autant qu'en dépit des efforts nombreux déployés pour parvenir à un complet accord entre les parties et bien que diverses solutions contractuelles aient été envisagées, on n'a pu parvenir à une solution acceptée de tous. Bien que Mme Adele Schapira, en tant qu'unique héritière, dispose entièrement du droit de faire mettre la société à son seul nom, elle ne souhaite point agir ainsi pour l'instant, ayant en vue la paix familiale ».

Ma pauvre grand-mère, de toute évidence, essayait tout bonnement de faire de son mieux face à l'éclatement de la famille qu'avait suscité la bombe à retardement posée par son époux le 1er juillet 1917. Mais la « paix familiale » était définitivement ruinée. Adele Schapira finit par se décider. Le 8 juillet 1927, la nomination d'Alfred Bartmann fut annulée, et elle devint l'unique dirigeante de la société. Suite à cette décision, mon père recommença à parler à sa belle-mère. Je ne peux qu'essayer de deviner les raisons pour lesquelles ma grand-mère se résolut en définitive à retirer à Alfred son titre dans la société. Peut-être espérait-elle réconcilier ses deux beaux-fils en n'en prenant aucun des deux ?

Deux ans plus tard, Klara fut à nouveau autorisée à venir à la Pichlergasse. C'était un événement, et je restai longtemps au balcon, sautillant impatiemment d'un pied sur l'autre, dans l'espoir d'être le premier à la voir approcher. C'était une journée de printemps chaude et ensoleillée. J'aperçus enfin sa silhouette, petite et fluette, qui s'avançait vers notre immeuble, vêtue d'un élégant costume bleu marine et d'un chapeau assorti, avec une garniture blanche. Quelques instants plus tard, tante Lisa arriva à son tour, suivie de la meilleure amie de maman, Käthe Mautner, de leur amie Hannerl Herlinger et enfin de Selma Ornstein, qui n'avait eu qu'à traverser la Pichlergasse. Maman donnait sa première « réception » — qui devait être suivie de beaucoup d'autres auxquelles participaient ses deux sœurs, leurs amies les plus proches, parfois les épouses de collègues de mon père à la banque, occasionnellement des visiteuses inhabituelles, parmi lesquelles je me souviens surtout d'une dame très élégante vêtue d'une longue robe flottante gris perle, avec un chapeau cloche assorti — toutes ces dames gardaient leur chapeau pour prendre le thé. C'était la maîtresse d'anglais de maman à la pension de Hanovre, et elle arrivait de Londres.

Ma mère adorait ses « réceptions ». C'est seulement en ces occasions qu'elle sortait son service à thé japonais de fine porcelaine gris bleuté, ornée de geishas peintes à la main. On achetait le matin même de tout petits croissants, des graines de pavot bien croustillantes et des galettes candies, à la pâtisserie la plus chic de Vienne, celle de Herr Fritz, dans la Naglergasse. Ces délices, une fois ouvertes, étaient nappées de beurre et du meilleur *Teewurst.* On servait ensuite un épais gâteau à la crème, avec des noix, du chocolat ou de l'orange, gâteau qui, lui, était confectionné à la maison.

Les dîners que mes parents donnaient de temps à autre étaient beaucoup plus amusants que les « réceptions » de maman. On y servait généralement un plateau de crudités comme hors-d'œuvre, suivi d'un chateaubriand avec des frites préparées à la maison (on n'avait pas encore inventé les frites modernes, en caoutchouc salé), du riz, diverses salades et enfin notre propre *Sachertorte,* qui n'avait pas moins belle apparence que celle du célèbre café Sacher, si ce n'est que le glaçage de chocolat n'avait pas tout à fait la même élégance, la même perfection dans le poli.

Quand nos hôtes arrivaient — les Mautner, les Herlinger, très souvent oncle Paul et tante Alice, quelques proches collègues de mon père à la Länderbank, avec leurs épouses, à l'occasion tante Sally et son étrange musicien de mari Robert, qui jouait du piano après dîner, et inévitablement le Dr Maurer (célibataire apparemment par profession, qui pour sa part était « l'ami de la famille » et avait le droit de passer n'importe quand à l'improviste) —, je disparaissais dans ma chambre pour éviter d'avoir à serrer la main à tout le monde, de faire et refaire ma révérence la plus polie et de chuchoter des remerciements bien élevés à ceux des invités qui avaient songé à m'apporter un petit cadeau. Cette manœuvre marchait assez bien tant que j'étais petit, mais une fois passés mes dix ans, il me devint plus difficile d'échapper aux adultes. Mon père aimait beaucoup que je vienne dire bonsoir après le dîner, pour me montrer fièrement à ses amis, me faire raconter une histoire drôle, bref attirer l'attention de tout le monde sur son fils qui, pour sa part, ne souhaitait qu'une chose : que le sol s'ouvrît sous ses pieds et l'engloutît.

Plus tard, mon père et moi eûmes quelques terribles disputes à propos de ces apparitions publiques. Je me sentais timide, je détestais la façon dont les amis de mes parents me parlaient comme à un enfant ; d'ailleurs je n'avais rien à leur dire et préférais de loin vivre dans mon propre monde, seul dans ma chambre avec mes livres. Ces batailles se terminaient tantôt à mon avantage, tantôt à celui de mon père. Quand c'était lui qui cédait, sa déception était si évidente qu'au dîner suivant je fléchissais à mon tour et allais passer une petite demi-heure auprès des adultes. Puis je finis par m'apercevoir que cela ne m'ennuyait plus autant que ça. En fait, je me mis à apprécier leur conversation, tout particulièrement les reparties de mon père, parfois un peu sarcastiques mais souvent très spirituelles, qui faisaient rire aux éclats ses hôtes et créaient une ambiance détendue dans laquelle je n'avais plus l'impression d'être le petit garçon poli exhibé par son papa, mais presque un adulte moi aussi, prenant part, quoique de loin, à la conversation. Je le revois encore aujourd'hui devant moi, riant avec bonheur, si réel qu'il me semble pouvoir sentir sa respiration et toucher sa peau.

De tous les amis de mes parents, c'était le Dr Maurer — le célibataire — qui m'impressionnait le plus. Il avait une réputation d'intellectuel, mais, si tel était le cas, il appartenait à l'espèce d'intellectuels la plus inoffensive. Je trouvais agréable, et même fascinante, la façon dont il me parlait. Il pouvait traiter de politique, d'histoire, à peu près de n'importe quoi, sans jamais paraître prononcer une conférence ; il choisissait toujours des mots simples et directs, même pour expliquer des questions compliquées.

Je devais avoir dix ou onze ans quand, avec certains de mes camarades d'école, nous participâmes à la traditionnelle manifestation social-démocrate du 1er Mai, pour la Fête du Travail. Quand je rentrai, le Dr Maurer était assis au chevet de mon père, qui se remettait d'une sorte de légère grippe : « l'ami de la famille » avait débarqué pour voir comment il allait. J'étais exalté, tout excité d'avoir défilé au son des fanfares, d'avoir entendu tous ces slogans criés par la foule, d'avoir vu ces centaines de drapeaux rouges et de poings levés. Jamais, de toute ma vie, je ne me sentis plus radical qu'en cet instant-là, et je portais fièrement à ma boutonnière l'insigne du parti social-démocrate, un œillet rouge sur fond noir verni.

Le Dr Maurer me jeta un coup d'œil et me dit : « Georg, j'ai été social-démocrate toute ma vie, mais laisse-moi te dire une chose : on n'affiche jamais ses convictions politiques à sa boutonnière. »

Nous étions tous sociaux-démocrates, bien entendu. Pour quel autre parti un Juif aurait-il pu voter ? Les sociaux-démocrates n'étaient pas — du moins pas officiellement — antisémites, et beaucoup de leurs dirigeants étaient juifs. Victor Adler, le fondateur du parti socialiste autrichien, était un Juif converti. Dans les années vingt et au début des années trente, le parti fut dirigé par Otto Bauer, qui était juif, tout comme l'était Julius Deutsch, son lieutenant, par ailleurs commandant en chef du *Schutzbund*. Les Juifs jouaient un rôle déterminant dans toute la direction du parti et de ses nombreuses organisations annexes — dont bien peu étaient destinées aux travailleurs. La plupart de ces Juifs provenaient des classes moyennes aisées. C'étaient en général des idéalistes, des hommes généreux qui avaient consacré leur existence à améliorer le sort des travailleurs. Derrière leurs motivations conscientes, absolument sincères, se dissimulaient une culpabilité et une crainte inconscientes. La culpabilité qui les poussait à agir ne différait en rien de celle qui anime aujourd'hui tant de membres des classes moyennes qui, honteux des privilèges culturels et sociaux dont ils ont hérité, se tournent vers des causes « progressistes » — à condition de pouvoir constituer une élite au sein de la gauche et être pour ainsi dire plus égaux que les autres… Quant à leur crainte, c'était celle de la populace antisémite. Or un parti qui entendait défendre d'abord et avant tout l'égalité ne pouvait, de toute évidence, admettre qu'il y eût inégalité entre les Autrichiens d'origine juive et les autres. Ainsi les Juifs sociaux-démocrates ressentaient-ils chacun, autour d'eux, comme un mur qui les protégeait : les sociaux-démocrates non juifs. A cela, il faut encore ajouter le séduisant, le fascinant pari intellectuel que représentait cette entreprise humaine, la création d'une société égalitaire telle que la rêvait le socialisme.

La plupart des Klaar se contentaient de voter social-démocrate.

Leurs convictions socialistes auraient pu sans peine être retournées par le souffle du libéralisme, s'il avait encore existé un parti libéral digne de ce nom. La seule exception était Anni Klaar, lointaine cousine de mon père presque de vingt ans plus jeune que lui, qui s'était liée d'une réelle amitié avec mes parents. Cette Juive séduisante, au teint sombre, resta sa vie durant une social-démocrate convaincue. Personne n'était plus représentatif de cette catégorie de bourgeois juifs appartenant au parti des travailleurs, au parti social-démocrate, que notre Anni.

Pourtant, bien plus tard, alors qu'Anni avait plus de soixante-dix ans, elle me raconta comment, étant en vacances, elle était partie pour une longue excursion dans la campagne et s'était perdue. Elle ne savait plus quel chemin prendre pour retrouver ses parents — elle était alors âgée de quelque vingt ans. Finalement, elle vit apparaître sur la route un homme à moto, qui s'arrêta et releva ses grosses lunettes — laissant apparaître aux yeux d'Anni les traits d'un fort charmant jeune homme. « Grimpez derrière moi et je vous ramènerai, ma petite », lui dit-il. Notre socialiste d'Anni hésita un instant. Monter sur une *Pupperlhutschen*, comme on appelait en dialecte viennois le siège arrière d'une moto, cela convenait bien mieux à une fille des faubourgs ouvriers qu'à une jeune demoiselle en cours d'études universitaires. Mais elle n'avait guère le choix. La nuit tombait. Elle grimpa donc sur le siège, en prenant garde de ne pas trop montrer ses jambes, et passa précautionneusement ses bras autour de la taille du jeune homme. « Si vous ne me serrez pas plus fort, moi ça m'est égal, lui dit-il, mais vous tomberez dès le premier virage… »

C'est ainsi qu'il la ramena auprès de ses parents. Comme elle lui tendait la main pour lui dire adieu et le remercier, il l'attira soudain vers lui et essaya de l'embrasser. Choquée, Anni refusa et s'enfuit. « Vraiment, je ne pouvais pas laisser ce type m'embrasser. C'était un charpentier, ou un plombier, je ne sais plus, enfin un prolétaire, vois-tu ? »

L'un des avantages qu'apportait à Vienne le socialisme était le gel des loyers. Pour l'appartement de la Pichlergasse, mon père ne payait que 125 schillings par trimestre, ce qui était ridiculement bon marché. C'est surtout pour cette raison que mes parents ne songèrent jamais à chercher un plus grand appartement, encore que nous en eussions eu bien besoin : non tant que l'appartement fût trop petit pour notre famille, loin de là, mais nous commencions à manquer d'espace pour accrocher les tableaux que mon père ne cessait d'acheter. Les objets d'arts et la peinture étaient sa grande passion.

La première fois que ma mère eut vent de cette passion, ce fut le jour où le fameux éléphant blanc débarqua un matin (mes parents étaient alors à peine mariés) d'une des plus célèbres boutiques viennoises de chinoiseries. Ma mère resta bouche bée en voyant apparaître cet animal qu'elle n'attendait pas, et dont elle ne savait que faire. L'appartement n'était pas encore convenablement meublé, les parquets n'étaient revêtus ni de tapis ni même des fameuses toiles de sacs dont avait parlé Bernhard, et voilà qu'elle avait devant elle la trompe relevée de cet éléphant de porcelaine. Tout éprise qu'elle fût de son jeune époux, elle avait un sens puissant de ce qui était essentiel et de ce qui ne l'était pas ; aussi, malgré l'éclat nacré des flancs de la bête, malgré la charmante douceur d'une porcelaine admirablement fraîche et agréable au toucher, cette « chose » dut s'en repartir. Et, de fait, elle retourna sur-le-champ dans la boutique où mon père l'avait achetée. Était-ce son amour tout neuf qui l'amena à céder si facilement, ou bien doutait-il lui-même un peu d'avoir eu raison de dépenser son argent de façon un peu inconsidérée ? Par ailleurs, si maman n'avait pas adopté une position aussi arrêtée, leur appartement ne serait-il pas devenu peu à peu une véritable ménagerie chinoise ? J'inclinerais plutôt à penser que papa n'était pas absolument certain de la valeur de cette première trouvaille « artistique ». Car plus jamais, par la suite, il n'acheta d'objets chinois, ni animaux ni figurines. En fait, ce qu'il aimait vraiment, c'étaient les tableaux — et les peintres. A une certaine période, il se lia d'amitié avec un peintre nommé Schindler, et souvent il m'emmena dans son atelier, où il était capable de passer une bonne heure, en silence et plein de bonheur, à le regarder travailler. Il acquit d'ailleurs par la suite une nature morte de Schindler, un assez grand tableau représentant une table recouverte d'une nappe damassée et portant une cuirasse médiévale, avec le heaume et l'épée.

A Herr Schindler succéda, dans les affections de mon père, le peintre Oncken. Ce tout petit homme, qui devait bien avoir alors dans les soixante-dix ans, était souvent invité à nos dîners. Il était d'un aspect très soigné et coquet avec sa barbe et sa moustache blanches, superbement taillées, et il arrivait flanqué de son épouse, une énorme Walkyrie qui aurait pu, sans difficulté, soulever dans ses bras son petit artiste de mari et le bercer comme un bébé. De fait, leur véritable relation, d'ailleurs fort heureuse, semblait bien être de cette nature. Au fil des années, papa acheta un assez grand nombre de toiles d'Oncken, qui dans mon souvenir m'apparaissent toujours fort belles, surtout un certain tableau représentant un arbre ; cependant, sur le marché artistique viennois d'aujourd'hui, Oncken est considéré comme un peintre assez médiocre. Au début des années trente, mon père fit la connaissance du fils d'Egger-Lienz, peintre rural autrichien hautement prisé, et l'aida à trouver un travail. En témoignage de reconnaissance, le jeune homme fit présent à mon père des esquisses d'Egger-Lienz pour son célèbre portrait du Pater Haspinger, le prêtre catholique qui avait servi de guide spirituel au leader tyrolien Andreas Hofer.

Comme les toiles ne cessaient d'arriver les unes après les autres, maman annonça, avec un désespoir feint, qu'il lui faudrait bientôt les accrocher aux plafonds, car il ne restait pas un centimètre de libre sur les murs. Néanmoins, sans changer d'appartement ni devoir recourir aux plafonds, notre jury d'admission trouvait toujours un moyen ou un autre de ménager l'espace nécessaire à la dernière acquisition de mon père ; il n'y avait rien d'étonnant à cela, car ledit jury ne comportait qu'un seul et unique membre : mon père lui-même.

Ma mère n'était pas vraiment opposée à cette passion, tout au contraire. Elle voulait avoir une belle maison, elle voulait que l'appartement de la Pichlergasse reflétât de quelque façon cette atmosphère de luxe qui avait toujours imprégné la vaste demeure de son propre père. Mais elle aurait de loin préféré dépenser de l'argent à acquérir de beaux meubles plutôt que des œuvres d'art relativement inutiles. Elle aurait également voulu s'équiper d'appareils ménagers modernes, certes plus utiles, par exemple un aspirateur (comble de la modernité) ou surtout un réfrigérateur qui lui eût permis de garder les aliments bien au frais pendant les chaleurs de l'été.

Elle finit par avoir son aspirateur, mais le réfrigérateur resta toujours un rêve. Pourquoi ne pas se contenter d'une simple glacière comme celle dont sa mère se servait depuis quarante ans ? demandait papa. En effet, répliquait ma mère, mais il y avait tout de même une différence entre 1891 et 1931... D'ailleurs, la question, posée en ces termes, n'était guère pertinente, puisque nous ne possédions pas même une de ces antiques glacières, mais uniquement le garde-manger de la cuisine, avec deux grilles de ventilation donnant sur l'arrière-cour. En été, elle était obligée d'y placer une cuvette avec deux blocs de glace, pour éviter que la nourriture ne se gâte.

La question de renouveler le mobilier de l'appartement était différente. Maman souhaitait vivre dans un cadre aussi beau et luxueux que celui de la Türkenschanzplatz, et mon père ne demandait pas mieux. A cette époque, il avait deux sources de revenu : son salaire à la banque, ainsi que des honoraires réguliers et substantiels de la filiale autrichienne du fabricant français de papier à cigarettes Abadie, dont il supervisait les comptes et préparait le rapport annuel.

Ainsi vîmes-nous peu à peu disparaître l'ancien mobilier. Ce fut tout d'abord celui de la chambre à coucher de mes parents, qui fit place à des meubles Louis XVI — dont je ne sais s'ils étaient authentiques ou non —, tout en bois blanc avec volutes, motifs floraux et arabesques sculptés ; le chevet et le pied du grand double lit, ainsi que les dossiers des deux fauteuils cannés, donnaient une impression de légèreté et de grâce. Herr Gruber, un ébéniste barbu, confectionna ensuite l'écritoire de papa, en bois verni, avec des moulures dorées aux angles et sur les tiroirs, ainsi qu'un grand buffet pour la salle à manger. Enfin apparut Herr Leonhardtsberger, décorateur, homme de manières fort civiles mais qui n'avait guère de respect pour l'argent d'autrui, soupirait souvent mon père. Il retira la grande double porte qui séparait la salle à manger et le bureau, pour les rassembler en une seule pièce, ce qui faisait paraître l'appartement beaucoup plus grand qu'il n'était en fait. Ces portes furent remplacées par un rideau bleu pâle brodé de feuillages dorés, le même tissu garnissant les chaises de la salle à manger et donnant une agréable impression d'unité.

Mais c'est surtout quant à ma propre chambre que j'en eus pour mon argent — enfin, celui de mon père. Tout le cadre de mon enfance disparut pour faire place à un nouveau mobilier : une grande armoire, un bureau, un lit et des fauteuils en acajou sombre bien poli avec des reflets roux, ainsi que — *nec plus ultra* de la décoration — une table de chevet laquée d'un rouge vif, assortie à la bordure de bois écarlate de la toile de jute tendue autour de mon lit, à mi-hauteur.

Je passai mon examen d'entrée au collège avec Fredl Resch et plusieurs autres amis de l'école primaire qui tous le réussirent le plus aisément du monde, tandis que pour ma part je dus beaucoup peiner. Mais l'organisation des études au Wasagymnasium s'avéra plutôt agréable. Il y avait la détente des interclasses, et surtout la confiserie tenue dans le hall principal par l'épouse du gardien — lequel, dans une école autrichienne, se devait de porter un titre, de sorte qu'on l'appelait Herr Pedell et la confiseuse, par conséquent, Frau Pedell. On trouvait à son étalage de délicieux canapés, ainsi que toutes sortes de chocolats et de bonbons. Cependant, à tout prendre, ces années passées au Wasagymnasium m'apparaissent rétrospectivement aussi moroses que les couloirs et les salles de classe de cet établissement.

Pour moi, le moment le plus heureux de la journée était celui où je franchissais enfin en courant le portail du collège, après la fin des cours, et j'atteignais au bonheur suprême les jours où je voyais mon père m'attendre de l'autre côté de la rue. Cela ne se produisait pas très souvent, bien que son bureau ne fût qu'à dix minutes à pied de l'école ; mais en ces occasions, je me sentais immensément fier et, exultant de joie, je courais me jeter dans ses bras, malgré tout le ridicule d'un tel comportement pour un élève d'un des meilleurs collèges de Vienne, qui possédait même des cartes de visite imprimées au nom de « Georg Klaar, stud. gym., Wien IX, Pichlergasse 1 ».

Ma seconde année au Wasagymnasium fut un véritable désastre : j'obtins les plus mauvaises notes tant en latin qu'en mathématiques, ce qui signifiait qu'au lieu de passer dans la classe supérieure je devrais redoubler.

Ce malheur ne fut pris au tragique ni par mes parents ni par moi-même. Ayant fait ma première année chez moi pour gagner du temps et étant entré au *Gymnasium* par un examen spécial, j'étais plus jeune que la plupart de mes camarades, de sorte que cette année perdue ne faisait que me mettre dans le groupe d'âge qui aurait été le mien si je n'étais entré avec une année d'avance. L'excuse familiale fut donc que je n'avais pas encore atteint le degré de maturité des autres garçons — thème destiné à resurgir par la suite : sensiblement plus doué que la plupart, je manquais de concentration et de véritable désir de m'instruire ; cependant, cette expérience néfaste provoquerait certainement en moi un choc salutaire, me serait une leçon, et par la suite je ne pouvais que m'élancer vers les meilleurs places. Mes parents croyaient effectivement à tout cela, quoique ma mère restât un peu plus sceptique que mon père. Quant à moi, je n'éprouvais pas le moindre doute : je redoublerais ma seconde classe avec la plus grande facilité du monde.

Nous passâmes de merveilleuses vacances à Seeboden, en Carinthie, sur les bords du lac Millstatt. Papa ne nous rejoignit que plus tard, mais les Bartmann étaient là, ainsi qu'oncle Paul, tante Alice et leurs deux garçons, de sorte que je ne manquais pas de compagnie. L'été étant très chaud, c'était un vrai délice que de nager dans le lac, et comme les autres branches de la famille admettaient également que mes mauvais résultats scolaires ne méritaient pas d'être pris trop au sérieux et semblaient croire en mon avenir, je ne me faisais pas de souci. Une fois de plus, nous dressâmes une liste de mauvais écoliers qui étaient ensuite devenus de grands hommes — Bernard Shaw, Albert Einstein, combien d'autres encore ! Peut-être n'avais-je donc fait, cette année-là, que poser les fondements de ma gloire future ?

Ma mère se sentait malheureuse à Seeboden, du moins pendant les premières semaines, avant que mon père ne nous rejoignît, mais cela n'avait rien à voir avec mes résultats. Elle pleurait beaucoup, sans pouvoir en expliquer la raison. Elle supportait mal la chaleur suffocante ; et, tout d'un coup, quelque chose qu'elle décrivait comme un cheveu très fin se mit à tourner devant son œil gauche, rendant sa vue encore plus mauvaise. Elle consulta un spécialiste, qui lui prescrivit toutes sortes de gouttes et de collyres, mais rien n'y fit. Il n'y avait aucun corps étranger dans son œil, et le spécialiste qu'elle alla voir ensuite à Vienne ne trouva lui non plus aucune explication à ce phénomène. Cette ligne très fine, comme celles qui forment une croix dans le viseur d'un appareil photo, resta présente devant ses yeux pendant de nombreuses années, toujours tournant, à une vitesse variable selon son état de nervosité.

Elle retrouva une meilleure forme à l'arrivée de mon père, mais ne tira par contre aucun plaisir de la grande comédie que jouèrent à Seebaden ces deux mauvais comédiens qu'étaient Ernst Klaar et Alfred Bartmann. La façon qu'avaient les deux beaux-frères de feindre s'ignorer dans ce petit village où ils ne pouvaient que se croiser au moins deux fois par jour, était pourtant une remarquable performance. Dès que l'un d'eux apercevait l'autre au coin d'une rue, il s'appliquait à tourner son regard vers la gauche ou vers la droite, selon le cas ; de telle sorte qu'ils passaient l'un devant l'autre comme deux majestueuses autruches qui eussent plongé leur tête dans le sable. Seules leurs ombres se frôlaient à l'occasion... A cette époque, leur antipathie mutuelle avait atteint un degré encore inégalé. A mesure que les années passaient, la bataille autour de la société de grand-père Bernhard qu'en définitive ils avaient tous deux perdue avait cessé de pouvoir s'envenimer. Mais ils ne s'en détestaient que davantage, parce qu'ils commençaient à comprendre combien tout aurait mieux valu pour tout le monde, y compris pour la société Schapira elle-même, s'ils s'étaient alors alliés au lieu de se combattre. Qui sait, peut-être la firme Bernhard Schapira Import aurait-elle pu obtenir d'excellents résultats s'ils avaient mis en commun leur expérience, l'un des affaires, l'autre de la comptabilité ?

Grand-mère Adele mourut le 21 juin 1931. Ses trois filles en éprouvèrent une douleur bien plus intense que lors de la mort de leur père. Entre celui-ci et elles avait toujours subsisté une sorte de distance, comme si une vitre leur avait permis de se voir mais empêché tout contact, tout sentiment autre qu'une « respectueuse affection ». Au contraire, les liens d'Adele avec ses trois filles étaient très forts ; d'ailleurs, bien des aspects de sa personnalité se retrouvaient en chacune, notamment cette émotivité qui avait dominé toute l'existence d'Adele. Cependant, ma mère possédait en outre un détachement intellectuel et une calme objectivité qui n'existaient pas au même degré chez ses sœurs : ces deux traits de caractère ressortirent avec force lorsqu'il fallut répartir les précieux bijoux d'Adele entre elle trois. C'était là une merveilleuse occasion pour leurs maris d'essayer de ranimer les batailles d'antan : car comment répartir de façon égale la tiare de diamants, les broches, les boucles d'oreilles, les bagues ? Le problème n'était pas simple.

Ce fut maman, ma douce maman pourtant si éprise de son Ernst, qui trancha le nœud gordien. Refusant absolument de prendre en considération le point de vue de mon père — qui estimait que la part la plus importante devait lui revenir, puisqu'elle était l'aînée —, elle convoqua ses deux sœurs, et ce furent elles seules qui décidèrent séance tenante de ce que chacune allait garder, laissant leurs maris dans l'ignorance et l'impossibilité d'intervenir.

Un autre nœud gordien que trancha ma mère avait été noué par moi-même. Car les résultats que j'avais obtenus dans la seconde classe du Wasagymnasium semblaient presque brillants, comparés à ceux que j'obtins après avoir redoublé. Au dernier jour de chaque trimestre, on distribuait les carnets de notes. Cette fois-ci, il n'y en avait pas pour moi : « Tu trouveras ton carnet de notes à la maison, me dit mon professeur principal, il a été envoyé par la poste. » Il arriva en effet le lendemain matin, dans une enveloppe officielle bleue. L'année précédente, j'avais été recalé en latin et en maths ; et là, sur le même programme, venaient s'ajouter à ces deux matières l'histoire et la géographie.

Ce fut le gouvernement autrichien qui nous imposa la conclusion à en tirer. Préoccupé par la quantité de diplômés qui ne parvenaient pas à trouver du travail, il souhaitait réduire le nombre des étudiants dans les *Gymnasium* et les universités. Aussi fit-il passer une nouvelle loi, interdisant en particulier de redoubler une classe plus d'une fois dans un *Gymnasium :* la seconde fois, on était écarté de cette filière d'élite et automatiquement dirigé vers une école secondaire ordinaire.

Quand ma mère et moi ouvrîmes cette enveloppe bleue, nous nous attendions certes au pire pour ce qui est du latin et des mathématiques, mais pas à ces catastrophes supplémentaires en histoire et en géographie. Nous fondîmes tous deux en larmes. Ma mère me prit dans ses bras en m'embrassant et en répétant : « On va s'arranger, mon Georgerl, tout va bien se passer, tu verras. » Elle n'eut pas un mot de reproche ou d'acrimonie, ne fit preuve que de son amour et de sa compréhension. « Bien sûr, tu ne peux pas rester au Wasagymnasium, dit-elle, mais je connais une école où tu peux aller. » Et elle me montra un prospectus du *Landerziehungsheim* de Grinzing. Ce terme allemand semblait devoir désigner une école de redressement, mais il s'agissait en fait d'un internat privé, dont j'avais beaucoup entendu parler comme essentiellement destiné aux imbéciles de famille aisée. Les photos du prospectus montraient une institution bien différente des écoles publiques auxquelles j'étais habitué. Certes le bâtiment central, où se trouvaient les bureaux, les dortoirs des pensionnaires et la salle à manger paraissaient tout à fait ordinaires; mais les cours étaient donnés dans de petites cabanes de bois pleines de lumière, reliées entre elles par un couloir central, dont l'aspect clair et aéré n'avait rien de comparable avec les classes sombres et humides auxquelles j'étais habitué. Ce qui m'impressionna le plus fut de voir, sur une photo montrant l'intérieur d'une salle de classe, que les élèves étaient assis derrière de vraies petites tables, sur des chaises normales, au lieu d'être enserrés derrière ces étroits pupitres en usage dans les écoles publiques depuis plus d'un siècle. Mes larmes coulaient toujours, mais je déclarai, à travers mes sanglots, que je voulais entrer dans cette école.

« Je vais en parler à papa tout de suite », dit maman; et elle se dirigea vers le téléphone, d'où elle appela la Banque nationale tchèque à Prague : papa y était parti pour un mois, afin d'en examiner les livres. Quand elle obtint la communication, après environ une heure, maman me passa le petit écouteur dont était muni notre appareil, afin que je puisse entendre la conversation. « Ernst, dit-elle, le carnet de notes de Georgerl est arrivé, et il est très mauvais.

— Vraiment très mauvais ? »

Ma mère lui dit ce qu'il en était et ajouta : « Il ne peut pas rester au Wasagymnasium, il faut l'en retirer. Il doit sortir du secteur public, d'abord à cause de cette nouvelle loi, et puis, de toute façon, parce qu'il a besoin d'une école privée, avec des classes moins chargées et des professeurs qui aient le temps de s'occuper individuellement de leurs élèves. Surtout, il lui faut une école où on l'aide à faire ses devoirs ; en fait, j'ai trouvé exactement l'école qu'il lui faut.

— Ah bon, et laquelle ? demanda papa, dont on sentait qu'il commençait à s'irriter.

— Je crois que l'école privée de Grinzing serait celle qui lui conviendrait le mieux, répondit maman ; seulement comme externe, bien entendu.

— Et combien coûte-t-elle ? »

Maman largua sa bombe sans sourciller : « Ça fait 250 schillings par mois, y compris les cours de l'après-midi, le casse-croûte, le déjeuner et le thé. Je sais que c'est beaucoup, mais il faut le faire. »

Quand maman disait « c'est beaucoup », elle restait en deçà de la vérité. 250 schillings par mois, cela représentait alors le salaire moyen d'un travailleur autrichien. Une bonne à plein temps, comme Poldi, ou Otti par la suite, touchait 60 schillings par mois. Ces frais de scolarité étaient donc très élevés et ne constituaient pas moins, en fait, du dixième de ce que percevait papa à la banque.

Aussi ne fûmes-nous guère surpris de l'entendre se mettre en colère. « Mais c'est impossible ! » cria-t-il. La liaison téléphonique avec Prague étant excellente, nous entendions la voix de papa très claire et très forte. « Tout cet argent pour ce paresseux, qui ne fera jamais rien de bon ? Il n'y a qu'à le laisser devenir cordonnier ou balayeur ! Manifestement, c'est ça qu'il désire, et il n'est bon qu'à ça. Non, jamais ! Et d'où veux-tu que je tire cet argent ? Que je le vole, peut-être ? Non, c'est hors de question. Il va rester là où il est, et s'ils le fichent dehors à la fin de l'année, il n'aura qu'à se débrouiller. Je ne veux pas savoir ce que deviendra ce propre-à-rien. Tout ça est simplement de sa faute : comme on fait son lit, on se couche ! Non, non, trois fois non ! »

Quand mon père élevait le ton, ma mère fondait le plus souvent en larmes. Cela se produisait régulièrement à peu près à la fin de chaque mois, quand papa « expertisait les comptes » du ménage, ce qui donnait presque toujours lieu à une querelle. Non que maman dépensât l'argent inconsidérément, loin de là. Mais, tout en sachant pertinemment les conséquences qui en découleraient, elle continuait à faire de petits dons en liquide — jamais plus de vingt-cinq ou trente schillings — à telle ou telle tante, cousine ou grand-tante Immerdauer qui se trouvait dans une mauvaise passe. Elle aurait fort bien pu truquer ses comptes car, si mon père connaissait les prix de toutes les matières premières industrielles, il n'avait pas la moindre idée de ce que pouvaient coûter la viande, les fruits ou les légumes. Cependant, jamais il ne lui serait venu à l'idée d'agir ainsi.

Cette fois, cependant, s'agissant de mon avenir, elle resta totalement impassible face à son accès de colère et répondit d'une voix tranquille, mais parfaitement ferme : « Très bien, Ernst, si c'est comme ça que tu vois les choses, je ne peux guère espérer te faire changer d'avis. Mais sache que George entrera dans cette école. Puisque tu ne peux pas la lui payer, je vendrai les bijoux que j'ai hérités de ma mère. Cela suffira pour régler les frais de scolarité pendant quelques années. » Là encore, maman n'avait rien laissé au hasard. S'étant préparée à voir mon père réagir de la sorte, elle avait fait estimer ses bijoux et connaissait exactement leur valeur marchande.

Il y eut un instant de silence, puis papa déclara : « Alors, je suppose qu'il vaut mieux que tu l'inscrives dans cette école le plus tôt possible, puisque ce changement est nécessaire. Nous parlerons du reste à mon retour. Dans combien de temps pourrait-il entrer à Grinzing ?

— Très rapidement, je pense », répliqua ma mère. Puis ils échangèrent quelques mots sur d'autres sujets, avant de raccrocher. Maman se tourna vers moi et me dit : « Tu vas entrer à Grinzing dès lundi. J'ai déjà parlé au principal. Il voudrait avoir un petit entretien avec toi, mais ça se passera très bien. Et maintenant, nous allons déjeuner un peu, puis je t'emmènerai au cinéma. »

J'étais abasourdi, et profondément ému. Mes larmes recommencèrent à couler le long de mes joues, tombant dans la soupe. Maintenant que sa bataille avec papa avait pris fin, maman était elle aussi à deux doigts de pleurer. Ni l'un ni l'autre n'avions grand-faim.

Une heure plus tard, nous étions assis au cinéma. Maman avait loué toute une loge rien que pour nous deux — quelque chose, là encore, qu'elle n'avait jamais fait auparavant — et, à travers nos larmes, en nous embrassant de temps à autre, nous regardâmes

Audienz in Bad Ischl, avec Paul Hörbiger dans le rôle de l'empereur François-Joseph — non pas tel qu'il avait été en réalité, mais bien plutôt comme un empereur de sucre candi confectionné par le confiseur Demel, fournisseur de la Cour. Ce *kitsch* à la guimauve, à mille lieues de la réalité, était tout juste ce qu'il nous fallait, à ma mère et à moi, en cet instant-là.

Tous les mots et les gestes de ma mère témoignaient d'une profonde compréhension à l'égard de son fils de douze ans. Il ne sert jamais à rien de vouloir persuader un enfant qu'en définitive c'est dans son propre intérêt, et non pour faire plaisir à ses parents, qu'il doit travailler à l'école. Car pour un enfant, que peut vouloir dire « en définitive » ? Cela concerne un avenir lointain — autant dire l'infini — qui n'a pas grand-chose à voir avec la réalité qu'il est capable d'appréhender. Cela concerne des événements d'une vague importance qui interviendront dans un futur indéfini qu'il peut, à la rigueur, concevoir intellectuellement, mais qui n'ont en tout cas aucune résonance affective pour lui, car un enfant ne peut pas s'identifier à l'homme ou à la femme qu'il sera dix ans ou vingt ans plus tard. En revanche, un enfant peut s'identifier sentimentalement à ses parents. Les sentiments qu'ils ressentent à son égard, voilà qui est pour lui une réalité. Or ma mère avait pleuré pour moi, avait partagé ma culpabilité, s'était montrée prête à sacrifier pour moi ses bijoux, doublement précieux puisqu'ils lui venaient de sa propre mère ; et, pour finir, elle m'avait emmené au cinéma, au lieu de me punir.

Je me jurai en secret de travailler dans cette nouvelle école comme jamais je ne l'avais fait par le passé ; non pas pour mon propre bien, pour cet étranger que je deviendrais dans vingt ou trente ans — mais pour ma mère.

Le *Landerziehungsheim* Grinzing était une excellente école, qui essayait, plutôt avec succès, de faire concorder les exigences d'un niveau scolaire élevé du système public d'enseignement secondaire avec les idéaux plus libéraux de certaines des meilleures *public schools* anglaises. Hermann Lietz, le fondateur du mouvement des *Landerziehungsheime,* avait adapté certaines des idées du fameux Dr Reddie, ce théoricien de l'éducation passablement excentrique qui, en tant que principal de l'école d'Abbotsholme, avait forgé de nombreuses idées nouvelles, certaines excellentes, d'autres plus discutables. Après avoir été quelque temps professeur auxiliaire à Abbotsholme, Lietz était rentré en Allemagne fonder un certain nombre de *Landerziehungsheime*, dont le plus célèbre était celui de Salem.

A Grinzing, l'unique *Landerziehungsheim* existant en Autriche, on ne comptait jamais plus de vingt-cinq élèves par classe, externes ou internes. Le plus important, pour moi, était le système des répétitions. Au lieu de rentrer à la maison après déjeuner, comme dans les écoles publiques, pour y faire — ou non… — ses devoirs tout seul, on déjeunait à l'école, puis on y restait jusqu'à ce que le répétiteur fût satisfait des devoirs qu'on avait terminés et assuré qu'on avait bien tout compris.

Par rapport aux normes en vigueur à l'époque, le libéralisme, dans l'enseignement dispensé à Grinzing, était extrême. L'un des meilleurs professeurs de l'école, le *Professor* Kollmann, qui nous enseignait la géographie, permettait même aux élèves de sa classe de s'adresser familièrement à lui, le « *du* » remplaçant le « *Sie* » et le « *Herr Professor* » de rigueur dans les écoles publiques. Il suivait ses élèves depuis leur entrée à l'école, à l'âge de dix ans. Selon les règlements autrichiens, ce n'était que dans la cinquième classe, lorsqu'on atteignait quinze ans, que les professeurs devaient nous appeler également « *Sie* ». Kollmann estimait cela absurde, et tournait cette règle de la façon la plus simple ; dès le jour où ses élèves entraient dans la cinquième classe, il leur disait : « A partir de maintenant, nous allons être, vous et moi, sur un pied d'égalité. Je continuerai donc à vous appeler " *du* ", et vous me direz " *du* " également. » Il n'en perdait nullement pour autant le respect de ses élèves, bien au contraire : même les pires des cancres l'adoraient. Et dans sa classe régnait la discipline la plus parfaite de toute l'école.

Cet écart à l'orthodoxie propre à Grinzing, venant s'ajouter au système des répétitions, améliora immédiatement mes résultats. Je devins l'un des meilleurs élèves de ma classe. Ma mère en était heureuse, mon père aussi, moi aussi. Et plus jamais il ne fut question que ma mère allât mettre au clou ses bijoux pour assurer mes frais de scolarité.

Je n'avais aucun problème avec mes professeurs. Mon seul problème était le tyranneau de notre classe, un garçon nommé Jessner, grand et sec, très costaud et âgé de quatorze ans, donc de deux ans plus vieux que la moyenne de la classe. Il vivait dans le même immeuble que la famille Bartmann. Le malheur voulut qu'on me fit asseoir au bureau situé à côté du sien, de sorte que je devins bientôt sa victime de prédilection.

Jessner se montrait expert pour inventer de délicieuses petites tortures, particulièrement pendant les cours, où il détournait mon attention et m'ennuyait sans arrêt, alors que je m'efforçais intensément de tenir mon serment secret et de devenir un bon élève. Quand il n'y avait pas de professeur dans la classe, il cherchait ouvertement, brutalement, la bagarre avec moi. Longtemps, je m'efforçai de l'apaiser, de me le concilier par de petits cadeaux, mais la paix ainsi acquise ne durait jamais bien longtemps. Puis, un jour, quelque chose en moi se révolta. Quoique beaucoup plus petit et plus faible que lui, je me jetai sur lui de manière véritablement féroce. Nous nous battîmes durement jusqu'à ce que les autres garçons, craignant que nous ne nous fissions vraiment du mal, vinssent nous séparer. A partir de ce jour-là, Jessner cessa de m'empoisonner la vie.

Après mes années à Grinzing, je ne l'aperçus qu'une seule fois dans ma vie — dans la rue où habitaient les Bartmann. Lui ne me vit pas, et c'était une chance car cela se passait en 1938, quelques semaines après l'*Anschluss*, et Jessner portait alors l'uniforme noir et argent des SS de Himmler.

Ces années à Grinzing — j'y demeurai de douze ans jusqu'à quatorze ans et demi — furent les plus harmonieuses et paisibles que nous vécûmes, mes parents et moi. Bien sûr, il y avait aussi parfois des disputes, ainsi le jour où le « passé » de ma mère resurgit, mettant mon père dans une terrible fureur.

Un jour, en effet, le téléphone sonna : c'était un certain Herr Ingenieur Wolf, qui appelait de Budapest. Il devait être bientôt de passage à Vienne et aurait souhaité rencontrer ma mère. Elle était toute frissonnante d'avoir des nouvelles de cet ancien admirateur ; non que Herr Wolf signifiât vraiment quelque chose pour elle, expliqua-t-elle, mais le fait qu'il avait envie de la revoir, qu'elle allait avoir un *rendez-vous* *, que, tout bonnement, un autre homme lui témoignait encore de l'intérêt après quinze ou vingt ans, tout cela lui causait un plaisir infini.

Bien entendu, elle n'en fit aucunement secret. C'eût été malhonnête vis-à-vis de mon père ; elle n'en aurait en outre pas tiré le même plaisir. Elle dit à papa qu'elle allait rencontrer ce vieil ami dans un café, simplement pour parler du temps jadis. Sans aucun doute, elle

* En français dans le texte. (N.d.T.)

fut ravie de voir la tête que faisait mon père : on eût dit qu'il avait mâché et avalé un citron tout entier. Mais il ne pouvait qu'acquiescer, n'étant pas après tout le vieux Ludwig Klaar, mais son fils Ernst. L'après-midi suivant, ma mère, toute souriante, les cheveux bien coupés, vêtue de sa plus belle robe sous le manteau d'astrakan qu'elle avait hérité de grand-mère, quitta la Pichlergasse pour aller retrouver cet homme venu de son passé.

Elle revint aux alentours de six heures. Herr Wolf l'accompagnait. Il était grand, à peu près aussi fortement proportionné que mon père, portait d'épais cheveux noirs et, sur sa lèvre supérieure, une fine moustache très soigneusement égalisée, dans le style qu'affectionnaient les Don Juan hongrois. Ma mère me présenta fièrement à lui et je les suivis dans le bureau. Il ne resta que quelques minutes. Il n'était pas entré dans l'appartement pour une vraie visite, mais seulement pour voir le cadre où vivait maman. Il lui fit compliment de son bel appartement et de son charmant garçon, la remercia de cette délicieuse après-midi et s'en repartit.

Une heure plus tard environ — il rentrait habituellement de la banque entre sept et huit heures du soir —, mon père arriva. Quand ma mère lui dit que les fleurs disposées dans un vase étaient un petit présent dû à la prévenance de Herr Wolf, il ne fit qu'acquiescer d'un grognement ; mais, quand il apparut évident que ma mère avait osé ramener avec elle ce Hongrois sirupeux, l'avait laissé entrer chez nous, avait eu le front de lui permettre de me voir moi aussi, le propre fils d'Ernst Klaar, alors l'enfer entier se déchaîna. Ah, quel remue-ménage ! Et plus il criait, plus ma mère en rajoutait. Les choses en vinrent à un tel degré qu'elle finit par quitter tout simplement le bureau et la salle à manger, où mon père marchait de long en large comme un lion en cage. Quand elle vint me rejoindre dans ma chambre, elle ne riait certes pas, mais semblait bien plus amusée que malheureuse. Telle était donc la situation : mon père, tout renfrogné, dans le bureau, et ma mère cousant dans ma chambre. Tout l'appartement était plongé dans un silence glacial.

Il fallait faire quelque chose. Je pris une grande serviette de table blanche et la nouai comme un brassard autour de mon bras droit. J'avais vu, au cinéma, des officiers agir de la sorte quand ils négociaient un armistice.

J'ouvris la porte du salon et m'avançai vers papa. Il était debout, comme posant pour un peintre, l'air très courroucé, près de la cheminée (une autre des innovations de Herr Leonhardtsberger).

Quand il aperçut la serviette blanche autour de mon bras, son front commença à se dérider. Il n'était pas encore prêt à sourire, mais je vis que le pire était passé.

« C'est ta mère qui t'envoie ? demanda-t-il.

— Non, papa, ce n'est pas elle. Je suis négociateur en chef, je me suis désigné moi-même comme tel.

— Bon, alors va dire à ta mère qu'à mon avis elle devrait comprendre qu'elle s'est fort mal comportée. Est-ce que je fais monter ici mes anciennes petites amies, moi ? »

Je retournai dans ma chambre et répétai à ma mère ce qu'il m'avait dit.

« Dis à ton père qu'il est ridicule et qu'il fait une montagne de rien du tout. Je n'ai pas caché que j'allais rencontrer Herr Wolf. Et qu'y puis-je, s'il a insisté pour me raccompagner ? »

Je revins trouver mon père, puis ma mère, faisant la navette entre les deux pendant un bon moment ; au bout du compte, ils se retrouvèrent dans le bureau de papa, tandis que — faisant preuve pour une fois de tact — je me retirais, les laissant débattre à leur guise des événements de l'après-midi et de la soirée.

Comme tout était bien fixé dans notre vie, toutes nos habitudes fermement établies ! Mon père partait au bureau le matin, revenait pour déjeuner, faisait une petite sieste dans le grand fauteuil de son bureau, retournait ensuite à son bureau, rentrait à l'heure du dîner — où il avalait religieusement ses pilules Waldheim, d'inoffensifs laxatifs bien superflus vu son excellente digestion. Il les prenait en principe pour maigrir, mais elles lui offraient en fait un merveilleux prétexte pour trop manger. Ma mère, quant à elle, consacrait tout son temps à tenir la maison ; elle faisait ses courses tôt dans la matinée puis, un foulard sur la tête et tout un arsenal de chiffons entre les mains, elle se lançait dans sa bataille journalière contre son principal ennemi — la poussière. Aucune bonne, jamais, n'aurait pu faire le ménage à son entière satisfaction. Pour trouver la poussière cachée derrière des corniches ou sur le cadre des tableaux, son index droit était comme une baguette de sourcier. Elle en découvrait toujours, de la poussière. Elle époussetait, nettoyait, lavait, faisait briller, suivie par la bonne qui affichait une expression d'indéniable défaite. Bien sûr, celle-ci avait fait le ménage, mais jamais assez bien. Et ma mère continuait, tout autour de l'appartement, sa chasse à la poussière ; bien que myope, elle n'oubliait pas la moindre fente, ne laissait passer aucune rainure : ma mère était le plus parfait détergent qu'on eût jamais inventé. Ma cousine Hedi l'appelait sa « tante laveuse », et cette expression la dépeignait à merveille.

Après le dîner, constitué habituellement d'un plat froid accompagné de thé, et une fois que papa avait passé un certain temps à lire son journal et à éprouver l'effet de ses pilules Waldheim (deux activités qu'il accomplissait toujours en même temps), mes parents s'installaient dans le bureau, qui servait aussi de salon, et parlaient des événements de la journée. Une fois par semaine au moins, papa allait en visite à Josefstadt, et il rapportait ensuite à ma mère les dernières aberrations (il disait volontiers, d'un mot yiddish, les *sheegans*) de grand-mère et de tante Sally. Je ne pense pas que cela intéressât maman outre mesure, mais elle écoutait bien patiemment, sachant quel rôle ces deux femmes jouaient dans la vie affective de mon père — et aussi que, tout en se montrant lui-même parfois critique à leur égard, il eût mal pris la moindre remarque désagréable de sa part à propos de sa mère et de sa sœur.

Mes parents lisaient beaucoup, et il leur arrivait parfois de se faire l'un à l'autre des lectures à haute voix. Papa ne pouvait résister à cette tentation quand il tenait en main un volume de son poète favori, Rainer Maria Rilke. Le banquier faisait alors place au romantique, et il se plongeait dans le lyrisme imagé de Rilke, semblant goûter la beauté du langage dans sa bouche à mesure qu'il récitait. Non qu'il fût un maître en la matière, il s'en fallait : il se laissait lui-même trop emporter par le texte, accordait une excessive emphase à des passages où il aurait fallu garder quelque distance affective pour bien rendre la clarté et la pureté du texte, élevait la voix avec trop d'excitation — bref donnait un spectacle assez fruste, mais auquel lui-même prenait un immense plaisir. Il arrivait que ma mère fît de même avec des passages de Dickens ou encore de John Galsworthy, un autre de ses auteurs favoris, mais quant à elle, sa façon de lire était un véritable régal. Elle possédait ce rare talent qui consiste à lire un dialogue de telle sorte que l'on comprenne toujours quel personnage est en train de parler. Contrairement à mon père, elle gardait une certaine distance vis-à-vis du texte qu'elle lisait, et grâce à ce détachement même il semblait que ce fût l'auteur lui-même qui parlât. Quand mon père lisait du Rilke, il se sentait devenir Rilke, tandis que maman restait elle-même et ne venait jamais se superposer à l'auteur : elle se contentait de lui prêter sa voix, sa langue.

Il y avait aussi la radio. Les premiers modèles à galène, avec des écouteurs, dont le son grêle était trop souvent interrompu par des grincements stridents quand un voisin manipulait son propre poste, avaient été remplacés par de vrais appareils à haut-parleur. Et les programmes du soir de Radio-Vienne étaient souvent fort bons. Bien que mes parents n'allassent que rarement au concert, ils aimaient les écouter à la radio, s'asseyant généralement pour cela à côté l'un de l'autre sur le canapé, la main dans la main.

Dans l'ensemble, ils préféraient passer leurs soirées à la maison ; mais, bien sûr, il y avait des soirs où ils allaient au théâtre ou au cinéma, ou encore sortaient rencontrer des amis dans un café ; beaucoup plus rarement, maman s'arrangeait pour entraîner son mari à l'Opéra. Ernst, qui avait absorbé toute la dramaturgie classique au Burgtheater dans sa jeunesse, préférait cette muse plus légère. Il adorait les comédies de Franz Molnar, toujours amusantes sans jamais être superficielles ; par contre, il n'aimait pas trop l'opérette, alors la distraction favorite des Viennois. Franz Lehar était sans doute le compositeur le plus populaire et le plus choyé de son temps, talonné de près par Benatzky, Oscar Strauss et Robert Stolz. En fait, plus le pays sombrait dans la crise économique et politique, et plus grandissait la popularité de l'opérette, forme artistique qui échappait mieux que toute autre à l'influence du monde réel, en convoquant sur la scène le monde imaginaire du « bon vieux temps ». Dans nombre d'opérettes tenait un rôle, le plus souvent mineur, l'homme qui personnifiait les temps heureux de naguère, François-Joseph. Même s'il n'apparaissait sur scène, à sa place « inamovible », que quelques minutes, cela suffisait à déclencher des applaudissements frénétiques. Le grand maître du théâtre contemporain était alors Max Reinhardt, que mon père admirait beaucoup depuis qu'avec maman il avait vu quelques-unes de ses principales œuvres à Berlin en 1929.

Ce voyage en Allemagne avait laissé à mes parents une profonde impression. Ils avaient passé quatre semaines à voyager à travers le Reich : Munich, Francfort et Berlin (où ils avaient vu les deux frères d'Alfred Bartmann et leurs familles respectives, cousins par alliance de ma mère), puis Hambourg, la ville préférée de ma mère. Et ils étaient revenus pleins d'admiration. Mon père racontait des histoires qui mettaient l'eau à la bouche, notamment sur le buffet du petit déjeuner à l'hôtel Excelsior de Berlin, où ils avaient séjourné. On coupait soi-même ses tranches de rosbif, de jambon ou de saucisse, on pouvait choisir des œufs à la coque, sur le plat ou brouillés, et on se servait à volonté, sans augmentation de prix. Même ses bonnes vieilles pilules Waldheim succombèrent à cet assaut, et, de 95 kilos qu'il pesait habituellement, il passa brutalement à 105 kilos... Ma mère, comme toujours, ne mangeait « presque rien » mais, victime une fois encore du destin, revint avec cinq kilos de plus que ses quatre-vingts kilos habituels.

Toutefois, on aurait tort de croire que mes parents n'avaient fait qu'un « *Bummel* »* gastronomique à travers le Reich, et n'avaient rien d'autre à raconter que des histoires de nourriture. Ils admirèrent aussi la manière dont l'Allemagne surmontait les effets de la guerre qu'elle avait perdue, la vitesse à laquelle les choses se faisaient là-bas, l'efficacité résolue des Allemands et l'échelle grandiose à laquelle tout s'accomplissait — surtout en comparaison de la minuscule Autriche, provinciale et indolente.

Quand mes parents visitèrent l'Allemagne, c'était au début de l'été 1929, avant le krach de Wall Street et la crise économique mondiale, à l'époque la plus heureuse de la République de Weimar. Partout régnait une atmosphère de bonne volonté et d'optimisme. L'Allemagne semblait s'être découvert une nouvelle identité sous ce régime républicain, tandis que l'Autriche restait, pis encore qu'un pays sans identité, un pays qui ne savait ni où ni comment trouver son identité.

Pourtant, il suffit de quatre années après le voyage de mes parents — leur seconde lune de miel coïncidant avec celle de la République de Weimar — pour que ce pays qui les avait exaltés, où les arts florissants faisaient de Berlin la capitale culturelle de l'Europe, tombât aux mains des colonnes brunes des sections d'assaut de Hitler, et de ses SS en uniforme noir.

Une combinaison absolument unique de facteurs historiques, politiques et économiques avait porté irrésistiblement Adolf Hitler au pouvoir en janvier 1933, alors même que sa popularité politique et ses succès commençaient précisément à décliner.

Mon père, lui-même vétéran de la Grande Guerre, ne pouvait s'empêcher d'admirer à certains égards cet ancien caporal qui s'était élevé à de si hautes cimes ; et moi-même, nourri dans mon enfance, grâce à *Der Gute Kamerad***, de tant de récits sur la bravoure germanique toujours prise en traître, de tant de discours sur l'injustice des traités de Versailles et de Saint-Germain, je lisais fasciné les discours de cet homme qui promettait de rendre à l'Allemagne sa grandeur.

* Terme allemand signifiant « promenade, excursion, sortie ». (N.d.T.)

** « Le Bon Camarade ». (N.d.T.)

Nous connaissions, bien entendu, ses tirades antisémites, ainsi que le boycott anti-juif de 1933 ; mais, aussi étrange que cela puisse paraître, par une sorte d'autoprotection certes aberrante mais ô combien humaine, nous cherchions et trouvions le moyen d'excuser ces excès. Après s'être servi, comme tant de démagogues avant lui, de l'antisémitisme comme instrument pour accéder au pouvoir, Hitler pouvait-il éviter de permettre à ses sections d'assaut de s'offrir une petite fête ? N'avions-nous donc rien vu de semblable par le passé ? N'avions-nous pas entendu les discours antisémites de Lueger, tout à fait analogues à ceux de Hitler ? Or, une fois devenu bourgmestre de Vienne, Lueger n'avait-il pas dîné et festoyé avec ses riches amis juifs ? Quand on lui avait reproché cette incohérence, il avait répliqué : « Je ne suis pas l'ennemi de nos Juifs viennois ; ils ne sont pas si mauvais que cela, et de plus nous ne pouvons nous en passer. Je connais mes braves Viennois, ils ne ratent pas une occasion de se reposer ; et ce sont les Juifs qui se montrent toujours actifs. »

Certes, la carrière de grand-père dans les services de Santé municipaux n'avait pas été sans difficulté ; mais c'étaient des partisans de Lueger qui avaient finalement pris sa défense et avaient assuré sa promotion. D'ailleurs, un seul Juif avait-il jamais été physiquement molesté sous le règne de Lueger ? Hitler était simplement un agitateur de masse, en tout point semblable au jeune Lueger. Pourquoi, maintenant qu'il avait réalisé ses ambitions, se conduirait-il différemment ? De toute façon, les forces traditionalistes et conservatrices, puissantes en Allemagne, l'empêcheraient forcément de dépasser certaines limites. Il suffisait de regarder, sur la photo où le nouveau chancelier serrait la main du président von Hindenburg, avec quelle gravité Hitler s'inclinait devant le vieux maréchal, à l'allure inflexible, et avec quel dédain ce vieux soldat abaissait le regard sur ce petit homme — le « caporal bohémien », comme il l'appelait en privé —, ridicule avec son habit blanc et sa cravate assortie : on eût dit un serveur du Sacher, mais en moins élégant !

Oranienburg, Sachsenhausen, Dachau... Les journaux autrichiens parlaient certes beaucoup des nouveaux camps de concentration ; mais sans doute ne fallait-il voir là que les premiers excès d'un régime fraîchement établi. Le bruit et la fureur des premiers jours ne pouvaient s'éterniser. Hitler, lui aussi, devrait finir par s'assagir. Les réalités politiques — et, en dernière analyse, les grandes puissances — l'y contraindraient. Voilà à peu près comment les gens parlaient de tout cela à Vienne, chez eux, dans les bureaux, dans les cafés. Un nuage sombre, mais éloigné, était apparu à l'horizon politique : ils espéraient que les vents le chasseraient à temps. Et les rares hommes qui osaient considérer le danger en face étaient dénoncés comme des pessimistes professionnels.

Par un dimanche après-midi de l'automne 1933, alors que Hitler était déjà au pouvoir depuis quelque dix mois, nous allâmes rendre visite aux Herlinger — cette amie de maman, blonde et gaie, qui parlait avec un âpre accent russe, et son mari Ernst. Chez eux se trouvait le frère d'Ernst Herlinger : il était arrivé, la veille même, de Berlin ou plus exactement du camp de concentration d'Oranienburg, où il avait été enfermé pendant six mois. Social-démocrate actif, il avait été arrêté après l'incendie du Reichstag. Bien qu'il eût passé de nombreuses années en Allemagne, il avait conservé la nationalité autrichienne ; c'est là ce qui l'avait sauvé. Il racontait sans réticence ce qu'il avait vécu, attitude courageuse car les nazis lui avaient fait signer un document où il s'engageait à ne jamais rien dire de ce qu'il avait vu à Oranienburg, et lui avaient exposé avec force détails quel traitement ils lui infligeraient s'il parlait néanmoins. Précaution inutile, car les marques de brûlures infligées à son nez et ses joues par les cigarettes des SA et des gardiens du camp trahissaient à elles seules toute la vérité.

Je n'ai jamais oublié cet après-midi chez les Herlinger. Bien sûr, les récits de cet homme avaient produit en moi une profonde impression ; mais, à y voir de plus près, j'y trouve une autre raison encore : nos propres réactions. Nous l'écoutions avec la plus grande attention, sans aucunement mettre en doute sa parole, et nous éprouvions pour lui une pitié certaine, mais sans véritable participation affective. La terreur sous sa forme absolument pure, celle que ressent un homme pourchassé et torturé, cette terreur même que décrivait le frère d'Ernst Herlinger, ne se laisse pas saisir sur un mode strictement intellectuel.

Je m'en aperçus moi-même plus tard, lorsque, ayant fui l'Allemagne nazie, j'essayai d'expliquer à des amis anglais ou irlandais ce que pouvait ressentir un Juif viennois après l'*Anschluss*, ou un Juif berlinois voyant, pendant la fameuse « nuit de cristal », brûler les synagogues, démolir et piller les magasins juifs, arrêter indistinctement tous les Juifs, des plus jeunes aux plus âgés.

Mes charmants amis anglais et irlandais étaient extrêmement choqués par de telles descriptions ; mais leur réaction me rappelait tout à fait ce dimanche après-midi où, à Vienne, nous avions nous-mêmes écouté le récit du frère d'Ernst Herlinger ! Eux aussi se montraient fort attentifs, tout en ingurgitant leurs petits sandwiches au concombre, ainsi que de minuscules gâteaux glacés d'un rose peu appétissant. « Cela a dû être terrible, vraiment terrible pour vous, disaient-ils. Reprenez un peu de gâteau, George, je vous en prie. Et un peu de thé aussi ? » Le thé anglais, déjà assez fort, et le thé irlandais, encore plus consistant, coulaient à flots, accompagnés de toute la gentillesse du monde. Mais il était bien rare qu'on m'invitât une seconde fois. En décembre 1938, il y avait déjà tant de réfugiés, et les journaux rapportaient tant d'histoires déchirantes... C'était quelques semaines seulement après Munich : tous voulaient la paix, et le monde qu'évoquaient ces horreurs, pour la plupart de mes auditeurs d'alors, était en quelque sorte la face cachée de la lune.

La plupart des gens, malgré tout ce qu'on pouvait lire dans les journaux, ne me comprenaient et ne m'écoutaient guère qu'à la façon de ces charmantes dames anglaises d'un certain âge, membre des *Women's Voluntary Services*, qui me prenaient à bord de leurs voitures quand je servais dans l'armée britannique, pendant la guerre. Après quelques minutes, ayant découvert que j'avais un accent, elles me demandaient :

« Mais d'où venez-vous donc ?... Ah oui, Vienne, en Autriche. Comme c'est charmant, j'ai toujours eu envie de visiter cette ville ! »

Puis venait un moment de silence, et l'on entendait presque le mécanisme selon lequel s'enchaînaient leurs réflexions.

« Mais les Autrichiens se battent aux côtés des Allemands, n'est-ce pas ?

— En effet. »

Leurs petits yeux gris bleu soudain trahissaient leur trouble.

« Mais alors, vous vous battez contre votre pays ? »

Je répondais que j'étais juif. Mais cela n'avait aucun sens pour elles ; pour leurs cerveaux encore victoriens, une telle déclaration ne suffisait pas à remettre les choses en place.

« Bon, très bien, disaient-elles. Mais les Autrichiens sont vos compatriotes, n'est-ce pas ? »

Et elles restaient totalement décontenancées.

En Autriche, bien entendu, nos réactions aux événements qui se déroulèrent en Allemagne pendant les dernières années du régime hitlérien ne furent jamais aussi distantes. Mais alors les « chemises brunes » de Hitler semblaient encore plus proches de notre peau de Juifs qu'elles ne le furent jamais, même aux plus sombres jours de la guerre, de celle de mes amis anglais. Ce n'était pourtant qu'une question de degré. La vitre était certes plus fine dans notre cas, mais il s'agissait au fond de la même chose : nous ne fermions pas les yeux pour éviter de voir ce qui se passait dans le troisième Reich, mais nous ne les ouvrions pas non plus bien grands.

L'eussions-nous fait, d'ailleurs, que nous n'aurions sans doute pas aperçu grand-chose pour autant ; car la menace pesant sur les Juifs était encore écrite d'une encre quasi invisible. Certes, pour l'observateur d'aujourd'hui, le chemin semble court et direct entre le premier boycott officiel des magasins juifs d'Allemagne, en 1933, jusqu'à Auschwitz. Ainsi a-t-on pu dire que les Juifs d'Allemagne se laissèrent mener à leur perte comme des moutons à l'abattoir. Mais une telle façon de voir, entièrement reconstruite après coup, dénote une bien piètre connaissance de la nature humaine. Pour juger de ces choses, il faut garder présentes à l'esprit les circonstances de l'époque. Les nazis avançaient toujours très prudemment. Chaque fois qu'ils faisaient un pas en avant, ils étudiaient très attentivement la façon dont réagissait l'opinion publique, avant d'aller plus loin. Tous les bureaux locaux de la Gestapo devaient rendre compte immédiatement des réactions observées.

De fait, rares furent les Juifs allemands qui émigrèrent dès 1933 ou 1934. Cela supposait, outre une remarquable perspicacité, des ressources substantielles et d'efficaces relations à l'étranger. Or, nombre de Juifs allemands, encore jeunes en 1933, avaient été élevés dans une ferme confiance envers les valeurs prussiennes. Ils s'étaient battus pour l'Allemagne pendant la Grande Guerre, et se considéraient eux-mêmes comme Allemands. Des milliers d'entre eux avaient abandonné la foi de leurs ancêtres. Et une effrayante proportion d'entre eux raisonnait de la même manière que mes petites dames anglaises — à cette unique différence près que leur univers mental n'était pas celui de la reine Victoria mais de Guillaume II. Comment, étant aussi épris de l'Allemagne, auraient-ils pu prévoir quelles horreurs bestiales seraient bientôt commises au nom de ce même pays ? Personne ne l'aurait pu.

Même les Juifs d'Allemagne ne pouvaient pressentir ce qui s'annonçait à l'horizon ; comment un Juif autrichien tel que mon père aurait-il pu deviner la menace qui pesait sur lui-même et sa famille ?

Et cela, précisément quand le nouveau dirigeant du gouvernement autrichien, Engelbert Dollfuss, âgé de quarante ans, combattait les nazis autrichiens avec plus de détermination que tous ses prédécesseurs ?

Le chancelier Dollfuss, petit homme d'un mètre cinquante à peine et qui fut bientôt surnommé « Millimetternich » — par allusion au plus célèbre des hommes d'État autrichiens —, croyait fermement à la mission historique que pouvait remplir son petit pays, s'il parvenait à demeurer indépendant : défendre les valeurs de la civilisation chrétienne occidentale. Son idéologie était un mélange austro-allemand quasi mystique : une bonne part de Saint-Empire romain germanique, largement saupoudrée de quête du Graal, avec aussi une bonne dose de l'esprit des Croisades — il choisit d'ailleurs la croix des chevaliers comme sigle politique. Par « christianisme », il entendait le catholicisme politique du *Cartell Verband* — l'Association des étudiants catholiques, dont les anciens tenaient entre leurs mains tous les leviers essentiels de la machinerie étatique. Au programme de « Millimetternich » figuraient aussi certains éléments de la politique du grand Metternich : une solide foi en la légitimité et en la continuité historique, et en revanche un assez faible souci de la liberté politique et de la démocratie. Mais Dollfuss croyait vraiment à l'Autriche, bien loin de considérer son pays comme une simple province allemande. Tout au contraire, il était totalement convaincu que la longue histoire de l'Autriche, sa situation de carrefour entre l'est et l'ouest, entre le nord et le sud, avait forgé une véritable nation, germanophone certes, mais non pas allemande ; une nation qui, ayant depuis des siècles allié les plus hautes réussites culturelles des peuples latins, slaves et germaniques, avait le droit et même le devoir de poursuivre son existence indépendante.

Le point de vue de Dollfuss était totalement inacceptable pour deux partis politiques par ailleurs diamétralement opposés sur toutes les autres questions : les sociaux-démocrates et les national-socialistes autrichiens. La majorité des nazis souhaitaient l'*Anschluss* et la Grande Allemagne ; et de même les sociaux-démocrates — à la condition que Hitler ne fût plus à la tête du Reich.

Cette conviction des sociaux-démocrates était si fortement ancrée en eux que, même après l'*Anschluss* nazi de 1938, le dirigeant socialiste Otto Bauer écrivit dans le journal de l'émigration, *Der Sozialistische Kampf*, publié à Paris :

Face à la menace de mainmise sur l'Autriche par les satrapes du Reich, il ne suffit pas de répondre par le vieux slogan réactionnaire de l'indépendance de l'Autriche : il faut lui opposer le seul mot d'ordre révolutionnaire — celui de la Révolution pangermanique — qui peut sauver les diverses tribus de la nation — autrichienne aussi bien qu'allemande — des tyrans fascistes.

Les tentatives de Dollfuss et de son successeur Kurt von Schuschnigg pour insuffler aux Autrichiens un puissant sentiment patriotique semblaient à Otto Bauer autant d'efforts inutiles pour ranimer un mirage réactionnaire. Dollfuss et Schuschnigg échouèrent. De fait, la satire qu'écrit l'histoire s'avère toujours autrement dure, autrement sardonique que toutes celles que pourra jamais engendrer un cerveau humain ; ainsi devait-il revenir à Adolf Hitler lui-même d'accomplir ce que deux chanceliers autrichiens n'avaient pu réaliser : créer chez les Autrichiens un véritable sentiment d'identité nationale et d'indépendance.

Le 11 septembre 1933 fut pour l'Autriche une journée cruciale. Dollfuss avait appelé à une puissante manifestation de ses partisans à l'Hippodrome de Vienne et là, dans un discours décisif, il annonça la fin de la démocratie parlementaire autrichienne, au profit d'un État corporatif autoritaire. Un des témoins de cette manifestation, G. E. R. Gedye, correspondant viennois du *Daily Telegraph*, écrivit à ce propos :

Ce fut un spectacle déprimant autant que pittoresque. Les régiments de la *Heimwehr* dans leurs uniformes verts étaient flanqués des colonnes de volontaires tyroliens dans leur costume traditionnel haut en couleurs. Des centaines de voix hurlèrent « *Heil* » quand le minuscule chancelier, en uniforme gris-vert du Régiment Impérial Alpin, les épaules recouvertes d'une cape militaire et une plume blanche à la casquette, escalada les marches de la tribune des orateurs.

Parmi les autres témoins de cette cérémonie — des centaines de milliers de personnes qui criaient « *Heil Dollfuss !* » — j'étais moi aussi présent. En effet, j'avais tenu ma résolution (prise à Budapest à l'âge de cinq ans) de devenir scout, de porter le grand chapeau Mafeking, de défiler d'un air martial. J'étais donc là à crier « *Heil !* », comme le reste de la foule, à l'adresse de ce petit homme. Je n'avais pas encore treize ans à l'époque, et sous mon immense chapeau je devais ressembler à un champignon boursouflé — car jamais de ma vie je ne fus si bien en chair, de sorte que je ne semblais, du moins à mes propres yeux, pas moins large que haut. Mon engagement chez les scouts, même indépendamment de cet usage politique abusif, n'avait pas été une décision particulièrement sage. Sans doute aurais-je plutôt dû écouter mon père, qui y était opposé — pour de fort mauvaises raisons au demeurant; il estimait que toutes les activités propres aux scouts : escalader les montagnes, coucher sous la tente, parcourir la campagne en tous sens, manier des hachettes et des couteaux trop bien affûtés, étaient beaucoup trop dangereuses pour son fils.

J'avais toujours imaginé que les scouts se traitaient mutuellement avec un amour fraternel. Mais dans ma troupe les garçons étaient sans pitié, et le coup de pied aux fesses, si l'on accomplissait trop lentement ses corvées de camp, constituait une des formes les plus douces d'encouragement. Le fait est que les jeunes garçons se montrent toujours féroces entre eux. Ce qui m'importait réellement, c'était l'idéal scout — un pour tous, tous pour un —, cette communion au sein d'une cause juste et bonne. Mais ce n'était nullement ainsi que les choses se passaient en Autriche, il s'en fallait de beaucoup. Les scouts eux-mêmes étaient divisés en troupes juives et troupes « aryennes ». Pour que la chose ne fût pas trop évidente, chaque troupe juive comptait un ou deux « goys de service ». Les « Aryens », pour leur part, n'éprouvaient nul besoin d'avoir aucun « Juif de service ».

L'un des aspects du scoutisme que je préférais, c'était les parades, les défilés. Aussi me sentis-je plein de fierté quand on nous envoya à l'Hippodrome, même à titre de simples figurants — « la jeunesse autrichienne, l'avenir du pays, est aux côtés du chancelier », et ainsi de suite —, pour le mini-Nuremberg de Millimetternich.

Notre colonne ayant été placée juste à côté d'un bataillon de la *Heimwehr*, j'eus tout le temps d'en examiner les éléments. Le mari de Poldi, social-démocrate depuis toujours, me les avait toujours présentés comme un ramassis de voyous, de paysans incultes et de fascistes quasiment nazis, à l'exception de quelques rares véritables patriotes — le tout sous le commandement d'officiers un peu cinglés. Telle était bien, en effet, l'impression que donnaient nos voisins, qui constituaient la milice privée du prince Starhemberg.

Comme le montre fort bien Gedye, c'était là une scène fort pittoresque, et non pas seulement à cause de ces jeunes gars du Tyrol. Je fus bien davantage impressionné par le contingent de l'armée autrichienne qui, notamment les officiers, portaient pour la première fois leurs « nouveaux » uniformes — exactement semblables à ceux d'antan : le gouvernement Dollfuss, sans regarder à la dépense, avait revêtu ses soldats de l'ancien uniforme des forces impériales. Après la Grande Guerre, le gouvernement socialiste, qui ne souhaitait rien davantage que l'*Anschluss,* avait équipé l'armée autrichienne d'uniformes à peu près identiques à ceux que portait la *Reichswehr* de l'Allemagne de Weimar. Le geste de Dollfuss, certes dispendieux, était habile : rétablir les uniformes de l'ancienne armée, c'était rendre visuellement sensible la continuité de l'Autriche. Et divers généraux et colonels en retraite, après avoir dépoussiéré leur vieil attirail et bien poli leurs éperons, sabres et médailles, se mirent à déambuler orgueilleusement dans les rues de Vienne — figures pittoresques, mais quelque peu décrépites au regard de leur gloire passée.

Une vague de nostalgie inonda soudainement le pays. On vit même réapparaître des archiducs véritables, étonnamment nombreux, qui semblaient descendre tout droit d'une scène d'opérette et passaient en chancelant de bal en vente de charité, de cérémonie commémorative en réunion de régiment ou en manifestation patriotique. Otto von Habsburg lui-même — l'aîné des fils du dernier empereur, et prétendant au trône — était de retour : non point personnellement, ce que Tchèques, Hongrois ou Yougoslaves eussent jugé inadmissible, mais en effigie sur des cartes postales, tantôt en grand uniforme et tantôt en costume national tyrolien. C'est presque du jour au lendemain que ces images envahirent les vitrines des marchands de journaux. Toutefois, dans un pays politiquement aussi malade qu'était alors l'Autriche, la nostalgie ne pouvait guère agir, en quelque sorte, que comme placebo. Il eût fallu tout autre chose, un vrai remède miracle, pour soigner les blessures suppurantes dont souffrait le corps politique autrichien par suite de la suspicion et de la haine générales, de discours et aussi d'actions enflammés, par suite surtout des balles tirées en juillet 1927. Ni Dollfuss ni ses adversaires ne possédaient une telle potion magique. L'avantage de Dollfuss, fils de paysan, était que son rapport au pouvoir restait beaucoup plus clair et plus simple que celui de ces intellectuels qu'étaient les dirigeants sociaux-démocrates. Dollfuss n'était pas un disciple de Karl Marx et, contrairement au socialiste Otto Bauer, n'avait les mains liées par aucune sorte de croyance quant au caractère historiquement inévitable et logiquement irréversible des événements. Lui agissait, cependant que ses adversaires balançaient, et il ne recula pas devant une opération chirurgicale aussi importante que de supprimer la notion de démocratie parlementaire dans la Constitution autrichienne. Il s'efforça également de soigner les blessures dont souffrait le pays, anciennes ou plus récentes, en leur appliquant sa propre panacée — l'État corporatif autoritaire, qui devait être le fondement de la « nouvelle » Autriche.

A l'Hippodrome, lors de cette manifestation géante, Dollfuss énuméra ce qu'il avait accompli et ce qu'il avait l'intention d'accomplir. Et les milliers de manifestants saluèrent de leur « *Heil !* » l'ère nouvelle qu'ouvrait ce Millimetternich.

L'attitude de mon père vis-à-vis de l'Autriche de Dollfuss était assez ambivalente. Il avait voté social-démocrate à toutes les élections, mais était impressionné par Dollfuss, qui avait le courage d'affirmer ses convictions, qui croyait à l'Autriche et à son indépendance, qui cherchait à fonder un État assez comparable, du moins extérieurement, à l'Autriche des Habsbourg dans laquelle mon père avait été élevé. Enfin et surtout, le petit chancelier, contrairement à ses prédécesseurs, avait eu le courage d'interdire le Parti nazi.

Sous le régime de Millimetternich, chacun pouvait, à l'exception des activistes politiques, mener paisiblement sa propre existence. Il fallait, certes, s'inscrire à son « Front patriotique », mais cette entité politique était si amorphe qu'en faire partie ne posait guère de problèmes de conscience. Aussi, comme des millions de citoyens qui pas plus que lui n'étaient des partisans fanatiques de Dollfuss, mon père portait-il à sa boutonnière le petit ruban rouge-blanc-rouge du « Front patriotique ».

Le 12 février 1934, je boitais encore, suite à une blessure de ski. C'était une sombre matinée d'hiver et, dans les classes du *Landerziehungsheim*, la lumière était allumée. Soudain, peu après 11 heures 30, tout s'éteignit. Nous réagîmes comme le font toujours les écoliers face à tout incident inattendu qui vient rompre un peu la morne routine : par des hourras. Mais pas longtemps, car quelques minutes plus tard arriva le surveillant général, qui courait dans les couloirs en criant : « Dehors, tout le monde dans la cour principale, vite ! »

Quand nous fûmes tous rassemblés dans la cour, le principal, Herr Lohan, nous déclara : « Une grève générale a été déclarée. Retournez dans vos classes pour y prendre vos affaires. Les internes se rendront ensuite dans le bâtiment principal, et les externes rentreront chez eux le plus rapidement possible. Je crois que les tramways sont également arrêtés, il faudra peut-être que vous alliez à pied. Mais, je vous le répète, rentrez tout de suite chez vous : pas question de flâner, faites aussi vite que possible ! »

C'est par ces mots qu'il nous renvoya dans nos foyers. Nous descendîmes en courant vers la station de tramways. Les trams étaient là, arrêtés, et les employés s'étaient rassemblés dans la rue voisine. « Inutile d'attendre, les gars, nous dit un des conducteurs, il n'y a plus de courant. Nous-mêmes, nous ne savons pas ce qui se passe. »

Malgré les instructions du principal, nous ne ressentions aucune hâte particulière. Nous descendîmes sans nous presser la grande artère qui part de Grinzing vers le centre, dépassant plusieurs fois encore des trams arrêtés, certains avec leurs employés, d'autres sans personne autour. Il n'y avait pratiquement aucune circulation. Les rares passants que nous aperçûmes semblaient tous fort pressés. Des cars de policiers armés et casqués nous dépassèrent. Nous ressentions ce capiteux mélange de crainte et d'excitation qui prélude — pas seulement chez les jeunes garçons — à toutes les folies. Avec deux camarades qui habitaient près de chez moi, nous décidâmes de marcher directement jusqu'au Centre Ville : suivre la Währingerstrasse, une des principales artères de Vienne, puis traverser le Ring au Schottentor, et pousser jusqu'à la Chancellerie, sur la Ballhausplatz.

Nous descendîmes ainsi jusqu'au premier grand carrefour, celui de la Währingerstrasse et de la Nussdorferstrasse, à moins de deux cents mètres de la Pichlergasse. Là, nous fûmes arrêtés par une barrière de fils de fer barbelés, qui bloquait toute la Währingerstrasse. Derrière ce barrage, trois mitrailleuses lourdes tenues par des soldats en tenue de combat étaient pointées sur nous. « Allez, demi-tour ! », nous cria un officier.

Me retournant donc, je tombai précisément sur mon père, tout pâle et très en colère : « Mais où diable étais-tu ? Ta mère a téléphoné à l'école, ça fait au moins une demi-heure que tu devrais être à la maison. Et moi, ça fait vingt minutes que je suis là à t'attendre. Enfin, peu importe, tu vas me suivre immédiatement. Et vous autres — ajouta-t-il à l'intention de mes deux camarades —, rentrez aussi chez vous tout de suite. »

Une fois de retour, nous restâmes longtemps à la fenêtre du bureau de mon père, regardant ce qui se passait dans la Nussdorferstrasse.

C'était un étrange tableau. Les magasins avaient baissé leurs rideaux métalliques. On n'apercevait âme qui vive, dans cette rue toujours pleine de voitures et de passants. On n'entendait aucun bruit. Morte, spectrale, la rue baignait dans une obscurité lugubre — la nuit, en ces jours d'hiver, tombait de bonne heure. Nulle part aucune lumière. Au loin, le crépitement de mitrailleuses. Mon père ne savait rien de plus que ce qu'il avait entendu dire à la banque : au début de la matinée, des policiers s'étaient fait tirer dessus alors qu'ils cherchaient des armes du *Schutzbund* dissimulées dans un club de travailleurs, à Linz. La police avait pris d'assaut le bâtiment, à la suite de quoi les sociaux-démocrates avaient appelé à la grève générale.

Les forces clérico-fascistes se préparaient précisément à une telle épreuve de force. Le 11 janvier, le commandant Fey, qui dirigeait la *Heimwehr* de Vienne, avait déclaré à ses hommes : « Des discussions que nous avons eues avec le chancelier aujourd'hui et hier, il ressort qu'il est de notre bord. Je ne puis vous en dire davantage, mais sachez que nous aurons de quoi nous occuper dès demain. »

Rares étaient ceux qui savaient de quoi il parlait. Il ne s'agissait pas d'une répétition du 15 juillet 1927, où des milliers de manifestants en colère avaient descendu les principales avenues menant au centre, débordant facilement des policiers en nombre insuffisant, mal armés et pris de court. Cette fois les forces de Dollfuss étaient bien préparées et bien organisées. L'armée, la police et les milices de la *Heimwehr* contrôlaient les principales rues de Vienne. Et ce ne seraient pas les travailleurs qui descendraient vers le centre, mais au contraire les soldats du gouvernement qui gagneraient les faubourgs habités par les travailleurs et encercleraient les grands blocs d'appartements édifiés par les sociaux-démocrates à l'intention de leurs partisans. Pendant des années, la droite s'était moquée de ces bâtiments, châteaux de cartes mal construits et voués à s'effondrer rapidement. Soudain, cependant, elle se mit à les dénoncer comme de véritables forteresses, des bastions conçus pour la guerre civile, entourant et contrôlant la ville selon un plan stratégique minutieusement établi.

La nuit tombait, et nous étions toujours assis là. Maman avait sorti quelques bougies. Nous avions de la nourriture pour deux ou trois jours. Quant au charbon — il faisait terriblement froid —, nous pouvions tenir tout au plus une semaine. Vers les quatre heures de l'après-midi, nous entendîmes un grondement dans le lointain. Puis encore et encore le même bruit. C'était incroyable, mais le fait est qu'ils avaient mis en action l'artillerie contre les immeubles ouvriers, où se trouvaient aussi des femmes et des enfants. Un massacre pur et simple ! Dollfuss était-il devenu fou ? Les comptes rendus et les livres de l'époque font tous le portrait de ce « dictateur de poche » qui, saisi de folie, s'en prit aux femmes et aux enfants des couches populaires ; on y présente Dollfuss comme un monstre anthropophage, digne du pinceau de Jérôme Bosch. De fait, il commit une assez grave erreur politique en se laissant photographier avec les officiers qui dirigeaient le bombardement des immeubles ouvriers — et portant absurdement, qui plus est, son uniforme militaire comme en temps de guerre.

Dollfuss n'était pas cependant un démon assoiffé de sang. L'idée d'utiliser l'artillerie ne venait pas de lui. Il aurait préféré des gaz lacrimogènes, mais le traité de paix de Saint-Germain interdisait le recours aux gaz de combat, et tous les gouvernements autrichiens, quelle qu'en fût la tendance, observaient rigoureusement les termes de ce traité, vu leur dépendance économique vis-à-vis des grandes puissances.

Mais les chefs militaires trouvent toujours de bonnes raisons, généralement humanitaires, pour pousser plus loin encore la destruction, et les généraux autrichiens ne faisaient pas exception à cette règle. Pour justifier l'utilisation de l'artillerie lourde, ils arguèrent qu'un choc psychologique de ce genre entraînerait la capitulation rapide du *Schutzbund,* alors que des opérations d'infanterie, nécessairement lentes, provoqueraient finalement davantage de pertes, d'un côté comme de l'autre. Du point de vue tactique, ces officiers avaient peut-être raison ; mais, politiquement, c'était désastreux. Jamais aucun gouvernement européen n'avait jusqu'ici pointé son artillerie contre des bâtiments civils, où vivaient aussi bien des femmes et des enfants. Mais Fey, chef de la *Heimwehr,* personnage vaniteux, ambitieux et agressif, alors à l'apogée de son pouvoir, soutint le point de vue de l'armée, et Dollfuss céda.

Les hommes du *Schutzbund* accomplirent, chacun à son niveau, des prodiges d'héroïsme ; mais leurs dirigeants s'étaient laissé prendre de court par les événements. Après vingt-quatre heures de combat, ils comprirent que la situation était désespérée et l'État décidément plus fort. Ils choisirent la fuite. Certaines petites unités continuèrent le combat pendant deux jours encore, puis durent se rendre à leur tour. Dollfuss avait gagné cette bataille ; pourtant, il ne lui restait guère que cinq mois à passer au pouvoir.

Le 25 juillet 1934, j'avais passé tout l'après-midi à faire du vélo. Il faisait très chaud, et j'étais en sueur quand je remontai ma bicyclette au deuxième étage pour rentrer dîner. Je la déposai contre le banc de bois peint en blanc qui se trouvait sous le miroir de l'entrée — son emplacement habituel —, mais cette machine me fascinait encore tellement que je remontai en selle, juste pour continuer un peu en attendant que papa rentre de son travail et que nous puissions nous mettre à table. Il n'était encore que six heures et demie, ce qui me laissait une bonne heure et demie. Tout à coup, la porte de la salle à manger s'ouvrit et, à ma grande surprise, je vis apparaître justement mon père ; ma mère se tenait derrière lui.

« Te voilà enfin ! dit-il. Dollfuss a été assassiné. Où étais-tu ? Nous nous faisions du mauvais sang.

— Mais ce n'est pas possible, répliquai-je. Qui donc l'a tué ? Ce n'est pas possible, tout est parfaitement normal dehors. Rien à voir avec février.

— Il y a eu un putsch nazi, et ils l'ont abattu. Grâce à Dieu, cela a mal tourné pour eux : ils ont tous été arrêtés. Viens, nous sommes en train d'écouter la radio. »

Le putsch de juillet 1934 et l'assassinat de Dollfuss auraient pu être évités. Depuis le 29 mai, on savait de source sûre que les autorités autrichiennes détenaient des indices évidents que les nazis préparaient une conspiration. Tous les renseignements étaient transmis aux officiers supérieurs de la Sûreté chargés de protéger l'État, le gouvernement et le chancelier. Il ne fait aucun doute que certains d'entre eux collaboraient avec les nazis ; et d'autres, avec une *Schlamperei** bien autrichienne, se refusaient à prendre ces avertissements au sérieux. Pour nous autres, Juifs, le meurtre du petit chancelier aurait dû être une sorte de *Mene Tekel***, mais nous ne sûmes pas déchiffrer le message, pourtant écrit en toutes lettres. Exactement comme les Juifs d'Allemagne, qui ne surent pas lire les signes avant-coureurs de ce qui les attendait. Peut-être un génie aussi perspicace qu'Arthur Schnitzler aurait-il su comprendre l'oracle ; mais mon père n'était pas Schnitzler.

La propagande gouvernementale s'extasiait sur Mussolini, notre puissant allié, dont les troupes allaient interdire à Hitler de franchir nos frontières. Elle ne cessait de répéter que l'État de Dollfuss sortait

* Littéralement : négligence, laisser aller. (N.d.T.)

** Formule sacrée annonçant une prophétie. (N.d.T.)

renforcé de cette tragédie, qu'il était plus cher encore au cœur de ses concitoyens, plus fermement ancré encore dans leur cœur.

De fait, Benito Mussolini envoya un certain nombre de divisions sur la frontière austro-italienne, au col du Brenner.

Le pauvre Dollfuss devint une sorte de Horst Wessel autrichien : ce dernier était un vil souteneur des bas-fonds berlinois, devenu une sorte de martyr pour les nazis après son assassinat. Il en fut de même pour Dollfuss au sein du mouvement patriotique autrichien. Les Nazis braillaient leur *Horst Wessel Lied* sur l'air de l'hymne national allemand ; quant à nous, nous composâmes un *Dollfuss Lied* intitulé « le Chant de la jeunesse », sur l'air de notre hymne national à nous. Il commençait ainsi : « Nous, les jeunes, sommes prêts à avancer, avec Dollfuss, vers un avenir grandiose... » Dollfuss, le chancelier martyr, eut droit aux funérailles les plus spectaculaires — et sans doute les plus émouvantes — de toute l'histoire de l'Autriche. En portrait, en buste, son image fit partout son apparition. Et chaque matin, il nous fallut désormais saluer nos maîtres d'un retentissant « *Heil Österreich !* » et écouter ou lire des récits de la vie de Dollfuss : comment il avait été le meilleur élève de sa classe, combien ceux qui l'avaient connu enfant l'avaient adoré et comment, dès sa prime jeunesse, ses qualités de dirigeant avaient été manifestes. La canonisation de Millimetternich ne tarda donc guère : ils étaient si pressés qu'ils sautèrent l'étape de la béatification. Il devint notre « héroïque chancelier », la chair et le sang de l'Autriche. En moins d'une année, toute une mythologie avait été forgée autour de lui, il était devenu un demi-dieu. Aux squares et aux rues qui reçurent son nom dans toutes les villes, tous les bourgs, tous les villages, s'ajoutèrent des chapelles, des retables, des flammes perpétuelles. Le Christ en croix restait tout de même au-dessus des autels : mais l'effigie de Dollfuss n'était jamais loin.

Ce n'était pas là une création entièrement artificielle de la machine de propagande gouvernementale. Dollfuss était effectivement un homme du peuple, parlait sa langue, possédait sa chaleur et son courage ; et même sa petite taille avait contribué à sa popularité. Il pouvait établir, et établissait de fait, un contact direct avec les masses catholiques et conservatrices, parce que, de toute évidence, il en partageait les croyances avec bien plus de sincérité que les politiciens prêts à tout, dont les jalousies mesquines et les querelles avaient autant contribué que Dollfuss lui-même à faire disparaître d'Autriche la démocratie parlementaire.

C'est Kurt von Schuschnigg qui succéda à Dollfuss au poste de chancelier. Âgé de trente-quatre ans, avocat à Innsbruck, capitale du Tyrol, et ministre de la Justice dans le dernier cabinet de Dollfuss, von Schuschnigg était aussi différent de ce dernier qu'on pût imaginer. Dollfuss était de souche paysanne, tandis que Schuschnigg venait d'une famille d'officiers; son père était général en retraite. Dollfuss laissait rarement les gens indifférents : on l'adorait, ou on le détestait. Tandis que personne n'aimait vraiment Schuschnigg. Dollfuss était à dimension humaine : il savait se détendre en compagnie de ses amis, tandis que le studieux avocat tyrolien souriait rarement, restait toujours froid et distant. Le prétendant à la couronne des Habsbourg, Otto, homme intelligent et perspicace, disait, à propos des lunettes de Schuschnigg : « le mur de verre qui le sépare du reste du monde ». Schuschnigg était un homme d'une grande honnêteté et d'une totale intégrité; mais, contrairement à ce fils du peuple qu'était Dollfuss, il restait élitiste jusqu'au bout des ongles.

Wilhelm Miklas, président fédéral, accepta le choix proposé par Dollfuss dans son testament et désigna Schuschnigg comme chancelier. Ce n'était guère qu'il crût beaucoup en ce jeune avocat, ni même en cet État autoritaire créé par Dollfuss et que lui-même se trouvait maintenant présider. Compte tenu de la structure du pouvoir au sein de l'État, la seule autre possibilité eût été de nommer le prince Starhemberg ou quelque autre dirigeant de la *Heimwehr;* or Miklas ne pouvait sentir les milices fascistes, ni les hommes qui les dirigeaient. Le président de l'État corporatif autrichien, démocratiquement élu, déplorait cette situation. Seuls son sens du devoir et l'espoir — aussi vain qu'il fût, comme toujours en pareilles conditions — que sa présence permît d'empêcher de trop criants abus de pouvoir, retenaient Miklas, démocrate conservateur, de donner sa démission.

Dans toute l'histoire de la première République autrichienne, le seul héros dont le nom n'apparaît pour ainsi dire jamais est cet ancien principal d'un collègue de province, élu président fédéral en 1928 parce que c'était le seul candidat sur lequel tous les partis politiques pouvaient se mettre d'accord. Il n'avait jamais été un dirigeant important du parti social-chrétien et n'était en rien « progressiste », mais il croyait fermement à la démocratie parlementaire et à l'Autriche. Le 11 novembre 1918 — date de naissance de la République autrichienne —, Wilhelm Miklas fut le seul membre du premier Parlement provisoire à voter contre le paragraphe 2 de la loi constitutive du nouvel État, paragraphe qui commençait par ces mots : « L'Autriche allemande est partie intégrante de la République allemande. »

Dans un article de 1929, le poète autrichien Anton Wildgans donne cette définition de l'*Homo austriacus :*

> Par sa langue et ses origines, l'Autrichien est Allemand, et en tant que tel il a rendu de nombreux et importants services, dans tous les domaines de l'activité humaine, à la culture allemande et à la nation allemande ; mais, si fidèle et loyal qu'il demeure vis-à-vis de cette germanité, celle-ci est devenue, par le mélange dans ses veines de nombreux sangs différents et par les expériences de l'histoire, moins exclusive, moins rude, plus conciliante, plus cosmopolite, plus européenne.

Wilhelm Miklas, en véritable *Homo austriacus*, était d'accord avec Dollfuss sur ce point : l'homme autrichien, bien que du genre allemand, n'était pas allemand.

Presque tous les dimanches matin, mon père et moi prenions le tram n° 5 pour gagner notre destination habituelle, cet empire qui restait encore plus « immuablement en place » que jadis celui des Habsbourg : l'appartement de grand-mère Julie.

Les visites que mon père lui rendait parfois en semaine n'étaient pas à jour fixe ; en revanche, cette routine dominicale était aussi invariable que la cérémonie d'ouverture du Parlement britannique. De même, les rapports entre mon père et sa propre mère étaient moulés dans des formes historiquement immuables. Aux yeux des tiers, et peut-être de mon père lui-même, ces fréquentes visites qu'il rendait à sa mère étaient le signe d'un chaleureux contact filial entre lui et grand-mère ; mais derrière le formalisme de ce contact se cachaient non seulement un profond intérêt mutuel, mais aussi une extrême dépendance réciproque.

Tout jeune, je devais accompagner mon père chaque dimanche et supporter les baisers humides de grand-mère en brave petit garçon que j'étais. Une fois passé cet échange de câlins, on me laissait en paix et, tandis que mon père s'entretenait avec sa mère et sa sœur, je passais la matinée auprès d'Annitschek à confectionner d'étranges médecines, tout en ingurgitant d'innombrables tartines de beurre abondamment recouvertes de pâte d'anchois. Il arrivait qu'en ces dimanches matins apparût aussi un autre visiteur, un *Herr Hofrat* (conseiller à la Cour) d'un certain âge, probablement un ancien prétendant de grand-mère. C'était un monsieur très impressionnant, entièrement chauve à l'exception d'une artistique frange de cheveux gris, et portant une épaisse moustache noire. Toujours vêtu d'un impeccable costume sombre, il portait des guêtres gris clair sur ses chaussures noires impeccablement cirées. Sa canne à pommeau d'or, qu'il laissait au portemanteau du vestibule, constituait un de mes jouets favoris.

Ma mère ne venait jamais avec nous. Je ne lui demandai jamais pourquoi, car je le devinais bien. L'intensité des relations entre mon père et les deux femmes de la Josefstädterstrasse était certainement pour elle à la limite du supportable. Déjà, chez elle, elle n'entendait que trop parler de ce qu'elles faisaient, de ce qu'elles pensaient, de leurs derniers maux d'estomac, de leurs récentes migraines. Elle n'éprouvait nul besoin d'aller là-bas pour y réentendre la même chose, cette information de seconde main lui suffisant amplement. Il y avait peut-être, pour que mon père ne tentât jamais de l'emmener avec nous, une raison tenant à grand-mère Julie elle-même. Certes elle acceptait, quoique non sans réticence, le fait que ses fils, étant adultes, fussent mariés. Mais cela n'impliquait aucunement pour elle de devoir recevoir la visite de ces épouses deux fois par semaine.

Julie n'était pas une Juive pratiquante, mais la tradition qui, à la synagogue, maintient les femmes à distance des hommes pour prier Dieu, elle l'avait en quelque sorte étendue à sa propre demeure, pour ce qui est de ses fils et de leurs épouses. Elle recevait également celles-ci, bien entendu, mais jamais, si elle pouvait l'éviter, en même temps que leurs maris : elle préférait les inviter cérémonieusement à prendre le thé, une fois par mois environ. Parmi ses brus, s'il en était une qu'elle préférait aux autres, c'était probablement ma mère, femme tranquille et discrète. Gisi la folle, ainsi que Hanna, trop grandiloquente, avaient été mises au ban une fois pour toutes — je crois en fait me souvenir d'avoir vu Hanna chez grand-mère une fois ou deux seulement, mais jamais Gisi bien sûr ; pour ce qui est d'Alice, la femme d'oncle Paul, il est probable qu'elle l'agaçait profondément. Maman était simple et polie, en outre elle ne protestait jamais contre la contribution mensuelle de mon père aux dépenses de la Josefstädterstrasse. Elle considérait que c'était son argent et qu'il s'agissait de sa famille — ce qui n'était pas exactement le point de vue d'Alice.

Quand je fus plus grand, mon père cessa d'insister pour que je vinsse avec lui tous les dimanches. Il me laissa décider moi-même si j'avais envie ou non de venir, et, de fait, je venais très souvent. J'aimais me trouver seul à seul avec mon père, même pour le seul trajet aller et retour jusqu'à la Josefstädterstrasse.

Au cours d'un de ces voyages en tramway, un dimanche matin, mon père m'annonça que l'année scolaire 1934-35 devait être la dernière que je passerais à Grinzing. J'obtenais maintenant de fort bons résultats scolaires, et il n'était plus nécessaire de payer des frais de scolarité aussi élevés. Il ne m'annonça pas cela comme une décision autoritaire, mais m'expliqua très gentiment sa position, en me félicitant de mes résultats et en soulignant l'importance, pour lui-même et pour sa mère, de pouvoir donner plus d'argent à celle-ci. Je n'avais pas particulièrement envie de changer une fois de plus d'école, mais je savais fort bien quel sacrifice ç'avait été pour lui que de m'envoyer à Grinzing. Et je me sentais désormais assez assuré de pouvoir réussir dans une autre école.

A quatorze ans, bien sûr, on se considère déjà comme un adulte. Mes parents, sans partager entièrement ce point de vue, l'admettaient dans une certaine mesure. Ils augmentèrent mon argent de poche, ce qui me permit de remplacer ma promenade matinale du dimanche matin avec Fredl Resch par une sortie en ville, tous les samedis, avec mon nouveau compagnon de plaisir, Fritzl Pollack. Entendons-nous bien : nous ne faisions rien de trop osé, rien d'excessif : nous étions deux jeunes gaillards, aux habitudes fort décentes et fermement établies. Nous nous retrouvions à cinq heures pour aller voir un film policier à six heures, puis nous dînions à huit heures. Notre lieu de rendez-vous était la Sirk-Ecke, en face de l'Opéra : le lieu même où commençait jadis le galant Corso de la Vienne impériale. De là, nous faisions quelques pas jusqu'à la Krugerstrasse, une petite rue transversale fréquentée par de nombreuses prostituées et qui tombait sur la Kärntnerstrasse. Ce n'était pas les filles qui nous attiraient là, bien que nous fussions assez conscients de leur présence pour leur jeter de furtifs regards que personne ne remarquait, nous l'espérions bien. A dire vrai, nous avions plutôt peur d'elles, malgré le très grand intérêt qu'elles nous inspiraient — et ce pour deux raisons : nous craignions que l'une d'entre elles, s'offusquant des œillades trop évidentes de ces deux blancs-becs, ne vînt nous frotter les oreilles ; et, plus encore, que l'une d'elles ne s'approchât de nous pour proposer un peu de bon temps aux deux charmants garçons que nous étions.

Notre destination était le cinéma Kruger, le seul de Vienne qui fût spécialisé dans les tout derniers films noirs produits par Hollywood ; la vedette en était souvent James Cagney qui incarnait généralement soit un G-man, comme on appelait alors les agents du FBI, soit un fou meurtrier. Après la fin du film, nous revenions vers le Ring, passant devant la nouvelle agence des Chemins de fer allemands, dont la vitrine était plus vaste que toute autre à Vienne, de telle sorte qu'on ne pouvait manquer d'apercevoir le portrait de Hitler, plus grand que nature, accroché au mur du fond face à l'entrée située en angle. Nous traversions le Ring à l'Opernplatz pour retrouver de l'autre côté — exactement en face du n° 3 de l'Opernring où avait vécu grand-mère Julie avant de se marier à Ludwig Klaar — le restaurant O. K. C'étaient en fait deux restaurants en un seul : d'une part un grand self-service, de l'autre une *Stüberl* beaucoup plus élégante, avec des serveurs en tenue, des tables dressées avec soin et une excellente nourriture — c'est là que nous allions.

Fritzl Pollack et moi-même ne perdions pas de temps à étudier le menu. Nous savions ce que nous désirions, car nous prenions la même chose chaque samedi : de grands beefsteaks avec des frites bien croustillantes, le tout arrosé du meilleur condiment qui soit au monde : la Worcestershire Sauce.

Mon père, très lié professionnellement à la branche tchèque de la Länderbank, passait beaucoup de temps à Prague. Ma mère et moi l'y rejoignîmes pour Noël. Nous aimions tous beaucoup Prague, sa succulente cuisine, son atmosphère unique, tout ce qui faisait la beauté de cette vieille ville.

C'est à Prague que je m'enivrai pour la première fois de ma vie. Au déjeuner, mon père m'avait fait connaître les délices de la bière Pilsner : la vraie, brassée sur place. J'en bus trois verres : les jeunes garçons en font toujours trop, pour prouver qu'ils sont déjà des hommes. Mais personne ne peut rester insensible à l'effet de trois verres de bière Pilsner ; pas moi, en tout cas. J'avais certes étanché ma soif, mais je n'étais plus en état de tenir compagnie à quiconque. J'étais ivre. Ma mère me ramena à l'hôtel, et il fallut la plus longue sieste de ma vie pour me remettre sur pied.

Nous passâmes cette année-là un merveilleux Noël. Papa nous emmenait dans les meilleurs restaurants, les plus élégants. Un soir, observant ma façon d'humecter mon index pour ramasser sur la table les miettes de mes petits pains, puis les attraper avec ma langue, papa dit qu'il connaissait quelqu'un qui avait la même habitude, à savoir son « Dieu » : Herr Direktor Fischer, l'un des deux directeurs généraux de la Länderbank. Peut-être, ajouta mon père en manière de plaisanterie, étais-je malgré tout destiné à devenir banquier ?

Ce voyage à Prague ne devait pas m'offrir les prémisses d'une carrière de financier, mais j'y appris beaucoup sur les dédales des contrôles monétaires internationaux et sur les infractions courantes — et confidentielles — qui avaient cours au sein de cette famille de nations européennes, étroitement liées entre elles, mais distinctes, politiquement parlant. En effet, quand j'aidai mon père à défaire les bagages à notre retour Pichlergasse, je remarquai qu'il sortait de sa valise une douzaine de ces cols durs, fraîchement blanchis et amidonnés, qu'il portait en permanence, et que du pli supérieur de chacun il extirpait une grosse coupure tchèque, étroitement enroulée — argent que, « légalement », il n'avait pas le droit de sortir de Tchécoslovaquie.

C'est dans les premiers mois de 1935 que je trouvai le *Mein Kampf* de Hitler, sur les rayons de la bibliothèque de prêt à laquelle j'étais abonné. Je ramenai l'ouvrage à la maison et le lus attentivement — sans le moindre ennui à vrai dire. Je fus particulièrement intéressé par la description que fait Hitler d'un garçon juif guettant aux coins des rues, telle l'araignée tapie dans un coin de sa toile, les innocentes jeunes filles « aryennes » qu'il se propose de séduire. Ces phrases-là me parurent parfaitement ridicules. Après tout, j'étais moi-même un « garçon juif », et je m'intéressais beaucoup aux filles, mais vraiment, peu m'importait qu'elles fussent blondes, juives au teint clair, brunes, slaves aux joues roses, ou solides hongroises : tout ce qui m'importait, c'était qu'elles fussent séduisantes. En outre, quelle séduction particulière pouvait bien avoir un garçon juif ? Il s'en fallait que les filles que je lorgnais me tombassent dans les bras : elles ne me remarquaient même pas. Cela ne me donnait cependant aucun complexe d'infériorité, car je savais que d'autres « garçons juifs » de mon âge connaissaient le même problème. Hitler, décidément, racontait n'importe quoi !

Et la rencontre que je fis, peu après avoir lu *Mein Kampf*, de la première fille qui voulut bien faire attention à moi, n'a strictement aucun rapport avec le sex-appeal propre à ma race — si l'on en croit le Führer. C'était à Jevany, pendant l'été 1935. Nous passâmes trois semaines de juillet dans cette station lacustre, située à moins d'une heure de bus de Prague. Mon père avait encore à faire à la banque tchèque. Il se rendait en ville tous les matins, quittant l'hôtel moderne et fort agréable, doté d'une plage privée, où nous étions descendus, et revenait chaque soir. Il y avait à l'hôtel un hôte de marque — mon père prétendait même que c'était le plus intéressant — un vieux monsieur à la pâle silhouette qui avait l'air d'une momie avec ses joues très rouges, ses cheveux et ses sourcils teints : c'était le professeur Stocklasa, l'un des plus proches collaborateurs de Masaryk et cofondateur, avec lui, de la République tchécoslovaque.

Personnellement, plutôt qu'à ce politicien d'un autre âge, j'accordais bien plus d'intérêt à deux autres clientes de cet hôtel : je veux parler des deux filles d'un joailler juif de Prague, qui passaient également leurs vacances à Jevany. L'aînée était à peu près de mon âge; sa sœur, qui avait un an de moins, était plus jolie, mais je préférais la « maturité » à l'apparence. En outre, l'aînée m'avait remarqué, et me témoignait manifestement plus d'intérêt que sa cadette. C'est ainsi qu'elle devint ma première petite amie — c'est-à-dire que nous nous embrassâmes à quelques reprises, nous tînmes par la main quelquefois, pour finalement nous quitter en nous jurant un amour éternel.

Maman prit tout cela très bien, ne fit guère de commentaires et se montra aimable à l'égard des deux sœurs. Papa montra beaucoup plus ouvertement combien l'amusait cette première « aventure » de son jeune fils. Tout en estimant que la plus jeune était plus attirante, il ajoutait en plaisantant que l'aînée ferait une excellente bru; car, ces messieurs de la joaillerie étant bien fournis en or, argent et pierres précieuses, son père devait sans doute être en mesure de fournir une dot substantielle.

Plus que par ces blagues de mon père, je fus blessé de voir qu'il ne me prenait de toute évidence pas au sérieux. Or je me sentais soudain devenu un jeune homme fort posé, engagé dans une importante expérience sentimentale. Et lui qui déblatérait sur ces amours d'agnelets! Ignorait-il donc que les sentiments de son fils étaient pleins de maturité, et que je prenais tout cela très au sérieux? Oui, très! Cet amour était un véritable amour, cette fille était « la femme de ma vie », et je voulais passer toute mon existence à ses côtés. Une séparation volontaire était impensable, une séparation due à la force des choses eût été proprement tragique.

Le problème était que les plaisanteries de papa, même si celle relative à la dot n'était pas du meilleur goût, restaient souvent très drôles, de sorte que, faute de résolution suffisante, je les appréciais et

Isaac Klaar (vers 1860)

Mes grands-parents
Immerdauer
(vers 1870)

Dr Ludwig Klaar

Ernst Klaar,
avec sa nurse

Klara, Stella et Lisa Schapira
à Hambourg (vers 1903)

Klara, Stella et Lisa Schapira

La maison Schapira, Türkenschanzplatz 7, à Vienne

Ernst Klaar

Stella Klaar

Hanna Klaar, veuve de Fritz

Oberleutnant Fritz Klaar

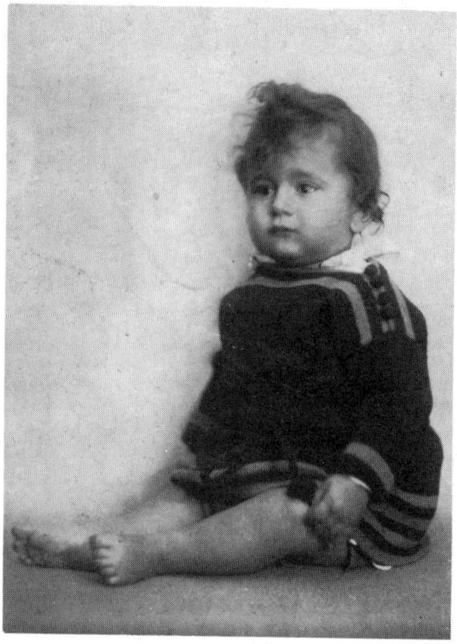
Georg Klaar

Georg Klaar

Georg, Ernst et Stella Klaar

Georg Klaar avec le Dr Paul Klaar

Annitschek

Grand-mère Julie

Ernst, Stella et Georg Klaar avec un jeune ami à Bad Ischl

La dernière photo
d'Ernst et Stella Klaar
à Saint-Pierreville (1942)

La gendarmerie
de Saint-Pierreville

les détestais tout à la fois. Ou peut-être devrais-je dire que je les détestais, mais que j'adorais mon père...

Quand nous quittâmes Jevany, mon cœur était plein de tristesse, mon esprit de nobles pensées et mon âme d'agitation lyrique. Je demeurai dans ces dispositions pendant les quinze jours que nous passâmes ensuite à Vienne. Puis j'allai passer un mois dans une colonie de vacances de Basse-Autriche, à nouveau au bord d'un lac, pendant que mes parents se rendaient une nouvelle fois dans une station thermale — cette fois à Marienbad et non plus à Karlsbad. Mon cœur était toujours triste, mes pensées tout aussi nobles et mon âme aussi lyrique. Mais c'était maintenant une autre jeune demoiselle qui m'inspirait ces sentiments.

Elle s'appelait Lisl. J'avais été attiré par elle, elle le fut par mon pyjama : si pour ma part je l'avais remarquée dès l'arrivée, elle n'aperçut mon pyjama qu'au moment où je défaisais mes bagages. Elle fut charmée par l'élégance de son vert soyeux : c'était là sans nul doute le plus raffiné, le plus saisissant — et ce fut sans doute le plus largement commenté — de tous les vêtements de nuits qu'on n'eût jamais vu dans cette colonie.

Pendant ces quatre semaines, je fus au paradis quand elle me regardait, et en enfer le reste du temps. Lisl avait neuf mois de moins que moi, c'est-à-dire tout juste treize ans et demi, mais ses baisers — les rares baisers que j'obtins d'elle — étaient beaucoup plus doux que ceux que j'avais reçus de l'autre — déjà son nom m'avait échappé —, à Jevany.

Après la catastrophe du *Schopenhauergymnasium*, je poursuivis mes études, jusqu'à leur terme, au *Privatrealgymnasium* Juranek, un collège secondaire privé du quartier de Josefstadt. C'était un étrange établissement. Son directeur, Egid von Filek, était un écrivain bien connu. Il pouvait se montrer parfois remarquable pédagogue et se conduire comme un fou excentrique l'instant d'après. C'était un tempérament exalté, un original, on ne pouvait dire moins de cet étrange individu : jamais on ne savait à quoi s'attendre de sa part. Notre professeur principal, le *Professor* Frey, était, quant à lui, un excellent maître, mais la plupart de ses collègues étaient à peu près irrécupérables.

Le *Realgymnasium* Juranek n'était pas un internat, et les frais de scolarité y étaient bien moindres qu'à Grinzing. C'est pourquoi il n'avait pas cette réputation d'établissement pour riches débiles. Parmi les élèves, on comptait environ un tiers de Juifs, un tiers de fieffés nazis, le reste n'ayant guère d'opinions politiques. La plupart des élèves nazis étaient plus âgés que moi — ce qui démontrait leur incapacité à rester dans le circuit des écoles publiques, soit qu'ils fussent trop faibles au point de vue scolaire, soit qu'ils consacrassent tous leurs loisirs à leur cause. Le plus étrange est qu'ils se comportaient tout à fait correctement vis-à-vis de nous autres Juifs. Après l'*Anschluss*, bon nombre d'entre eux arrivèrent à l'école revêtus d'uniformes de la Jeunesse hitlérienne, des SA ou des SS ; mais jamais aucun d'eux ne protesta contre la présence de Juifs dans l'établissement. On était loin de ce qui se passa après la prise du pouvoir par les nazis dans de nombreuses écoles publiques, où les élèves juifs furent sévèrement rossés, voire parfois empêchés par la force d'entrer dans leurs établissements.

Le chef des Jeunesses hitlériennes de notre collège était assis juste à côté de moi. Quelques jours après l'*Anschluss*, il souhaita faire une communication aux autres membres des Jeunesses hitlériennes de sa classe ; mais, au lieu de hurler : « Dehors, les Juifs ! » ou pire encore, il dit simplement : « Si nos camarades juifs voulaient bien quitter la salle de classe pendant quelques minutes, je leur en serais reconnaissant. J'ai un message confidentiel à transmettre aux autres membres des Jeunesses hitlériennes. »

En 1936, alors que je terminais ma première année au collège Juranek, Herr von Papen, le représentant de Hitler en Autriche, obtint un important succès diplomatique. Les deux premières années de sa mission n'avaient pas été pour lui des plus faciles. Il était arrivé à Vienne en 1934, après l'assassinat du chancelier Dollfuss, sans grandes illusions : il savait quelles difficultés il aurait à briser la glace. Mais il espérait que ses origines catholiques et conservatrices lui permettraient d'établir des contacts personnels avec certains membres du gouvernement autrichien. Il eut vite fait de s'apercevoir que ce ne serait pas si facile : lorsqu'il présenta ses lettres de créance à la Chancellerie, Ballhausplatz, il fut reçu de la manière la plus glaciale. On le fit pénétrer dans la salle même où Dollfuss avait été assassiné et c'est là, sous un socle de marbre du haut duquel le contemplait le masque mortuaire du chancelier martyr, que le gouvernement autrichien au grand complet accueillit le nouvel ambassadeur d'Allemagne. Pendant la cérémonie, pas un seul Autrichien ne prononça une seule parole qui ne fût absolument indispensable. Tout se déroula conformément au protocole, mais sans la moindre remarque de caractère plus personnel, et il n'entendit aucune parole de bienvenue, même de pure convention.

Mais von Papen savait attendre son heure sans chercher à brusquer les choses, laissant le temps et les incessantes transformations de la scène internationale travailler en sa faveur. Mussolini, principal protecteur de l'Autriche, ne cessa de se rapprocher de Hitler pendant les deux années qui suivirent : nul besoin d'être diplomate de carrière pour comprendre que cette évolution ne pouvait qu'inquiéter le gouvernement autrichien. Un autre élément, non moins important, qui aida von Papen à se frayer peu à peu son chemin, fut l'état de confusion où se trouvaient les Autrichiens, privés de cet ancrage psychologique que constituait la loyauté vis-à-vis des Habsbourg. Le chancelier lui-même, Kurt von Schuschnigg, en était un parfait exemple. Autrichien patriote et fils de général, il considérait avec aversion ce vulgaire démagogue, ce simple parvenu, qu'était Hitler ; pourtant, se sentant lui-même de quelque façon Allemand, il ne pouvait s'empêcher d'admirer le Führer qui avait redonné à l'Allemagne sa grandeur et la rendait à nouveau redoutable.

C'est Ignaz Seipel, chancelier d'Autriche dans le courant des années vingt, qui forgea la formule « Une nation, deux États » à propos de l'Allemagne et de l'Autriche — la même phrase que devait utiliser, cinquante ans plus tard, le chancelier ouest-allemand Willy Brandt pour caractériser la relation qu'avait établie son « *Ostpolitik* » entre la République fédérale allemande et l'Allemagne de l'Est communiste. De semblables formulations peuvent s'avérer des plus dangereuses, lorsque l'un des deux « États » en question, non seulement se proclame ardemment partisan de l'unification, mais possède en outre la force et la détermination nécessaires pour imposer sa volonté à l'autre « État », plus circonspect et réfractaire, en se servant de cette idée d' « une seule nation » pour justifier son agression.

Von Papen soutenait que les deux États allemands devraient se montrer capables de vivre, côte à côte, unis par une étroite amitié ; que deux pays qui s'étaient battus ensemble au cours de la plus terrible guerre de toute l'histoire ne pouvaient se trouver en désaccord quant aux principales questions relatives à l'Allemagne. L'Allemagne et l'Autriche n'avaient-elles pas partagé la honte d'une injuste défaite ? Les deux États allemands n'avaient-ils pas été ensemble poignardés dans le dos par le bolchévisme ? Traités comme des parias, des lépreux, par les puissances victorieuses, n'avaient-ils pas été dénoncés à tort comme les instigateurs du conflit ? Comment tant de souffrances partagées n'auraient-elles pas créé un lien, une unité, plus forts que les problèmes qui pouvaient par ailleurs les séparer ? Le passé, après tout, n'était que le passé, et le Führer était prêt à en faire la démonstration. En guise de première étape, il avait autorisé von Papen à négocier un traité d'amitié austro-allemand, traité qui non seulement respecterait l'indépendance de l'Autriche, mais en ferait explicitement mention et irait jusqu'à la garantir.

Schuschnigg ne résista pas longtemps à ce doux et charmant chant de sirène, d'autant que Mussolini le pressait d'accepter ce traité qui, tout semblait l'indiquer, résolvait tous les problèmes entre l'Autriche et l'Allemagne. Il ne songea pas assez que celui qui offre quelque chose est aussi en situation de retirer ce qu'il a offert. La garantie proposée par Hitler impliquait pourtant assez clairement que l'Allemagne nazie était au fond le seul danger qui menaçât l'indépendance de l'Autriche, que tout en conservant le désir et la volonté d'effectuer l'*Anschluss*, elle décidait d'elle-même de s'en abstenir. Ni l'Allemagne impériale ni celle de la République de Weimar n'avaient jamais proposé à l'Autriche semblable garantie : c'est qu'elles ne menaçaient, ni l'une ni l'autre, ladite indépendance. Que Hitler proposât une telle garantie, cela démontrait à l'évidence que la permanence de l'idée « Une nation, deux États » dépendait exclusivement du bon vouloir de l'Allemagne nazie. Aucune clause ne stipulait ce qui pourrait survenir si jamais l'indépendance autrichienne se voyait étouffée par l'ardent amour de l'Allemagne nazie.

Le traité de « normalisation des relations entre l'Autriche et l'Allemagne » fut livré à la presse le 11 juillet 1936, en fin de soirée. Ses deux paragraphes les plus importants indiquaient que :

> L'Allemagne n'a ni l'intention ni le désir d'intervenir dans les affaires intérieures autrichiennes, ni d'annexer l'Autriche ou d'en faire une partie du Reich allemand.
>
> Le gouvernement fédéral autrichien fondera l'ensemble de sa politique, notamment vis-à-vis de l'Allemagne, sur le fait que l'Autriche se reconnaît elle-même comme un État allemand.

Pendant les jours qui suivirent, les journaux viennois ne parlèrent que du fameux traité. Non pour le discuter — chose en fait impossible — mais pour en faire l'éloge, et chanter en même temps les louanges du chancelier, dont seule la stature de grand homme d'État avait permis cet « important succès » de l'Autriche. A peine visible entre toutes ces colonnes emplies de joie, ou rendant compte de l'approbation des gouvernements et des journaux étrangers, figurait un petit entrefilet de la *Neue Freie Presse* qui n'aurait pas dû nous échapper.

Le consul général d'Autriche à Jérusalem, le Dr Ivo Jorda, accueillera les personnes désireuses d'un complément d'informations, de 10 heures du matin à 13 heures, à la Chancellerie fédérale, 1 Ballhausplatz, 2e étage, bureau 63.

Les Klaar, en loyaux Autrichiens qu'ils étaient, ne surent mettre à profit cette occasion.

Benito Mussolini, quoique ayant, pour satisfaire à ses propres visées, pressé le chancelier Schuschnigg d'accepter ce traité, n'en attira pas moins l'attention du chancelier autrichien sur la valeur que l'on pouvait accorder à une garantie des nazis. Un mois après la signature de l'accord de juillet, il reçut au Palazzo Venezia le colonel Liebitsky, attaché militaire autrichien, et lui déclara que Hitler était résolu à régler le problème tchèque en 1938, ajoutant en conclusion : « Dites à nouveau au chancelier que l'Autriche n'a guère que vingt mois encore à vivre ! »

Stefan Zweig, qui vivait à Salzbourg, tout près de la frontière allemande, résuma parfaitement notre attitude, qui était celle de la majorité des Juifs viennois, en écrivant :

Ils se conduisent comme si c'était en Chine que l'on vient d'interdire des médecins, des juristes, des savants, des comédiens, comme si ce nouveau décret qui en fait des parias hors la loi, n'avait pas été voté dans un pays situé à trois jours à peine de voyage, où l'on parle la même langue que nous. Mais non, ils restent tranquillement chez eux et vont se promener en voiture. Et chacun se console en se répétant cette phrase insensée : « Hitler ne durera pas. »

Pour nous, mes parents et moi, la vie continuait comme à l'habitude. Nous préparions nos bagages pour nos vacances d'été — à Bad Ischl, comme chaque année.

Ô voyageurs d'aujourd'hui, empaquetés pour être expédiés vers Majorque ou Tenerife, coincés comme des sardines dans les avions charters qui parcourent le globe, que savez-vous du plaisir et de l'excitation que l'on trouvait à se rendre de Vienne à Bad Ischl en 1936 ? Il y fallait six heures de train, avec un changement dans une gare merveilleusement dénommée, comme par onomatopées, Attnang-Puchheim. Il suffit de prononcer ce mot en allemand de plus en plus vite pour entendre le bruit des roues grondant sur les rails, avalant la distance vous séparant de vos vacances.

C'est à cette station que les Klaar, qui n'emportaient guère pour ce trajet qu'un panier de pique-nique — poulet froid, jambon, saucisses, pain, beurre, fromage — pour leur donner des forces pendant les premières heures de trajet, pouvaient se sustenter pour le reste du voyage, avec du bon café bien chaud et des saucisses grillées sous leurs yeux.

Le voyage en lui-même n'était pas le plus amusant, tout le plaisir, toute la saveur de la chose résidaient dans les préparatifs. Quinze jours au moins avant que le chef de gare, en casquette rouge, ne donnât le coup de sifflet du départ, on descendait déjà les malles et les valises du grenier. Partout, alors, on trébuchait dessus. Car on ne cessait de les faire et refaire : tel objet qui aurait dû être au fond se retrouvait soudain au-dessus, telle robe devait être passée d'une valise à une autre, le linge de table — comme nous louions notre appartement de Bad Ischl, nous devions apporter nos propres affaires — s'était mélangé avec les draps et l'ensemble, de façon totalement inexplicable, était allé se cacher sous les serviettes de bain. Que d'énervement, que de désordre ! Déjà nous avions rangé telle chose dont nous avions encore besoin, alors que nous avions toujours sous la main tel autre objet qui, ne nous étant pas nécessaire, aurait dû se trouver dans les valises. Nous butions en pestant contre mille objets, tandis que maman et la bonne se traînaient d'une pièce à l'autre, d'une valise à l'autre. Puis, comme par miracle, au jour dit chaque malle se trouvait remplie — mes deux parents s'asseyant sur celles qui, trop pleines, ne se laissaient pas fermer sans résistance. Tout avait été compté et recompté, nous étions vraiment prêts à partir.

Bien sûr, nous oubliions toujours quelque chose ; mais jamais le carnet de mon père. Ce n'était pas qu'il tînt un quelconque journal, mais en vacances il notait chaque dépense — jamais je ne sus si c'était pour continuer de pratiquer la comptabilité ou en vue de justifier, l'année suivante, son refus de partir en vacances.

Étant petit, j'avais toujours détesté Bad Ischl. Mais, âgé maintenant de quinze ans et demi, je commençai à voir les choses différemment. Je me joignis à un groupe de jeunes, avec lesquels nous faisions de longues promenades, non sans quelques flirts et intrigues, allions danser ensemble, flânions le long de l'esplanade. Nous portions des vêtements régionaux qui nous donnaient un air bien autrichien, et je commençai à percevoir l'atmosphère tout à fait particulière qui était alors propre à Bad Ischl.

Car on trouvait là tous les grands noms. Franz Lehar avait sa résidence de l'autre côté du fleuve ; on tombait sur quelqu'un d'aussi connu qu'Emmerich Kalman ; on riait d'apercevoir les deux jumeaux Goltz, librettistes d'opéra, aussi semblables l'un à l'autre que deux œufs d'une même mère poule juive, tous deux déguisés, de façon plutôt incongrue, avec des vêtements du cru comme s'ils eussent été d'authentiques montagnards autrichiens. On rencontrait là tous les grands noms de la littérature, du journalisme et de la médecine, ainsi que les comédiens et comédiennes les plus célèbres du pays, qui dégustaient leurs œufs du petit déjeuner au café Zauner, sur l'esplanade, ou plus tard dans la journée buvaient leur café et se régalaient des délicieux gâteaux de la célèbre pâtisserie de Herr Zauner. De celle-ci, on connaissait chacune des serveuses, mais on ne flirtait pas avec elles — elles avaient toutes l'air d'avoir dans les soixante ou soixante-dix ans, et d'être vouées à l'immortalité. La première fois que je retournai à Bad Ischl, quelques années après la guerre, elles étaient encore toutes là, approchant sans doute alors de leurs quatre-vingts ou quatre-vingt-dix ans ; l'une d'entre elles me reconnut et se souvint de mon père, de ma mère, de grand-mère, de tante Sally. Dans le salon de thé du Zauner, on côtoyait une foule parsemée de princes et même des archiducs de la dynastie des Habsbourg, qui se comportaient comme n'importe quel humain ordinaire ; et l'on se sentait certain que là-haut, quelque part au-dessus de nuages de pluie — toujours nombreux au-dessus d'Ischl —, l'homme qui avait rendu si fameuse cette station thermale, où il avait traqué le cerf et les chamois — François-Joseph lui-même —, regardait toujours avec bienveillance ses sujets, tant Juifs que Gentils. L'empereur et son souvenir étaient ici omniprésents.

Peut-être est-il plus vrai encore d'Ischl que du reste de l'Autriche, d'affirmer que la Monarchie n'y succomba qu'en 1938.

Nous passâmes quatre semaines à Bad Ischl pendant l'été 1936, mes parents et moi. Puis, comme les vacances de mon père touchaient à leur fin, il rentra à Vienne avec maman, tandis que je passais le reste de l'été en colonie de vacances, dans un village des montagnes de

Haute-Autriche. Cette colonie était dirigée par le même jeune couple qui s'était occupé de l'établissement en bordure de lac où, l'année précédente, j'étais tombé amoureux pour la première fois, puis pour la deuxième fois. Cet été-là, mon second amour — Lisl — ne pouvait venir, elle me l'avait dit elle-même. Nous nous étions rencontrés plusieurs fois à Vienne pendant l'année. Pour moi, ces rencontres n'avaient pas été bien heureuses car (j'avais vite fait de m'en apercevoir) je ne comptais guère pour elle et je jouais surtout le rôle du petit ami de réserve, les seconds violons. Aussi je ne faisais qu'exaspérer ma jeune idole à force de lui faire les yeux doux, de la suivre partout d'un air morose, soupirant, broyant du noir, cherchant à tâtons dans l'obscurité des cinémas une main qui ne souhaitait nullement mes caresses — bref, de me comporter de façon insupportable et de me montrer si peu sûr de moi. C'est donc à juste titre qu'elle préférait les garçons plus âgés, plus mûrs, et mieux affirmés.

Aussi imaginera-t-on ma surprise quand Lisl apparut soudain, trois jours après mon arrivée. J'en fus extrêmement heureux, mais en conçut aussi une vanité presque indescriptible et dus me montrer parfaitement insupportable. Imaginez un chien minuscule que l'on cajole tellement qu'il finit par se prendre pour un Saint-Bernard et croire que le monde entier — y compris les femelles — lui appartient. Non, nos relations ne s'améliorèrent guère.

En revanche, les relations austro-allemandes progressaient beaucoup plus rapidement. L'automne approchait et, à en croire la propagande de notre gouvernement, les fruits de l'accord de juillet tombaient, heureuse récolte, dans le giron de notre chancelier. L'une des « grandes » concessions de Hitler en effet avait été d'abolir la barre des mille marks qui empêchait les touristes allemands, si précieux pour l'Autriche, d'y venir en villégiature — limitation que lui-même avait mise en place trois ans auparavant. Les citoyens du Reich qui souhaitaient visiter l'Autriche devaient verser la somme, alors considérable, de mille reichmarks, simplement pour obtenir l'autorisation de sortir d'Allemagne. Maintenant, les vacanciers allemands pouvaient à nouveau venir, et ils accoururent par milliers — apportant non seulement les devises dont nous avions tant besoin, mais aussi une propagande de bouche à oreille, plus efficace qu'aucune autre. Bien plus à l'aise financièrement que les Autrichiens — ce qui avait toujours été le cas —, les Allemands leur parlaient de tous les événements merveilleux qui avaient lieu dans le Reich, leur déversaient des flots de louanges sur Hitler et sur le miracle qu'il avait accompli en quelques années. Les Autrichiens accueillaient ces récits tout aussi avidement que l'argent liquide de leurs visiteurs.

Les relations commerciales entre les deux pays avaient également été « normalisées », rectifiant ainsi un état de fait que seul Hitler avait rendu « anormal ».

Bien évidemment, nous ignorions qu'un protocole secret avait été adjoint au traité de juillet, mais on ne tarda guère à en voir les résultats. Certains journaux allemands se trouvaient à nouveau en vente à Vienne, et dans d'autres villes autrichiennes. Sauf ceux du Parti national-socialiste, toujours interdits ; mais tous les journaux allemands étaient également contrôlés par le ministère de la Propagande, dirigé par Goebbels. Il va donc sans dire qu'ils donnaient une image radieuse de l'Allemagne hitlérienne et des réalisations national-socialistes. De la même manière, les journaux autrichiens pouvaient maintenant entrer en Allemagne — la censure autrichienne leur interdisant de ne rien écrire de déplaisant à propos du Reich hitlérien.

Une propagande bien plus efficace encore que celle de la presse, des livres ou des revues venait du cinéma allemand, en particulier les films de guerre. Au-dessus du cinéma Colosseum de la Nussdorferstrasse, que je pouvais apercevoir du bureau de mon père, se profilait une immense silhouette en carton représentant un soldat allemand, avec son casque d'acier, la bouche grande ouverte pour hurler furieusement contre l'ennemi, le bras droit levé pour lancer sa grenade. Ces films évoquaient pour les Autrichiens, notamment pour la jeune génération, nos courageux frères de sang du temps de guerre, en appelaient à la solidarité pangermanique, montraient comment les combattants allemands et autrichiens du front avaient été poignardés dans le dos et trahis — et non pas, bien entendu, vaincus en combat honnête et loyal. Mais l'industrie cinématographique allemande, sous Goebbels, répandait aussi sa propagande nazie par des biais plus subtils. Des drames historiques et des films psychologiques, bien faits et produits à grands frais, attiraient des foules nombreuses dans les cinémas où elles pouvaient voir de vaillants soldats germaniques battre à plates coutures des Slaves au visage carré, qui s'apprêtaient à ravager la campagne allemande, et s'attaquer notamment à ses jeunes femmes. Il y avait aussi des films comiques et des comédies musicales, légères et spirituelles, tout à fait inoffensives, dépourvues de tout contenu politique, qui montraient simplement combien la vie dans le Reich du Führer était joyeuse, élégante et aisée.

Schuschnigg dut tolérer d'autres choses qui s'avérèrent plus dangereuses encore. Nous apprîmes soudain l'existence chez nous, outre les nazis, d'une certaine « Opposition nationaliste ». Face aux nazis, plèbe malpropre et tapageuse, populace rude et grossière, l'« Opposition nationaliste » était composée de vrais messieurs, diplômés de l'université, pangermaniques dans l'âme mais, à ce qu'on disait, également emplis de sentiments bien autrichiens, bien rouge-blanc-rouge. L'un de leurs grands hommes, membre de la même association étudiante que notre martyr Engelbert Dollfuss, et ancien officier aux côtés du chancelier Schuschnigg dont il était l'ami personnel, était le Dr Arthur Seyss-Inquart, célèbre avocat.

Cet homme de haute taille, portant lunettes, d'une personnalité plutôt timide et hésitante, fut chargé d'une section tout récemment créée au sein du « Front patriotique » : l'« Assemblée politique nationaliste ». Or, c'est autour de ladite Assemblée que l'« Opposition nationaliste » allait se rassembler et se préparer à jouer son rôle dans l'avenir politique de l'Autriche.

Cette « ouverture à droite », résultat de l'accord de juillet, ouvrit même les portes du cabinet de Schuschnigg à un membre éminent des « nationalistes » : le général Glaise-Horstenau, directeur des archives militaires autrichiennes, fut nommé ministre sans portefeuille. Schuschnigg n'ignorait pas que c'était là la plus dangereuse de toutes les concessions qu'il avait faites à Hitler ; mais il estimait encore possible d'attacher ces chevaux de retour nationalistes à l'écurie de son « Front patriotique », grâce à un simple ruban rouge-blanc-rouge.

Tandis que je préparais mes affaires pour aller aux sports d'hiver, pour les vacances de Noël, papa me demanda, mine de rien, si Lisl y allait aussi. Cela semblait faire si naturellement partie de la conversation que, ne me doutant de rien, je répondis qu'en effet elle venait également.

« En ce cas, je me demande si tu devrais y aller, dit-il. Tu te fais beaucoup d'idées quant à cette jeune personne. A ton âge, il ne faut pas trop s'attacher à une seule fille, mais avoir plusieurs amies. Oui, mieux vaudrait que tu n'y ailles pas. »

Papa resta très modéré, ne chercha pas à imposer son autorité ; il semblait simplement se demander, à voix haute, si j'avais raison d'agir ainsi. Nous ne nous disputâmes pas, et il n'essaya pas vraiment de m'empêcher de partir.

Mais à mon retour de ces vacances, où Lisl et moi étions devenus plus proches encore (quoique bien moins que ne l'imaginait mon père), la famille Klaar commença à faire des remarques. Et, quand les Klaar « faisaient des remarques », cela signifiait que le danger n'était pas loin. Ce fut Annitschek qui commença. Quoique en apparence entièrement absorbée, devant son fourneau, à remuer ce qui cuisait dans sa marmite, elle dit : « Eh bien, alors ! Moi qui pensais que ta cousine Hedi était ton seul amour et que vous vous marieriez un jour ! Et voilà qu'il y a maintenant quelqu'un d'autre ! »

Après cette ouverture du Premier ministre de notre famille, ce fut la souveraine en personne, grand-mère Julie, qui, me toisant de la tête aux pieds, alla droit au but : « Ton père se fait du souci à ton propos », dit-elle. Je lui demandai ce qu'elle voulait dire, mais ne reçus d'autre explication qu'un osbcur « Oh, tu sais très bien de quoi je veux parler. Ton père est très contrarié, autant que tu le saches ! »

Tante Sally ne se permit qu'une observation plus réservée. A propos de tout autre chose, elle déclara que l'amour était sans nul doute quelque chose de merveilleux ; quant à oncle Paul, s'étant échappé un instant de son cabinet pour avaler un petit morceau dans la cuisine d'Annitschek, et plus soucieux apparemment de physiologie que de psychologie et, laissant celle-ci à tante Sally, il grommela quelque chose comme : « Si tu ne peux te retenir, au moins fais attention ! » Observation totalement inadéquate, car le fait est que, quelques regrets que j'en eusse, rien n'exigeait de « faire attention ».

Il était désormais parfaitement évident, même pour moi, que papa discutait de mes problèmes avec sa mère, sa sœur, son frère et Annitschek. Avec maman, ils avaient un jour rencontré par hasard Lisl dans un cinéma. Nous sortions de la séance d'après-midi quand j'aperçus mes parents dans le hall, attendant celle du soir. Il n'y avait aucune échappatoire possible, car je tombai presque dans les bras de mon père. Je leur présentai donc Lisl. Maman se montra polie, mais mon père très froid et distant. A compter de ce jour, les remarques paternelles se firent plus personnelles ; mais, par leur caractère injuste, elles eurent exactement l'effet contraire de ce qu'il espérait. Plus il allait loin à propos de Lisl, et plus il éveillait en moi des instincts chevaleresques. A force de l'entendre tonner que je n'étais qu'un imbécile et que j'aurais dû avoir toute une brochette de filles, je me sentais encore plus déterminé à ce qu'elle fût pour moi la seule et l'unique. Et plus il revenait sur ce sujet, moins je lui en parlais. Ainsi croyait-il que je continuais à suivre mes vieilles habitudes du samedi soir avec Fritzl Pollack — les beefsteacks à la Worcestershire sauce de l'O. K. Stüberl —, alors qu'en vérité Fritzl était désormais bien moins mon ami qu'essentiellement mon alibi. Parfois nous lui permettions de se joindre à nous ; mais, la plupart des samedis soirs, Lisl et moi les passions à aller danser seuls tous les deux, sans le moindre chaperon. Je menais de plus en plus ma propre vie, sans avoir pour confident ni un ami, ni mon père, ni ma mère — mais seulement mon journal intime, dans lequel j'inscrivais mes sentiments et mes désirs.

Je planais quelque part dans les nuages, sans remarquer ou presque ce qui se passait autour de moi. Plus mon père accroissait sa pression sur moi, et plus je m'éloignais de lui. Je ne pouvais me tourner vers ma mère, sentant qu'elle était fondamentalement de son côté, bien qu'elle n'en fît jamais rien paraître et essayât même souvent de calmer mon père et de contenir ses humeurs quand elles devenaient trop véhémentes.

C'est par un dimanche matin de février 1937, quelques jours après la visite officielle à Vienne de Herr von Neurath, le ministre allemand des Affaires étrangères, qu'éclata enfin le grand débat entre mon père et moi. Herr von Neurath était censé compter parmi ces personnages légendaires capables de tenir la bride haute à Hitler. Issu de la petite aristocratie, c'était un homme de la vieille école, conservateur et traditionaliste bien germanique. Grand et distingué, la chevelure argentée, gentleman jusqu'au bout des ongles, on l'eût situé à des années-lumière des partisans du Führer, si bruyants et grossiers. Aussi le choc n'en fut-il que plus grand lorsque Herr von Neurath, à sa descente de train, salua les diplomates autrichiens qui l'attendaient en levant le bras droit, selon le salut nazi, et en s'exclamant d'une voix forte : « *Heil Hitler !* » Il ne cessa de répéter ce « *Heil Hitler !* » pendant toute sa traversée de Vienne, où il fut partout frénétiquement accueilli par des milliers de nazis autrichiens qui lui renvoyaient son « *Heil Hitler !* » avec une joie hystérique. Plus troublante encore fut peut-être l'attitude de notre police, qui semblait tenir pour son principal devoir de préserver la réputation autrichienne de *Gemütlichkeit**, célèbre dans le monde entier. Face aux nazis qui poussaient leurs vivats, les policiers ne cessaient de répéter : « Messieurs,

* Littéralement : bonhomie, cordialité. (N.d.T.)

messieurs, vraiment, vous ne devriez pas agir ainsi ! S'il vous plaît, gardez votre sang-froid. » Alors que si la foule avait hurlé plutôt des slogans socialistes, notre police, si *gemütliche* qu'elle fût, leur aurait fendu le crâne à coups de matraques.

Cette atmosphère générale de tension et de crainte favorisa l'explosion de papa, le dimanche matin suivant. Après le petit déjeuner, il entreprit soudain de faire régner sa loi :

« Alors, qu'as-tu l'intention de faire aujourd'hui ? demanda-t-il.

— Dans la matinée, j'irai avec toi rendre visite à grand-mère.

— Très bien. Et après déjeuner ? »

A sa façon de poser la question et de me regarder, je vis qu'il était en colère. J'aurais pu mentir, mais je n'en avais pas envie. Peut-être, moi aussi, souhaitais-je une confrontation.

« Je sors.

— Où cela, et pour faire quoi ?

— Si tu tiens vraiment à le savoir, je vais prendre le thé à cinq heures au café Splendid.

— Avec elle ? »

Il m'avait presque craché la question au visage.

« Oui, bien entendu.

— Eh bien non, tu n'iras pas, vois-tu. C'est fini, tout cela est maintenant allé trop loin. Je t'interdis de revoir cette fille. Je ne vais pas laisser mon fils se comporter de façon aussi stupide. »

Et il se mit à crier :

« Tu es beaucoup trop jeune. Si prétentieux que tu sois, tu ne te rends pas compte de ce que tu es en train de faire là. Je t'interdis absolument de poursuivre cette liaison. »

Nous y étions : ma première querelle d'adultes avec mon père. Et l'avant-dernière. Par querelle d'adultes, je veux dire que, quelque vision que lui-même eût de moi, pour ma part je ne me considérais plus comme un enfant. Je ne voulais plus qu'il dirige mon existence, qu'il décide pour moi, qu'il me dise ce que je devais faire, ce que je ne devais plus faire. Je ne voulais plus désormais d'autre maître que moi-même — et je pouvais aimer qui je voulais. J'avais seize ans passés, je n'étais plus son petit garçon.

« Tout ça ne te regarde pas, criai-je à mon tour. Tu ne peux pas m'enfermer, et je ferai exactement ce qu'il me plaira ! »

Notre discussion devint de plus en plus emportée. Non seulement nos voix, mais nos paroles elles aussi se firent de plus en plus dures —

pour s'achever sur cette phrase, que je prononçai avec fureur : « Eh bien, si tu es comme ça, je ne te considère plus comme mon père ! »

A peine avais-je prononcé ces mots, que je vis sur son visage à quel point je l'avais blessé. Que je pusse dire une chose pareille, cela l'effrayait, car il constatait par là que j'étais éperdument amoureux. Et peut-être entrevoyait-il aussi que Lisl était l'unique personne qui, par sa seule existence, pût me donner la force de rompre avec lui. Pourtant je savais la peine que j'avais faite à mon père et, malgré la fureur qui bouillait dans mon cœur, je savais aussi combien je l'aimais, et je sentais combien on peut souffrir de faire souffrir autrui.

Après la phrase que j'avais prononcée, papa ne dit plus rien. Il quitta la salle à manger. Je n'allai pas voir grand-mère avec lui le lendemain matin, mais j'allai bel et bien danser l'après-midi.

Ma cousine Hedi et son frère Fritz avaient passé plusieurs étés fort agréables dans une colonie de vacances pour enfants à Cesenatico, sur la côte adriatique de l'Italie. Les gens qui s'en occupaient — c'était une véritable Frau Doktor qui la dirigeait — jouissaient d'une excellente réputation et, quand je demandai à mes parents si je pourrais y aller pendant l'été de 1937, ils furent immédiatement d'accord. Ainsi devais-je passer un mois en Italie, puis rejoindre mes parents une semaine à Schruns, dans le Tyrol, d'où nous irions passer trois semaines à Bad Ischl. J'étais heureux de cet arrangement, et pour leur part mes parents l'étaient d'autant plus que je n'avais pas demandé à retourner dans l'autre colonie de vacances, celle de Haute-Autriche. Du point de vue de mon père, le jeune couple qui gérait cette institution n'était guère que des entremetteurs, et c'était par leur faute que son fils était tombé amoureux de « cette fille » : ils auraient dû mettre un terme à cette affaire — sur le pourquoi et le comment, il ne disait pas grand-chose de précis.

Cesenatico était bien autre chose : une colonie de vacances beaucoup plus importante et en principe fort stricte ; cette Frau Doktor était une éducatrice réputée, et son équipe connue pour être tout à fait compétente. Je n'ignorais rien de tout cela, mais avais une excellente raison de ne pas me sentir rebuté : Lisl devait venir également. C'était là notre grand secret, extrêmement bien gardé — il le fallait : ses parents s'étaient certes toujours montrés tout à fait gentils à mon égard, et elle n'avait jamais eu avec eux les mêmes problèmes que moi, fût-ce à un moindre degré ; mais eux aussi avaient le sentiment que notre relation était trop étroite et ne devait pas être encouragée. Pour autant que je me souvienne, ni Lisl ni moi n'eûmes véritablement à mentir. Tant ses parents que les miens pensaient tout simplement que, cet été-là, chacun de nous suivrait une voie différente. Un problème subsistait cependant pour nous : comment empêcher nos parents de nous accompagner à la gare, le jour du départ ? Si nous essayions de les en dissuader, ils en concevraient des soupçons ; et si nous ne disions rien, ils ne manqueraient certainement pas de venir. En définitive, Lisl et moi décidâmes de laisser les choses suivre leur cours. Ses parents à elle ne feraient pas d'esclandre et quant à moi, une fois que je serais dans le train, compte tenu que tous les frais de vacances avaient été payés d'avance, on imaginait mal mon père se précipiter dans le wagon pour m'empoigner et me ramener sur le quai.

Arriva donc le jour du départ. Mes parents se trouvaient sur le quai, me parlant par la fenêtre ouverte, répétant toutes les petites choses sans importance que l'on se dit en pareilles occasions. Ils ne parurent pas remarquer que je leur disais avec insistance qu'ils n'avaient pas besoin de rester là jusqu'au dernier moment, que j'étais fort bien installé dans mon compartiment et que le train allait partir d'une minute à l'autre.

J'essayais désespérément de dissimuler ma nervosité. L'heure du départ était maintenant toute proche. Où était donc Lisl ? Enfin, quelques minutes seulement avant le départ, elle arriva sur le quai, accompagnée de sa mère, de son père et de sa sœur aînée. Dès l'instant que je l'aperçus, je sentis mon corps tout entier trembler d'agitation, et pas seulement par amour pour elle : de la façon dont Lisl s'était habillée, on aurait dit qu'elle avait fait tout son possible, mais vraiment tout son possible, pour provoquer mon père. Elle portait un chapeau d'un rouge si vif qu'il faisait paraître pâle, en comparaison, la casquette rouge du chef de gare. Bien pis encore, elle s'était outrageusement maquillée, avec trop de rouge à lèvres et, ce que mon père exécrait plus que tout, du rouge sur les joues.

Pourquoi, me demandai-je, mais pourquoi donc agit-elle ainsi ? Si amoureux que je fusse d'elle, je savais qu'une jeune fille qui n'avait pas encore seize ans n'aurait pas dû s'afficher de la sorte. Sans doute ne me montrais-je si sensible à cette question que parce que mon père n'avait cessé de me le répéter depuis la première fois qu'il l'avait rencontrée, dans ce fameux hall de cinéma. Tandis que toutes ces pensées me traversaient l'esprit et me glaçaient d'effroi, mon père l'aperçut. Je le vis qui pâlissait, mais le regard qu'il me jeta ne comportait aucune colère — plutôt une certaine tristesse. Il prit ma mère par le bras et tous d'eux s'écartèrent de la fenêtre, répondant tout juste aux salutations des parents de Lisl — certainement convaincus en toute innocence que ceux-ci avaient joué un grand rôle dans notre machination. Heureusement, tout se déroula ensuite rapidement. Le train s'ébranla, nous nous fîmes de grands signes d'adieu de la main... Au bout du compte, cet instant périlleux, que j'avais tant redouté, était passé et n'avait pas entraîné l'éruption volcanique que je redoutais tant. Ce qui nous sauva fut peut-être seulement l'accablement de mon père, ainsi que la consolation qu'il trouva à l'idée que, là au moins, nous serions étroitement surveillés.

Personne ne résoudra jamais l'énigme de savoir pourquoi et comment la Frau Doktor et son équipe avaient acquis leur excellente réputation. A supposer même qu'ils l'eussent méritée à un certain moment, comment avaient-ils fait en sorte qu'elle se maintînt pendant tant d'années ? La colonie de vacances de Cesenatico n'était en fait qu'une totale pagaïe. Les plus âgés, dont nous-mêmes, étions « surveillés » par des amateurs qui n'avaient guère plus de deux ou trois ans de plus que nous. Ceux de sexe mâle étaient plus délurés et grossiers encore que les garçons dont ils avaient en principe la charge, et leurs collègues du beau sexe n'étaient pas non plus des paragons de vertu. Le voyage de nuit vers l'Italie suffit à nous montrer que Cesenatico serait pour nous un lieu paradisiaque, mais d'une façon bien différente de ce que pensaient nos parents.

Les garçons et les filles les plus âgés partageaient un unique compartiment, où ils passèrent ensemble une nuit des plus heureuses et des plus agitées. Nous étions si activement occupés ensemble que c'est à peine si nous pûmes tendre une main pour montrer nos passeports aux douaniers autrichiens et italiens. Sans doute les Italiens s'étaient-ils raconté tout ce qui se passait d'intéressant dans notre compartiment car, une fois passée la frontière, nous vîmes apparaître environ toutes les demi-heures un véritable général d'opéra comique, vêtu chaque fois d'un uniforme différent, qui ouvrait la porte du compartiment pour jeter un coup d'œil amusé au spectacle que nous offrions, puis disparaissait en nous laissant à nos petites affaires, jusqu'à ce qu'un nouvel individu vînt à son tour profiter de ce qu'il y avait à voir. A dire vrai, il ne se passait pas tant de choses que cela ; on s'embrassait, on se caressait, et voilà tout ; mais, pour des adolescents de quinze ou seize ans, cela suffisait à faire une nuit blanche des plus excitantes.

Aussi étions-nous quelque peu épuisés en descendant d'un pas mal assuré sur le quai de la gare de Venise, à cinq heures du matin, après un petit déjeuner parfaitement indigeste — un œuf dur et une poire plutôt verte pour chacun.

Se promener dans Venise aux premières heures de la matinée peut constituer une expérience délicieuse, mais certes pas après un voyage en train au cours duquel on n'a pas fermé l'œil pendant onze heures. Nos organisateurs n'en avaient cure. Toute notre troupe — qui comptait également des petits — fut emmenée d'abord dans un parc, où nous devions en principe prendre quelque repos, puis, à partir de huit heures, traînée dans les rues, tel un bétail abandonné à lui-même ; nous étions de plus en plus pitoyables et affamés. Il faisait déjà très chaud, et cela ne faisait que commencer. Les plus jeunes commençaient à pleurer et à se quereller entre eux. Épuisés, ils refusaient de marcher plus avant, s'écroulant sur place. Un peu plus tard, on nous permit de nous reposer place Saint-Marc. A une heure de l'après-midi, moulus de fatigue et morts de faim, on nous emmena dans une gargote malodorante, où nous nous vîmes servir, avec de la polenta, une platée de poisson tout gras et huileux. Il y avait de quoi défaillir rien qu'à regarder. Personne ne mangea grand-chose et ceux qui s'y risquèrent, moi entre autres, furent en effet pris de nausée après quelques bouchées.

Pendant le reste de la journée, nous ne nous sustentâmes guère que de glaces ; le soir venu, les plus grands connurent un moment magnifique, quand on nous fit monter deux par deux dans des gondoles. Quant à savoir comment les plus petits réussirent à survivre jusqu'au moment où nous regagnâmes enfin à pied la gare pour prendre le train de minuit jusqu'à Cesenatico, où nous arrivâmes à sept heures le lendemain matin — sans doute faut-il voir là un cas de plus des nombreux miracles que l'on attribue à saint Marc...

En 1937, Cesenatico était encore essentiellement un village de pêcheurs. On y trouvait certes un Grand Hôtel, quelques allées d'élégantes villas appartenant à de riches Italiens, mais cela restait bien loin encore du « paradis » touristique de masse qu'est aujourd'hui devenu ce bourg.

Ce furent les seules vacances où il me fut donné de connaître l'insouciance de la jeunesse et le bonheur d'être amoureux de l'amour. J'avais certes auprès de moi la dame de mes pensées, mais il y avait d'autres filles aussi avec lesquelles on pouvait flirter. Ainsi Maria, charmante Italienne brune, de bonne famille, mais bien loin d'être tenue d'aussi près qu'on ne le pense généralement des jeunes filles italiennes de la bonne société. Et même une de nos jeunes surveillantes, un peu plus âgée que moi, ce qui la rendait à mes yeux tout à fait fascinante. Nous connûmes des ballades au clair de lune sur des bateaux de pêche où d'authentiques marins italiens poussaient la romance — le tout avec force bouteilles d'Asti Spumante ou de Lacrima Christi, et avec Lisl dans mes bras. Cela restait assez innocent, mais très romanesque — très *kitsch*, peut-être, mais à seize ans et demi, le *kitsch* peut sembler merveilleux. Je pris des cours d'italien auprès d'un étudiant en médecine nommé Mario Finzi, d'opinions résolument fascistes. Je me souviens comme ses yeux s'illuminaient lorsque des avions des forces italiennes bourdonnaient au-dessus de nos têtes ! Son héros était le maréchal Balbo, le barbu qui dirigeait les forces aériennes italiennes. Nul être au monde n'aurait pu se montrer plus fier de sa nationalité, s'avérer un Italien plus patriote, semblable à quelque bel et ténébreux prince de la Renaissance italienne. J'ignorais encore à l'époque que Finzi est un patronyme juif, et Mario lui-même ne se rendait aucunement compte que les fascistes auxquels il portait une telle admiration allaient bientôt devenir ses ennemis mortels. Cependant, il survécut à la suite des événements, et devint plus tard un des chirurgiens italiens parmi les plus réputés.

Ces dernières vacances de ma jeunesse — où le futur ne semblait devoir m'apporter qu'une indépendance accrue, avec la vie insouciante de l'université, puis toute une année à valser à travers Vienne, dans le prestigieux uniforme des élèves-officiers de l'armée autrichienne — ne prirent pas fin avec ces quatre semaines passées en Italie. De Cesenatico, et pour la première fois tout seul, je rentrai en Autriche, plus précisément à Schruns, au Tyrol, où je retrouvai mes parents et restai une semaine avant de me rendre, avec eux, à Ischl.

Papa et maman me traitaient maintenant presque comme un adulte. Ma véritable consécration comme tel eut lieu lors d'une conversation que j'eus avec mon père dans une petite auberge et où, pour la première fois, il m'annonça avec fierté combien il avait gagné d'argent dans l'année, en me spécifiant ce qui venait de la banque et ce que lui avait versé le fabricant français de papier à cigarettes Abadie. Nous parlâmes de l'avenir — du sien comme du mien —, n'évitant qu'un seul et unique sujet : Lisl.

Moins de huit mois plus tard, nous allions nous retrouver proscrits, pourchassés, méprisés. Mais, en août 1937, nous pouvions encore, confortablement installés dans cette petite auberge, causer du futur comme s'il nous était à jamais ouvert et ne devait nous apporter que bonheur.

Ischl, cela signifiait pour moi mon ancienne bande, je veux dire le groupe de jeunes auquel je m'étais joint l'année précédente. Je les retrouvai tous là, un peu plus mûrs, un peu plus portés sur le flirt — et y connus deux nouvelles passions. L'une était une fille nouvelle dans la bande, qui s'était ajoutée à Marielouise, à Yvonne et aux autres. Ce fut elle qui me séduisit, bien davantage que moi — expérience nouvelle et fort palpitante. La seconde de ces passions fut le *Reinanken*, un poisson de la région qui se consomme fumé et piqué sur une baguette. Pour l'une comme pour l'autre de ces deux passions, je fis preuve d'une intense dévotion, et l'une comme l'autre furent évidemment (quoique sans commentaires) remarquées par l'assemblée familiale, à laquelle s'ajoutaient cet été-là ma tante Klara et ma cousine Hedi. Tout le monde fit preuve de la plus grande discrétion et se garda de la moindre allusion. Il est probable que mon père, qui s'efforçait de dissimuler le ravissement que lui inspirait mon intérêt pour une autre jeune personne, avait prié la famille, pour l'amour du ciel, de ne rien dire. Aucun signe de tête de grand-mère, donc aucune remarque malicieuse de tante Sally, pas même un mot d'Annitschek. Seule ma tante Klara se laissa aller une fois à ce qui dut apparaître comme le comble de la provocation : comme je me trouvais assis un peu trop près d'elle au café Zauner, après une fabuleuse orgie de *Reinanken*, elle me dit : « Ta petite demoiselle est sans doute particulièrement attirée par l'odeur de poisson ! »

De fait, mon nouvel amour était rien moins qu'intolérante, ô que non ! Âgée de deux ans de plus que moi et pleine d'expérience, elle savait comment m'initier à toutes choses, moi qui ne connaissais rien à rien. Elle correspondait presque — quoique à demi seulement — à mon ancien rêve d'une femme plus âgée qui, entrant un jour dans ma vie, me permettrait de me réaliser. De fait, il m'était arrivé une fois de rencontrer une femme de ce genre. C'était en mars ou en avril 1936, à la soirée d'anniversaire d'un de mes camarades de classe dont elle était une cousine plus âgée, ou peut-être une tante. Elle avait dans les trente-cinq ans — grande, une silhouette mince et très féminine ; elle portait une élégante robe noire décolletée et se déplaçait avec une grâce des plus séduisantes. Je la revois face à moi, adossée à une porte blanche, fumant avec un porte-cigarette noir très long et très fin, l'autre bras reposant légèrement sur une hanche du plus bel arrondi. On eût dit une scène tirée d'un film de Hollywood : *The Graduate*, peut-être, où j'aurais moi-même tenu le rôle de Dustin Hoffman ? N'ayant alors que quinze ans et demi, j'eusse bien sûr souhaité être vraiment un homme, connaître la vie. Si seulement, ah, si seulement elle avait fait le premier pas ! Les yeux exorbités, je ne cessais de la contempler. Elle, souriait. Qui sait ce qui aurait pu en résulter ? Mon scénario n'était pas écrit, et mes caméras ne se mirent jamais en route. Je fus soudain appelé au téléphone : c'était maman qui, de sa voix la plus joyeuse, m'annonça que mon père était rentré de Prague. Nous ne l'attendions que le lendemain mais lui, véritable Lindbergh de la Pichlergasse, avait accompli cet exploit incroyable, proprement ahurissant : il était rentré de Prague à Vienne en avion. En 1936, c'était là quelque chose de sensationnel. D'un seul coup, mon père redevint pour moi un héros, bien plus fascinant pour un garçon de quinze ans que toute femme possible.

Je bondis sur mon manteau et rentrai à la maison en toute hâte — oubliant sur-le-champ toutes mes rêveries sensuelles — pour retrouver mon père, ce grand aventurier, et l'écouter raconter son voyage. Je le trouvai, rayonnant, assis au bureau dans son fauteuil préféré. Ma mère s'agitait autour de lui comme une gamine excitée, quand je fis mon apparition. Si incroyable qu'il y paraît, il minimisa quant à lui l'héroïsme dont il avait fait preuve, affirmant que la voie des airs n'avait rien d'extraordinaire, que c'était là de loin la plus agréable façon de voyager et que d'ailleurs — quelle vaillance ! — il recommencerait certainement. Comme j'étais fier d'avoir un pareil père !

Cette admiration absolue pour mon héros de père devait prendre fin dans le courant de cette même année : très précisément lors de cette amère querelle que nous eûmes à propos de Lisl. A partir de là, je me mis à considérer papa comme un être humain parmi les autres, et non plus comme ce géant qui, dans mon enfance, me semblait capable de me protéger de tout danger. Cette scène marqua le terme de notre ancienne relation et le début d'une nouvelle, laquelle n'eut jamais l'occasion de se développer pleinement, de dépasser le stade d'un simple commencement. Mes parents et moi-même n'eûmes jamais le temps de faire mutuellement connaissance en tant qu'adultes, notre relation ne parvint jamais à maturité. Lorsqu'elle prit fin, je n'avais pas encore vingt ans, et c'est pourquoi l'image que je conserve de mon père et de ma mère ne sera jamais complète, ne présentera jamais un contour bien assuré : il lui manquera toujours la perspective, la façon de voir d'un adulte, et elle restera toujours un peu plate, voire un peu primitive, faute de nuance, de forme, de tracé — mais certainement pas d'amour.

Mes parents m'accordèrent une considérable indépendance à l'approche de mes dix-sept ans. Cela paraissait encore tout à fait inhabituel à cette époque, notamment dans cette bourgeoisie juive viennoise à laquelle nous appartenions. Je n'en pris réellement conscience que le jour même de mon anniversaire. Ce soir-là, mes parents donnaient eux-mêmes un de leurs dîners, en l'honneur de leur dix-huitième anniversaire de mariage.

Aux alentours de sept heures et demie, tous les invités étaient arrivés : les Mautner, les Herlinger, différents oncles et tantes, Herr Bloch (l'un des adjoints de mon père à la banque) et sa femme, enfin le Dr Maurer avec son épouse : eh oui, « l'ami de la famille » avait fini par succomber, par renoncer au célibat, grâce à une jeune femme brune tout à fait adorable. Je pris un verre avec eux puis, à leur grande surprise, les priai de bien vouloir m'excuser. Quand on leur expliqua que j'allais fêter mon anniversaire avec ma petite amie dans le plus célèbre des cabarets viennois, le « Simpl », nos hôtes réagirent par un instant de silence stupéfait. Personne ne dit rien, mais leurs pensées se lisaient sur leurs visages : « Ernst et Stella y vont vraiment un peu fort ! laisser leur fils sortir avec une fille, à cette heure-ci, et dans un cabaret ! »

En fait, le « Simplicissimus », pour l'appeler par son nom, n'était vraiment pas un lieu canaille. Là, nulle blonde esseulée en attente de quelque mâle solitaire. L'établissement était dirigé par deux Juifs, Karl Farkas et Fritz Grünbaum. Farkas était l'un des hommes les plus spirituels de tout Vienne, et Grünbaum, réfugié de l'Allemagne hitlérienne, avait été l'un des meilleurs comédiens du théâtre allemand. Tous les enfants le connaissaient, vu le grand nombre de rôles qu'il avait tenus dans d'innombrables films. Sans doute ne pourrait-on citer de plus parfaite collaboration dans toute l'histoire du cabaret — forme artistique qui, me semble-t-il, atteignit son apogée dans la Vienne des années trente. Des nombreux cabarets que comptait la ville, le « Simpl » de Farkas et Grünbaum était le plus étonnant. Les cabarets viennois proposaient alors au public des successions de sketches satiriques à visée politique, entremêlés de chansons ; et, contrairement aux cabarets allemands — dont l'origine remontait aux années quatre-vingt-dix —, ils poursuivaient une ancienne tradition satirique, remontant au grand Johann Nestroy et au début du XIXe siècle. L'œuvre de Nestroy est mal connue en dehors de l'Autriche. Écrite en dialecte viennois, elle perd beaucoup de son charme une fois transposée en véritable allemand, a fortiori traduite en une langue étrangère. Il n'empêche que Nestroy fut au théâtre satirique l'équivalent de Shakespeare pour le théâtre dramatique. A cette tradition du cru, Farkas et Grünbaum ajoutaient leur propre conception de l'humour juif, hautement individuelle. Le résultat était plein de finesse, d'acuité et d'intelligence, faisant passer d'une seconde à l'autre l'humeur du public de l'hilarité à la réflexion, pour la ramener immédiatement au rire, le gardant ainsi captivé du premier jusqu'au dernier instant. Indispensable au succès du « Simpl » était le vaste public juif qui existait en effet à Vienne à cette époque, apte à saisir immédiatement chaque bon mot, et à ressentir instinctivement la proximité du rire et des larmes.

Lors de l'*Anschluss*, les nazis n'attendirent guère plus de quelques heures pour arrêter Fritz Grünbaum, qu'ils transférèrent à Dachau où il fut tué à coups de gourdin. Farkas, plus chanceux, put s'enfuir et émigrer aux États-Unis. Quelques mois après la fin de la guerre, il rentra à Vienne, où il rouvrit le « Simpl ». Il m'arriva parfois de le croiser lors de mes rares visites dans la Vienne de l'après-guerre, le cheveu gris, toujours élégant et très solitaire. Il s'installait au café Sacher, où les serveurs l'appelaient très respectueusement « *Herr Professor* » : l'État autrichien, très conscient qu'une distinction honorifique revient autrement moins cher qu'une indemnisation, lui avait accordé ce titre.

Le spectacle du « Simpl » auquel j'emmenai Lisl pour mon dix-septième anniversaire s'intitulait *Robinson Farkas sur l'île Grünbaum*. Conçu pour fêter le vingt-cinquième anniversaire du cabaret, c'était un spectacle meilleur que jamais, où Grünbaum et Farkas se montrèrent éblouissants. Tant leur jeu que leur texte étaient si drôles que Herr Flieder, le serveur en chef du « Simpl » — et lui-même un étonnant personnage —, atteignit lors de la répétition générale à un tel paroxysme d'hilarité qu'il en laissa choir le plateau de thé qu'il transportait. Or cela faisait vingt-cinq ans aussi que Herr Flieder ne cessait de porter des plateaux dans l'enceinte du « Simpl », et jamais encore il n'avait laissé tomber fût-ce une tranche de citron.

C'était donc le 21 décembre 1937 ; Lisl et moi, assis dans ce cabaret, riions, applaudissions, allions même jusqu'à pousser de véritable cris de joie, comme tous les autres spectateurs, fort bien vêtus et d'apparence tout à fait prospère : chacun se comportait comme s'il n'avait aucun souci au monde.

Pourtant, je ne dois pas être loin de la vérité en affirmant qu'un bon tiers de gens qui riaient ce soir allaient se retrouver, avant trois mois, derrière les fils de fer barbelés électrifiés de tel ou tel camp de concentration nazi. Combien d'entre eux entendaient vraiment ce que leur disait Farkas et Grünbaum ? Car ces duettistes n'étaient pas seulement de remarquables comédiens : au cœur même de nombre de leurs plaisanteries gisait une conscience quasi prophétique de la menace dont était imprégné l'air que nous respirions tous. Sans doute ne trouverait-on pas, dans l'histoire universelle, de plus amusante Cassandre que ces deux gaillards-là. Mais leur véritable message, leur pressentiment instinctif des larmes qui viendraient après les rires, leur message tout aussi tragique que comique, ne fut pas mieux entendu que celui d'aucune Cassandre au monde. Grünbaum lui-même, comme le démontre sa triste fin, ne comprenait pas le vrai sens du message qu'il délivrait.

Au soir de la Saint-Sylvestre de 1937, nous nous trouvions dans le bureau, mon père, ma mère et moi ; je fis quelques parties d'échecs avec mon père, nous bavardâmes, écoutâmes des chansonniers à la radio, tuant ainsi le temps en attendant minuit. L'horloge à balancier dont le cadran formait le visage de notre arlequin baroque, montrait que minuit n'était plus bien loin. Papa ouvrit la fenêtre donnant sur la Nussdorferstrasse et là, debout, nous écoutâmes les nombreux carillons des églises viennoises sonner la fin de l'année écoulée, annoncer l'année nouvelle. Quand leur tintement vint briser le silence nocturne, nous levâmes nos verres pour boire mutuellement à notre santé, et nous nous embrassâmes.

Le jour du Nouvel An 1938, deux journaux viennois que ni mon père ni moi n'avions l'habitude de lire publièrent des nouvelles assez extraordinaires : leurs éditoriaux exigeaient que le gouvernement prenne des mesures pour mettre un terme à l'immigration des Juifs en Autriche. Ils invitaient en même temps à reconsidérer toutes les naturalisations qui avaient été accordées aux Juifs depuis 1918. Douglas Reed, qui était alors le correspondant du *Times* à Vienne, écrivit ceci :

> La majorité de l'opinion publique autrichienne partage les idées exprimées par ces deux journaux — mais cela n'a rien à voir avec l'antisémitisme. Au

cours des dernières années, les capitales du Danube et des Balkans ont été submergées d'immigrants venus d'Allemagne et de Pologne ; une forte proportion d'entre eux sont connus des services de police. Par conséquent, un examen plus minutieux des dossiers s'imposait tôt ou tard dans ces régions.

Le Dr Goebbels n'aurait pu trouver meilleur avocat que Mr Douglas Reed. N'avait-il pas, comme son Führer, cessé de proclamer que les Juifs étaient des criminels ? Les Juifs quittaient en effet l'Allemagne et la Pologne pour échapper tout simplement aux conséquences inévitables de leurs activités criminelles.

Les journaux que nous lisions à la maison, la *Neue Freie Presse* et le *Neues Wiener Tagblatt*, reprirent le matin suivant ce que les *Wiener Neueste Nachrichten* et le *Reichspost* avaient publié la veille. Après les avoir lus, mon père ne dit rien. Mais il était extrêmement calme ce dimanche matin et se montra particulièrement prévenant lors de sa visite à grand-mère.

Ce qu'il avait pensé de tout cela apparut clairement lors du déjeuner, quand il nous interrogea soudain, maman et moi : « Avez-vous lu les journaux de ce matin, et ce que le *Reichspost* et les *Neueste Nachrichten* ont écrit hier ? »

Nous lui dîmes que nous les avions lus.

« Je n'attends rien d'autre des *Neueste Nachrichten*, cette feuille nazie, déclara mon père. Mais que le *Reichspost*, journal gouvernemental, écrive à peu près la même chose, c'en est trop ! Sais-tu, Stella, je pense que je devrais demander à la banque de me régler mon compte. Prenons l'argent — il doit y avoir dans les 40 000 schillings. Ce n'est pas beaucoup, mais c'est suffisant pour un nouveau départ — et allons en Suisse ! »

Il avait lancé sa bombe.

Ma mère et moi le regardâmes avec une surprise étonnée.

« Alors, qu'en penses-tu ? » dit-il en regardant maman.

Elle hésita, de sorte que père répondit lui-même à sa propre question — si rapidement que je suis aujourd'hui convaincu qu'il n'avait en réalité fait que jouer avec cette idée, sans sérieusement imaginer une telle extrémité.

« Qu'arriverait-il à ma mère et à Sally si je le faisais ? dit-il. Qui pourrait s'occuper d'elles ? J'aimerais bien partir, mais comment le pourrais-je ? »

Certes, il avait de bonnes raisons pour éviter cette solution. Il avait quarante-huit ans. Devait-il à son âge abandonner tout ce pour quoi il avait travaillé : sa maison, sa carrière, son existence confortable dans une ville où il se sentait chez lui et qu'il aimait ? Mais toutes ces considérations n'auraient peut-être pas compté autant si ses sentiments et le sens de ses responsabilités vis-à-vis de sa mère et de sa sœur n'avaient également pesé dans la balance.

Père avait décidé de rester, bien qu'il eût senti le danger plus tôt que nombre de ses semblables. Depuis ce jour et jusqu'à l'*Anschluss*, il ne parla plus jamais d'émigrer — il se laissa aveugler et ignora les signaux d'alarme qui se multipliaient de jour en jour.

Aiguillonnés par l'Allemagne, encouragés par la confusion croissante des autorités autrichiennes, nos nazis locaux devenaient de plus en plus impatients et agressifs. Des cocktails Molotov et des bombes fumigènes étaient jetés dans les synagogues, semant la panique dans les communautés. Chaque nuit, d'énormes croix gammées accompagnées de slogans nazis apparaissaient sur les façades des maisons. Des bandes de jeunes gens et de jeunes filles parcouraient les rues en molestant quiconque avait à leurs yeux la moindre apparence juive — y compris (ce qui amusa les Juifs de Vienne) une délégation de dignitaires fascistes italiens qui visitaient la ville. Ces groupes nazis fortement organisés étaient facilement reconnaissables. Ils portaient tous les longues chaussettes blanches qui témoignaient de leur appartenance politique. Le port de la croix gammée était toujours illégal, mais la police pouvait difficilement arrêter les gens à cause de la couleur de leurs chaussettes !

C'était l'époque du Carnaval à Vienne. Le Bal de l'Opéra, qui constituait l'événement social le plus traditionnel et le plus élégant de la saison, était plus splendide que jamais. Si grand-mère Julie avait encore pu regarder par la fenêtre du n° 3 Opernring, elle eût aperçu un spectacle aussi brillant, gai et coloré que celui qu'elle contemplait autrefois dans sa jeunesse. Au Bal de la Ville de Vienne, dans l'Hôtel de ville néo-gothique (c'était en importance la deuxième manifestation du calendrier des festivités du Carnaval, moins aristocratique, plus bourgeoise), on valsait jusqu'aux petites heures du matin. Et au Bal du « Front National », les danseurs « professionnels » tournoyaient sur le parquet, sous les drapeaux rouge-blanc-rouge. Des tonneaux de goulasch, de vin et de bière permettaient de restaurer les fêtards jusqu'à plus faim et plus soif. Qui gouvernait le pays ? Le gouvernement de la Ballhausplatz ou les bandes nazies dans la rue ?

Toute la question était là. Une chose était certaine : l'homme qui régnait avant tout, c'était Johann Strauss...

S'il y avait encore un doute quant à savoir qui régnait et gouvernait en Allemagne, la réponse « définitive » (c'était une de ses formules favorites) avait été apportée par le Führer. Les nationalistes conservateurs qui l'avaient aidé à prendre le pouvoir, ayant joué leur rôle, étaient devenus inutiles. Il en allait de même pour plusieurs vieux généraux de la Wehrmacht. Depuis quelque temps, la rumeur s'était répandue que des événements dramatiques allaient survenir en Allemagne. Le 4 février 1938, Hitler confirma que ces rumeurs étaient bien fondées. Il communiqua la liste des généraux limogés, annonça qu'il s'était lui-même proclamé commandant en chef de toutes les forces armées d'Allemagne, qu'il avait remplacé Herr von Neurath, le ministre conservateur des Affaires étrangères, par le fanatique nazi von Ribbentrop, et que les ambassadeurs d'Allemagne à Washington, Rome et Vienne, tous tenants de l'ordre ancien, allaient être rappelés.

Comment réagirent à ces changements les défenseurs de la thèse du « Hitler ne durera pas » ? Eh bien, comme il en va si souvent des augures politiciens, ils refusèrent de voir les faits. La question était pertinente ; il se trouvait que nous avions dans notre famille l'un de ces augures : oncle Paul. Et ses avis avaient du poids auprès de mon père. Paul connaissait plusieurs personnalités dans l'administration Schuschnigg : il avait donc la réputation d'être bien informé. C'était à la fois un frère aîné et un *Herr Regierungsrat*. Avant le 4 février 1938, Paul et ceux dont il partageait les idées étaient convaincus que « Hitler ne durerait pas », car l'armée et les conservateurs de l'administration allemande saboteraient ses idées radicales. Il se heurterait alors à ses séides les plus fanatiques, un putsch nazi l'éliminerait, suivi d'un putsch militaire contre les nazis — et c'est finalement l'armée qui l'emporterait.

Mais la situation était maintenant différente. Les conservateurs ne s'étaient pas débarrassés de Hitler. C'est lui qui s'était débarrassé d'eux. Son pouvoir semblait désormais absolu. Pas tant que ça, expliquaient les augures, qui avaient instantanément adapté leurs idées à la situation nouvelle : « Hitler ne durera pas ! », car il a dépassé les bornes : libérée des contraintes de la responsabilité politique, l'opposition conservatrice allemande va maintenant agir. Ce n'est plus qu'une question de mois, voire de semaines ; ils vont renverser le Führer.

Personne à Vienne ne versa de larmes sur Herr von Papen. Et c'est avec soulagement qu'on apprit que le grand maître en intrigues allait devoir faire ses bagages. Ce soulagement était pourtant bien peu justifié. Les événements allaient montrer que Herr von Papen était moins dangereux dans son ambassade qu'au-dehors. En fait, l'Autriche était définitivement condamnée. Mussolini savait ce qu'il disait quand il prévenait le colonel Liebitzky que les jours de l'Autriche étaient comptés. Les signes se multipliaient montrant que l'Allemagne se préparait à agir contre l'Autriche. Anthony Eden annonça à son collègue autrichien Guido Schmidt que des renseignements secrets reçus à Londres indiquaient que l'Allemagne allait incessamment régler le « problème autrichien ». Des membres de la légation d'Autriche à Berlin firent état d'un changement d'attitude des leaders nazis à leur égard. Un diplomate autrichien devait ultérieurement résumer la situation de la façon suivante : « Ils nous traitaient comme des morts en sursis ». Tout cela était parfaitement exact. Mais c'est von Papen qui fut, en définitive, responsable de la fin de l'Autriche, et de la façon dont cela se passa. Son combat désespéré pour conserver une parcelle d'influence et de pouvoir, manœuvrer au milieu des événements, et surtout se gagner la faveur de Hitler, scella le destin de l'Autriche.

Avant de quitter son poste de Vienne, d'où il avait été rappelé, Herr von Papen envoya à Hitler un message indiquant qu'il désirait faire de nouvelles propositions pour régler la question autrichienne. Il demandait l'autorisation de les soumettre personnellement au Führer. Le soir du dimanche 6 février, von Papen prit le train qui devait le ramener dans le Grand Reich. La réponse de Hitler ne se fit pas attendre. A peine le train eut-il quitté Vienne, que l'ex-ambassadeur reçut un télégramme lui ordonnant de rejoindre le Berghof, le chalet de montagne de Hitler dans l'Obersalzberg, près de Berchtesgaden, où il se reposait de son combat victorieux contre l'« establishment » allemand. Von Papen descendit du train à Linz, capitale de la Haute Autriche, y passa la nuit et prit dès le lendemain matin une voiture pour l'Obersalzberg.

Vingt-quatre heures plus tard, Son Excellence à la moustache grise était de retour à Vienne, et s'entretenait à la Chancellerie avec Schuschnigg et son ministre des Affaires étrangères, Guido Schmidt. Le retour de von Papen était un secret absolu, mais ne put échapper à la presse étrangère. Le *Times* de Londres marqua son vif étonnement en rapportant l'étonnant périple de l'ambassadeur limogé. On y lisait, le 10 février :

> Herr von Papen, qui est toujours à Vienne, semble soucieux de s'assurer que, si de nouvelles concessions, apparentes ou réelles, doivent être faites par le gouvernement autrichien dans un proche avenir, elles interviennent avant et non après son départ, pour qu'elles ne profitent pas à son successeur, qui apparaîtrait ainsi plus proche du Parti national-socialiste que lui-même.

L'argument de von Papen était fort simple : il suggérait que tous les problèmes existants entre le Reich allemand et l'Autriche soient réglés lors d'un entretien personnel entre Schuschnigg et Hitler. Il était important que cet entretien se déroulât aussi rapidement que possible, afin que lui-même, von Papen, puisse participer aux conversations entre les deux leaders et jouer le rôle de conciliateur. Le chancelier autrichien apprécierait certainement le fait que von Papen ne fût pas lui-même nazi. Bientôt, Herr von Ribbentrop prendrait en main le ministère allemand des Affaires étrangères et un nazi hériterait de l'ambassade à Vienne. Or ces gens-là allaient s'efforcer d'influencer Hitler et de lui faire prendre des positions radicales que lui-même, von Papen, pouvait encore éviter.

Schuschnigg connaissait suffisamment Hitler et ses méthodes pour ne pas prendre le Führer pour un chancelier allemand simplement plus tapageur que les autres. Mais il commit la même erreur que celle que Chamberlain et Daladier allaient commettre à Munich, à l'automne 1938. Il croyait encore que Hitler se conformerait, dans les affaires internationales, aux règles universelles de la diplomatie. Malgré ses craintes, Schuschnigg accepta finalement l'invitation de Hitler à venir lui rendre visite au Berghof. La preuve que le chancelier éprouvait des doutes et souhaitait renforcer sa position avant la rencontre avec Hitler, apparaît dans le décret du gouvernement autrichien du 11 février, portant la durée du service militaire de douze à dix-huit mois.

On peut s'étonner que Schuschnigg et Schmidt n'eussent pas pris de précaution plus élémentaire que de maintenir les conscrits six mois de plus sous les drapeaux. Si, avant leur voyage vers l'Obersalzberg, ils avaient pris la peine de regarder le premier chapitre du *Mein Kampf* de Hitler, et de lire et relire ce qu'il écrivait à propos de l'Autriche — auraient-ils ainsi conduit leur mission au désastre ?

Une bonne part de ce que Hitler avait écrit dans *Mein Kampf* à propos des relations internationales était soigneusement ambivalent. Ses références à l'Angleterre et à la France, en particulier, étaient très ambiguës. En revanche, ses idées sur l'Autriche étaient exprimées sans la moindre ambiguïté dès les premières pages de l'ouvrage. Au début du chapitre initial, « La maison de mes parents », il écrivait : « Dans ma prime jeunesse, j'éprouvai l'intuition fondamentale, qui ne me quitta jamais mais ne fit que se renforcer — que le germanisme ne pourrait être sauvegardé que par la destruction de l'Autriche... Dès ce moment-là, j'avais tiré les conséquences de cette réalité : un amour ardent pour ma patrie austro-allemande, et une haine profonde de l'État autrichien. »

Le Reiss-Bar se trouvait dans l'une des rues adjacentes de la Kärtnerstrasse. C'était un établissement très chic : long bar d'acajou brillant, scintillant de chrome et de verre, fauteuils de cuir rouge, petites tables de marbre et bois doré. Tout à fait l'endroit qui pouvait attirer deux jeunes citadins de dix-sept ans — et, la nuit, les prostituées les plus belles et les plus chères de Vienne. Fritz Pollack et moi aimions nous y retrouver le samedi après-midi. A ce moment-là, nous étions généralement les seuls clients. Siroter un verre d'alcool dans un cadre aussi excitant nous paraissait des plus sophistiqués.

Le samedi 12 février 1938, nous entrâmes au Reiss-Bar vers les 17 heures. Lisl était partie skier dans les montagnes proches de Vienne et Fritz et moi avions prévu de suivre notre programme habituel : un verre, le cinéma, puis un dîner au O.K. Stüberl.

A cette heure, nous étions les seuls clients, outre un serveur du Reiss-Bar. A notre arrivée, il écoutait la radio qui retransmettait l'habituel programme de musique légère du samedi après-midi. Nous nous assîmes, commandâmes nos verres et commençâmes à discuter. Soudain, la musique s'arrêta en plein milieu d'une valse : cela nous surprit. La voix familière du speaker se fit alors entendre : « Ici Radio Vienne. Nous interrompons notre programme pour une annonce officielle. — Répondant à une invitation du Führer et chancelier du Reich, Adolf Hitler, le chancelier Dr Kurt von Schuschnigg, accompagné du Dr Guido Schmidt, ministre des Affaires étrangères, est arrivé ce matin à Berchtesgaden où des entretiens ont commencé entre les deux responsables, allemand et autrichien. — Nous retournons au studio pour la deuxième partie de notre après-midi musical. »

Nous payâmes et sortîmes : dans la rue tout était normal. Nous prîmes la Kärtnerstrasse en direction de l'Opernring et passâmes devant l'Office du Tourisme allemand, qui exhibait un immense portrait de Hitler. La foule des partisans nazis ne s'était pas encore réunie là. En effet, le secret de la rencontre de Berchtesgaden avait été bien gardé : quelques heures devaient encore s'écouler avant que les premiers manifestants nazis ne se rassemblent et commencent à pousser leurs cris et leurs « *Heil !* »

Nous savions tous deux qu'il était exclu de maintenir notre projet d'aller au cinéma, puis de dîner au restaurant. Adolescents ou pas, nous savions qu'il valait mieux rentrer à la maison pour retrouver notre famille, la protection d'un milieu tendre et accueillant.

Mais la confusion et la déception me saisirent quand j'arrivai à notre appartement. Mon père ne paraissait pas aussi inquiet que je l'avais imaginé. Dès qu'il avait entendu l'annonce à la radio, il avait téléphoné à plusieurs de ses amis et à ses frères — y compris oncle Paul, bien entendu — qui lui avaient assuré qu'avec un Schuschnigg à la Chancellerie, nous vivions dans le meilleur des mondes possibles. Ce comportement traduit bien l'aveuglement de gens trop proches les uns des autres et trop impliqués personnellement pour être capables d'observer et d'interpréter les événements froidement et calmement. Il faut dire qu'à cette époque le véritable caractère de Hitler était si mal compris qu'un éminent journaliste du *Times* n'hésitait pas à décrire la conférence de l'Obersalzberg comme « une rencontre inattendue mais porteuse d'espoirs, entre Herr Hitler et Herr von Schuschnigg. » Et lorsque d'autres journaux britanniques titrèrent sur la « Crise autrichienne », le *Times* dénonça ce type de journalisme « alarmiste ».

Je ne pensai pas à demander à mon père s'il avait également téléphoné à Richard Mautner, le plus sombre et pessimiste de ses amis. Le plus riche parmi les proches de mes parents, Mautner fut le seul à faire ce qu'il fallait lorsque les choses tournèrent mal. Et c'est ainsi que — même indirectement — il me sauva la vie.

Nous tentions de nous convaincre que la situation, bien que grave, n'était pas désespérée. Pour commencer, nous nous accrochions à tout : mauvaises nouvelles, rumeurs, lueurs d'espoir, et jusqu'à la propagande gouvernementale — qui se berçait d'illusions — résolument optimiste. On ne cessait de souligner que le chancelier n'avait fait le voyage de l'Obersalzberg que pour répondre à l'invitation de Hitler, et leur rencontre était présentée comme une aimable « tea-party ». Un important journal autrichien écrivit : « La rencontre s'est déroulée dans une atmosphère de grande cordialité et la conversation, qui a duré plusieurs heures, a révélé une profonde compréhension entre les deux hommes... »

La *Wiener Zeitung,* organe officiel du gouvernement, précisait : « entretien amical... atmosphère cordiale... discussion franche d'homme à homme... aucun développement spectaculaire ». Le Führer avait même accueilli le chancelier sur les marches de son chalet : tout était merveilleux dans la résidence de montagne de Hitler !

Puis les rumeurs laissèrent entendre que cette « tea-party » n'avait pas été vraiment l'aimable *tête-à-tête** dont on avait parlé. On apprit que le ministre nazi des Affaires étrangères, Herr von Ribbentrop, s'était joint aux discussions. Et enfin, le lundi 14 février, même la *Wiener Zeitung* finit par mentionner les autres participants à ces « conversations cordiales » : « Le général d'artillerie Wilhelm Keitel, chef du commandement supérieur de l'armée allemande ; le général de la Luftwaffe Sperle, commandant la région de Munich ; le général von Reichenau, commandant le IVe Groupe d'armées. » Aucune explication n'était cependant donnée : ils étaient apparemment venus, en grand uniforme et avec toutes leurs décorations, uniquement pour profiter du bon air de la montagne ! Peut-être leur présence était-elle nécessaire pour faire progresser l'esprit de détente que la visite de notre chancelier avait apparemment inauguré ? Le mot magique de « détente » apparut bientôt sur toutes les lèvres.

Tout le monde parlait de « détente » lors du bal donné par le gouvernement autrichien, le lundi 14 février. La saison du Carnaval battait son plein, la plus somptueuse qui se fût déroulée dans les appartements de la Hofburg, le palais des Habsbourg à Vienne. Bavardant et souriant, tout le monde dansait dans les salons impériaux : diplomates chamarrés, ministres du gouvernement, grands banquiers — et leurs épouses couvertes de bijoux. Combien parmi eux cachaient leur tristesse ou leur peur au plus profond de leur cœur ? Et combien d'autres s'efforçaient de camoufler leur trahison ?

Arthur von Seyss-Inquart pénétra dans la Hofburg avec Schus-

* En français dans le texte. (N.d.T.)

chnigg, qu'il allait justement trahir. Bien que le chancelier autrichien se fût efforcé de résister, à Berchtesgaden, à Hitler qui lui demandait de faire entrer Seyss dans son cabinet comme ministre de l'Intérieur — et qu'il n'eût cédé que sous la pression insistante du Führer —, il prenait encore le timide avocat pour un loyal Autrichien et son ami personnel.

Hormis les membres du gouvernement Schuschnigg et quelques-uns de ses plus proches confidents, personne en Autriche ne savait que le ministère-clé du pays, celui qui contrôlait l'ensemble des services de Sécurité, allait être confié à Seyss, leader de ce que l'on appelait par euphémisme l' « Opposition nationale ».

Le 15 février, au lendemain du bal, le *Times* publia une dépêche de Vienne qui dévoilait le pot aux roses. « Si la suggestion de Herr Hitler — que le Dr von Seyss-Inquart devienne ministre de l'Intérieur, et prenne le contrôle de la police autrichienne — devait être retenue, cela signifierait aux yeux des antinazis autrichiens que les « *finis Austriae* »* vont être sous peu rayées de la carte de l'Europe. »

Wilhelm Miklas, le président fédéral, refusa pendant quarante-huit heures de signer le document ratifiant la nomination de Seyss-Inquart. Mais il dut céder aux pressions de Schuschnigg. Miklas signa aux premières heures du 16 février et Seyss prêta serment dans la matinée. Au cours de cette première journée, le nouveau ministre s'entretint avec les hauts fonctionnaires de son ministère — et, le soir même, prit le train pour Berlin !

« Que le premier acte du ministre de l'Intérieur soit un voyage à l'étranger témoigne bien de la situation particulière qui est celle de l'Autriche après la rencontre Hitler-Schuschnigg » : tel fut le lucide commentaire du *Times*.

Qu'était-il donc arrivé durant ces deux jours pour que le journal londonien change à ce point de ton ? La vérité sur Berchtesgaden était apparue, et même Geoffrey Dawson, éditeur du *Times* et apôtre britannique de la détente, devait reconnaître qu'à Berchtesgaden Hitler avait traité le chancelier autrichien comme un simple écolier désobéissant. Il avait vitupéré et menacé, empêchant même ce gros fumeur de Schuschnigg d'allumer la moindre cigarette en sa présence. Et lorsque Schuschnigg avait montré quelque réticence et suggéré que Seyss se vît confier un autre ministère que celui de

* En latin, « frontières de l'Autriche ». (N.d.T.)

l'Intérieur, Hitler avait mis un terme à l'entretien et hurlé après ses généraux.

L'« entretien amical... d'homme à homme » fut en réalité la pire épreuve que Schuschnigg eût connue de sa vie. Mais ce fut l'une des plus belles performances de l'acteur Hitler sur la scène politique. Schuschnigg, l'intellectuel, était par tempérament incapable de se sortir d'une telle situation. Le paysan Dollfuss, dont l'instinct politique était bien plus intuitif, aurait sans doute su faire face au bluff de Hitler ; mais pas Schuschnigg, de tempérament trop « académique ».

Bien que la vérité sur Berchtesgaden fût maintenant connue, du moins du monde extérieur et de ceux qui avaient à Vienne l'honneur insigne de rencontrer Herr von Papen (avec son tact coutumier, il racontait en riant à qui voulait l'entendre la manière dont Hitler avait traité Schuschnigg), nul homme politique n'éleva la voix pour freiner Hitler. Les Français en parlèrent un peu, mais on sait qu'ils étaient avant tout choqués par la passivité de Mussolini. Les Polonais, quant à eux, déclarèrent n'être ni surpris ni inquiets, et rendirent hommage à l'habileté diplomatique du Führer. Les Tchèques firent, du moins officiellement, comme si tout cela ne les concernait guère. Seule exception, et bien qu'il fût alors éloigné du pouvoir, un politicien comprit ce qui s'était passé, en tira les conséquences et mit le monde en garde — sans être toutefois pris au sérieux : ce fut Winston Churchill.

Le mardi 22 février, il intervint à la Chambre des Communes pour déplorer « cette tragédie de l'Autriche et la pression intolérable exercée contre le gouvernement de ce pays. » [...] « Comment cela pourrait-il arranger la situation ? » demanda-t-il, et il ajouta : « L'Autriche est maintenant réduite en esclavage et nous ne savons pas si la Tchécoslovaquie ne va pas connaître le même sort. »

Nous avons tous encore à l'oreille cette voix sonore, roulant les *r* et sifflant les *s*, avec laquelle Churchill tenta de faire passer son message prophétique devant une Chambre léthargique, qui l'écoutait une fois de plus s'emporter à propos de pays bien lointains.

Le dimanche 20 février, Hitler s'adressa au Reichstag allemand. La radio autrichienne retransmettait pour la première fois un discours de Hitler. Il devait commencer à 13 heures. Mon père et moi étions anxieux de l'entendre, car on attendait en particulier qu'il rendît compte de la conférence de Berchtesgaden et — chose plus importante — réaffirmât l'indépendance de l'Autriche.

A 13 heures précises, nous nous installâmes devant la radio du bureau de père, et entendîmes le commentateur allemand décrire avec emphase la scène qui se déroulait au Kroll Opera, qui servait de siège au Parlement depuis l'incendie du Reichstag.

Un tonnerre de « *Sieg Heil !* » salua l'arrivée du Führer. Quelques minutes après 13 heures, nous entendîmes la voix de Hitler, cette voix qui n'était pas parvenue à perdre son accent autrichien, légèrement éraillée et plutôt vulgaire, mais capable de fasciner les foules. Après avoir commenté les changements récents dans le gouvernement et dans l'armée, il évoqua les cinq premières années de sa gestion, accordant une attention particulière aux résultats et aux succès économiques du régime. Il s'étendit sur les milliers de tonnes de ceci ou de cela que l'Allemagne produisait et poursuivit inlassablement sur les mines de charbon, les chantiers maritimes, les hauts fourneaux et leurs capacités — comme un vrai raseur de salon qui répète à l'infini les mêmes fadaises.

Arrivé au terme de ce discours de trois heures, Hitler consacra quatre minutes, soit 2,5 % de son temps de parole, à notre pays. Il remercia Schuschnigg pour « la grande compréhension et le chaleureux empressement avec lesquels il a accepté mon invitation à Berchtesgaden, où le chancelier autrichien et moi-même avons consacré tous nos efforts à trouver une solution dans l'intérêt de nos deux pays comme dans l'intérêt de la Nation allemande dans son ensemble, dont nous sommes tous les enfants et qui demeure notre berceau. »

Il termina en soulignant que Berchtesgaden avait été un exemple de la détente qui devait être progressivement instaurée en Europe, affirmant qu'il avait ainsi montré — à la confusion de ses ennemis — que l'Allemagne était pour la paix. « *Sieg Heil ! Sieg Heil ! Sieg Heil !* »

Mon père et moi nous nous regardâmes. Nous avions remarqué l'un et l'autre qu'il n'avait fait que quelques allusions aux Juifs. Hitler ne nous avait dénoncés ni comme capitalistes ni comme suppôts du bolchevisme. Quelques formules de routine, mais rien de plus. Nous avions cependant noté (bien sûr !) qu'Hitler n'avait jamais mentionné (et encore moins réaffirmé) l'indépendance de l'Autriche. Cela nous fut expliqué par les journaux du lendemain : notre indépendance étant explicitement affirmée dans l'accord de 1936, il était inutile d'y revenir. Berchtesgaden était une simple extension du traité précédent. Nous étions prêts à le croire, car nous avions besoin d'y croire.

Trois jours après le discours de Hitler, le correspondant du *Times* à Vienne écrivit ceci :

> L'agitation de la semaine dernière a eu comme effet de calmer les esprits en Autriche ; cela est particulièrement notable dans l'importante population juive. Les Juifs ont été rassurés grâce au fait que le discours de Hitler, dimanche dernier, ne contenait que de rares allusions aux Juifs. Mais aussi grâce au fait que le contrat du chef d'orchestre Bruno Walter avec l'Opéra de Vienne a été renouvelé pour un an.

La veille du discours de Hitler au Reichstag, l'archiduc Otto von Habsbourg écrivit une lettre remarquable à Schuschnigg :

> L'ennemi de l'Autriche est parvenu par un coup de force sans pareil à mettre votre gouvernement dans une situation des plus périlleuses, qui rend aléatoire toute résistance future. Si vous deviez avoir l'impression de ne plus pouvoir résister à la pression des Allemands ou des nationalistes extrémistes, alors je vous demanderais — quelle que fût la situation — de me confier la charge de la Chancellerie. Je suis prêt à aller jusqu'au bout pour défendre le peuple et l'État, et je suis persuadé que la nation répondra favorablement à ma proposition. La situation est telle qu'une laborieuse négociation avec les Puissances pour la restauration de la monarchie est exclue : je ne la réclamerai pas dans les circonstances actuelles. Je me contenterai de vous demander de me transmettre les fonctions de chancelier.

Après avoir répondu au descendant des Habsbourg qu'il refusait sa suggestion, Schuschnigg commença à entrevoir l'avenir avec plus d'optimisme. Il ne s'appuyait pas seulement sur sa propre propagande, mais également sur une réelle résurgence de l'esprit patriotique dans le peuple. Non pas que les Autrichiens se fussent pris à considérer leur chancelier avec les yeux de la servile *Wiener Zeitung :* mêlant les métaphores chevaleresques et celles des gens de mer, le journal décrivait en effet Schuschnigg comme un « Chevalier sans peur et sans reproche sachant barrer le navire de l'État autrichien au travers des vagues de notre temps ». Les sociaux-démocrates et les syndicalistes commençaient cependant à rallier le camp gouvernemental. Bien qu'ils eussent en horreur le régime clérico-fasciste et ne pussent oublier que ses canons avaient tiré sur les maisons des ouvriers, ils craignaient et haïssaient encore davantage les nazis. Des hommes éminents de l'entourage de Schuschnigg, comme Miklas, le bourgmestre de Vienne Schmitz, et d'autres encore, commençaient à souhaiter une ouverture vers la gauche. Lentement, trop lentement, et avec beaucoup d'hésitations, le chancelier se mit à suivre leurs conseils.

Mais le *Times* avait raison quand il indiquait que l'atmosphère était en train de changer à Vienne. Il y avait toujours des manifestations nazies, mais elles étaient contrées par des manifestations pro-gouvernementales. La croix gammée n'était plus le seul symbole politique à orner les murs de Vienne ; des croix des chevaliers, symboles du « Front patriotique », furent peintes à côté ou par-dessus les croix gammées les nuits suivantes. On vit apparaître beaucoup de « Rouge-Blanc-Rouge jusqu'à la mort ! » à côté des slogans nazis « Un peuple, un Reich, un Führer ! » Des drapeaux rouge-blanc-rouge sortirent peu à peu et Vienne avait pris un petit air de fête pour le discours que le chancelier devait prononcer le jeudi 24 février.

On paraissait bien décidé à opposer la plus grande fermeté, la plus grande détermination aux menaces venues de l'autre côté de la frontière. C'était surtout visible dans la jeunesse. Dans mon école, les jeunes nazis, qui s'étaient montrés particulièrement arrogants pendant la semaine qui avait suivi Berchtesgaden, paraissaient quelque peu désabusés. Certains d'entre eux revenaient de leurs manifestations la mine plutôt déconfite. Les ouvriers étaient de plus en plus nombreux à participer aux manifestations pro-gouvernementales — et parmi eux beaucoup de vieux militants du *Schutzbund*.

Le jeudi, Schuschnigg devait s'adresser à 19 heures au Bundestag, le pseudo-Parlement de l'État corporatif. Tous les bureaux fermèrent à 14 heures, pour permettre aux membres des organisations patriotiques de se rassembler dans les rues autour du Parlement et réserver un imposant accueil au chancelier. Pour permettre aussi aux autres citadins de rentrer chez eux écouter le discours à la radio, avant que les rues ne fussent barrées par la police.

Nous nous installâmes à nouveau devant le poste du bureau de mon père. Le commentateur de la radio autrichienne décrivait la scène dans le style emphatique et quasi extatique qui avait été celui du speaker allemand quatre jours auparavant. Tout comme le Führer, Schuschnigg fut accueilli par une ovation lorsqu'il pénétra dans la salle du Parlement. Les cris de « *Heil Österreich !* » et de « *Front Heil !* » résonnèrent avec autant de ferveur que les « *Sieg Heil !* » du Reichstag allemand. Le chancelier autrichien portait l'uniforme, comme le Führer, mais toute ressemblance entre l'Autrichien clérico-fasciste et l'Allemand nazi s'estompa lorsque Schuschnigg commença à parler.

Schuschnigg ne trahit ses sentiments à propos de l'affaire de Berchtesgaden que lorsqu'il fit allusion à « cette terrible journée du 12 février 1938 », et quand, adoptant avec quelque ironie le style de Hitler, il débita des statistiques sur les résultats de l'économie autrichienne, énumérant tonnes produites et millions de schillings.

La phrase-clé qui marquait la volonté de Schuschnigg de coopérer désormais avec la gauche suivit son appel à faire table rase du passé et à travailler pour l'avenir dans un esprit unitaire. « S'il doit subsister des factions, déclara-t-il, les intellectuels d'un côté, de l'autre les ouvriers, alors on me trouvera du côté des ouvriers. » Le message était clair, car le leadership nazi en Autriche, ainsi que ses militants les plus dangereux et les plus forts en gueule, se recrutaient essentiellement dans le prolétariat intellectuel : jeunes gens diplômés de l'université qui ne parvenaient pas à trouver des emplois et des situations à la hauteur de leurs prétentions — et qui croyaient passionnément que la Grande Allemagne (incluant l'Autriche) réaliserait leur rêve millénariste.

Rétrospectivement, ce grand discours, qui exprimait apparemment des idées sincères, que nous écoutions avec une attention soutenue et qui nous apportait un nouvel espoir, ne pouvait en fait que développer notre sentiment (illusoire) de sécurité et accroître notre aveuglement. S'il s'était agi d'un défi ouvert à Hitler, s'il s'était agi d'un appel adressé au monde entier, s'il avait mis le doigt sur la réalité des dangers qui nous menaçaient, si ce discours avait été non pas celui d'un habile politicien mais le cri d'un homme au désespoir — alors Schuschnigg eût acquis une place éminente dans l'histoire. Et surtout, il aurait sauvé des milliers de vies humaines.

Le *Times* écrivit : « Les manifestations de ce soir [pendant le discours du chancelier] ont montré qu'il existe à Vienne une opinion publique majoritaire, prête à soutenir passionnément son gouvernement par crainte des menaces qui pèsent sur l'indépendance autrichienne. »

Curieusement, ces journées agitées ne provoquèrent pas en nous de tension excessive. Malgré l'excitation et les craintes que nous éprouvions, la vie nous paraissait devoir suivre son cours normal. Mon père allait à la banque le matin, comme il l'avait toujours fait. Après une petite collation au Würstel-Biel en milieu de matinée, il revenait déjeuner à la maison. Ma mère faisait ses courses et surveillait le travail de la bonne, comme elle l'avait toujours fait. Quant à moi, j'allais à l'école, et le samedi j'emmenais Lisl danser ou au cinéma. Le samedi qui suivit le discours du chancelier, j'allai avec elle à mon premier bal, le célèbre *Kirtag in St. Gilgen,* l'un des événements les plus marquants de la saison du Carnaval. Il avait toujours lieu au Konzerthaus, où je n'étais allé qu'une seule fois auparavant. Petit garçon, j'étais venu y apporter un bouquet de fleurs à ma grand-mère Adele. Elle m'avait paru pâle, car elle était en train de jeûner et prier à l'occasion de la fête du Yom Kippour (le jour du Grand Pardon). La fête avait lieu au Konzerthaus, que l'on transformait en synagogue de complément pour les grandes fêtes juives.

Kirtag in St. Gilgen était un événement bien différent. Mais, même si le souvenir de ma visite au Konzerthaus le jour du Grand Pardon s'était quelque peu estompé dans ma mémoire, je n'arrivais pas à croire qu'il s'agît du même bâtiment. Les meilleurs décorateurs de théâtre d'Autriche avaient transformé les lieux en une imitation parfaite de St. Gilgen, station située non loin de Salzbourg. Ils n'auraient pu, bien sûr, même s'ils l'avaient voulu, mettre la moitié de Vienne sous l'eau pour recréer le lac de St. Wolfgang à l'intérieur du Konzerthaus. Mais l'Auberge du Cheval Blanc, connue des amateurs d'opérette du monde entier, avait été reconstituée à l'intérieur de l'édifice. Il y avait la place du village, l'arbre de Mai et tout le reste. Aux différents étages du Konzerthaus, on trouvait des fermes avec de vraies vaches et de vrais chevaux dans leurs écuries. Des jardins d'auberge avec d'acortes serveuses en costumes paysans traditionnels qui servaient le vin et la bière. Enfin, toutes sortes d'orchestres, allant du simple orphéon de village aux ensembles les plus modernes jouant les airs connus des films de Fred Astaire et Ginger Rogers, avec la musique d'Irving Berlin et de Cole Porter dont le succès a largement survécu à ma jeunesse.

Je n'ai plus aucune idée de la manière dont je m'étais débrouillé pour obtenir les billets d'entrée — pourtant tous vendus des mois à l'avance. Mais je sais que je tenais absolument à y aller : ce bal avait la réputation d'être plus amusant que les autres et ne posait pas de problèmes de costume. Au *Kirtag* les hommes ne portaient ni jacquette ni smoking, mais les *Lederhosen,* les culottes de peau traditionnelles des paysans, avec une chemise à col ouvert : le costume que je portais généralement l'été à Bad Ischl ferait l'affaire. Quant aux dames, elles portaient le *Dirndl* folklorique des paysannes

— bien que certains fussent d'une coupe si élégante et d'une étoffe si coûteuse qu'aucune femme de St. Gilgen n'eût pu en porter d'aussi somptueux à moins que, comme le disait la rumeur, l'une ou l'autre eût réussi à s'attirer les faveurs de quelque personnage princier ou d'un riche banquier.

Pour un jeune homme de dix-sept ans, ce premier bal tenait du conte de fées. Pour une raison quelconque, je réussis au cours de la soirée à perdre Lisl dans la foule — à moins que ce ne soit elle qui m'ait perdu... Toujours est-il que je me trouvais seul sur la piste de danse — ou du moins je le crois, car j'ai le vague souvenir d'une blonde à mon bras (et Lisl n'était pas blonde !) — quand le chancelier entra dans la loge du président et de Mme Miklas. Schuschnigg, vêtu en Tyrolien, fut accueilli par des cris et des applaudissements frénétiques, au bord de l'hystérie. Cette ovation dura plusieurs minutes : le chancelier dut se relever plusieurs fois pour s'incliner d'un salut raide qui le cassait en deux. Âgé de moins de quarante ans, Schuschnigg avait néanmoins les cheveux prématurément gris, et portait une petite moustache sur des lèvres étroitement serrées ; ses yeux myopes se cachaient derrière d'épais verres de lunettes qui reflétaient la lumière des projecteurs braqués sur lui. A la manière dont il répondait aux acclamations, on voyait qu'il s'agissait d'une nature plutôt renfermée et secrète. Ainsi, face à Hitler, l'Autriche n'avait trouvé à proposer qu'un universitaire ! Il s'était peut-être surpassé lors de son grand discours, mais son tempérament opiniâtre ne faisait guère le poids pour résoudre l'ensemble des problèmes qui se posaient à lui et au monde dans lequel il vivait.

A quel point ces applaudissements du Konzerthaus exprimaient-ils la confiance ? Peut-être l'ovation que lui fit la foule — dans laquelle on comptait beaucoup de Juifs — ne fut-elle si forte que pour masquer la peur ?

Pour moi, il s'agissait avant tout de mon premier bal. Mon bonheur, c'était la danse, la boisson, la gaieté ambiante, la rapidité et la facilité avec lesquelles on pouvait trouver une cavalière. Je restai jusqu'à l'heure où l'orchestre joua sa dernière valse.

Quels sont aujourd'hui mes souvenirs de ces dernières journées de jeunesse et de liberté — en ces temps où j'étais encore persuadé que tout était possible, que j'étais vraiment quelqu'un, que la vie ne faisait que commencer ? Je sais que même les manifestations nazies les plus violentes m'apparaissaient alors plus excitantes qu'inquiétantes. Je sortais généralement vêtu de chaussettes blanches, d'un imperméable noir et d'un chapeau tyrolien : tout à fait le déguisement dans lequel les nazis aimaient parader. Je ne le faisais pas tant pour camoufler l'apparence juive de mon visage, que pour signifier mon propre militantisme, ma détermination à me battre. Avoir autant que possible l'apparence d'un nazi vous procurait un sentiment de force — et une allure agressive. Et plus vous aviez l'air et le comportement d'un nazi, moins vous aviez de chances d'être malmené par eux. Cela changea naturellement après l'*Anschluss*, lorsqu'ils s'installèrent en maîtres. Mais pendant les quelques jours qui précédèrent, alors que nous ne savions pas encore si l'exécutif (et en particulier la police) était pour ou contre eux, ils choisissaient soigneusement leurs victimes parmi ceux qui leur paraissaient sans défense.

L'après-midi du 9 mars, Schuschnigg, parlant de sa ville d'Innsbruck (capitale du Tyrol), annonça soudain un plébiscite pour le dimanche suivant. Tous les Autrichiens de plus de vingt-quatre ans étaient appelés à voter pour ou contre une « Autriche libre, germanique, indépendante, sociale, chrétienne et unie ». Il était prévisible que le résultat du scrutin constituerait une formidable victoire pour le gouvernement Schuschnigg. Les deux tiers au moins de la population devaient voter « Oui ». La majorité des nazis autrichiens se recrutaient en effet dans les classes d'âge les plus jeunes — et les plus extrémistes des hitlériens avaient en général moins de vingt-quatre ans.

Lors des derniers jours de février, le journal de Goebbels, *Der Angriff*, suivi du *Völkischer Beobachter*, l'organe officiel du Parti nazi, avait publié des dépêches en provenance de Vienne, prétendant que le régime de Schuschnigg avait lâché la bride aux austro-marxistes — et que les manifestations anti-nazies du « Front patriotique » étaient noyautées par des communistes et des radicaux-socialistes.

L'impression du correspondant du *Times* de Londres fut bien différente de celle de ses collègues allemands. Sous le titre « Tensions en Autriche — Triomphe des nazis », il écrivit : « Si les choses continuent ainsi, les nazis semblent en effet sur le point d'obtenir le monopole de la liberté politique — plutôt que l'égalité avec les autres formations. »

Schuschnigg avait supporté tout cela en silence, mais il explosa à l'occasion de son discours du 9 mars à Innsbruck. Prenant la parole dans la salle même où il avait prononcé son premier discours politique dix ans plus tôt, il osa défier Hitler en annonçant le référendum. Il termina son discours en citant la phrase que le héros national du Tyrol, Andreas Hofer, avait prononcée lorsqu'il avait appelé ses soldats paysans à prendre les armes contre Napoléon et ses alliés bavarois : « Messieurs, l'heure a sonné ! ». La foule acclama follement les paroles de Schuschnigg.

Le 10 mars, Vienne s'éveilla toute fiévreuse de ferveur patriotique. Les équipes de peintres du « Front patriotique » avaient travaillé toute la nuit : les murs et les rues étaient recouverts de portraits de Schuschnigg, d'immenses « Oui », de croix et de slogans. Toute surface disponible était utilisée pour accueillir les symboles du « Front patriotique » et les appels à voter en faveur du gouvernement. Des avions lâchaient des tracts au-dessus de la ville. Des camions ornés des couleurs nationales et bondés d'hommes et de femmes hurlant « Rouge-Blanc-Rouge jusqu'à la mort » parcouraient les rues en jetant des milliers de tracts. Des manifestants se répandaient dans chaque arrondissement en criant leur fidélité à Schuschnigg et à l'Autriche. La ville tout entière n'était que bouillonnement d'émotion et d'action patriotiques. Vienne n'avait connu de scènes semblables qu'en août 1914, lorsque la foule avait acclamé la déclaration de guerre.

La radio diffusa toute la journée des marches militaires autrichiennes — et tout ce qu'on y disait portait uniquement sur la propagande en faveur du plébiscite. Aucun doute n'était possible : l'Autriche allait apporter à Schuschnigg un « Oui » massif et à Hitler un « Non » retentissant.

Le matin suivant, le 11 mars, mon père, ma mère et moi vaquâmes tous à nos occupations habituelles, dans la confiance la plus totale en l'avenir. Bien sûr, on ne pouvait éviter de se poser des questions angoissantes sur la manière dont Hitler allait réagir au défi. Mais lorsque nous nous mîmes à table pour déjeuner, ce vendredi, la radio assurait à chacun que les rumeurs sur un éventuel report du plébiscite étaient sans fondement et l'œuvre des ennemis de l'Autriche.

Après avoir terminé mes devoirs, je pris mon vélo pour aller au Centre Ville à l'école d'escrime de Josef Losert, le champion de fleuret autrichien. Tournant à l'angle de la Nussdorferstrasse, je vis Robert Rosen, mon vieux camarade d'école, qui discutait avec Norbert Gewürz et Heinzi Buchwald, autres condisciples juifs de mon école élémentaire. Je m'arrêtai. Robert, qui était membre du Betar Trumpeldor (organisation juive militante), m'accueillit par ces mots : « Es-tu prêt à te battre ? » Bien sûr que je l'étais. J'avais eu le temps d'y penser tout au long des derniers jours. Il n'y avait pas de doute là-dessus. Je me voyais très bien — tel Walter Mitty* — en tenue de combat derrière un canon tirant des boulets sur les soldats de Hitler. Ces histoires de héros guerriers, que j'avais lues pendant des années dans le *Gute Kamerad,* étaient plus présentes que jamais dans mes rêves et mes fantasmes. Mais, curieusement, il s'agissait dans mon imagination de combats sans effusion de sang : comme dans les nombreux films allemands que j'avais vus, c'étaient toujours les ennemis qui tombaient dans la boue, frappés à mort — jamais ceux qui combattaient à mes côtés !... Ayant assuré à Robert que lui-même, Schuschnigg et l'Autriche pouvaient absolument compter sur moi, je repris mon vélo.

La leçon d'escrime avait lieu de 16 à 17 heures. Ma cousine Hedi fréquentait le même établissement. Comme elle était plus avancée que moi, elle se trouvait dans un cours supérieur, mais à la même heure que le mien. Pendant une bonne heure, je transpirai mon excès de graisse et subis toutes sorte d'assauts. Je me fendais, j'esquivais, surtout quand je commettais des erreurs et que Losert, usant de sa lame comme d'un fouet, me rappelait à l'ordre, pour m'inciter à devenir plus expert dans l'art de l'escrime.

Après nous être douchés et changés, Hedi et moi repartîmes ensemble vers les 18 heures. La nuit commençait à tomber et, bien que l'heure de pointe fût proche, les rues n'étaient pas aussi animées que d'habitude. Poussant mon vélo, je passai avec Hedi devant le n° 4 Am Hof, quartier général du « Front patriotique » (qui se trouvait juste en face de l'école d'escrime). Un seul garde en tenue de combat se tenait à l'entrée : il était jeune, de haute taille, et paraissait très impressionnant avec son costume bleu marine qui rappelait celui des SS, ses hautes bottes lacées et l'ancien shako autrichien sur la tête. En le regardant, je me demandai pourquoi on n'avait pas utilisé ces combattants du « Front national » pour briser les dernières manifestations nazies. Ce jeunot ressemblait à l'image idéale du SS selon Himmler. Mais que se passait-il dans sa tête ? Je m'en souviens, je ruminais ces questions en disant au revoir à Hedi avant d'enfourcher mon vélo.

Quand je tirai la sonnette de notre appartement, je me trouvai

* Allusion à un célèbre film américain où le héros principal passe son temps à s'imaginer en vainqueur de toutes sortes de situations périlleuses. (N.d.T.)

devant un spectacle qui me sembla du *déjà vu**. Ce jour-là, comme le 25 juillet 1934, où Dollfuss avait été assassiné, au moment même où je rangeais mon vélo contre la banquette blanche du hall d'entrée, la porte de la salle à manger s'ouvrit toute grande — et à ma grande surprise, car il n'était pas encore 19 heures, s'encadra sur mon père, suivi de ma mère.

« Le plébiscite a été reporté, me dit-il.

— Mais non, papa, répliquai-je. Tu te laisses influencer par les rumeurs nazies ; elles ne sont pas vraies. On nous a dit toute la journée de ne pas croire à ces mensonges. La radio n'a cessé de le répéter.

— Je sais ce qu'a dit la radio, répondit mon père. Mais maintenant elle dit le contraire. Ils viennent juste d'annoncer le report du plébiscite.

— Ce n'est pas possible ! »

Mais tout en parlant je finis par accorder enfin mon attention au visage de mon père. J'avais continué à ranger mon vélo au début de cette conversation et je ne l'avais pas vraiment regardé, pas plus que ma mère. Maintenant, en voyant l'expression de leurs visages, je compris que c'était vrai.

Nous entrâmes dans le bureau où la radio marchait. Elle diffusait de la musique. Ce n'étaient plus les airs martiaux d'hier, de ce matin, ou même du début de l'après-midi — elle donnait maintenant de la musique classique, très lente et très triste.

« Mais il est seulement retardé », dis-je optimiste.

Mon père secoua la tête. « Je ne sais pas, dit-il, mais le retarder maintenant après cette énorme campagne, cela ne peut que vouloir dire qu'il n'aura jamais lieu. C'en est fini de nous. Oh, si seulement j'avais fait ce que j'ai dit il y a quelques semaines : solder mon compte à la banque et vous emmener en Suisse, maman et toi ! »

Un speaker interrompit la musique. Il ne fit que répéter que le référendum de dimanche avait été annulé, et demanda aux auditeurs d'attendre de plus amples informations. La musique reprit et nous nous assîmes en silence autour de la table de la salle à manger.

Nous avions à peine fini de dîner que la sonnette retentit, nous faisant tous sursauter. Helene, la bonne, ouvrit la porte. Mais ce n'était que la famille Ornstein, nos plus proches voisins : Emil Ornstein, qui portait fièrement le titre de « Conseiller commercial » ;

* En français dans le texte. (N.d.T.)

la blonde et élégante Selma, sa femme ; sa mère, la vieille Frau Radziwill ; et leur fille Ilse, jeune adolescente épanouie de quinze ans.

Ils étaient venus parce qu'ils ne supportaient plus de rester isolés en cette heure critique : on avait besoin de parler, d'échanger des opinions. Nous nous installâmes dans le bureau de mon père, crispés sur nos sièges, à l'affût du moindre réconfort et invoquant toutes les puissances — Italie, France, Angleterre ou Dieu — susceptibles de nous venir en aide. La musique s'interrompit brusquement. Il était à peu près 19 heures 45 : une voix essoufflée, criant plus que parlant, annonça « le Chancelier », et Schuschnigg prit la parole, la voix tremblante d'émotion :

Hommes et femmes d'Autriche ! Nous devons affronter une situation grave et décisive. C'est à moi d'apprendre au peuple autrichien ce qui s'est passé aujourd'hui. Le gouvernement du Reich allemand a lancé un ultimatum au Président fédéral pour lui demander de nommer un candidat au poste de chancelier, choisi par le Reich lui-même, et de lui obéir dans le choix des ministres du gouvernement. Au cas où le Président fédéral n'accepterait pas cet ultimatum, les troupes allemandes envahiraient immédiatement nos frontières.

Je souhaite rappeler au monde entier que les rumeurs en provenance de toute l'Autriche, selon lesquelles les ouvriers se seraient révoltés, que le sang aurait coulé, que le gouvernement serait incapable de maîtriser la situation et d'assurer la loi et l'ordre, sont fausses de A à Z.

Le Président m'a demandé d'informer la nation du fait que c'est à la force brute que nous cédons. Parce que, même en cette heure tragique, nous refusons de verser le sang allemand, nous avons donné à notre armée l'ordre, en cas d'invasion, de se retirer sans véritable résistance, sans résistance du tout, et d'attendre les décisions à venir. Le Président a demandé à l'Inspecteur général de l'armée, le général d'Infanterie Schilhawski, d'assumer le commandement de l'ensemble des troupes. Tout ordre militaire devra à l'avenir émaner de lui, et de lui seul.

A cette heure, je dis adieu au peuple d'Autriche, en lui adressant cette formule allemande qui vient du fond de mon cœur : « Dieu protège l'Autriche ! »

On entendit l'hymne national. Quand les derniers accords de Haydn se furent tus, nous restâmes un moment silencieux. Alors, avant même qu'aucun d'entre nous eût l'occasion d'ouvrir la bouche, nous entendîmes une immense clameur. Lointaine, indistincte tout d'abord, elle semblait néanmoins se rapprocher de façon menaçante. Le son de ces voix éraillées s'enflait, se rapprochait. Je me précipitai à la fenêtre et regardai dans la Nussdorferstrasse qui, pour l'instant, était encore vide. Elle ne le resta pas longtemps. Le premier camion apparut bientôt, bondé d'hommes hurlant et criant. Une immense croix gammée flottait au-dessus d'eux, la plupart arboraient aussi un brassard à croix gammée, certains portaient les casquettes des SA, d'autres même des casques.

Nous pouvions maintenant comprendre ce qu'ils hurlaient : « *Ein Volk, ein Reich, ein Führer !* » scandaient-ils en chœur ; puis le « *Ju-da-verr-rrecke ! Ju-da-verr-rrecke !* » (mort aux Juifs !). En français cela peut paraître plus dérisoire, moins menaçant, mais en allemand, martelé et scandé par ces milliers de bouches déformées par la haine que nous voyions défiler sous nos fenêtres, camions après camions pleins de nazis frénétiques, cela rendait un son que nous n'oublierons jamais.

Mon père éteignit la lumière pour ne pas être vu de la rue : mes parents et les Ornstein m'avaient rejoint près de la fenêtre, et nous restâmes là près de vingt minutes à regarder le défilé. On ne ralluma la lumière que quand le dernier camion eut disparu dans le lointain. Les autres se rassirent mais je restai à mon poste d'observation.

J'y étais encore quand j'entendis un cri étranglé au-dessous de moi. Je me penchai et vis un policier autrichien, le bras gauche de son uniforme vert déjà orné de la croix gammée, qui, la matraque à la main, frappait à coups redoublés un homme recroquevillé à ses pieds.

Je reconnus immédiatement le policier. Je le connaissais depuis toujours. Je l'avais vu régler la circulation au carrefour, j'avais parfois bavardé avec lui quand je le rencontrais dans les boutiques du voisinage, je l'avais vu saluer mon père avec déférence dans la rue. A vrai dire, c'était à lui que dans mon enfance j'avais identifié le policier imaginé par Poldi, celui qu'elle avait inventé pour m'habituer à dormir dans le noir. Ainsi avait-il été d'abord l'ogre de mon enfance, puis presque un ami, et maintenant que je le voyais frapper de toute la force de son corps musclé le pauvre être qui avait osé hurler sa colère devant la folie nazie, ce n'était plus la fiction mais les faits qui en faisaient de nouveau un ogre. Quelques minutes à peine après l'adieu de Schuschnigg, ce policier, hier encore protecteur, s'était transformé en persécuteur et en bourreau. C'était encore plus terrifiant que l'hystérique « *Ju-da-verr-rrecke !* » Rien mieux que cet incident ne pouvait montrer ce qui s'était passé ce jour-là.

Je revins vers les autres et me joignis à leur conversation. Je ne dis rien de la scène dont je venais d'être témoin. Maintenant que les doutes étaient levés, tout le monde s'était mis à parler. La certitude devait nous avoir donné un sentiment de soulagement. Nous ne savions pas ce que nous réservait l'avenir, mais nous savions tous que notre vie, notre histoire familiale, si intimement et depuis si longtemps liée à celle de l'Autriche, était terminée. A l'arrière-plan, la radio qui marchait toujours diffusait maintenant les marches militaires favorites de Hitler.

Nous nous séparâmes finalement vers 2 heures du matin et les paroles que Selma Ornstein adressa à ma mère en la quittant sont restées dans ma mémoire depuis tout ce temps. Elles rendaient brusquement aussi clair que le jour l'abîme qui s'était ouvert entre notre passé et notre avenir ! Elles n'avaient rien de particulier, mais leur simplicité même en faisait un résumé inoubliable de ce 11 mai 1938 : « Dis-moi, Stella, de quoi parlions-nous jusqu'ici ? Des bonnes, des enfants, de mode, de cuisine ? Dans quel monde imaginions-nous que nous vivions ? »

Nous étions trop fatigués pour poursuivre après le départ des Ornstein. Tout ce qu'il y avait à dire cette nuit-là avait été dit. Nous allâmes nous coucher. Nous sentions encore autour de nous la chaleur et la sécurité de l'appartement.

Mais notre foyer était détruit.

TROISIÈME PARTIE

Deux chambres minuscules, l'une en haut, l'autre en bas, et une cuisine sombre, humide et froide, tel fut le dernier refuge de mes parents dans un petit village d'Ardèche, à Saint-Pierreville. Devant, un carré de jardin, objet des plus tendres soins de ma mère. Dans ses lettres, elle parlait souvent de la joie qu'elle éprouvait à s'y tenir avec mon père, à contempler le rythme des saisons — ou du moins ce qu'elle pouvait en voir à travers les verres épais de ses lunettes.

Mais elle n'avait guère le temps de jouir de ce simple bonheur. Dans une lettre qu'il m'écrivait le 23 janvier 1942, mon père me narrait les efforts incessants qu'elle prodiguait pour transformer ce misérable abri en véritable « home » pour lui.

La vie à la campagne est devenue terriblement inconfortable. Le gel glacial du dehors ressemble à celui qui étreint nos cœurs. Il faut tout faire soi-même et la façon dont ta mère accomplit sa part du travail me remplit d'admiration. Rien n'est trop dur pour elle, elle ne se plaint jamais, elle ne pense jamais à elle. Elle n'abandonne ses balais, brosses et chiffons que pour ses casseroles où elle confectionne tant de ses merveilles culinaires. Eh oui ! pour ce qui est du ménage, elle n'a pas changé.

En fait, rien au monde n'eût incité ma mère à renoncer à cette passion et je pouvais, dans mon campement de l'armée anglaise, sentir sa main droite armée d'un gant de toilette venir me savonner le visage depuis Saint-Pierreville, petit village de la France de Vichy.

Bien que tu sois maintenant si grand, mon Georgel (m'écrivait-elle), j'ose encore te rappeler de te laver à l'eau chaude le plus souvent possible. Ces temps-ci c'est plus important que jamais. Je peux d'ici t'entendre t'exclamer, à la lecture de cette lettre : « Seigneur, maman et ses éternels conseils ! », mais il faut comprendre que mon souci de ta santé, ou, comme tu diras probablement, « la propreté obsessionnelle de maman », ne changera jamais.

Sur ce point-là, elle avait raison. Mais ma mère avait pourtant changé sur bien d'autres plans. La transformation s'opéra très exactement au moment même où les hordes nazies se déchaînaient dans la Nussdorferstrasse. Elle qui, toute sa vie, avait accepté l'autorité de mon père, se mit soudain à déployer une énorme force de caractère. Ses maux de tête, ses larmes et ses éternelles plaintes disparurent quasiment dans la nuit. Le trait noir qu'elle avait dans les yeux s'effaça à jamais. Elle qui, toujours, avait tâté chaque trottoir de la pointe du pied avant d'avancer avec hésitation — parce que, disait-elle, même avec ses lunettes elle ne les voyait pas — marcha soudain d'un pas ferme dans les rues de Vienne.

En dépit de leur morne existence, le peu de temps — un peu plus d'un an — que mes parents vécurent en France, ma mère ne fut pas malheureuse, car ce fut le seul moment de toute sa vie conjugale où mon père lui appartint tout entier. Il n'y avait plus de banque, plus de Herr Direktor Fischer, plus de Fräulein Blankenberg, plus de grand-mère Julie, plus de sœur, plus de frères — et plus de fils. Dans ce petit village que la France de Pétain leur avait assigné comme résidence — ils n'avaient pas choisi Saint-Pierreville de leur plein gré —, Stella connaissait enfin avec son mari cette totale union d'esprit et de corps qu'elle avait tant désirée mais qu'elle n'avait jamais connue pendant leurs années de bonheur. Aujourd'hui, dans leur malheur, elle avait Ernst, son homme, pour elle toute seule.

Je crois que mon père devinait ce qui donnait à ma mère cette indomptable énergie physique et intellectuelle qu'il admirait tant.

Le soir (écrivait-il), quand tout est si tranquille que les souris — qui nous rendent de fréquentes visites — retiennent elles-mêmes leur souffle, ta mère prend dans la bibliothèque un volume de Goethe ou de quelque auteur français et s'occupe à rafraîchir son esprit et son âme. Son travail incessant ne lui permet pas de le faire pendant la journée. C'est une personne vraie, remarquable. Si elle avait eu la bonne fortune de rencontrer Goethe, ou plutôt, si Goethe avait eu la bonne fortune de la rencontrer, il eût certainement dit, et avec raison : « *Voilà une vraie femme !* »*.

* En français dans le texte. (N.d.T.)

Cette expression : « voilà une vraie femme » — et jamais mon père n'eût dit cela de ma mère à Vienne, où elle était plutôt « bonne épouse et bonne mère » —, me paraît montrer à quel point il reconnaissait aujourd'hui ses qualités, combien leur relation s'était approfondie. Ces commentaires de papa semblaient embarrasser ma mère. Sous les mots louangeux, elle avait écrit : « Si l'on pouvait rougir, dans ce climat glacial, je rougirais sûrement. Je ne fais qu'accomplir mon devoir et accepter les choses comme elles sont ! »

Dans les effets de mes parents que je récupérai après la guerre au bureau de la Communauté juive de Lyon, j'ai trouvé une photo de mes parents debout côte à côte dans le jardin. Elle doit avoir été prise à la fin du printemps ou au début de l'été 1942. Mon père avait beaucoup maigri. Son visage est plus fin que dans mon souvenir, son nez plus proéminent, ses yeux plus petits et enfoncés dans leurs orbites. Ce froid intérieur dont il m'avait parlé dans sa lettre se lit sur son visage et le soleil qui brille pourtant sur eux n'y change rien. Il se tient les bras croisés devant lui, les mains serrées l'une contre l'autre — image même de la solitude. On déchiffre sur son visage qu'il s'est torturé à réfléchir sans cesse aux « erreurs » passées. Son regard semble tourné vers l'intérieur, vers le passé, sans la moindre expression d'intérêt pour son environnement présent. Ma mère, elle, a manifestement pris du poids depuis le jour où je l'avais embrassée à Victoria Station, à Londres, en la mettant dans l'express de Paris qui allait la réunir à mon père. Elle a regagné ses mensurations viennoises. Elle a le sourire aux lèvres et son attitude, le bras passé autour de la taille de mon père, montre qu'elle se sent unie à un autre être. Elle semble en paix avec elle-même et avec ce qui l'entoure. Quelle femme différente de celle qui figure sur la photo prise en Irlande après notre départ d'Allemagne ! Là, ses yeux quasi aveugles semblaient presque délavés par les flots de larmes qu'elle avait versés lors de cette séparation d'avec mon père, qui vivait déjà à Paris. C'est le portrait d'une femme très triste, solitaire et profondément malheureuse. Pourtant, à l'époque de cette photo, elle n'était pas seule. Son unique enfant, son fils, était auprès d'elle et elle était également saine et sauve dans un pays libre de la griffe de Hitler. Mais rien ne pouvait la consoler, ni moi, ni le fait d'être en vie. Le seul être humain qu'elle voulait, auprès de qui elle désirait être — désespérément —, était mon père. C'était le seul qui comptait. Plus que sa propre vie.

La femme de la photo de Saint-Pierreville accepte en souriant « les choses comme elles sont ». Debout près de son mari, elle est épanouie, sans crainte. Pourtant les troupes allemandes d'occupation ne se trouvaient guère plus qu'à une centaine de kilomètres et les « mignons » Français des SS et de la Gestapo étaient beaucoup, beaucoup plus près.

La route de Ernst et Stella ne les avait pas conduits tout droit de Vienne à Saint-Pierreville, mais un certain nombre d'événements les obligeant chaque fois à faire immédiatement un pas dans une direction donnée (décisions qui, prises séparément, semblaient logiques et sensées) les avaient inexorablement détournés de leur plan initial et les avaient conduits jusqu'à ce village entouré des pittoresques montagnes de l'Ardèche, où, comme le déclare une brochure touristique locale, on trouve « l'espace à l'échelle humaine et, dans la plus pure des lumières, la liberté ».

Pourtant, l'un des auteurs favoris de mon père, Jules Romains, décrit l'Ardèche de façon me semble-t-il plus appropriée : Un âpre mélange de tristesse et de joie.

C'est ce que mes parents y connurent.

Nous nous réveillâmes tard et l'âme lourde, ce samedi 12 mars 1938. Je gagnai le bureau de mon père et ouvris la fenêtre sur la Nussdorferstrasse. Il faisait froid mais beau et le soleil communiquait à l'air un léger parfum de printemps. Comme le nouveau gouvernement avait fait fermer les écoles et les bureaux, les rues étaient plus calmes que d'habitude, beaucoup plus gaies aussi grâce aux nombreux drapeaux qui flottaient aux pignons et aux fenêtres, avec leur rouge flamboyant à la lumière du soleil. Il y avait encore bon nombre de « vieux » drapeaux rouge-blanc-rouge autrichiens d'hier, quelques vrais drapeaux du Parti nazi — rouges avec la grande croix gammée noire au milieu du cercle blanc —, mais la plupart étaient d'anciens drapeaux ornés de croix diverses et malhabiles, hâtivement peintes ou cousues pendant la nuit par des mains empressées.

Notre bonne Helene, qui disposait la table du petit déjeuner, avec les yeux rouges, m'apprit que sa mère était arrivée tôt dans la matinée de Perchtoldsdorf, petite ville où elle habitait, située à la lisière de Vienne, et qu'elle était dans la cuisine. Je m'y rendis pour lui dire bonjour et la trouvai pleurant à fendre l'âme sur une tasse de café. « Oh ! monsieur George, sanglota-t-elle, que vont-ils faire de notre joli petit pays ? Que va-t-il arriver à l'Autriche ? »

Si seulement nous avions eu la réponse ! Les yeux secs, nous absorbâmes notre petit déjeuner, mais la confiance que nous avions éprouvée la veille au soir, lors des adieux de Schuschnigg, s'était évanouie. Émigrer ? Comment ? Où ? Peut-être que ce ne serait pas si terrible, après tout. Plus de peur que de mal ! Allions-nous rester sans rien faire ? Et si l'Autriche allait subsister comme État indépendant, même avec un gouvernement nazi ? Allaient-ils appliquer les lois raciales de Nuremberg ? Et, en ce cas, papa perdrait-il pour autant son travail ? Après tout, la Länderbank appartenait à des Français... Ma mère mentionna le nom de sa cousine par alliance Rosl Bartmann — fille aînée du frère d'oncle Alfred. Elle vivait à Berlin avec sa mère, Tante Manya, et avait une belle situation à Air France. Comment les Français allaient-ils réagir aux événements de la veille ? Et les Anglais ? Et Mussolini ? Allait-il vraiment accepter — avec ses alliés irrédentistes du Sud-Tyrol — de voir les troupes allemandes à la fragile frontière du Brenner ?

Impossible de répondre clairement à aucune de ces questions.

Assis là, devant nos tasses de café, nous nous sentions angoissés, déprimés, mais pas désespérés. Il arriva même que nous éclatâmes de rire — d'un rire un peu amer, mais rire quand même — quand papa nous lut un article du journal où — sous le titre « Une évasion réussie » — l'on racontait que la pauvre Greta Garbo, harcelée par une meute de journalistes, avait réussi à s'enfuir par une porte dérobée du jardin de la villa de Naples qu'elle occupait avec le chef d'orchestre Leopold Stokowski.

Et la nôtre, de porte dérobée, où était-elle ?

Richard Mautner, le jovial ami de mon père, avait quant à lui trouvé la sienne. Le téléphone sonna après que mon père eut fini de nous lire l'article sur Garbo. Ce fut maman qui répondit : c'était une de ses amies — et voisines — communes avec Käthe Mautner. Elle transmit à ma mère un court message de Käthe : « Amitié à vous tous, nous sommes partis en voyage. A bientôt ! » Nous ne devions connaître que plus tard les détails de la fuite des Mautner. Richard — homme pessimiste mais en cette occasion homme bien évidemment réaliste — ne s'était pas contenté de voir l'avenir en noir : contrairement à la plupart des Cassandre, il était passé aux actes. Apparemment, il avait commencé à transférer secrètement son argent en Suisse après le traité entre l'Autriche et l'Allemagne hitlérienne de juillet

1936, et quand Schuschnigg avait décidé le plébiscite, il avait conseillé à sa femme de commencer à préparer l'essentiel de leurs affaires.

Quelques minutes après que la radio eut annoncé l'ajournement du plébiscite, Richard quittait en voiture leur villa de Hietzing — son chauffeur portant déjà au bras gauche le brassard à croix gammée. On entassa les valises toutes prêtes dans la voiture. Käthe et leur fille Dorli s'y engoufrèrent et ils partirent. Ils devaient atteindre et passer la frontière suisse avant que Seyss-Inquart eut prononcé le serment officiel comme successeur de Schuschnigg. A Feldkirch, les douaniers autrichiens — qui ne savaient pas très bien ce qui se passait à Vienne, et dûment impressionnés par la croix gammée du chauffeur et son fier salut hitlérien — les laissèrent passer sans encombre.

Mais que Richard, en s'échappant si vite par leur porte non encore cadenassée dans le mur, nous l'eût, ce faisant, laissée entrouverte, nous ne devions le réaliser que plusieurs mois après.

Après le petit déjeuner, je m'habillai et fis une chose assez surprenante de ma part. Je me rendis chez grand-mère Julie. Certes, j'allais la voir de temps en temps, et pas toujours en compagnie de mon père, mais que j'aie senti — ce matin-là entre tous — le besoin de me rendre à la Josefstäderstrasse, montre non seulement à quel point la vieille dame comptait pour moi, mais aussi que je trouvais en elle, chez elle, une stabilité plus ferme que chez nous.

Notre foyer, c'était le présent, celui de grand-mère le passé, et je suppose qu'en allant chez elle, ce matin-là, c'était notre présent en miettes que je fuyais pour retrouver l'unité de notre passé. Je trouvai grand-mère plutôt calme. Elle comprenait, certes, ce qui se passait, et pourtant elle ne comprenait pas. Bien qu'elle dût atteindre ses soixante dix-sept ans dans quatre semaines, elle était encore parfaitement alerte et son intelligence était toujours aussi vive. Mais sur le plan des émotions, un siècle, ou presque, la séparait de la réalité actuelle. « Écoute, Georgel, me dit-elle, je suis si vieille, j'ai vécu tant de bouleversements. En voici un de plus et — avec l'aide de Dieu — j'y survivrai jusqu'à ce que mon heure arrive. » Ceux qui, comme elle, avaient grandi et mûri aux beaux jours du libéralisme européen pouvaient, certes, envisager certains aspects du mal — comme le traitement que Lueger avait infligé à son mari, par exemple —, mais elle appartenait à une génération qui ne pouvait imaginer, ni comprendre le mal brutal qui se déversait sur Vienne ce jour-là.

Je passai aussi, comme d'habitude, un moment avec Annitschek dans la cuisine. Elle exprima, quant à elle, plus de pénétration que grand-mère pour résumer les événements de la veille : « C'est la fin de la famille Klaar », dit-elle, et le ton de sa voix ne me laissa aucun doute. Elle y voyait aussi la fin de ce qui avait été le but de sa propre vie. Elle savait que nous allions devoir partir et que ni grand-mère ni elle ne pourraient nous suivre.

Je rentrai à la maison et j'étais encore à mi-chemin quand la première escadrille de bombardiers allemands apparut au-dessus de Vienne. Ils volaient très bas, en formation impeccable et — avec leurs moteurs qui vrombissaient d'une façon menaçante — ils se détachaient, noirs, énormes, sur le ciel bleu. Une seconde escadrille suivit, puis une troisième : il y eut de plus en plus d'avions de la Luftwaffe, des centaines, qui se mirent à tourner au-dessus de la ville. Pour décrire la scène, je ne trouve pas d'autres termes que le vieux cliché du ciel « obscurci d'avions », car c'était ainsi, littéralement. Ils se contentaient de jeter des tracts de propagande mais, en les regardant, je ne pus m'empêcher de penser à la conversation que j'avais eue l'après-midi précédent avec mon ami Robert Rosen et mes autres camarades de classe, et à notre ferme détermination de combattre les nazis. Quelle chance avions-nous contre une force aérienne de cette puissance ? Et que serait-il resté de Vienne si, au lieu de tracts, ils avaient jeté des bombes ?

« Cité de folie et de peur », tels furent les termes dont le *Times* du samedi matin qualifia Vienne. C'était décrire avec la plus exacte précision l'atmosphère dans laquelle nous vivions désormais. Le délire de la nuit dernière n'avait pas encore repris dans les rues. Les joyeux drilles de la veille, épuisés par leur furie dévastatrice, devaient être encore au lit, ou commençaient à peine à reprendre des forces. L'éruption de folie de ce jour n'avait pas encore démarré. La peur était partout, envahissait tout : dans l'air que je respirais en marchant, les drapeaux, les croix gammées sur les brassards des policiers ou sur les nouveaux badges que les passants arboraient à leur boutonnière, les avions noirs de la Luftwaffe qui tournaient au-dessus de ma tête.

Premier dirigeant nazi à arriver du Reich à Vienne, Heinrich Himmler avait atterri à 4 heures 30 du matin à l'aéroport d'Aspern. L'ignoble entourage de Schuschnigg et le gouvernement avaient tout fait pour lui faciliter la tâche : les rangs de la police autrichienne étaient désormais aux mains de Himmler.

Les plus terrifiés étaient ceux qui n'avaient pas de fermes

convictions politiques ou religieuses. Ceux qui en avaient étaient infiniment plus solides que nous. Robert Rosen en faisait partie. Il vint d'ailleurs me voir cet après-midi-là. Il n'y alla pas par quatre chemins : il voulait mon revolver. Je l'avait acheté, des années auparavant, à l'un de mes camarades du Schopenhauergymnasium, un garçon étrange très introduit dans les milieux marginaux de Vienne, et c'était l'un de mes trésors les plus secrets, les plus chers.

Robert avait une foi profonde dans le sionisme et c'est ce qui lui permit de repartir avec mon revolver en poche. Avant de sortir, Robert me demanda d'adhérer comme lui au Betar, organisation sioniste militante fondée par Sabotinsky et dont Menahem Begin, alors en Pologne, était l'un des dirigeants. Mais je refusai, probablement parce qu'en devenant membre d'une organisation sioniste, j'aurais admis que j'étais juif plutôt qu'autrichien. Étant donné mes origines et mon éducation, je n'étais pas encore prêt à renoncer à plus d'un siècle d'héritage autrichien accumulé par mes parents.

Robert venait à peine de me quitter que les « *Sieg Heil* » et les « *Juda verrecke* » retentissaient dans les rues et nous apprenaient que la populace furieuse avait recouvré toutes ses forces. Et comment ! Ils passaient maintenant des simples slogans à l'action directe : car, de tous les points du programme nazi, c'était l'antisémitisme qui avait le plus fort impact en Autriche. Il est possible, après tout, que dans cette foule hurlante il n'y eût qu'une minorité de nazis convaincus. Comme l'a dit un jour l'essayiste Alfred Polgar : « Les Allemands sont des nazis de premier plan, mais de minables antisémites. Les Autrichiens sont de minables nazis mais, Seigneur ! quels remarquables antisémites ! » C'était bien vu.

En matière de haine raciale, les Autrichiens antisémites, en tout cas, savaient passer de l'abstrait au concret. Elle s'exprimait dans un sadisme primaire. Tous les Juifs, hommes d'affaires, employés, femmes, enfants, vieillards et malades ou jeunes et vifs, tous se retrouvèrent encerclés et forcés à faire des tâches sales et avilissantes dans les rues, sous les quolibets et les rires de la populace.

Pour nous, personne ne nous molesta ce soir-là, et nous pensâmes — à tort, comme nous devions le comprendre par la suite — que les diverses largesses, présents et généreux pourboires dont nous avions gratifié au fil des ans notre concierge et sa famille nous assuraient quelque protection.

Cette première grande réquisition des Juifs pour nettoyer les rues se termina tard cet après-midi-là. Les dirigeants nazis de Vienne avaient organisé pour 7 heures du soir une nouvelle soirée de fête avec retraite aux flambeaux et actions de grâce, et — comme on pouvait s'y attendre — peu de Juifs s'aventurèrent dans les rues tandis que se déroulait l'interminable défilé de Viennois en liesse en direction du centre de la ville. Il y eut quelques exceptions, parmi lesquelles oncle Paul. Tante Alice et lui étaient venus nous rendre visite : ce n'était pas vraiment un acte de courage de sa part, bien que Paul ne fût certainement pas un lâche. Cela signifiait simplement qu'il était assuré de son statut particulier d'ancien médecin de la police et de vétéran de la Grande Guerre, bardé de décorations (il se refusait tout bonnement à croire qu'il y avait désormais un abîme entre le monde d'aujourd'hui et celui d'hier), et qu'il était encore convaincu — il l'était depuis cinq ans — que Hitler n'était qu'un phénomène éphémère.

En entrant dans le bureau de mon père, Paul brancha la radio, en mettant le son assez bas pour que nos voisins ne l'entendent pas : nous écoutâmes ainsi les émissions en langue allemande de France et de Suisse. Bien que la France fût sans gouvernement, puisque le cabinet de Léon Blum avait démissionné la veille ou l'avant-veille du coup de force de Hitler, le commentateur français avait un ton agressif pour stigmatiser Hitler et dénoncer, avec une mordante ironie, les nazis et ce qu'il appelait leur « aventure autrichienne ». Cela résonnait comme de la musique à nos oreilles. En l'écoutant, on avait l'impression que le prochain gouvernement français allait chasser d'Autriche les nazis et l'armée allemande avec un balai d'acier. Paul y croyait de toutes ses forces. Papa, quant à lui, était devenu plus sceptique et avait, pour le moins, perdu l'optimisme qu'il avait affiché pendant la journée.

Le premier jour de ce qu'on a communément appelé « le viol de l'Autriche » tirait à sa fin. Mais à 19 heures 30, au moment même où nous écoutions la radio française, le grand violeur lui-même faisait son entrée à Linz, capitale de la Haute-Autriche, où il avait d'ailleurs passé une partie de son enfance. Or, avant d'entrer à Linz, Hitler n'avait pas encore décidé du sort de l'Autriche. Allait-elle rester un État — sous domination nazie — séparé, un dominion doté de sa propre administration, indépendant du Reich allemand ? C'était ce qu'espéraient Seyss-Inquart et bon nombre de dirigeants autrichiens nazis, car tout au long de sa carrière Hitler avait joué la carte de la stricte « légalité ». La réception délirante qu'il reçut à Linz dissipa tous les doutes. Il fit venir Wilhelm Stuckart, l'expert du ministère de l'Intérieur du Reich en matière de droit constitutionnel, et lui ordonna dès son arrivée de préparer le document juridique nécessaire : l'*Anschluss* — à l'absorption de l'Autriche par le Reich allemand.

Dans la nuit du samedi au dimanche, il tomba un peu de cette neige tardive de fin d'hiver, et quand à mon réveil je regardai la Pichlergasse par la fenêtre de ma chambre, tout m'apparut blanc et propre, et les slogans de Schuschnigg inscrits sur la chaussée étaient recouverts d'un fin manteau blanc.

Par la fenêtre du bureau de mon père qui donnait sur la Nussdorferstrasse, je constatai que la neige s'était déjà transformée en boue sale sous les bottes martiales des régiments de soldats et les vapeurs exhalées par les innombrables camions militaires : la Wehrmacht arrivait. Fasciné, je contemplai les soldats allemands assis immobiles et droits dans leurs véhicules, le casque d'acier étincelant, les doigts crispés sur la crosse de leurs fusils.

Après avoir avalé mon petit déjeuner, je m'habillai rapidement et dévalai les escaliers jusqu'à la rue, toute peur oubliée. Je traversai pour m'abriter sous le dais du cinéma Colisée : un gigantesque motocycliste de la Wehrmacht — vivante image des guerriers germaniques que j'avais vus dans tant de films de guerre — me coupa la route pour aller s'acheter des cigarettes et me lança un amical « bonjour ». Je longeai la file des véhicules militaires jusqu'au bout de la Nussdorferstrasse, tournai à gauche dans la Währingerstrasse : le convoi s'y étirait à perte de vue. Poussé par le désir d'en voir davantage, j'allai jusqu'au Ring, là où se trouvait la Schottentor, avant de me résoudre — c'était plus prudent — à faire demi-tour. Je venais de voir pour la première fois la plus puissante machine militaire de ce temps. Cette exhibition de discipline parfaite, de matériel splendide me fit forte impression.

Les hommes, pour leur part, étaient — me sembla-t-il — tous grands, jeunes, beaux, élégants et soignés ; et je réalisai soudain — aussi incroyable que cela puisse paraître — que j'admirais ces soldats et même que j'étais fier d'eux. Ainsi moi, jeune Juif de dix-sept ans, j'étais à ce point prisonnier de l'éducation austro-allemande que j'avais reçue depuis mon enfance, à ce point marqué par toutes mes lectures, que j'étais incapable de considérer ces hommes, jeunes et sains, comme mes ennemis. Les nazis, les SS, les SA, ceux-là, oui, étaient mes ennemis, mais non ces jeunes et beaux soldats de la Wehrmacht.

Si je n'avais pas été juif, aurais-je pu être nazi à dix-sept ans ? Aurais-je pu être l'un d'eux, attiré comme eux par le pouvoir et la gloire du Reich de Hitler ? J'étais, certes, racialement « immunisé » contre le nazisme, mais le jugement que je porte sur tous ces jeunes qui ont succombé à l'appel de Hitler est resté obscurci par le souvenir des sentiments qui me traversèrent ce jour-là.

Et ces hommes, ces femmes qui surgirent dans toutes les rues, forcèrent les appartements et les magasins juifs pour voler et piller, qui étaient-ils ? A quoi ressemblaient-ils, ceux qui tiraient hommes, femmes et enfants juifs au milieu de la rue, les obligeaient à s'agenouiller et à frotter la chaussée et les murs pour effacer les slogans du plébiscite Schuschnigg, qu'ils avaient d'ailleurs très souvent tracés, ceux-là mêmes qui aujourd'hui s'esclaffaient et se tenaient les côtes en regardant leurs victimes : « Voilà du travail pour les Juifs ! Les Juifs au travail ! », hurlait la foule. « Remercions notre Führer, il a enfin trouvé du travail pour les Juifs ! »

Il existe un modèle classique de ce type d'individu : « Herr Karl », personnage d'un sketch que Helmut Qualtinger, auteur satirique et acteur autrichien, écrivit quelque dix ou quinze ans après la guerre. Pour cette œuvre, Qualtinger mérite une place dans la littérature allemande au moins égale à celle de Karl Kraus. Les personnages de Kraus sont abstraits, de vraies caricatures ; le Herr Karl de Qualtinger est un portrait vivant, où se retrouvent condensés les traits de la foule viennoise de 1938. S'y reflète la feinte « *Gemütlichkeit* »*, empreinte de vulgarité jalouse, de ces centaines de Herr Karl flanqués de leurs épouses qui, lâchés aujourd'hui dans les rues, en profitaient pour déverser des tonnes de haine sur leurs victimes sans défense. A quoi ressemblait-il, notre « *gemütlicher* Herr Karl » — pas celui d'aujourd'hui, brave vieillard de soixante-dix ans ou plus à l'air inoffensif, mais celui de 1938 ? Les photographies de l'époque le montrent au moment des persécutions contre les Juifs : on voit Herr Karl se pencher sur eux avec un regard de bête de proie. Sur l'une d'elles, il est incliné vers un garçon de douze ou treize ans que l'on a forcé à écrire « Juif » à la peinture rouge sur la vitrine d'un magasin

* En allemand dans le texte. Terme qui signifie « gentillesse, bonhomie, cordialité ». (N.d.T.)

juif. Herr Karl est de taille moyenne, il est vêtu de vêtements qui — quoique civils — ont une allure militaire : pour lui donner un air plus martial, il a rabattu les bords de son chapeau, et il porte des « knickers » serrés dans de longues chaussettes de laine et des bottes à lacets. Sa courte veste, soigneusement boutonnée, comprime sa panse rebondie. Il arbore évidemment un brassard à croix gammée au bras et l'inévitable badge à la boutonnière. Les badauds qui l'entourent sont souriants mais lui a l'air sérieux, appliqué, d'un homme qui accomplit son devoir à l'égard de son Führer.

Paradoxalement, l'explosion brutale de cette vague d'antisémitisme à Vienne sauva quantité de Juifs, car si l'antisémitisme « minable » des Allemands permit aux Juifs allemands de croire qu'ils pouvaient rester dans leur chère Allemagne, celui — « de première classe » — des Autrichiens fit qu'aucun Juif ne douta qu'il lui fallait fuir par n'importe quel moyen.

Nous avions fait part à nos amis Ornstein de notre intention de partir dès le vendredi soir, et nous en avions parlé entre nous — mais c'étaient en quelque sorte paroles sans conséquence : nous n'avions pas vraiment conscience d'affronter une vérité incontournable. Aujourd'hui, nous le comprîmes, nous n'avions plus le choix : non seulement à cause des sinistres événements de Vienne, mais mieux encore quand nous apprîmes ce qui était arrivé aux Ornstein dans la nuit du samedi. Ce soir-là, Emil et Selma, déjà couchés, furent réveillés par un coup de sonnette. Quand ils ouvrirent la porte, ils se trouvèrent face à leur concierge encadré par deux policiers autrichiens et deux SS allemands vêtus de leur uniforme noir. Ils se ruèrent dans l'appartement qu'ils mirent à sac : visite des moindres coins et recoins, tiroirs renversés; pour finir, ils passèrent les menottes à Emil Ornstein et l'emmenèrent. Emil était un homme d'affaires influent, juif et franc-maçon : c'étaient là ses « crimes ». Une semaine plus tard, nous pûmes le reconnaître sur une photo à la une du journal SS, *Das Schwarze Corps* (le Régiment Noir). Il avait l'air malade, le visage envahi par une barbe de huit jours : on ne permettait pas aux Juifs de se raser, pour leur donner l'air sale et négligé.

Nous ne revîmes jamais Emil Ornstein.

C'est au début de cet après-midi-là que les nerfs de mon père lâchèrent. Je le vois encore, assis dans le fauteuil Louis XVI de sa chambre, le corps secoué de sanglots. Jamais je n'avais vu mon père pleurer; jamais je n'avais entendu le bruit torturant de souffrance et de désespoir que fait un homme qui pleure ; jamais je n'avais non plus été témoin de ce combat suffocant d'un homme submergé par le chagrin et qui lutte pour retrouver le contrôle de lui-même. Contrairement aux femmes, en effet, l'homme, élevé dans l'idée que pleurer n'est pas viril, n'y trouve aucun soulagement : ses larmes ne coulent pas de ses yeux, elles jaillissent brûlantes, mortelles, et noient sa vue et son âme. Avec maman, nous l'étreignîmes pour tenter de le consoler, mais je crois — et maman l'avait sans doute compris aussi — que papa avait craqué parce qu'il avait enfin réalisé que son univers, sa carrière, venaient de s'effondrer, et parce qu'il avait peur qu'on vienne l'arrêter comme Emil Ornstein.

Cependant, quand il réussit enfin à parler à travers les sanglots qui le secouaient tout entier, ce fut pour répéter la même phrase : « Que va-t-il arriver à ma mère ? Que va-t-il arriver à ma mère ? » Ainsi était-ce là le cœur même de son chagrin : la séparation définitive d'avec grand-mère Julie, qu'il savait maintenant inévitable, et la certitude qu'il ne reverrait jamais sa mère vivante — et non l'effondrement de l'univers qu'il s'était bâti au fil des ans.

Quand je repense aujourd'hui à cette scène, je me demande si le cri de désespoir de mon père : « Que va-t-il arriver à ma mère ? » ne signifiait pas en réalité : « Je veux redevenir un enfant et je veux que ma mère me protège d'un monde que je ne peux plus affronter. »

En voyant mon père s'effondrer et pleurer amèrement, je me sentis fondre pour lui de pitié, de tendresse et d'amour, mais ce fut aussi pour moi le moment où je vis réduite en cendres l'une des certitudes qui avaient fait ma vie. Ainsi mon père, géant invulnérable de mon enfance, était vulnérable, lui aussi : comment cet homme adulte pouvait-il pleurer pour sa mère ? Je ne savais pas alors — comme je le sais aujourd'hui — que nous gardons toujours en nous, tant que nous vivons, une part de l'enfant que nous avons été. Mais, ayant perdu mon protecteur, je compris aussi que c'était la fin de mon enfance, que je devrais désormais sortir de la chaleur protectrice de ma famille et me débrouiller tout seul.

La crise de mon père fut brève. Il se ressaisit en une demi-heure et quand le téléphone sonna quelques instants plus tard, c'est d'une voix redevenue normale qu'il répondit. Nous le vîmes écouter avec attention. L'expression de son visage — étonnée — se changea en sourire quand il se tourna vers ma mère et moi et qu'il répondit : « Mais certainement. Nous vous attendons. » Il replaça le combiné sur son socle : « Alfred, Klara et Hedi arrivent », annonça-t-il.

C'était donc, après douze ans d'âpre vendetta, la fin de la grande bataille familiale. Ce que les trois sœurs Schapira avaient si longtemps essayé, en vain, d'obtenir, Hitler le réussit en moins de quarante-huit heures, en accaparant si remarquablement tous les esprits juifs. Et ce qui se passa quand les Bartmann arrivèrent fut presque incroyable : les deux beaux-frères, ennemis irréductibles depuis si longtemps, tombèrent dans les bras l'un de l'autre. Quand nous fûmes tous installés dans le bureau de mon père, et le café servi, les premières remarques qu'échangèrent mon père et oncle Alfred me rappelèrent de façon frappante ce que Selma Ornstein avait dit à ma mère : « De quoi parlions-nous, Stella ? » Dans tout ce que disaient les deux hommes, on pouvait entendre : « Mais pourquoi diable nous disputions-nous ? »

Le téléphone retentit à nouveau. Cette fois, ce fut moi qui répondis. C'était Lisl. Pouvais-je venir ? Ils avaient eu de la visite. A sa voix je compris qu'elle était bouleversée. Inutile de me décrire les visiteurs. Je retournai dans le bureau et expliquai qu'il me fallait sortir et je dis pourquoi. Les reproches fusèrent : je devais avoir perdu la tête ! C'était de la folie ! Comment ! Les Bartmann étaient là, pour la première fois depuis si longtemps, et je choisissais ce moment pour aller voir « cette fille » ! Papa et maman étaient furieux. J'étais un imbécile, un mal élevé, un âne bâté, un cœur de pierre ! J'allais d'ailleurs me faire ramasser dans la rue par les nazis déchaînés. Il fallait être stupide pour quitter la maison et risquer de provoquer le désastre.

Je les écoutai un petit moment, puis sortis.

Quand j'arrivai chez Lisl, à vingt minutes de là (pendant lesquelles il ne se passa rien du tout), elle et sa famille s'étaient un peu calmés. Comme je m'y attendais, leurs visiteurs n'étaient autres que les SA autrichiens. Tout cela ressemblait presque à une comédie, bien qu'à l'époque personne ne le ressentît comme tel. Les hommes, me racontèrent-ils, portaient les attributs militaires en usage au carnaval : certains portaient des casques de tranchées, d'autres des cuissardes, mais tous — et c'était plus inquiétant — étaient armés de revolvers et de fusils. Ils avaient complètement fouillé l'appartement, fait main-basse sur quelques pièces d'argenterie de famille et tout l'argent liquide qu'ils avaient pu trouver, confisqué quelques livres, et s'étaient servi à boire. Avant de partir, leur chef, arrachant une feuille à son carnet, avait rédigé une sorte de rapport, dont le texte — pourtant bref — était émaillé de fautes d'orthographe : « Cet appartement ayand été fouillé par les SA ses propriétaires ne doivent plus être inquiettés. Le peuple allemand ignore l'esprit de revanche. *Sig Heil !* » (Même le salut nazi « *Sieg Heil* » était mal orthographié.)

Le chef de cette troupe — un petit homme coiffé d'un casque deux fois trop grand pour lui et qui lui tombait sur les yeux chaque fois qu'il inclinait la tête — apposa son nom, Kornherr, au bas de ce document remarquable et, claquant des talons, ils sortirent.

Dieu, quel bel *Anschluss* avaient là les Kornherr de Vienne !

Mais un monsieur beaucoup plus distingué que le petit Kornherr, et qui, lui, ne commit pas de fautes d'orthographe dans la lettre de remerciement qu'il envoya à son Führer, reçut également un joli petit cadeau à l'occasion de l'*Anschluss*. L'ex-ambassadeur Franz von Papen reçut ce même dimanche soir un télégramme de Hitler lui ordonnant de se rendre à Vienne pour prendre part aux cérémonies à l'organisation desquelles il avait tant contribué — tandis que la radio allemande annonçait : « En reconnaissance de son travail remarquable, le Führer a nommé Monsieur l'Ambassadeur Franz von Papen membre du Parti ouvrier national-socialiste allemand et lui a remis la Croix d'or du Parti. »

Quand je revins à la maison, papa, oncle Alfred et cousine Hedi montraient, eux aussi (je le vis aussitôt), les signes manifestes de l'*Anschluss*. Je les trouvai assis dans le bureau, comme je les avais laissés deux heures plus tôt. Les deux hommes étaient très pâles et leurs costumes étaient sales et pleins de taches de peinture blanche. Ma mère avait les mains tremblantes. Tante Klara semblait plus calme, mais Hedi, dont la robe était aussi souillée et sale, avait dans le regard une lueur de défi. Ils étaient tous en état de choc, Hedi moins que les adultes, me sembla-t-il. Mais peu à peu ils parvinrent à me raconter ce qui s'était passé.

Les SA avaient dû arriver quelques minutes à peine après mon départ — moi, l'imprudent... Notre concierge les avait conduits jusqu'à notre porte où les barres d'acier posées tant d'années auparavant n'eurent guère d'utilité contre eux. Ils emmenèrent papa, oncle Alfred et Hedi et laissèrent maman et tante Klara dans l'appartement : c'était, pour les deux femmes, une torture pire encore que si on les avait elles aussi fait descendre dans la rue, car les SA n'avaient rien dit de ce qu'ils comptaient faire des deux hommes et de Hedi. Elles ignoraient donc s'ils avaient été arrêtés ou si on les emmenait seulement effacer les slogans de Schuschnigg sur les pavés et sur les murs. De dix ans plus âgé que mon père, Alfred revint le premier. Mon père et Hedi furent gardés une heure de plus à genoux, les yeux à hauteur des bottes des SA.

Je me souviens très bien de notre conversation de ce soir-là, car bien d'autres du même type — avec des amis, avec des parents — devaient se dérouler de la même manière. Les hommes — Alfred et papa — étaient quant à eux complètement brisés. Ils revenaient sans cesse à leurs erreurs passées. Papa se reprochait sans arrêt de n'avoir pas demandé le solde de son compte à la banque, et Alfred de n'avoir pas suivi l'exemple de Richard Mautner : il possédait lui aussi des fonds substantiels en Suisse. Il dut plus tard verser cet argent aux nazis qui menaçaient de mort tous les Juifs qui n'avaient pas déclaré les sommes déposées à l'étranger — et ils tenaient leurs promesses ! En outre, Alfred venait juste — quelques semaines à peine avant l'*Anschluss* — d'acheter sa première voiture ; il voulait faire une surprise à sa femme, mais il voulait, avant de lui annoncer la nouvelle, passer son permis, qu'il ratait régulièrement. Il avait même été convenu, juste après la démission de Schuschnigg, que son premier clerc, Herr Schreiber (un « Aryen »), se tiendrait prêt à conduire toute la famille en Suisse.

Alfred nous raconta leurs soirées passées à marcher de long en large dans leur appartement, à essayer de prendre une décision. Il ne parvenait pas à se décider à laisser derrière lui tout ce qu'il possédait. Il était aujourd'hui trop tard, et il se frappait la poitrine en pensant qu'il avait perdu infiniment plus à force de tergiverser. Il devait perdre bien davantage encore.

Les femmes avaient une attitude très différente. Klara nous raconta même — avec un humour un peu forcé — comment elle avait aperçu la voiture au moment où les nazis la sortaient du garage en bas de chez elle, et qu'elle n'avait su qu'il s'agissait de leur propre voiture que quand Herr Schreiber était monté expliquer à mon oncle qu'il n'avait pu éviter de remettre les clés du garage et du véhicule aux hommes de troupe excités. Mais ni ma mère ni Klara ne pensaient plus au passé, celui d'hier ou de l'an dernier. Elles n'avaient de pensée que pour l'avenir. A dater d'aujourd'hui, et dans les mois et les années à venir, les douces sœurs Schapira révélèrent de quelle trempe, de quel acier leur âme était forgée : elles assumèrent désormais les fonctions de chef de famille à la place de leurs maris, prenant les décisions et donnant les ordres. Ce fut surtout le cas de Klara car, si mon père cessa ses perpétuels retours en arrière et se ressaisit au bout de quelques semaines, oncle Alfred mit plus de temps. Il devait, pendant des années, n'être plus que l'ombre de lui-même, jusqu'au jour où, proche de la soixantaine, il ressuscita miraculeusement : à la fin de sa vie — il mourut en 1952 dans sa soixante-treizième année —, il se montra fort actif et ouvert à toutes sortes de choses, essayant même de créer à Londres une nouvelle entreprise d'import-export.

Comme une femelle en chaleur, la ville de Vienne vibrait, soupirait, geignait et gémissait de volupté, prête à l'orgasme final. Je ne cherche pas ici l'emphase littéraire : c'est l'exacte description de ce qu'était, de ce que ressentait Vienne en ce lundi 14 mars 1938, jour où Hitler y pénétra. Et au moment même où l'escorte motorisée du Führer défilait dans la vieille cité des Habsbourg, entre la double haie de Viennois en liesse, toutes les cloches des églises se mirent à leur tour à sonner leur obscène jubilé.

Oui, Vienne était ainsi ce jour-là. Je le sais : j'y étais. Mais je sais aussi que des centaines de gens — et pas seulement des Juifs — restèrent terrés derrière leurs volets clos pour tenter de ne pas entendre la frénésie qui se déchaînait dehors. Parmi eux des hommes et des femmes aux convictions solides : sociaux-démocrates, légitimistes, vrais catholiques, sociaux-chrétiens, qui avaient choisi le patriotisme plutôt que l'opportunisme, mais aussi, tout simplement, de simples et honnêtes créatures humaines.

C'est très probablement à eux, à ce qu'ils éprouvèrent de tristesse, de honte, de défi, de volonté de rester, quoi qu'il arrivât, des Autrichiens unis et résolus, que la Seconde République doit d'avoir pu ultérieurement jeter le pont sur l'abîme et renaître sur de solides et morales fondations.

C'est donc ainsi que le très catholique Adolf Hitler, debout dans sa Mercedes, le bras droit levé pour le salut nazi, rencontra la foule des catholiques autrichiens venus en masse l'accueillir dans leur ville, cette ville qui jadis l'avait ignoré. Il n'avait jamais pardonné à Vienne cet affront originel et il avait décidé que ce seraient ses sbires allemands — et non autrichiens — qui deviendraient ici les futurs maîtres.

Pendant ce temps, le très catholique Allemand Franz von Papen, sa croix gammée flambant neuve à son revers gauche, préparait son second coup de maître diplomatique : une rencontre entre le cardinal

Innitzer et son Führer. Car rien ne tempérait l'ardeur de von Papen à servir Hitler, pas même le fait d'avoir appris, en arrivant à Vienne, que celui qui avait été pendant des années son loyal secrétaire et son plus proche collaborateur, Wilhelm von Ketteler, avait quitté la ville sans laisser de traces.

Le lendemain, au moment même où von Papen, debout près du Führer sur le balcon du Hofburg, face à la mer de visages levés vers eux, écoutait Hitler « témoigner, devant l'Histoire, du retour de son pays natal au sein du Reich allemand », on repêcha dans le Danube un cadavre au crâne brisé. On avait retrouvé Wilhelm von Ketteler, assassiné par les nazis.

Nous retournâmes en classe le mercredi matin. Tous les garçons de ma classe — sauf les Juifs, bien sûr — arboraient l'insigne de la Jeunesse hitlérienne au revers. Mais, dès le début du premier cours, Helmut Wieczorek, l'un des plus costauds d'entre nous, aussi bien sur le plan physique que sur le plan scolaire, se leva et nous tint ce discours : « Je voudrais dire ceci : il y a des Juifs dans notre classe. Ils sont nos amis et nos condisciples depuis des années : je voudrais qu'ils le restent et qu'ils soient traités comme tels ! » Ses paroles rencontrèrent un assentiment total. Les Jeunes Hitlériens eux-mêmes approuvèrent.

Fredl Resch, qui avait été le meilleur ami de mes jeunes années, se montra tout aussi remarquable. Je l'avais un peu perdu de vue depuis que j'avais quitté le Wasagymnasium : beaucoup plus proche de Fritz Pollack, j'avais, pour dire vrai, à peine vu Fredl. Or, le deuxième dimanche après l'*Anschluss*, on sonna à notre porte. C'était Fredl : « Je pensais que nous pourrions faire notre habituelle promenade du dimanche », me dit-il seulement. Il entra pour saluer mes parents, puis nous sortîmes tous deux, son bras « aryen » passé sous le mien, exactement comme lors de nos promenades d'enfants sur le Ring. Nous nous étions toujours dit que, quand nous serions tous deux devenus célèbres, il faudrait rebaptiser le Ring « Promenade Klaa-resch ». Ce que fit Fredl ce jour-là dénotait un grand courage — et plus encore : cela fit renaître la confiance que mes parents aussi bien que moi-même pouvions éprouver dans la nature humaine, et nous nous sentîmes réconfortés.

Par contre, papa eut moins de chance que moi quand il retourna à la banque. Il savait fort bien, en entrant dans ce bureau qui avait été son second foyer pendant si longtemps, qu'il ne s'y sentirait bientôt plus chez lui. C'était une vaste pièce, si je m'en souviens bien, et pour autant que les enjolivures de ma mémoire ne m'aient pas induit en erreur quant à ses proportions. Un mobilier austro-victorien, très pelucheux, très rouge. Le gros bureau de chêne de mon père faisait face à une table de conférence recouverte d'un tapis rouge et entourée de quatre (étaient-ce six ?) chaises tapissées de rouge ; des rideaux de velours rouge encadraient la fenêtre ; au sol un tapis oriental dans les tons bleus ; une bibliothèque et un portemanteau complétaient le tout.

Mon père venait à peine de prendre place derrière son bureau que le Dr Hilger fit son entrée. Le Dr Hilger — qui était l'un des rares non-Juifs du service — avait fait la guerre avec mon père. C'était lui qui, à l'armée, l'avait persuadé d'essayer — pour la première et dernière fois de sa vie — de monter à cheval, expérience qui avait failli tourner au désastre.

Comme tous les anciens officiers de l'Armée autrichienne, le Dr Hilger et mon père usaient entre eux du *du* familier au lieu du *Sie* formel, mais ce matin-là le Dr Hilger ne dit pas, comme d'habitude en entrant dans la pièce : « *Grüss dich Gott, Ernst !* »*, mais il claqua des talons, leva le bras droit, et, le visage arrogant, s'écria : « *Heil Hitler, Ernst !* »

Mon père ne dit rien. Des lèvres de Hilger sortaient maintenant des paroles qui se voulaient aussi autoritaires et arrogantes que son « *Heil Hitler* » : « Ernst, je suis venu te dire — et je pense que tu comprendras mes raisons — qu'à partir d'aujourd'hui il ne m'est plus possible de travailler sous les ordres ou de recevoir des instructions d'un Juif. »

Mon père regarda l'homme qu'il connaissait depuis si longtemps : « Herr Dr Hilger, lui dit-il, étant donné les circonstances, je vous serais reconnaissant de bien vouloir me dire *Sie* et non *du*, si, à l'avenir, vous avez l'occasion de m'adresser la parole. »

Le Dr Hilger tourna les talons et quitta la pièce. Sans « *Heil Hitler !* » cette fois.

Il y avait presque trente ans que mon père travaillait à la Länderbank. Officiellement — mais il y avait un certain temps, je crois, que mon père ne se rendait plus à son bureau —, il fut mis fin à ses fonctions par une courte lettre signée de Herr von der Lippe, l'un de ces nombreux fonctionnaires allemands désormais patrons de l'Autriche. Datée du 9 mai 1938 et adressée simplement à « Herrn

* « Bonjour, Ernst. » (N.d.T.)

Ernst Klaar, Vienne », sans formule du genre « Cher Monsieur Klaar », ou « Cher Monsieur », elle était libellée comme suit :

> En accord avec le Commissaire d'État au Secteur Économique Privé, nous vous informons que nous avons reçu l'ordre, selon les Directives Générales pour la Réorientation structurelle, de vous retirer le droit de signature au nom de la Banque. La modification nécessaire a été portée au Registre du Commerce.
>
> Vous êtes simultanément suspendu de toute activité et jusqu'à nouvel ordre considéré comme en congé sans solde. »

On sait que l'intérêt que le public porte aux événements contemporains se mesure aux lettres que les lecteurs écrivent à leurs journaux. En Grande-Bretagne, le meilleur baromètre pour indiquer les hauts et les bas de l'intérêt du public, dans quelque domaine que ce soit, est représenté par le célèbre courrier des lecteurs du *Times*. Il n'y eut que cinq lettres concernant l'Autriche lors des quelques semaines qui suivirent l'*Anschluss*. La première parut le 14 mars. Mr Leo Amery, parlementaire conservateur et ami de Winston Churchill, écrivait : « Avec l'Autriche s'est effondré le dernier foyer de la culture allemande, la dernière citadelle dans laquelle l'âme véritable de la race allemande pouvait encore trouver refuge. »

Et voici ce qu'écrivait, le 25 mars, un certain Mr F. O. Lindley :

> Messieurs. Que la prise de l'Autriche par l'Allemagne — qu'on savait inévitable depuis longtemps — provoque des débordements hystériques et des suggestions idiotes de la part de ceux qui se sont invariablement trompés en matière de politique étrangère, cela n'a rien de surprenant. Nous avons fort heureusement un Premier ministre et un Secrétaire d'État assez solides pour contenir ces sortes d'ébullitions.

Et de Monsieur (plus tard Lord) William Beveridge, le 8 avril :

> Deux éminents savants autrichiens, dont les travaux ont été couronnés par le Prix Nobel, ont été arrachés à leurs foyers et emprisonnés, leur famille ne pouvant leur rendre visite que quelques minutes par semaine. La qualité, le caractère et l'âge de ces hommes montrent que ce traitement leur a été infligé pour la seule et unique raison qu'ils sont de race juive.

Et ce correspondant, qui devait fonder plus tard le Service National d'Entraide, poursuivait en lançant un appel de fonds pour la Société de Protection de la Science et de la Recherche, destinés à aider les chercheurs chassés de leur pays.

Une autre lettre, datée du 14 avril, comportait aussi un appel à aider les réfugiés. Elle était signée d'un certain nombre de personnalités éminentes, parmi lesquelles Georges Bell, l'évêque de Chichester, et Mrs Yvonne Rothschild.

La lettre la plus significative — politiquement parlant — parut le 4 avril. Voici ce qu'écrivait Mr Edwin A. Stonor :

> A St. Anton, village fort prisé des skieurs anglais, la gare était toute bariolée de drapeaux ; même le chien du chef de gare portait une croix gammée, mais cela n'avait pas l'air de lui plaire et il remuait tristement la queue. Quatre-vingt-dix pour cent des Viennois portent la croix gammée, que l'on appelle ici familièrement « l'épingle de sûreté ».
>
> L'un des spectacles les plus étranges que l'on pût voir était l'énorme foule qui se bousculait aux portes du Consulat britannique dans la Wallnerstrasse. C'étaient presque tous des Juifs qui demandaient la nationalité britannique, qui voulaient quitter un pays où seuls les Aryens sont tolérés. Pauvres gens ! Ils n'avaient aucune chance !

Comme il avait raison, ce M. Stonor ! J'étais moi-même dans cette foule. Robert avait entendu dire — des bruits contradictoires circulaient sans arrêt — que l'armée anglaise recrutait des Juifs autrichiens, pour peu qu'ils soient jeunes et bien constitués. Nous nous rendîmes donc aussitôt à la Wallnerstrasse où nous prîmes notre première leçon de savoir-vivre britannique : en faisant la queue. Nous restâmes là des heures. Enfin introduits auprès d'un préposé, nous offrîmes, par son intermédiaire, nos cœurs, nos âmes et notre vie à Sa Très Gracieuse Majesté. La réponse fut brève : « Nous n'avons pas de légion étrangère. » Et pouvions-nous espérer obtenir un visa pour l'Angleterre ? « Non ».

Comment pouvions-nous savoir que le 22 mars, soit quelques jours avant notre tentative au Consulat britannique, la Chambre des Communes s'était prononcée (par 210 voix contre 142) contre un projet de loi donnant au Home Office pleins pouvoirs pour augmenter l'admission de réfugiés autrichiens. Après le vote, le Secrétaire d'État à la Défense avait expliqué qu'il allait examiner avec le plus grand soin et la plus grande sympathie toute candidature de réfugiés autrichiens appartenant au monde des sciences, des arts, du commerce et de l'industrie, dont la présence sur le sol britannique pourrait être des plus profitables à l'Angleterre. En termes moins élégants, le message était le suivant : si vous n'êtes qu'un pauvre Juif fuyant les persécutions nazies, inutile d'insister, mais si vous êtes riche, muni de bons diplômes — et de ce fait pouvant être utile à notre pays —, soyez les bienvenus, même si vous êtes juif.

Bien entendu, l'Angleterre n'était pas la seule nation à réagir ainsi : quelques heures après l'*Anschluss*, la Tchécoslovaquie, considérée depuis longtemps comme la démocratie la plus libérale de toute l'Europe Centrale, fermait ses frontières aux Juifs autrichiens. Et le politicien belge Paul-Henri Spaak, pourtant reconnu comme l'un des plus libéraux d'Europe, annonçait devant le Parlement de son pays que la Belgique ne pouvait autoriser l'admission massive d'étrangers. Cordell Hull, Secrétaire d'État américain, qui proposait pourtant la création d'un Comité International d'aide aux réfugiés politiques, déclarait par ailleurs très clairement qu'il n'était pas question d'augmenter les quotas d'immigration des Autrichiens et des Allemands. Quant à la plus ancienne démocratie d'Europe, la Suisse, elle s'inquiéta tellement du brusque afflux de Juifs venus d'Allemagne que le nom du chef de sa police, le Dr Heinrich Rothmund — qui n'était pourtant pas l'un des SS de Hitler —, est resté dans l'histoire comme celui de l'inventeur du grand « J » rouge qu'il fit tamponner sur les passeports de tous les immigrants juifs de moyenne condition. Pour justifier ce « faux pas », il invoqua comme excuse que les Allemands passaient en Suisse sans visa — et réciproquement — et que, de ce fait, les douaniers suisses n'arrivaient pas toujours à distinguer les Juifs des Allemands « aryens » !

Le chômage — mondial — et la traditionnelle opposition syndicale à toute immigration dans ces conditions : telles étaient la plupart du temps les excuses invoquées pour refouler les Juifs.

Je n'avais guère d'espoir d'être accepté dans l'Armée anglaise, aussi ne fus-je pas trop déçu quand je sortis de la Wallnerstrasse pour revenir chez moi. En entrant dans la salle à manger, je vis, assise auprès de ma mère, une visiteuse à la chevelure argentée qui lui tapotait doucement les mains. « Helga, voici mon fils George », annonça ma mère.

Dès que ma mère prononça son nom, je compris qui était la visiteuse : elle nous avait en effet souvent parlé de Helga von Alvers, sa meilleure amie d'école à Hanovre. Elles avaient toujours gardé des relations, bien qu'elles ne se fussent pas vues depuis trente ans. En 1929, lors du voyage qu'ils effectuèrent en Allemagne, mes parents avaient eu l'intention de rendre visite à Helga von Alvers, mais ils en avaient été empêchés à la dernière minute. De son côté, Helga avait fait le projet de venir à Vienne en 1933, mais Hitler, en imposant à l'Autriche le blocus des 1 000 marks, y avait mis fin. Quand il le supprima, après le pacte austro-allemand de 1936, Helga avait entre-temps perdu son mari et sa maigre pension de veuve ne lui permettait plus de faire face à un si coûteux voyage.

Elle avait saisi l'occasion d'un voyage organisé par la section de Hanovre du *Kraft durch Freude**, le Front Ouvrier National-Socialiste — et qui ne coûtait presque rien. Dès son arrivée, après avoir déposé ses bagages à l'hôtel, elle s'était promenée, et avant de venir nous voir, elle avait parcouru pendant des heures les rues de Vienne, à regarder le spectacle de la dégradation que l'on faisait subir aux Juifs — les effaçages des slogans de Schuschnigg, qui continuaient toujours — mais aussi le plaisir qu'y prenait la population viennoise. Elle avait vu les magasins juifs où l'on avait peint en rouge l'étoile de David et le mot « Juif » en lettres énormes, les écriteaux annonçant « Pas de clients juifs » ou, plus simplement, « Interdit aux Juifs ». Et cela l'avait considérablement secouée, elle, l'Allemande aryenne de lignée impeccable. Et ce n'était pas seulement parce qu'elle était heureuse de revoir une vieille amie qu'elle serrait les mains de ma mère entre les siennes : son geste exprimait certes la tendresse, mais aussi la pitié, et la honte.

« J'ai dit à Stella ce que j'ai ressenti devant les choses terribles qui se passent dans cette ville, dit Helga en se tournant vers mon père, et je lui ai dit aussi à quel point j'ai honte, non seulement en tant que personne humaine, mais aussi en tant qu'Allemande. Je vous en prie, croyez-moi, il ne s'est rien passé de semblable en Allemagne. »

Il y eut un silence. Elle nous regarda, mon père, ma mère et moi, puis, après un moment d'hésitation, poursuivit : « Mais je dois aussi vous dire, pour être tout à fait honnête, que j'ai adhéré au Parti national-socialiste en 1929 et que j'en suis encore membre. C'est d'ailleurs la raison pour laquelle j'ai pu participer à ce voyage du *Kraft durch Freude*.

— Pourquoi as-tu adhéré, Helga ?, demanda ma mère.

— Essaie de comprendre, répondit-elle. J'ai toujours été, tu t'en souviens, fière d'être Allemande ; j'ai toujours aimé mon pays, j'ai toujours cru en lui. J'ai toujours ressenti comme une injustice le Traité de Paix, et surtout que ce soit sur les Allemands que retombent toutes les fautes de cette terrible guerre. Je n'aimais pas la Républi-

* Littéralement : « La Force par la Joie », mouvement connu également sous son sigle *KdF*. (N.d.T.)

que, mais je croyais en Stresemann et j'ai toujours voté pour lui. C'était notre plus grand homme d'État et je croyais qu'il redonnerait à l'Allemagne son rang véritable dans le monde. »

Elle s'interrompit pour porter à ses lèvres l'une des fines tasses à thé du service que ma mère avait sorti en son honneur.

« Mais que restait-il après la mort de Stresemann en 1929 ? Les autres hommes politiques se contentaient de parler, parler, ou se battaient les uns contre les autres. Hitler était le seul qui semblait avoir un plan, le seul à se montrer déterminé. Bien sûr, lui aussi ne faisait que parler, à cette époque, mais après tout on avait donné leur chance aux autres et ils n'avaient rien fait. Pourquoi ne pas lui en donner une, à lui aussi, et l'aider à montrer de quoi il était capable ? Alors, pour passer aux actes à mon tour, j'ai adhéré à son parti.

— Madame von Alvers, dit alors mon père, Stella m'a tellement parlé de vous, de votre amitié à l'école : vous deviez bien savoir qu'elle était juive, vous connaissiez ses parents puisque vous avez fait un séjour chez eux à Hambourg ; vous n'aviez donc aucun doute sur ce qu'ils étaient, et pourtant vous vous êtes engagée dans le parti de Hitler ? Vous avez entendu ses partisans crier " Mort aux Juifs ! " Vous l'avez entendu vitupérer contre nous, les Juifs, nous menacer, nous injurier...

— Oui. Mais me croirez-vous, monsieur Klaar, si je vous dis que, comme des milliers d'autres, je n'ai jamais pris cela très au sérieux. Après ce que j'ai vu aujourd'hui, je sais que j'avais tort. Mais croyez-moi, j'étais convaincue que toute cette propagande antisémite ne servait qu'à exciter la foule, qu'elle s'adressait à la racaille SA. Je n'y prêtais pas attention, parce que la jugeais sans importance. J'étais persuadée que tout cela disparaîtrait le jour où Hitler prendrait le pouvoir et que...

— Et les lois de Nuremberg ? », interrompit mon père.

Elle réfléchit quelques instants avant de répondre :

« Oui, bien sûr, vous avez raison de me poser cette question, reprit-elle. Évidemment, je sais bien que je les connaissais, mais je sais aussi que je préférais faire comme si je les ignorais. Il fallait, du moins je m'en persuadai, ne pas faire peser l'injustice contre la réussite de Hitler. Dans la balance se trouvaient six millions de chômeurs de moins, une Allemagne à nouveau forte et respectée, le Traité de Versailles effacé. C'est vrai, je n'ai voulu voir que l'aspect positif des choses, et j'ai volontairement fermé les yeux sur le reste. Je suis navrée, Stella, mais je voulais tellement y croire ! »

Helga von Alvers resta à Vienne trois jours, durant lesquels elle passa presque tout son temps avec ma mère. Nous reçûmes de ses nouvelles dès son retour à Hanovre. Dans la lettre qu'elle avait écrite à ma mère, elle avait ajouté deux documents : le premier reproduisait une circulaire de la *Gauleitung* de Hanovre, annonçant qu'elle venait de tenir récemment des assises au sujet des slogans antisémites inscrits sur les magasins juifs ; il avait été décidé que ces pratiques étaient anti-allemandes et devaient cesser à l'avenir ; l'autre était un double d'une lettre de Helga von Alvers à la *Gauleitung*, par laquelle elle résiliait son adhésion au parti.

J'ai déjà raconté comment — quoique indirectement — l'ami de mon père, Richard Mautner, me sauva la vie. D'autres hommes influencèrent mon destin : Herr Direktor Schwartz, de l'Association autrichienne des Usines de Rubans, Emil Hirsch, principal concurrent de Schwartz, Maurice Witzthum, Juif polonais devenu citoyen de ce qu'on appelait alors l'État Libre d'Irlande, et enfin — sans doute l'un des plus influents — Sean Lemass, alors ministre du Commerce, qui devait par la suite devenir Premier ministre de la République d'Irlande.

Mais l'homme qui me sauva des camps de concentration et d'extermination (celui qui en vérité me sauva la vie) fut mon père. Ce ne fut pas tout de suite évident car, dans les semaines qui suivirent l'*Anschluss*, il parut vivre dans une sorte de brume, le regard tourné vers l'intérieur. Il ne songeait qu'au passé et toutes ses phrases commençaient par « Si seulement... » Son doux petit sourire ironique, que j'aimais tant, semblait avoir quitté ses lèvres pour toujours. Il restait, du matin au soir, assis dans le fauteuil de son bureau à ressasser tristement les choses qu'il aurait dû faire — et qu'il n'avait pas faites ; les dangers qu'il aurait dû voir — et qu'il n'avait pas vus. « Si seulement j'avais compris ce que le frère d'Ernst Herlinger nous avait dit en 1933... si seulement j'avais demandé le solde de mon compte à la banque... si seulement je n'avais pas été aussi aveugle... aussi insouciant... si criminellement optimiste... si confiant... » Et ainsi de suite. Même quand il gardait le silence, on sentait que les mots « si seulement... » continuaient de tourner dans sa tête.

Mais, tandis qu'il s'enfonçait ainsi de plus en plus profondément dans cette sorte d'apathie, ma mère, quant à elle, devenait de jour en jour plus forte. J'assistais, en fait, à une sorte de duel spirituel entre eux deux. Dans ce combat, ma mère usa de deux armes principales : son amour et sa confiance — justifiée — dans le très grand sens des responsabilités que possédait mon père. Et ce avec une patience et une obstination infinies. Le premier signe de succès — montrant que mon père revenait au présent et allait pouvoir recommencer à envisager l'avenir — apparut quand il déclara qu'il fallait me faire baptiser. Bien entendu, il n'ignorait pas que cela ne changerait rien du point de vue des nazis, mais il avait entendu dire que les Quakers aidaient très efficacement les chrétiens « non aryens » à quitter le pays et il souhaitait mettre de mon côté toutes les chances — aussi faibles fussent-elles. Je ne sais pas quelles auraient été mes réactions à sa proposition à l'époque de Schuschnigg, mais là je refusai catégoriquement. Pendant ces premières semaines de violence antisémite, j'avais senti se fortifier en moi la conscience aiguë de ma judéité : cela n'avait rien à voir avec une quelconque conviction religieuse, mais j'étais né juif et j'entendais mourir juif.

Mon père se mit alors à seconder ma mère pour faire le tour de tous les contacts, de tous les réseaux grâce auxquels nous pourrions partir. Ma mère avait déjà écrit, à Chicago, à la Quaker Oats Company, pour leur demander s'ils accepteraient de m'aider — en tant que petit-fils de Bernhard Schapira — à obtenir un visa d'entrée aux États-Unis. Mon père, qui de son côté avait écrit au Président Reuter, de la Banque des Pays de l'Europe Centrale à Paris, reçut par retour du courrier la réponse de Reuter : il l'assurait qu'il essayait d'aider le plus grand nombre possible de membres de son équipe, que mon père était l'un des premiers sur la liste et qu'il espérait pouvoir lui trouver, à Londres, un poste dans une petite banque privée dans laquelle la Banque des Pays de l'Europe Centrale avait des intérêts. Ce premier rayon d'espoir remonta le moral de papa et lui rendit un peu de confiance en lui.

Herr Director Schwartz, des Usines de Rubans, était, en dépit de son nom, un « pur Aryen ». Mon père — qui le connaissait depuis fort longtemps car il avait souvent contrôlé ses comptes au nom de la Länderbank qui y avait investi — savait qu'il était antinazi. Richard Mautner, ancien directeur de l'une des plus grandes fabriques de chapeaux d'Autriche, connaissait fort bien Schwartz et c'est peut-être lui qui avait suggéré à mon père de lui demander de faire éventuellement jouer les relations qu'il pouvait avoir dans le monde entier. Schwartz, de son côté, mit mon père en contact avec Emil Hirsch, lequel avait déjà entamé des négociations avec Lemass et le gouvernement irlandais, par l'intermédiaire de Maurice Witzthum, de Dublin, pour transférer sa fabrique en Irlande.

Les Irlandais se montraient en effet fort désireux de créer des emplois et — à mon avis — offraient déjà un certain nombre d'encouragements aux industriels étrangers, quoique, à vrai dire, les industriels juifs n'eussent guère besoin d'encouragements particuliers pour s'expatrier, Hitler leur fournissant d'ores et déjà toutes les raisons nécessaires.

Il se trouve qu'un certain nombre de Juifs tchèques — qui voyaient loin — avaient déjà créé une fabrique de chapeaux de feutre en Irlande et — cela allait de soi — la fabrique de rubans d'Emil Hirsch devait pouvoir s'y associer. En Autriche, Hirsch était un homme riche, mais il n'avait pas le moindre sou à l'étranger. Il était sûr de pouvoir faire sortir d'Autriche un certain nombre de métiers à tisser et du matériel (même un peu ancien), mais il avait surtout besoin d'un petit capital de départ en Irlande. A force de distribuer une véritable petite fortune aux autorités nazies — y compris les SS —, Hirsch finit pas obtenir l'autorisation d'exporter tout le matériel nécessaire pour redémarrer. Pour autant que je sache, il fut le seul Juif autrichien à réussir à exporter toute une fabrique après l'*Anschluss*. Quant au capital initial, il devait lui être fourni par Richard Mautner, via mon père, à la condition que mes parents et moi pussions émigrer en Irlande. Le montant initial atteignait 1 000 livres — ce qui représentait alors beaucoup plus qu'aujourd'hui, mais ne constituait pourtant pas une somme trop énorme. Par contre, c'était une preuve considérable de l'amitié des Mautner pour mes parents. Leur geste était si inattendu, si généreux, que les Hirsch eux-mêmes n'arrivèrent jamais à croire que l'argent venait d'eux : ils devaient toujours croire qu'il s'agissait de la fortune de mon père et que celui-ci — pour quelque obscure raison — ne voulait pas avouer qu'il était riche. Et je dois dire que, longtemps, je partageai cette même impression.

J'avais en effet beaucoup de mal — il faut le reconnaître — à admettre que mon père n'eût pas la moindre économie devant lui, étant donné le salaire qu'il avait perçu pendant des années. La raison en était simple : il avait dépensé beaucoup d'argent pour ses chers tableaux, ses objets d'art, sans oublier qu'il entretenait sa mère et sa sœur depuis fort longtemps.

Maurice Witzthum vint à Vienne et les négociations reprirent à l'appartement de la Pichlergasse ; mon père, qui était incapable de faire la moindre différence entre la trame et la chaîne, l'avant et l'arrière d'un métier à tisser, se vit délivrer un permis d'immigrer en Irlande comme tisserand, ma mère et moi suivant dans les bagages. Witzthum nous assura que les formalités ne prendraient que quelques semaines — le temps de préparer tous les documents et de payer tous les impôts qu'exigeaient les nazis pour laisser les Juifs s'en aller.

Plus facile à dire qu'à faire ! La légendaire paresse autrichienne avait désormais cédé la place à la tracasserie policière, experte dans l'art de décourager et d'humilier les Juifs. Car il fallait s'attendre à mille surprises quand, après des heures de queue devant chaque bureau, pendant lesquelles on courait le risque d'être à tout moment réquisitionné pour nettoyer les quartiers de telle ou telle patrouille de SS ou de SA — ce qui allait prendre quelques heures —, on finissait par se retrouver devant l'employé qu'on voulait voir. Huit fois sur dix, on nous apprenait que nous n'avions pas constitué notre dossier comme il le fallait. Retour à la case départ, où, munis d'un numéro d'ordre, on nous remettait un autre numéro d'ordre pour pouvoir à nouveau parvenir jusqu'au préposé que nous avions vu la première fois. Et là, dûment nantis du document exigé, et après avoir encore fait la queue pendant quelques heures, nous apprenions — est-il encore besoin de le préciser ? — qu'il nous manquait le coup de tampon officiel ou le document qui... et que... et qu'il fallait tout recommencer. La puissance d'invention des fonctionnaires nazis ne connaissait pas de bornes. Mais il y avait de la méthode dans toute cette folie et certains — au-delà de cette ivresse du pouvoir qui leur montait à la tête — parvinrent même à faire de substantiels bénéfices : devant chaque bâtiment officiel, dans les queues qui s'allongeaient, on était accosté par certains Juifs qui s'étaient spécialisés dans le nouveau métier d'« expert en documentation ». Il fallait payer le prix, mais on obtenait sans peine et dans des délais raisonnables n'importe quel document ou n'importe quel coup de tampon. Ils connaissaient chaque policier, chaque responsable susceptible d'être acheté — et à quel prix ; ils connaissaient aussi toutes les portes de service. Seuls les Juifs pauvres faisaient la queue devant les portes principales.

Mais, à côté de toute cette indolence qui paralysait l'émigration des Juifs d'Autriche, il y avait un homme qui, au contraire, se démenait pour accélérer le départ des Juifs. Le lieutenant SS Adolf Eichmann, qui avait établi son quartier général dans le vieux Palais Rothschild, dans le IIIe arrondissement, déployait à Vienne une activité qui devait servir de base à sa future carrière. Personne jusqu'ici n'avait réussi ce qu'il était en train de réaliser : faire sortir d'Autriche, le plus vite possible, le plus grand nombre de Juifs, tout en leur faisant payer le plus cher possible. Grâce à lui, la moindre « poule » juive émigrant d'Autriche laissait un « œuf d'or » à Eichmann et à l'État nazi.

Mais si Eichmann était pressé, les Irlandais, par contre, ne l'étaient guère. Les quelques semaines demandées s'allongèrent. Toutes sortes de complications surgirent et on s'y attelait avec la lenteur d'un escargot remontant les Champs-Elysées. Mais soyons justes : les Irlandais ne faisaient pas attention : personne ne voulait des Juifs d'Eichmann.

Comme dans un cauchemar, nous n'étions plus que des voyageurs hurlants et désespérés qui tombaient sans cesse dans les abîmes qui s'ouvraient sous leurs pieds et remontaient les pentes avec espoir, pour retomber encore. En un sens, la Conférence Mondiale des Réfugiés qui se tint à Évian l'été 1938 résuma parfaitement cette odyssée en suivant la suggestion du Secrétaire d'État américain Cordell Hull. On peut dire que, cet été-là, pas un Juif allemand ne put éviter de penser « aux Eaux » avec le plus fol espoir. Mais les représentants des trente-deux pays assemblés en cette ville, face à l'évidence, après avoir conféré et délibéré, parlé et considéré, en vinrent au bout de quelques semaines à la conclusion suivante : il leur était impossible — et ils le regrettaient, ô combien ! — de trouver la moindre place pour les Juifs où que ce soit dans le monde, pas même pour leurs enfants.

Le 30 juillet, mon père reçut une lettre de la Länderbank. Il s'agissait des « nouvelles instructions » dont Herr von Lippe parlait dans la lettre précédente — c'est-à-dire le renvoi pur et simple de mon père. La lettre n'avait rien de personnel ; c'était une circulaire anonyme indiquant : « Suivant la nouvelle réorganisation de l'Autriche, nous nous trouvons dans l'obligation de mettre fin à votre emploi à dater du 31 août 1938. Afin de régler tout problème financier découlant de cette situation, nous vous prions de bien vouloir vous présenter à notre Service du personnel le 8 août 1938. » La date et l'heure étaient inscrites au tampon marqueur sur le formulaire.

Au jour dit, mon père pénétra pour la dernière fois dans cet immeuble où il avait passé tant de sa vie. Tout ce qu'on lui demanda fut de signer un reçu de 13 000 reichsmarks, « reçus, à ma demande, pour solde de tout compte et sans qu'aucune réclamation ne puisse être faite par moi auprès de mon employeur, la Länderbank ». On ne peut s'empêcher de sourire — avec amertume — à la lecture de ce « à ma demande » : dans la lettre par laquelle on demandait à mon père de cesser son activité, et dans la circulaire par laquelle on lui signifiait son congé, on n'avait même pas pris la peine d'insinuer qu'on avait pu le consulter ; mais quand il s'agissait d'argent, les nouvelles autorités se montraient plus prudentes. Les banquiers nazis eux-mêmes se protégeaient contre tout éventualité. Treize mille marks, au cours de l'époque, devenaient 19 500 schillings autrichiens, ce qui faisait exactement la moitié des 40 000 schillings dus à mon père. Cela faisait même moins, eu égard au pouvoir d'achat du mark par rapport au schilling.

Ce vol manifeste ne bouleversa pas trop mon père : il s'y attendait. Plus encore, cette dernière rupture avec son passé n'affecta pas son moral et ne le replongea pas dans ses « si seulement »... Il en fut au contraire presque soulagé : un important chapitre de sa vie venait de se terminer et seul notre avenir, avec l'espoir qu'il contenait, comptait désormais. Witzthum nous avait écrit que nos visas avaient été acceptés. Il ne nous restait plus — selon lui — qu'à nous rendre à la Légation irlandaise de Berlin avec nos passeports pour les faire tamponner et recevoir nos permis de passage. Nous allions être une espèce d'avant-garde car Emil Hirsch, sa famille et ceux qui l'accompagnaient pour créer la nouvelle fabrique — y compris un non-Juif anti-nazi, véritable maître-tisserand celui-là — ne devaient partir pour Dublin qu'à la fin de l'année, une fois embarqués le matériel et les machines.

Les derniers jours que nous devions passer à Vienne furent remplis d'une activité fébrile. Il fallait organiser le déménagement ; outre nos effets personnels, nous devions préparer toute la maison : les tableaux, le mobilier, le linge, tout, absolument tout. Le déménagement final ne devait avoir lieu qu'après notre départ et c'était Helene, notre bonne, qui était chargée de s'en occuper. Elle allait se marier, et comme cadeau de mariage — et en signe de gratitude pour l'aide qu'elle nous avait apportée — mes parents lui offrirent leur grand lit.

C'est ainsi que nous nous embarquâmes pour Berlin, fort excités par le luxe de nos cabines de wagons-lits. Il y eut quand même un petit problème à la gare de Vienne quand un gros Allemand, le revers orné de l'insigne du Parti nazi, pénétra dans mon compartiment. Ce n'était pas le compagnon de voyage idéal pour un Juif ! Saisissant le premier prétexte pour quitter le compartiment, j'allai prévenir mon père ; un pourboire au contrôleur régla ce petit problème racial. Comme il entendait qu'on parlait d'un voyageur prussien, le porteur m'annonça qu'il s'était trompé, que mon compartiment était juste à côté et, reprenant ma valise, m'installa et, me gratifiant d'un clin d'œil, me chuchota : « Comme ça, vous aurez le compartiment pour vous tout seul pendant tout le voyage ! »

Nous arrivâmes à la Anhalter Bahnhof, gare principale de Berlin, le lendemain vers midi. Nous avions réservé à l'Hôtel Excelsior, juste en face de la gare, que mes parents connaissaient pour y avoir séjourné en 1929. Avec ses six cents chambres, c'était le plus grand, mais aussi le plus luxueux, de tout le continent européen. Quant à moi, c'est quand je vis le porteur, après avoir chargé nos bagages sur son chariot, nous mener directement du quai d'arrivée à un ascenseur et, de là, à un passage souterrain qui conduisait à l'hôtel, que je fus le plus impressionné.

Pour nous rendre à la réception derrière notre porteur, nous traversâmes le célèbre bar de l'Excelsior, rempli à cette heure de consommateurs et de convives. Je me sentis un peu mal à l'aise en longeant une table d'officiels et de SS en uniformes, mais ils ne nous prêtèrent pas la moindre attention : à Vienne, nous eussions immanquablement été accueillis par des remarques du genre : « Encore des Juifs ! Il y en a décidément partout. » Mais cette foule berlinoise avait quelque chose de différent de la foule viennoise. Cela me surprit tout d'abord, puis je finis par trouver l'explication : rares étaient les croix gammées.

Un peu plus tard, après que nous eûmes été reçus et accompagnés à nos chambres avec la plus exquise politesse, je fus frappé par le fait que cet hôtel eût conservé, sous Hitler, son nom international, sans la moindre consonance allemande. A Vienne, ces noms-là avaient disparu : vingt-quatre heures après l'*Anschluss,* le principal traiteur de Vienne avait changé le nom de son « Café Splendid » en « Kaffee Berlin », et les autres l'avaient très rapidement imité.

Comme je devais l'apprendre un peu plus tard ce jour-là, il y avait bon nombre de domaines où les Autrichiens étaient allés beaucoup plus loin que les Prussiens. J'en fus parfaitement convaincu quand je fis la connaissance de mon cousin Hanno, de cinq ans mon aîné, quand nous rendîmes visite, ce soir-là, aux cousins par alliance de ma mère, les Bartmann.

« Qu'aimerais-tu faire, ce soir ? me dit-il. Veux-tu aller au cinéma, au théâtre, ou faire un tour dans Berlin avec moi en voiture ? » Je le regardai les yeux ronds, la bouche ouverte, tel le légendaire idiot du village.

— Mais comment ? demandai-je. Nous sommes Juifs !

— Évidemment ! Comme si je ne le savais pas ! Mais je ne vois pas le rapport ? »

Cela me parut incroyable, mais c'était parfaitement exact : en septembre 1938, à Berlin — capitale du Troisième Reich —, dans les griffes mêmes du fauve, les Juifs avaient le droit de sortir, de fréquenter les cafés — certains possédaient même encore des salons de thé —, ils pouvaient avoir des voitures et faire leurs courses où bon leur semblait. Tout au long du Kurfürstendamm, la plus élégante avenue de Berlin, je ne vis qu'une seule pancarte à la porte d'un magasin portant le fameux « Interdit aux Juifs » placardé sur toutes les échoppes de Vienne. En fait, certains commerçants juifs dirigeaient encore leurs boutiques dans le Kurfürstendamm. Certes, elles devinrent un peu plus voyantes quand, quelques semaines plus tard, il fut obligatoire de peindre le nom des propriétaires de magasins en grandes lettres blanches sur la vitrine. Mais, même à ce moment-là, nulle inscription injurieuse peinte en rouge ne s'y ajouta. Pas plus — je le constatai de mes propres yeux — que les clients aryens ne s'abstinrent de venir s'y approvisionner.

Je me sentis devenir encore plus provincial quand nous rentrâmes en taxi à l'hôtel ce soir-là, par les rues violemment éclairées au néon : je sentais battre intensément le rythme accéléré de Berlin. A côté, Vienne était aussi calme qu'un lac, sa vie suivait le tempo d'un menuet de Haydn, tandis que Berlin grondait aux mouvements furieux et violents d'une suite de Stravinsky. Je me sentis submergé par cette ville, mais en même temps, il me sembla que je respirais plus librement que je n'avais pu le faire à Vienne pendant ces six derniers mois. Ma première impression se confirma au fil des jours et, comme moi, mes parents éprouvèrent le sentiment qu'après Vienne, on pouvait imaginer en arrivant à Berlin avoir échappé à la férule de Hitler.

La journée suivante débuta le plus agréablement du monde à la salle à manger de l'Excelsior, où le petit déjeuner était servi. Tout était comme mes parents l'avaient connu lors de leur précédent séjour. On se servait soi-même de viandes froides, d'œufs, de saucisses, de fromages et de diverses variétés de pains. Seul le beurre était désormais rationné. Après ce colossal petit déjeuner, nous prîmes un taxi pour nous rendre au Tiergarten, dans le quartier diplomatique, où se trouvait la Légation irlandaise. C'était une petite villa où, après avoir gravi quelques marches, on pénétrait dans un hall étroit, presque misérable. Sur la gauche, une porte marquée « Privé » menait au bureau du consul et aux appartements. Mon père frappa à la porte de droite qui portait une pancarte indiquant « Service des Passeports et des Visas. » Une voix féminine nous pria d'entrer, en allemand, et nous pénétrâmes dans une petite pièce occupée par un bureau, deux classeurs, une petite table ronde encadrée de deux chaises et une charmante dame allemande à la chevelure blonde qui devait avoir la quarantaine. C'était elle le Service des Passeports et Visas. Elle était également la secrétaire du consul : ils représentaient à eux deux tout le personnel de la Légation.

Comme mon père lui expliquait que nous venions chercher nos visas, elle le regarda avec étonnement et, avec une nuance de regret dans la voix, elle nous informa qu'elle n'avait reçu aucune instruction de Dublin, et qu'à vrai dire c'était la première fois qu'elle entendait prononcer notre nom. Mon père lui tendit la lettre de Witzthum : elle la lut attentivement et chercha encore une fois dans ses dossiers. Rien. Elle était prête à croire que quelqu'un avait dit — à Dublin — à ce M. Witzthum que tout était arrangé, mais ce n'était malheureusement pas le cas.

Nous avions tous les trois une expérience suffisante, désormais, des employés de consulats de diverses contrées pour savoir reconnaître sans aucun doute de quel bord ils étaient : certains — pas très nombreux — sympathisaient avec les Juifs, d'autres — pas si rares que cela — approuvaient l'antisémitisme nazi, la plupart étaient totalement indifférents. Cette Mme Kamberg ne se montrait pas du tout indifférente. Il était visible qu'elle était désolée de nous annoncer de si mauvaises nouvelles. Bien qu'elle se montrât fort discrète dans ce qu'elle nous dit, elle s'arrangea pour nous faire comprendre qu'elle ferait tout ce qu'elle pourrait pour nous aider, mais que le consul pourrait bien ne pas se montrer aussi empressé. A son avis, mieux valait essayer de téléphoner à Dublin à notre ami Witzthum et lui conseiller de tenter de passer par-dessus la bureaucratie dublinoise. Après quoi nous pourrions la rappeler ou revenir la voir, dans une semaine.

L'abîme à nouveau s'ouvrait sous nos pieds. Nous avions réussi, pas à pas, à remonter jusqu'à ce qui nous avait paru non seulement le sommet de l'espoir, mais jusqu'à la certitude. Et nous venions de replonger, avec une soudaineté inattendue.

Il était impensable, et impossible, de rentrer à Vienne, non pas pour des raisons financières — l'argent que papa avait reçu de la banque n'était pas inépuisable, bien sûr, mais enfin nous pouvions le dépenser puisque, en tout état de cause, on ne vous laissait pas quitter l'Allemagne avec plus de 10 marks sur vous. La seule question était la suivante : combien de temps faudrait-il attendre encore nos visas, et combien d'argent allions-nous avoir à dépenser jusque-là ? Une fois passé le premier choc de la déception, nous reprîmes confiance. Tout cela allait certainement s'arranger et trouver une solution d'ici une semaine ou deux.

Mon père envoya un câble à Witzthum, qui, dans sa réponse, nous confirma qu'il prenait des mesures immédiates, et nous restâmes à l'Excelsior, dont avait été conservé intact, non seulement le nom mais aussi cette atmosphère propre au Berlin d'Auden ou d'Isherwood.

A la fin de la semaine, Frau Kamberg n'avait toujours pas de nouvelles de Dublin. Il était évidemment hors de question de prolonger définitivement un coûteux séjour à l'Excelsior, aussi nous installâmes-nous dans une petite pension de famille. Nous finîmes également par suivre les conseils de nos cousins Bartmann, qui nous avaient fait remarquer qu'il existait, à Berlin, des moyens de transport en commun infiniment moins dispendieux que les taxis.

La pension Lurie — c'était son nom — occupait les troisième et quatrième étages d'un immeuble situé à l'angle de la Wilmersdorferstrasse et du Kurfürstendamm, donc très central. La propriétaire, Frau Lurie, était juive, ainsi que tous ses pensionnaires : nous avions deux chambres confortables et on nous servait une excellente nourriture ; mais, une fois par semaine, le repas de midi se composait d'un plat unique, le *Eintopf* ou pot-au-feu, pour obéir, comme toute l'Allemagne, à la politique d'austérité de Hermann Goering — le fameux « du beurre ou des fusils ». Mais en fait le seul signe visible d'austérité à Berlin était justement le rationnement du beurre. Les restaurants étaient bondés et les gens bien habillés, voire élégants. Les femmes qui s'asseyaient au Café Kranzler pour boire une tasse de café n'avaient rien à voir avec la *Hausfrau* mal fagotée que je m'attendais à voir — tant on m'avait répété, à Vienne, que les Allemandes étaient mal habillées de naissance. La plupart de celles que je voyais étaient plutôt chics, élégantes et jolies.

Grâce à quelques séances de cinéma, seul ou avec mes parents, ou encore avec la ravissante fille de Frau Lurie, qui avait mon âge et se préparait à émigrer en Amérique du Sud, grâce aussi aux promenades autour des lacs de Berlin dans la minuscule voiture de mon cousin Hanno, le temps passait agréablement, mais cela n'allégeait pas notre lourd sentiment d'insécurité. Bien sûr, nous ne nous faisions pas tout le temps du souci : nous sortions souvent pour dîner et nous en profitions pour parler de nos projets futurs — cela nous faisait plaisir. Mon père était certain de pouvoir trouver dans quelque temps un poste d'expert-comptable en Irlande ; quant à moi, je pensais depuis des années au journalisme. Le fait d'avoir à écrire en anglais ne me causait pas le moindre souci : j'avais commencé l'apprentissage de cette langue à l'âge de quinze ans et je crois que, mystérieusement, certains recoins de mon esprit, pourtant d'origine étrangère, doivent avoir été anglais depuis toujours. Le vocabulaire me venait tout naturellement et au bout de la première année, mon professeur d'anglais avait annoncé devant toute la classe que j'avais atteint le niveau d'études final.

Bien qu'il s'écoulât de manière agréable, nous avions de jour en jour l'impression grandissante que le temps nous était compté : nous n'avions rien de nouveau de la Légation. Ma mère téléphonait souvent à Frau Kamberg, nouant ainsi des relations plus personnelles avec cette fort gentille personne. Mais le 16 septembre — il y avait presque trois semaines que nous étions à Berlin — ce fut Frau Kamberg qui téléphona à ma mère. Pouvait-elle passer la voir ? Non, les visas n'étaient pas arrivés, mais elle voulait lui parler. Si je me souviens si bien de la date exacte de cet appel, c'est parce que c'est le jour où le Premier ministre Chamberlain avait surpris le monde entier en faisant une visite éclair à Hitler à Berchtesgaden.

J'attendis ma mère en compagnie de mon père au café Dobrin, situé sur le Kurfürstendamm et dont le propriétaire était Juif. Elle revint avec les nouvelles : ce n'était pas la lenteur bureaucratique irlandaise qui prolongeait ainsi notre attente, c'était une décision politique. La Légation avait reçu le matin même une lettre de Dublin dans laquelle les autorités irlandaises expliquaient qu'il leur paraissait trop risqué d'autoriser l'arrivée d'une famille juive avant d'être sûr que les machines de Hirsch, la seule chose qui leur importât, arriveraient à bon port et en bon état. Il ne fait nul doute que la lettre donnait ces explications en termes plus diplomatiques, mais c'était bien ce qu'elle voulait dire. Frau Kamberg avait pris sur elle d'en informer ma mère — l'eût-on su, elle se serait fait renvoyer immédiatement — parce qu'elle comprenait à quel point nous avions besoin de savoir où nous en étions. Les machines — nous le savions

— ne devaient pas être embarquées avant la fin du mois d'octobre, ce qui signifiait que nous avions encore environ six semaines à passer à Berlin. Ce fait eut pour moi des conséquences inattendues.

Mon père en effet s'inquiétait sérieusement de mon sort. La guerre semblait sur le point d'éclater en Tchécoslovaquie et j'allais avoir dix-huit ans dans trois mois — ce qui l'angoissait car, pour lui, il ne faisait aucun doute que Hitler allait faire usage des jeunes Juifs aptes au service comme chair à canon.

Les deux hommes d'État se rencontrèrent une deuxième fois à Bad Godesberg, le 22 septembre. Quand on apprit que Chamberlain repartait le lendemain sans qu'aucun accord fût intervenu, la crise empira et mon père ne fut plus le seul à paniquer.

L'après-midi du 23, j'allai au cinéma, dans l'une des plus vastes salles du Kurfürstendamm. Il faisait déjà nuit quand j'en ressortis et entendis les vendeurs de journaux crier : « Échec des conversations de Godesberg ! Les Tchèques mobilisent ! ». Les passants se les arrachaient et se mettaient aussitôt à les lire, debout, un peu partout. Tous, soldats et civils, avaient les traits tirés, le visage pâle et soucieux. Cela n'avait rien à voir — vraiment rien — avec les « Hourrah ! On les aura ! » qui, dans toutes les capitales d'Europe, avaient accueilli la déclaration de la Grande Guerre.

A mon retour à la pension Lurie, je trouvai mon père dans un état de véritable frénésie. Il voulait que je parte. Tout de suite. Or, il se trouvait que la Lettonie était le dernier pays qui accueillait encore les Juifs autrichiens : nous le savions parce que Lisl et sa famille y avaient émigré et c'est ainsi que mon père — qui eût pourtant tellement aimé mettre fin à nos relations — décida de m'envoyer la rejoindre. Il avait déjà téléphoné au Consulat de Lettonie, où on lui avait confirmé que je pouvais entrer dans ce pays avec un passeport autrichien ; selon eux, aucun autre permis n'était nécessaire. Mon père avait ensuite téléphoné aux Lithuaniens qui lui avaient expliqué que, si je pouvais obtenir un billet pour Riga, la capitale, on me délivrerait un visa de transit de vingt-quatre heures. Mon billet était déjà réservé : ainsi fut-il décidé que, tandis que ma mère faisait mes bagages, mon père et moi irions le chercher et, en chemin, passerions faire tamponner mon passeport au Consulat de Lithuanie.

J'étais évidemment fou de joie. Même dans mes rêves les plus fous, je n'avais pas osé espérer revoir Lisl si vite. J'éprouvais bien quelque mauvaise conscience de laisser mes parents derrière moi, mais je me rassurais en me disant qu'il valait mieux — en tout état de cause —

qu'un membre au moins de notre famille réussît à émigrer à l'étranger : je leur serais bien plus utile une fois là-bas qu'en restant ici. De toute façon, nous ne devions pas rester séparés trop longtemps car Frau Kamberg avait assuré à ma mère qu'une fois à Riga je pourrais obtenir mon permis de séjour en Irlande dès que mes parents auraient, de leur côté, obtenu le leur.

Pour l'instant, mon père n'avait qu'une seule idée en tête : me faire partir et, ce faisant, me sauver, pensait-il, des griffes de la Wehrmacht. Cela montre à quel point nous nous faisions encore d'illusions sur l'antisémitisme de Hitler en imaginant qu'il pourrait se laisser guider par des considérations à ce point rationnelles. Il ne nous vint pas à l'esprit — pas plus à moi qu'à mon père — que l'idée de faire porter à un Juif l'uniforme de sa chère armée n'eût été pour Hitler qu'une mascarade grotesque.

C'est ainsi qu'en cette fin d'après-midi du 24 septembre, nous nous embarquâmes en taxi pour la Bahnhof Zoo, située non loin du Kurfürstendamm et d'où partaient les trains en direction de l'Est. Un douanier allemand me fit ouvrir mes bagages pour vérifier que je n'emmenais pas d'objets de valeur en contrebande. C'était un tout petit bonhomme, nanti d'une moustache « à la Hitler » mais avec, dans le regard, toute la malice d'un gamin des rues de Berlin. « Combien de fausses dents en or avez-vous caché là ? » me dit-il en désignant ma valise. J'étais si énervé par ce départ que je fus un peu lent à comprendre : je lui répondis que je n'avais pas besoin de fausses dents. « Pour ce que cela m'intéresse, vous pouvez en avoir autant que vous voulez, me dit-il avec un sourire, et même avec des plombages en diamants... » Il ouvrit ma valise, parcourut son contenu du regard, tripota quelques objets, puis la referma.

Mon train était déjà à quai. J'installai mes affaires dans le compartiment puis abaissai la vitre pour dire au revoir à mes parents. Bien entendu, ma mère avait préparé à l'intention de son fils en partance quelques ultimes recommandations de propreté — interne et externe. Quelque chose du genre : « Essuie toujours les fruits avant de les manger et n'oublie pas de te laver les mains et le visage au savon et à l'eau chaude avant et après chaque repas. »

Personne au monde ne croyait autant que ma mère aux vertus de l'eau très chaude et quand elle répétait : « *heisses Wasser, heisses Wasser !* » on ressentait aussitôt l'impression d'être inondé, sur tout le corps, d'un geyser bienfaisant d'eau brûlante.

Le train s'ébranla. Voilà : nul d'entre nous ne savait quand nous nous reverrions. Je regardai mon père, avec son long manteau sombre et son chapeau gris, et me revinrent soudain en mémoire les jours — à la fois si proches et si lointains — où il venait m'attendre à la sortie de l'école et où je courais vers lui, tout fier que ce bel homme fût mon père. Ma mère portait le manteau d'astrakan qu'elle avait hérité de sa mère : je vis que sa main, posée sur le bras de mon père, tremblait légèrement. Ce fut le seul signe de son désarroi. Pendant quelques instants encore je les vis immobiles, debout côte à côte, puis mon père se pencha vers ma mère pour l'entourer de son bras. Le train s'engagea dans une courbe et je les perdis de vue.

Je m'installai confortablement en prévision du long voyage qui m'attendait : nous devions traverser le couloir polonais vers la Prusse orientale, passer par Kaunas, la capitale lithuanienne, et traverser la frontière lettone avant d'arriver à Riga où m'attendait Lisl : nous lui avions envoyé un télégramme. Comme j'étais impatient de la revoir ! Tout en pensant à elle, je feuilletai par désœuvrement mon passeport, regardant le visa lithuanien, et la grande croix gammée ouvragée qui ornait le timbre du passeport viennois où il était indiqué : « Valable pour un aller et retour seulement. » Tout Juif autrichien connaissait intimement la signification du mot « retour » car, quand on lui délivrait son passeport, on lui expliquait en termes des plus clairs qu'au cas où il aurait l'impudence de revenir, la destination finale du voyage serait cette fois Dachau.

Pourtant, quand le train stoppa à la frontière lettone — et bien que toute la Lithuanie me séparât désormais de Hitler —, je n'éprouvai nul sentiment de libération ni de délivrance. Les gardes-frontières lithuaniens — individus de petite taille en uniforme gris, flanqués d'immenses fusils à l'épaule — montèrent dans le train pour ramasser nos passeports. Une bonne demi-heure s'écoula avant leur retour. J'étais en train de lire et c'est pourquoi j'entendis à peine la voix d'homme qui criait deux noms. Je levai la tête pour écouter : « Les voyageurs Klaar et Mandl ! Les voyageurs Klaar et Mandl ! » répéta la voix. Je me levai et sortis dans le couloir. Du compartiment voisin sortit aussi un petit homme frêle et prématurément chauve, d'environ trente-cinq ans.

Un garde letton s'approcha de nous :

« Vous Klaar et Mandl ? » nous demanda-t-il dans un allemand approximatif.

Nous acquiesçâmes. Il ouvrit alors les deux passeports qu'il tenait à la main pour vérifier nos photographies :

« Passeport autrichien pas bon, annonça-t-il. Vous prendre vos bagages.

— Mais pourquoi ? Qu'avons-nous fait ? questionnâmes-nous.

— Passeport autrichien pas bon. Seulement allemand bon. Vous descendre. » Telle fut sa réponse.

Nous étions, Mandl et moi, les seuls voyageurs munis des passeports autrichiens homologués. Tous les autres voyageurs venant d'Autriche — ils étaient nombreux et presque tous juifs — possédaient les nouveaux passeports allemands.

Nous tentâmes, bien entendu, de parlementer avec le sergent et de lui expliquer que nous avions fait vérifier tout cela au Consulat lithuanien : qu'il nous laisse continuer jusqu'à Riga, où nous pourrions prouver qu'il ne s'agissait que d'un simple malentendu. Ce fut inutile. L'homme, pourtant, ne se montrait pas désagréable : seulement très ferme.

« Vous venir maintenant, dit-il. Moi je parle Riga téléphone. Si Riga O.K., vous prochain train. Sinon vous repars Allemagne ! »

En l'entendant mentionner la possibilité d'un retour en Allemagne, mon cœur flancha, mais la réaction de Mandl fut beaucoup plus visible. Il se mit à frissonner et à trembler et je dus l'aider à sortir ses bagages, et presque le porter pour le faire descendre du wagon. Au bout de quelques minutes, il parvint quand même à se ressaisir à peu près et, nos valises à la main, nous fûmes emmenés — sous escorte armée — jusqu'au bureau de police de la douane.

Les autres voyageurs qui, par les fenêtres du train, regardaient passer notre misérable procession savaient, aussi bien que nous, que le fait d'être juif était déjà en soi une honte. Mais on lisait sur leurs visages que, pour surmonter ce malaise, ils se disaient quand même : « Ces deux-là ont sûrement fait quelque chose de mal. »

Le simple fait d'être arrêté — c'est bien connu — fait naître automatiquement un sentiment de culpabilité. Il y a longtemps que Kafka, et avec lui les policiers du monde entier, l'ont compris. Et, pour l'avoir vécu moi-même, je peux attester que c'est vrai. Je me sentais vraiment coupable — de quoi, je n'en avais pas la moindre idée — tandis qu'aux côtés de Mandl j'avançais à pas lents sous le regard vigilant de deux gardes armés.

Le sergent tint parole : il appela Riga. « Ils vont rappeler », nous dit-il. Il nous autorisa à nous rendre — sous escorte — au buffet de la gare où nous troquâmes les derniers marks qui nous restaient contre un pot de café et deux cognacs pour calmer nos nerfs. Riga ne rappela pas. Vers minuit, le sergent finit par céder à nos incessantes réclamations et téléphona une deuxième fois. Pas de nouvelles.

Il avait fini par comprendre que nous ne risquions pas de nous enfuir, aussi renvoya-t-il nos gardiens et nous nous installâmes tant bien que mal sur les deux bancs de bois de la gare, pour quelques heures d'un sommeil dont nous avions grand besoin.

Ils nous réveillèrent à quatre heures du matin.

« Riga non. Train à quatre heures et demie pour Kaunas. Vous prendre vos bagages. » Comment allions-nous faire, sans un sou en poche, pour regagner l'Allemagne depuis la Lithuanie ? Ce n'était pas le problème des Lettons. Ils nous offrirent quand même une tasse de café et un billet pour Kaunas.

Si ce premier train avait été une heure plus tard, nous n'aurions pas été renvoyés et mon destin eût sans doute été différent. En bien ou en mal, qui pourrait le dire ?

En effet, voyant que je n'étais pas dans l'express Berlin-Riga où ils m'attendaient, Lisl et les siens avaient remué ciel et terre pour chercher à savoir ce qui s'était passé. L'ayant appris, ils avaient persuadé certains de leurs amis, Juifs lithuaniens des plus influents, d'intervenir auprès du gouvernement — ce qui fait que, ce matin-là, pour la première et la dernière fois de ma vie, mon nom devait apparaître à l'ordre du jour d'un Conseil des Ministres. Le gouvernement lithuanien passa quelques heures à délibérer de notre sort, à Mandl et à moi, et finalement la réponse fut positive : nous étions autorisés à nous rendre à Riga. Mais comme à cette heure-là la plupart des autorités se trouvaient encore au fond de leur lit, la nouvelle prit un certain temps à suivre tous les fils du réseau et quand le sergent garde-frontière reçut enfin par téléphone l'ordre de nous laisser passer, nous étions déjà repartis en sens inverse et nous nous trouvions en Lithuanie, fatigués, affamés et terrifiés.

Nous arrivâmes à Kaunas vers le milieu de la matinée. Nous nous retrouvâmes sur le quai, au milieu de nos bagages et, eussé-je été seul, je n'aurais certainement pas su quoi faire.

C'est Mandl qui, cette fois, prit la direction des opérations. Appartenant à une famille juive traditionnelle qui avait émigré de Galicie à Vienne pendant la Grande Guerre, il savait qu'un Juif d'Europe centrale ne refuserait jamais d'aider un autre Juif en détresse et il parlait en outre couramment le yiddish. Pour lui, repérer un Juif dans la gare — ou même n'importe où dans la ville — ne présentait pas le moindre problème : Kaunas, avec son large pourcentage de population juive, n'était en quelque sorte qu'une sorte de grand *shtetl**.

Il aborda donc le premier passant qu'il aperçut vêtu d'un caftan et coiffé des deux boucles traditionnelles, et lui fit part de notre situation. Dès cet instant, nous fûmes pris en charge. L'homme fit signe à un porteur de confier nos bagages à la consigne — il paya les deux de sa poche — et nous conduisit au siège tout proche du « *Joint* », organisation juive américaine d'entraide internationale.

Un Juif à longue barbe, vêtu à l'occidentale, nous accueillit et, après avoir écouté le récit de notre histoire, nous déclara : « Je suis désolé, mais je ne vous cacherai pas que vous n'avez pas le choix : vous ne pouvez pas rester ici ; il faut que vous rentriez en Allemagne. » Et, voyant le désespoir se peindre sur le visage de Mandl, il ajouta : « Je vais vous expliquer. Votre visa provisoire pour la Lithuanie expire à minuit. Au-delà de cette limite, la police vous arrêtera et, bien que je ne souhaite à personne de connaître les prisons lithuaniennes, ce n'est pas ce qui pourrait vous arriver de pire, car ici on ne fera pas comme les Lettons, qui se sont contentés de vous reconduire à la frontière : c'est entre les mains de la Gestapo qu'on vous livrera, et ceux-là, quand ils vous tiennent, c'est fini — tandis que comme voyageurs ordinaires, vous avez une petite chance de passer à travers les mailles du filet. »

Il s'adressa alors à moi : « Vous me dites que vos parents sont à Berlin. Télégraphiez-leur depuis Koenigsberg qu'ils vous envoient l'argent nécessaire pour la suite de votre voyage, car je ne peux vous offrir qu'un billet pour Koenigsberg : pour les étrangers, il faut payer en dollars américains et j'ai beaucoup d'autres gens à aider. »

Nous répondîmes que nous comprenions.

« Votre train part à trois heures. Mais vous devez mourir de faim, tous les deux. Ma secrétaire va vous conduire dans un restaurant juif où elle vous apportera vos billets un peu plus tard. »

Affamés nous l'étions, certes, mais quand je me retrouvai assis à une table joliment servie et qu'on eut posé devant moi le hors-d'œuvre, une énorme assiette de caviar juif — l'un de mes plats favoris, composé d'un délicieux mélange de foies d'oie, d'œufs et d'oignons finement hâchés —, je pus à peine en avaler quelques

* Bourgade juive d'Europe orientale. On y regroupait, en régions rurales, les Juifs que l'on voulait éloigner des grands centres urbains. (N.d.T.)

bouchées. Mon estomac avait cessé de se révulser, mais j'avais maintenant l'impression qu'il contenait du plomb. Je m'arrangeai pour absorber quelques cuillerées du potage au poulet qui suivit, mais je ne touchai pas au plat principal — oie rôtie, choux rouge et pommes de terre.

Deux heures plus tard, nous étions dans le train de Koenigsberg et je ne sais pas ce qui me causait le plus de souci : le sort qui nous attendait ou l'état de Mandl dont les nerfs avaient complètement lâché. J'avais essayé de le calmer en lui faisant remarquer que nous avions toutes les chances de parvenir à Koenigsberg et non au camp de Dachau. Je lui expliquai longuement que, bien que les menaces autrichiennes fussent on ne peut plus explicites, l'Autriche — ou plutôt l' « Ostmark », comme on disait à présent — se trouvait très loin de la Prusse orientale. Peut-être les Autrichiens s'étaient-ils simplement laissés aller à se distraire en terrifiant les Juifs et tout cela n'était-il que du bluff ? J'essayai de le convaincre que tout n'était pas perdu et qu'il était essentiel de se conduire de la façon la plus naturelle possible pour ne pas éveiller les soupçons ; mais Mandl ne contrôlait plus la terreur qui l'avait saisi. Assis en face de moi dans le compartiment, il restait silencieux — d'autres voyageurs s'étaient joints à nous et nous n'osions pas parler —, le visage mortellement pâle. Je remarquai que les jointures de ses doigts étaient blanches, tant il serrait les mains l'une contre l'autre dans l'espoir de les empêcher de trembler.

En apparence, je devais avoir l'air assez calme, mais plus nous approchions de la frontière allemande et plus mon cœur battait : je sentais cogner à mes tempes non plus les légères pulsations de mon sang, mais de véritables coups de boutoir.

La portière s'ouvrit violemment, encadrant un grand Allemand vêtu de noir, l'insigne des SS à la boutonnière : « *Deutsche Grenzkontrolle*, passeports, s'il vous plaît ! » Nous tendîmes les nôtres : il les ajouta à la pile qu'il tenait déjà et referma la porte.

Mandl, les mains agrippées l'une à l'autre, ne bougeait pas, les yeux clos. Ce n'était plus le visage d'un homme de trente-cinq ans que j'avais en face de moi mais un masque mortuaire couleur de cire, et dénué pourtant de la sérénité qu'y imprime habituellement le repos éternel.

Je tenais un livre entre les mains et faisais semblant de lire, mais en réalité je tendais l'oreille, dans l'attente du bruit des lourdes bottes qui allaient s'approcher de notre compartiment. Je pris soudain conscience du silence qui m'entourait et brisé seulement par le sifflement sporadique de la vapeur du train à l'arrêt. Personne ne parlait. Je priai silencieusement. Vingt minutes peut-être s'écoulèrent ainsi, puis j'entendis le bruit des portes coulissantes qui s'ouvraient dans les autres compartiments et la voix du SS qui disait : « Voici vos passeports. *Danke schön.* »

Il se rapprochait. Mandl ouvrit les yeux et me lança un regard si parfaitement désespéré que j'eus envie de faire un geste de réconfort dans sa direction, mais en même temps la colère me prit à l'idée que dans un tel état de panique il était bien capable de commettre soudain un acte fou, par pure terreur, comme de se jeter à genoux pour crier pitié, ce qui nous eût immanquablement trahis.

Puis ce fut notre tour. La porte s'ouvrit : « Voici vos passeports. *Danke schön !* » Il nous les tendit, referma la porte et s'en fut.

Nous n'osâmes pas exprimer notre immense soulagement : parler, chanter, crier, danser, remercier Dieu, que sais-je ? — non seulement à cause des autres occupants du compartiment (il y avait peut-être un espion de la Gestapo parmi eux), mais aussi parce que nous ne parvenions pas à croire que nous avions réussi, que j'avais eu raison et que, pour le contrôle de Prusse orientale, la mention « valable pour un aller et retour » signifiait très exactement ce qui était écrit.

Nous arrivâmes à Koenigsberg à dix heures du soir : le bureau de renseignements de la gare nous indiqua l'adresse d'une pension relativement proche et, après avoir demandé plusieurs fois notre chemin, nous finîmes par la trouver. Une grande femme blonde vint nous ouvrir. Je lui expliquai que nous n'avions plus d'argent et lui demandai la permission d'user de son téléphone pour en demander, par télégramme, à mes parents. Sans poser de questions, elle nous mena à une grande chambre à deux lits, rutilante de propreté. Quelques minutes plus tard, Mandl et moi nous retrouvions enfouis sous d'énormes édredons, profondément endormis.

Ce fut la sonnette de la porte, suivie d'un sonore « *Heil Hitler !* », qui nous réveilla à six heures le lendemain matin. Mandl faillit tomber de son lit : « Ils nous ont trouvés ! Ils nous ont trouvés ! Ils viennent nous chercher ! » chuchota-t-il. J'allai ouvrir la porte : notre logeuse se tenait dans le couloir, aux côtés d'un facteur en uniforme vert. « Vous êtes Herr Klaar ? » demanda-t-il. Je hochai la tête. « J'ai de l'argent pour vous. Signez là. » Il me tendit les deux cents marks envoyés par mes parents, répéta « *Heil Hitler !* » et tourna les talons.

Le cauchemar que fut ma fuite pour échapper à la *Wehrmacht* de Hitler venait de prendre fin. Celui de ma vie en Allemagne allait commencer.

Je retrouvai mes parents le 27 septembre, en fin d'après-midi, sur le quai d'arrivée de la gare du Zoo. Ils étaient infiniment soulagés de me retrouver sain et sauf après cette aventure, qui aurait pu s'achever de manière catastrophique. Mon père donna à Mandl l'argent nécessaire pour son billet de retour pour Vienne — et c'est sans excessif regret que je lui fis mes adieux, après avoir partagé avec lui le plus épouvantable voyage de toute mon existence.

Pendant mon trajet — en partie volontaire, en partie ballotté contre mon gré —, le long des frontières d'Europe orientale, la crise tchèque avait atteint son apogée, puis s'était apaisée. Rien n'avait encore été décidé, mais la situation s'était quelque peu détendue à l'annonce de la rencontre des grandes puissances, à la suggestion de Benito Mussolini, à Munich deux jours plus tard. Hitler avait proclamé à la face du monde que sa revendication territoriale sur les Sudètes était vraiment la dernière, et trois jours seulement après mon retour à Berlin, M. Chamberlain, s'adressant lui aussi à l'opinion mondiale, brandissait à l'aéroport de Heston le fameux document que l'on sait, affirmant lui aussi que « l'heure de la paix » avait sonné.

Les troupes allemandes s'apprêtaient à se déplacer à nouveau — et nous aussi. Mais, tandis qu'elles allaient se voir cette fois encore triomphalement accueillies, maintenant dans un territoire appartenant jusque-là à la Tchécoslovaquie, pour notre part, il nous fallait rentrer, à vrai dire la tête basse, dans notre propre territoire d'origine : Vienne. Rien n'est plus pathétique qu'une telle « réimmigration » de gens en principe déjà émigrés, quand aux adieux noyés de larmes succèdent des retrouvailles presque honteuses. Puis nous apprîmes, quelques jours plus tard, que notre séjour à Vienne ne serait que de courte durée et qu'il nous fallait retourner à Berlin — avec à nouveau les mêmes scènes poignantes de séparation. Notre passage à Vienne n'en était pas moins indispensable car mon passeport, ayant été utilisé pour un voyage de retour, avait cessé d'être valable. Cela dit, même sans ma tentative d'escapade, nous aurions été contraints de nous faire établir des passeports allemands, car la position du Dr Rothmund, chef de la police suisse, avait fini par l'emporter et, à dater du 5 octobre 1938, tous les passeports délivrés à des Juifs devraient porter un grand tampon rouge avec la lettre « J ».

A notre retour à Vienne, mes parents s'installèrent chez oncle Paul et tante Alice, tandis que je logeais chez les Bartmann. Ma cousine Hedi me céda sa chambre et s'installa dans la pièce derrière la cuisine, destinée à la bonne et désormais vide.

Dès le lendemain de notre retour, nous nous rendîmes de bonne heure au bureau des passeports. Un fonctionnaire très gras et d'une bonne humeur manifestement réelle nous délivra nos nouveaux passeports, hochant la tête avec surprise quand il apprit que nous avions refait tout le voyage de Berlin pour nous les procurer. « Mais pourquoi tout ce tracas ? Vous n'aviez qu'à me payer le voyage et, une fois là-bas, m'offrir un goulasch et une bière : je vous les aurais apportés moi-même ! J'ai toujours eu envie de connaître Berlin... Enfin ! » Il haussa les épaules comme pour dire « c'est la vie », tamponna nos « J » de façon soigneuse et précise, comme s'il se fût agi de quelque élément décoratif particulier, en haut à gauche sur la première page intérieure de nos passeports, et nous les tendit. « Eh bien, faites bon voyage », dit-il avec un clin d'œil — et nous quittâmes son bureau sans être accompagnés d'aucun retentissant « *Heil Hitler !* »

Cette nuit-là, plus précisément aux alentours de trois heures du matin, je fus réveillé par un hurlement strident. Je sautai à bas de mon lit et me précipitai dans le couloir. Tout à fait à l'autre bout, je vis ma tante Klara qui ramenait son mari Alfred vers leur chambre, soutenant son poids en même temps qu'elle le traînait derrière elle. Je n'apercevais oncle Alfred que de dos, mais rien n'était plus lamentable que de voir en pareil état cet homme jadis plein d'élégance : en chemise de nuit blanche, la tête pendant mollement sur son cou. Sa silhouette d'homme quasi évanoui exprimait un accablement, un sentiment d'échec total, pires encore que ceux des toiles où Goya représente les victimes de la tyrannie et leur insondable désespoir — y compris dans la période dite noire de ce peintre.

L'odeur du gaz avait envahi tout l'appartement. Je courus à la cuisine, mais Klara, avec une grande présence d'esprit, avait déjà fermé le robinet de la cuisinière, dont le four était resté béant, et avait ouvert la fenêtre. J'entrai sans plus tarder dans la chambre où dormait Hedi, ouvris là aussi la fenêtre et réveillai ma cousine. Elle se sentait flageolante et proche de la nausée, mais revint rapidement à elle.

Je retournai dans le couloir. Klara était au téléphone, flanquée de son fils Fritzl tout tremblant, et parlait à oncle Paul.

Moins d'une demi-heure plus tard, Paul, Alice et mes parents nous avaient rejoints. Paul administra un sédatif à Alfred et assura à Klara que tout irait bien. Klara dormait quand la chose s'était produite, mais elle devait avoir l'instinct en alerte : elle se réveilla quelques minutes seulement après qu'Alfred se fut discrètement glissé dans la cuisine et partit immédiatement à sa recherche ; c'est ainsi qu'elle lui sauva la vie, et peut-être également la nôtre.

Mes parents m'enjoignirent de m'habiller et de rassembler mes affaires. Il leur semblait préférable, après ce drame, d'épargner à Klara le souci supplémentaire de devoir tenir compte de ma présence. Nous restâmes auprès d'elle une heure environ, jusqu'à ce qu'elle se fût un peu remise de son choc. Puis nous rentrâmes ensemble à l'appartement d'oncle Paul, dans la Blindengasse, situé à quelques rues à peine de chez les Bartmann.

Ce soir-là, j'observai en Paul Klaar un changement qui ne tenait pas seulement au fait d'avoir été réveillé en pleine nuit. Toutes ses paroles restaient empreintes de confiance et d'optimisme, mais on sentait, par-dessous, une tension nerveuse qui ne lui était pas coutumière. Il était encore payé comme médecin légiste, mais n'effectuait plus son service. Les administrations allaient moins vite en besogne que les entreprises privées comme la Länderbank où travaillait mon père, de sorte que son emploi ne lui fut retiré — ainsi qu'un quart de la pension à laquelle il avait droit — qu'au 31 mars 1939. La lettre lui faisant part de cette décision n'était cependant pas signée de quelque obscur Monsieur Machin, mais de Seyss-Inquart lui-même.

L'État rendait ainsi « hommage » à ses collaborateurs.

C'est à l'été 1947, lors de ma première visite dans la Vienne d'après-guerre, que je vis oncle Paul pour la dernière fois. Tante Alice et lui avaient survécu à l'holocauste — d'abord à Vienne, jusqu'à la fin de mai 1943 ; puis, sous les numéros IV/14-692 et 693, au ghetto de Theresienstadt, où Paul travaillait comme assistant sanitaire.

Le Dr Paul Klaar que je retrouvai en 1947 s'était vu décerner le titre de *Hofrat* — conseiller à la Cour — par le président de la deuxième République. Étant alors devenu médecin-chef de la police viennoise, il avait rang de général. En tant qu'être humain, par contre, il avait pour ainsi dire cessé d'exister. Du point de vue physique, le gros et puissant oncle de mon enfance, toujours gai et en pleine forme, dont je me rappelais la passion enfantine pour les énormes stylos à encre et pour les tout petits appareils photo, s'était réduit au tiers de sa stature. Et son âme s'était pareillement flétrie et desséchée.

Il restait certes actif. Il se promenait avec moi, m'emmenait à son bureau au commandement général de la police, parlait (bien que peu, et très lentement), mangeait (peu et lentement là encore)... Mais, assis à table à ses côtés, ou marchant avec lui dans les rues, j'avais l'impression d'être auprès d'un automate, d'accompagner un robot. Son visage était dépourvu de toute animation, sa voix monocorde, ses yeux éteints.

Son métier, son ancien rang dans la police, les hautes décorations qu'il avait reçues après la guerre, tout cela avait sauvé Paul de la destruction physique, mais l'avait anéanti du point de vue psychologique. D'autres, qui avaient survécu à l'enfer de Theresienstadt ou, pis encore, à celui d'Auschwitz, après un certain laps de temps retrouvaient une place au milieu des vivants ; pendant leurs heures de veille au moins — Dieu sait quelles effrayantes visions pouvaient hanter leurs rêves —, ils tenaient leur rôle parmi leurs semblables. Cela fut impossible à Paul, écrasé sous le poids formidable d'un sentiment de culpabilité — sans doute plus imaginaire que réel mais non moins lourd pour autant, peut-être même d'autant plus lourd.

Sa position et son ancienneté lui avaient permis de travailler comme « assistant médical » — les Juifs n'avaient plus le droit de se dire médecins — pour la communauté juive viennoise, pendant les trois ans qu'il y demeura avant d'être déporté avec Alice. Il avait la charge d'examiner ceux qui devaient être déportés vers l'est, pour attester qu'ils étaient en mesure de supporter le voyage. Il ignorait le sort qui attendait ces malheureux : si les gens redoutaient la déportation, c'était précisément à cause de l'incertitude et du mystère qui planaient sur leur destination. Ils avaient entendu les rumeurs qui circulaient sur les rudes conditions de vie propres aux ghettos de Pologne ou de Russie, sous l'occupation allemande ; mais ils ne savaient rien ni des installations de massacre à la chaîne dans les camps d'extermination, ni des fusillades massives. Les SS étaient si bien parvenus à empêcher leurs secrets d'être divulgués ailleurs qu'auprès des fidèles de Hitler, que même les administrateurs juifs de Theresienstadt n'eurent aucune idée de la destination ultime de ces convois qui quittaient le ghetto vers les régions orientales, jusqu'au début de 1943. Et ensuite, eux aussi gardèrent le silence.

D'ailleurs, s'il avait connu la vérité, Paul eût-il pu pour autant sauver une seule existence ? L'homme chargé de l'acheminement des Juifs viennois, un Autrichien officier de la Gestapo nommé Anton Brunner — que l'on surnommait Brunner n° 2 pour le distinguer de son supérieur, le capitaine SS Alois Brunner, encore dit Brunner n° 1 —, veillait de près à ce que chaque Juif que l'on retirait de ses listes de déportables fût immédiatement remplacé par un autre.

Et ce Brunner n° 2, un des fauves les plus assoiffés de sang qu'il y eût dans toute l'Autriche, ne lâchait sa proie que lorsqu'il s'agissait vraiment de mourants. Quand Paul lui demandait de transporter certains des détenus les plus malades à l'hôpital juif, Brunner lui répondait : « D'accord, si vous êtes bien certain qu'ils y casseront leur pipe dans le quart d'heure suivant. Sinon, qu'ils partent ! »

Malgré cela, un doute indélébile devait hanter Paul, d'autant qu'il n'avait dû d'avoir la vie sauve, il le savait, qu'au fait d'avoir, même en toute ignorance, abrégé celle des autres.

Peut-être ce doute explique-t-il la violente et soudaine explosion de colère de Paul contre les infirmières juives des camps de regroupement viennois — lesquelles, poussées par leurs propres craintes, traitaient les déportés (je cite les paroles mêmes de Paul) « plus mal encore que les bandits SS ». Il hurla ces mots en plein tribunal, alors qu'il témoignait contre Brunner n° 2, qui fut jugé et pendu à Vienne en 1946.

Nul ne saurait se permettre de juger le comportement d'un autre être humain dans des situations aussi extrêmes, mais on ne peut non plus se contenter de rester passivement à regarder quelqu'un souiller sa propre humanité, sans en être soi-même souillé et contaminé. Et sans doute, dans cette culpabilité dont Paul se chargeait lui-même, dans ce dégoût de lui-même, entrait-il encore un autre souci, plus personnel et par-là même encore plus éprouvant : lui, l'aîné de la famille, n'avait pu empêcher sa mère — ma grand-mère Julie — d'être déportée à Theresienstadt. C'est là qu'elle mourut, dans la misère et la crasse, le dernier jour du mois d'octobre 1943, six mois après son quatre-vingt-deuxième anniversaire, portant au doigt un anneau de mariage en fer et non en or ; elle avait procédé à cet échange pendant la Grande Guerre, pour contribuer à aider l'Autriche.

J'ai parlé à quantité de personnes qui avaient connu Paul pendant ces tragiques années, à Vienne comme à Theresienstadt. Pas une seule ne me dit le moindre mal de lui. Tout le monde en parlait dans les meilleurs termes — tout le monde, sauf sa propre conscience. Lorsqu'il quitta le ghetto pour revenir à Vienne, en 1945, il reçut toutes sortes de dignités, d'honneurs, et fut appelé à de hautes fonctions ; pourtant, à trois reprises, il essaya de mettre fin à ses jours. Et c'est à l'âge de soixante-deux ans qu'il fut renversé par un tram sur le Ring, mourant deux jours plus tard, le 12 septembre 1948, des suites de ses blessures. S'était-il laissé écraser par distraction ou intentionnellement ? Mais, au fond, qu'importe comment il atteignit finalement la paix ?

Il nous fallut changer très rapidement nos projets, qui étaient de rester encore deux jours à Vienne avant de retourner à Berlin. Cela à cause de notre rousse Helene qui habitait toujours notre appartement de la Pichlergasse. Quand mes parents y sonnèrent, personne ne répondit. Helene était sortie. Mon père avait toujours ses clefs : lui et ma mère entrèrent et parcoururent l'appartement. Toutes les pièces étaient vides, comme ils s'y étaient attendus — à une exception, à laquelle ils ne s'attendaient pas du tout : leur chambre à coucher. Helene n'avait pas seulement conservé le lit double qu'ils lui avaient donné, mais également la grande armoire, la commode, la causeuse, le fauteuil d'angle, la coiffeuse de maman, les tables de chevet et un certain nombre d'autres objets.

Mes parents se tenaient encore dans la chambre à coucher lorsque Helene rentra. Quand elle les aperçut, son visage devint presque aussi rouge que sa chevelure ; mais elle se reprit vite, et, calme et glaciale, leur fit le chantage suivant : ou bien ils quittaient Vienne le soir même, pour n'y jamais revenir, ou bien elle se rendrait à la police et m'accuserait de l'avoir contrainte à avoir des relations sexuelles avec moi — ce qui tombait sous le coup des lois de Nuremberg, comme constituant un acte « racialement scandaleux ». Si jamais elle mettait sa menace à exécution, prétendant qu'elle n'avait pas le choix, car économiquement dépendante de mes parents, je ne pourrais guère protester, sauf en criant mon innocence pendant qu'on m'emmènerait en camp de concentration.

En guise d'adieu, elle annonça par ailleurs à mes parents que son petit ami — communiste ardent depuis de nombreuses années — était entré dans les SS.

Le soir même, nous prîmes le train de nuit pour Berlin.

En retrouvant Berlin et la pension Lurie, nous eûmes davantage le sentiment de rentrer chez nous que lors de notre passage à Vienne. Et quand papa ouvrit les lettres qui nous attendaient, il s'avéra finalement qu'Helene nous avait plutôt rendu service en nous chassant de Vienne précipitamment. Une lettre du président Reuter, adressée de Paris, offrait à mon père un poste à la Banque des Pays d'Europe Centrale. Le président Reuter y précisait que ce poste était au départ réservé à un certain Direktor Rie, dont l'ancienneté était supérieure, mais que celui-ci s'était récemment suicidé à Vienne, avec son épouse. Aussi l'adjoint de mon père, Bloch, serait-il affecté au poste londonien prévu pour mon père, et celui-ci, Rie n'étant plus disponible, au siège de la banque à Paris. Reuter n'était pas homme à faire les choses à moitié. Dès réception de cette lettre, mon père devait se rendre à l'ambassade de France, où on lui remettrait son visa. Un autre document, le plus précieux de tous pour les Juifs qui fuyaient en France et le plus difficile à obtenir, à savoir la *carte de travail* *, l'attendait à son arrivée à Paris. Reuter le priait de faire le nécessaire et de se mettre en route dès que possible. Il regrettait de n'avoir pu encore obtenir de visa pour ma mère et pour moi, mais c'était là une simple formalité qui serait rapidement réglée.

A la lettre de Reuter était joint le contrat par lequel il engageait papa, pour un salaire mensuel de 3 333 francs — chiffre si particulier qu'il ne sortit jamais de ma mémoire. Bien sûr, cela représentait beaucoup moins que ce que mon père gagnait à Vienne. Mais, quand on est dans le besoin, on ne fait pas le difficile, et d'ailleurs c'était là un revenu suffisant pour vivre. Parmi les nombreux réfugiés arrivant en France, beaucoup l'auraient considéré comme princier.

Cela faisait bien longtemps que je n'avais vu mon père si heureux. La banque, sa banque, désirait ses services ! Peu lui importait de devoir repartir plus bas sur l'échelle hiérarchique : dès qu'il aurait amélioré son français, il serait promu à une meilleure situation. Je fis observer, non sans quelque effronterie, qu'il avait du pain sur la planche — car sa connaissance du français était à peu près nulle. Mais papa était de bien trop bonne humeur pour se laisser atteindre par cette impertinence, qu'il savait cependant parfaitement fondée.

* En français dans le texte. (N.d.T.)

Bien entendu, nous ne renoncions pas pour autant à nos visas irlandais, qui pouvaient du reste aussi bien nous être délivrés à Paris qu'à Berlin. Ni les Hirsch, ni Witzthum ne tiendraient rigueur à mon père de saisir la première occasion pour quitter l'Allemagne. Et nous avions suffisamment attendu à Berlin la décision des Irlandais. Sans nul doute, mon père devait partir le plus vite possible, même seul. Une fois à Paris, il pourrait s'occuper d'accélérer les choses afin d'obtenir pour ma mère et moi l'autorisation d'entrer en France. Et ainsi, dans quinze jours, trois semaines au plus, nous formerions à nouveau une famille unie, avec en outre le privilège de vivre dans la plus brillante des capitales européennes.

Dès l'instant où papa avait ouvert la lettre de Reuter, tout semblait avoir changé. Nous étions arrivés à Berlin déprimés, encore sous le coup de la menace proférée par Helene. Maintenant, nous nagions en pleine euphorie. Dans quel quartier de Paris allions-nous habiter ? Dans quel lycée passerais-je mon baccalauréat ? Combien de temps me faudrait-il pour entrer en Sorbonne, compte tenu de ce que mon français n'était pas non plus extraordinaire — car, contrairement à l'anglais, cette langue ne semblait pas avoir été par avance inscrite dans un recoin de mon esprit.

Après quelques instants, cette euphorie fit place, au moins partiellement, au réalisme : nous entreprîmes d'examiner les avantages et inconvénients respectifs de la France et de l'Irlande comme refuge final. L'Irlande était plus sûre, mais aussi plus morne. Et pour ce qui est de mon père, comment comparer la rubanerie Hirsch à la Banque des Pays d'Europe Centrale ? Il n'était donc vraiment pas difficile de trancher ; que pouvait-il y avoir de commun entre une quelconque petite ville irlandaise, voire même Dublin, et Paris ? Certes, la France avait une frontière commune avec l'Allemagne, tandis que l'Irlande était bien plus éloignée, l'île étant séparée du continent par une étendue de mer considérable. Cependant, on pouvait compter sur la ligne Maginot, le plus important de tous les ouvrages de défense militaire depuis la Grande Muraille de Chine, pour empêcher les Allemands d'envahir à nouveau la France.

Tout se passa comme le président Reuter l'avait annoncé dans sa lettre. En moins de vingt-quatre heures, mon père avait un visa français sur son tout nouveau passeport allemand ; et, le lendemain après-midi, nous nous séparions une fois de plus. Ce ne fut pas vraiment notre dernier adieu, puisque je devais encore revoir mon père deux fois par la suite ; mais, en repensant à cette gare berlinoise, en 1938, et en écrivant ces lignes, je ressens une grande tristesse, tout comme si nous avions vraiment échangé là, mon père et moi, nos derniers baisers. Sur l'instant, je n'étais absolument pas triste. Tout était si passionnant : les trains qui arrivaient, ceux qui partaient, les coups de sifflets, les portes qui claquaient, les gens qui se hâtaient en tous sens ou qui criaient pour se faire entendre par-dessus le sifflement régulier des locomotives prêtes à partir, les longs wagons étincelants de l'express pour Paris à bord duquel papa allait gagner une terre de liberté — où bientôt, très bientôt, maman et moi le rejoindrions.

Non, je ne ressentais alors aucune tristesse ; mais j'en ressens beaucoup rétrospectivement, car c'est dans cette gare de Berlin que s'acheva au fond ma vie avec mon père, en ce sens que rien ne remplace jamais l'intimité d'une relation étroite et continue, cette routine d'une proximité physique quotidienne que l'on tient pour naturelle tant qu'elle subsiste et dont on mesure rarement alors l'immense valeur — mais que l'on perd ensuite inévitablement, chaque rencontre devenant l'occasion d'une vaine tentative pour combler un fossé créé par la distance et par la disparité des expériences vécues par chacun.

Nous ne tardâmes pas à découvrir que les Français n'étaient guère plus pressés que les Irlandais. Papa nous téléphonait de Paris au moins une fois par semaine, nous rapportant les nouvelles promesses et assurances qu'on lui avait données ; mais, chaque fois que ma mère et moi nous nous rendions au Consulat français, on nous renvoyait avec un haussement d'épaules bien gaulois et quelques froides paroles : « *Désolés, Madame. Demain, peut-être. Merci* »*. Frau Kamberg, elle, ne haussait pas les épaules ; mais son message, nous avions toutes raisons de le penser, était identique.

J'occupais mon temps comme je pouvais. Un certain après-midi, vers la fin octobre, alors que je flânais sur le Kurfürstendamm et regardais les vitrines, sans rien avoir à faire de particulier, j'aperçus un groupe d'hommes qui semblaient être juifs, une centaine à tout le moins, attachés deux à deux par des menottes et que menaient à travers les rues une escorte de policiers et de SS. Je ne sais comment, je devinai qu'il s'agissait de Juifs polonais devenus apatrides, que l'on s'apprêtait à déporter en Allemagne. Peut-être avais-je lu dans la presse l'annonce des mesures prises contre eux, ou même en avais-je

* En français dans le texte. (N.d.T.)

entendu parler dans la rue — l'important n'est pas de savoir comment je le savais, mais le fait est que j'étais au courant, et j'eus une curieuse réaction : je me sentis un peu écœuré, et j'y vis même une vague menace à mon égard. Mais j'eus vite fait de me consoler en me disant qu'après tout les Juifs polonais avaient un pays bien à eux, où ils pouvaient se réfugier. Je détournai le regard et poursuivis ma flânerie.

Certes, je ne pouvais rien à cette situation ; n'empêche que, fondamentalement, à cette occasion, mon attitude fut celle que devaient adopter plus tard la plupart des Allemands, quand l'Allemagne commença la déportation de ses ressortissants juifs. Cela déplut sûrement à beaucoup, mais ils se disaient qu'après tout, on allait tout simplement « reloger » ces Juifs en diverses parties de la Pologne.

Il est certaines dates qui restent fixées de manière indélébile dans l'esprit : on se souvient — souvent même dix ans plus tard — en détail de l'endroit où l'on se trouvait précisément ce jour-là et de ce qu'on y faisait. Ainsi, pour moi, du 7 novembre 1938. Aux alentours de seize heures trente, je pénétrai dans la Palmeraie de l'hôtel Eden, dans la Budapesterstrasse, et m'assis à une petite table. Maman et une des dames Bartmann devaient venir me retrouver à dix-sept heures.

La Palmeraie, comme on appelait avec grandiloquence le hall de l'hôtel Eden, à cause de ses deux palmiers en pot, était à Berlin l'habituel lieu de rendez-vous pour le « *five o'clock tea* ». Il s'y donnait des *thés dansants** : on pouvait y voir des dames esseulées glisser sur le sol parqueté aux bras de danseurs professionnels, de jeunes couples s'y balancer joue contre joue au rythme de l'orchestre, et même certaines dames professionnelles plus ou moins modestes examiner les hommes seuls avec le fameux regard *l'heure bleue**. Le service était irréprochable, l'atmosphère passablement snob — pour ma part, je trouvais tout cela d'une élégance et d'un raffinement magnifiques.

Ma mère et son invitée arrivèrent exactement à l'heure dite. Ayant commandé notre thé, nous nous régalâmes d'exquises pâtisseries (ma mère, pour sa part, se limitant à « deux sentiments », tout en se lamentant sur sa ligne), et nous nous engageâmes dans une fort agréable conversation.

* En français dans le texte. (N.d.T.)

Il devait être environ six heures lorsque nous vîmes entrer le vendeur de la dernière édition de la *Berliner Zeitung*, le principal journal du soir. Il en tenait dressé très haut un exemplaire afin que chacun pût lire le gros titre en manchette. C'était une nouvelle sensationnelle : un certain Herschel Grynspan, Juif polonais de dix-sept ans dont les parents avaient été déportés de Hanovre, avait, le matin même, tiré sur le diplomate allemand Ernst Vom Rath, à l'ambassade allemande de Paris. Vom Rath était toujours en vie, mais grièvement blessé.

Assis à notre petite table à thé soigneusement mise, devant l'argenterie étincelante, alors que l'orchestre continuait de jouer et que certains couples dansaient toujours, nous lûmes cet article, conscients qu'un tel événement ne pouvait qu'entraîner de graves conséquences pour nous autres Juifs. Mais personne parmi nous, même à cette époque, n'aurait pu deviner ce qui allait vraiment se passer : le mieux organisé, le mieux coordonné, le mieux centralisé de tous les pogroms de l'histoire. La *Reichskristallnacht**, déclenchée par les coups de feu de ce jeune Juif désespéré, constitua le premier grand exercice tactique des nazis dans leur stratégie d'ensemble à l'égard des Juifs. Mieux que tout ce qu'ils avaient fait jusque-là, cette « Nuit de Cristal » mit en jeu tous les aspects du pouvoir du parti et de l'Etat, montrant jusqu'où il leur était désormais possible d'aller et quels obstacles — psychologiques, financiers, législatifs — il leur faudrait encore surmonter avant de parvenir à la complète extermination des Juifs.

C'est le dirigeant communiste hongrois Rakosi qui forgea l'expression « tactique du salami » pour expliquer comment il est possible d'atteindre à peu près n'importe quel but politique, à condition de ne pas chercher à avaler goulûment la charcuterie tout entière, mais de la consommer tranche après tranche. De cette façon, ni les adversaires ni les victimes ne s'aperçoivent de rien — jusqu'au moment où il est déjà trop tard. Mais Rakosi n'inventa que la formule, nullement le procédé. Depuis le début, les nazis avaient mis en œuvre cette « tactique du salami » pour ce qui est de leur politique antijuive, observant et consignant attentivement comment la nation allemande, les Juifs eux-mêmes et — plus important encore — l'opinion mondiale les laissaient avaler une tranche après l'autre. Maintenant, l'heure avait sonné : Grynspan, de leur point de vue, leur avait fourni

* La célèbre « Nuit de Cristal ». (N.d.T.)

le prétexte nécessaire pour couper d'un seul coup un gros morceau et l'avaler tout entier. Le fait est que cela n'entraîna aucun effet trop durablement néfaste sur leur digestion.

Ainsi, deux jours plus tard, éclata la *Reichskristallnacht*. A Vienne, tous mes oncles furent arrêtés et maltraités ; même le petit Fritzl, âgé de quatorze ans, fils de Klara et d'Alfred, fut écroué. Et moi, pendant tout cela, je dormis paisiblement jusqu'au matin, avec tout juste la vague conscience qu'il régnait à Berlin un certain désordre antisémite. Ma mère et moi demeurâmes à la pension Lurie pendant la soirée du 9 novembre, assis dans le petit salon ; les autres pensionnaires — Juifs aussi —, les traits pâles, causaient à voix basse, tandis qu'on entendait, assourdi par la distance, le fracas « cristallin » des vitrines que l'on démolissait dans les rues. Nous ne tardâmes pas à aller nous coucher. Depuis le départ de mon père, maman et moi partagions la même chambre. Je continuai de lire un peu avant d'éteindre, cependant qu'au-dehors les voyous et les brutes dirigés par Goebbels — pour la plupart des jeunes gens des Jeunesses hitlériennes, menés par des « durs » des SA — jouaient le jeu de cette prétendue « éruption spontanée d'une saine réaction populaire » face à l'agression de Grynspan contre Vom Rath, mettant le feu aux synagogues et brisant les vitrines des magasins juifs. En même temps, les SS et la Gestapo cernaient les habitations juives, emmenaient leurs occupants, après en avoir lynché même quelques-uns sur place. Certains ne devaient jamais revenir ; mais la majorité d'entre eux expia de plusieurs semaines à Dachau ou à Buchenwald — avant d'être remis en liberté — l'acte commis par un seul et unique Juif. Fut-ce miracle ou inefficacité ? Toujours est-il qu'ils ne sonnèrent pas à la pension Lurie. Peut-être simplement tenaient-ils déjà entre les mains tant de Juifs arrêtés à leur domicile — des milliers — qu'ils ne prirent pas la peine de ratisser également les hôtels et pensions de famille ; en tout cas, j'ignore toujours pourquoi nous réchappâmes, parfaitement indemnes, à cette terrible nuit.

Le téléphone de la pension Lurie sonna le lendemain matin à neuf heures, alors que ma mère et moi étions à table pour le déjeuner. C'était un appel pour elle ; quand elle prit l'écouteur, ma mère entendit à l'autre bout du fil Frau Kamberg qui lui disait : « Voudriez-vous, je vous prie, passer immédiatement à la Légation ? Vos visas vous ont été accordés. » Remplie de joie, maman revint m'annoncer la nouvelle ; puis elle retourna immédiatement au téléphone pour prendre un rendez-vous urgent chez son coiffeur, plus tard dans la matinée. Ma mère n'était pas seulement ma mère, mais également Stella : une femme pour laquelle il était hors de question d'émigrer avec les cheveux aussi mal arrangés...

Pareille journée méritait mieux que les transports en commun : dès cet instant, nous ne circulâmes plus qu'en taxi, sans regarder à la dépense.

Frau Kamberg — une Allemande — me parut être aussi heureuse que nous de pouvoir apposer les tampons des visas sur nos passeports. Bien que je n'en aie bien entendu jamais eu la preuve, j'ai toujours soupçonné que nos visas avaient été accordés par Dublin depuis quelques jours, mais que M. Bewley, représentant de l'Irlande, les avait gardés par-devers lui pour une raison ou une autre. Ce matin-là, Frau Kamberg devait l'avoir persuadé de nous les délivrer sans plus nous faire attendre. Il semble tout de même extraordinaire que cette autorisation de Dublin fût parvenue précisément au lendemain matin de la *Kristallnacht !*

Une fois les visas portés sur nos passeports, nous nous séparâmes de Frau Kamberg, que maman embrassa en la prenant dans ses bras ; puis nous nous rendîmes en taxi aux bureaux de la Lufthansa, où elle exhiba fièrement nos passeports avec leurs visas, et acheta deux billets pour le vol du lendemain midi en direction de Londres. Nous aurions dû être pourvus également de visas de transit britanniques, mais Frau Kamberg nous avertit que cela exigerait encore quelques jours de plus, alors qu'on nous laisserait certainement débarquer en Grande-Bretagne avec nos seuls visas irlandais. Or, il était autrement moins dangereux de risquer le mécontentement des Britanniques que de passer, sans raison indispensable, une heure de plus à Berlin...

Maman se rendit ensuite chez son coiffeur, marchant sur le verre brisé répandu partout Wilmerstrasse ; pendant ce temps, j'allai chez un chapelier du Kurfürstendamm. Je ne sais vraiment pas pourquoi il me semblait essentiel de porter un nouveau chapeau pour prendre l'avion pour Londres. Peut-être était-ce simplement pour dépenser inutilement l'argent qui me restait, puisqu'en tout état de cause nous ne pouvions emporter avec nous que dix reichsmarks chacun. Mais, quoi qu'il en soit, cela me fit vivre une expérience que je ne regrette point. Quand je pénétrai dans le magasin, les trois employées étaient occupées avec des clients. Mais l'une d'entre elles leva les yeux sur moi, et reconnaissant que j'étais Juif — de cela je suis tout à fait certain — planta là son client pour s'occuper immédiatement de moi. Ni le client ainsi abruptement délaissé, ni d'ailleurs personne dans la boutique, ne dit mot : il attendit patiemment que j'eusse trouvé ce qu'il me fallait, puis réglé ma facture et quitté les lieux.

Maman vécut chez son coiffeur une expérience plus surprenante encore. Au moment même où elle allait quitter la boutique, la jeune fille qui s'était occupée d'elle lui dit : « Madame, je voudrais vous présenter nos excuses pour les choses horribles qui se sont produites hier soir. Croyez-moi, je vous en prie : nous ne voulions pas cela. »

L'aéroport de Berlin-Tempelhof, alors le plus moderne du monde, était pour nous comme la porte vers la liberté, en ce matin du 11 novembre 1938. Mais il ne suffisait pas de faire enregistrer ses bagages et de gagner son avion. A cette époque où le terrorisme international n'était pas l'œuvre de petits groupes d'hommes et de femmes fanatisés, mais ouvertement organisé par des États entiers et leurs serviteurs, c'étaient les terroristes eux-mêmes qui s'occupaient des contrôles de sécurité. On me conduisit, avec tous mes bagages, dans une petite pièce où je fus entièrement fouillé, ainsi que mes valises. Et cela non point par quelque douanier bonhomme, mais par deux grands officiers de la Gestapo, en civil mais avec des insignes de SS à la boutonnière, qui, pour leur part, n'auraient pas facilement laissé passer des dentiers en or parmi mes affaires. Ils fouillèrent tout. A leur grande surprise — mais à la mienne également, car c'était maman qui avait fait les bagages —, ils trouvèrent dans ma valise une boîte de papier de toilette, non pas un rouleau mais un de ces paquets où les feuilles sont imbriquées les unes dans les autres de telle façon que chacune entraîne la suivante, par une fente de la boîte. Les deux SS ne crièrent pas « Et voilà ! » en découvrant cette boîte, mais leur regard triomphant montrait clairement qu'ils pensaient bien tenir ce petit gaillard juif. Ils étaient certains que j'avais dissimulé des billets de banque entre les feuilles de papier absorbant, et les retirèrent donc l'une après l'autre, jusqu'à ce que la boîte fût vide et qu'un superbe tas de papier hygiénique se trouvât accumulé sur leur bureau. Ô ma chère mère, dont le saint dévouement à l'hygiène restait toujours la principale préoccupation !

Le plus âgé des deux hommes avait un certain talent sarcastique et tenta de me provoquer. Il se sentait tout à fait à son aise et prenait plaisir à la chose — ce qui était loin d'être mon cas.

« Tu es content de sortir d'ici, n'est-ce pas ? » demanda-t-il.

Que devais-je répondre à pareille question ?

« Non, pas du tout, répliquai-je. J'aime Berlin. Mais il semble que je n'aie guère le choix, non ?

— Cela ne m'arrive pas souvent de tomber d'accord avec un Juif, répondit-il, mais là, pour une fois... Allez, tu te sentiras mieux hors d'Allemagne, et nous aussi, quand nous serons débarrassés de vous tous. Bon, ramasse tes affaires et va t'installer dans ton avion ! »

Je ressentais un léger vertige. Loin de pousser un immense soupir de soulagement, je gardai le même visage impassible que j'espérais avoir conservé tout au long de cette fouille. Mais, tant que notre avion n'aurait pas décollé — et même, tant qu'il n'aurait pas effectivement atterri à Londres —, les SS pouvaient toujours surgir et s'emparer de moi. Jusque-là, je ne pourrais me sentir en sécurité.

L'avion que nous devions prendre se trouvait sur la piste d'envol. C'était un de ces fameux Junkers 52, qui servaient à tous les usages dans la Lufthansa d'avant-guerre : étrange avion aux formes carrées, au fuselage et aux ailes constitués de métal ondulé — un peu comme un baraquement Nissen volant. Mais quant à l'intérieur, nul de ces baraquements — et j'en sais quelque chose car non seulement je devais travailler par la suite à en construire quelques-uns, mais j'en habitai plusieurs pendant la guerre — n'aurait pu soutenir la comparaison avec un Ju-52 pour ce qui est du confort et du luxe. Ni d'ailleurs aucun des avions d'aujourd'hui. Les passagers n'étaient pas enserrés dans des sièges étroits, mais assis dans de larges et confortables fauteuils, devant lesquels étaient fixées des tables. Des vases garnis de fleurs fraîchement coupées étaient accrochés à l'intérieur de la carlingue, et des rideaux à volants encadraient les hublots. Chaque passager — je ne crois pas qu'il y en eût plus de vingt par appareil — était accueilli par un steward qui, tout aussi stylé qu'un maître d'hôtel expérimenté, lui désignait son siège avec la plus grande déférence.

Je m'installai dans mon luxueux fauteuil ; mais j'étais tout à fait mal à l'aise, et même anxieux. Pour effectuer mon contrôle de sécurité, ils avaient pris une bonne demi-heure, aussi étais-je certain de trouver maman dans l'avion quand j'y entrerais. Or elle n'était pas là, et nous n'étions qu'à dix minutes du départ.

L'heure arriva, passa, et maman n'était toujours pas là. Je commençai à ressentir la même impression que lorsque le train de Kaunas se rapprochait de la frontière orientale prussienne. Je restais maître de moi-même en apparence, mais mon cœur battait et cognait si fort que, j'en étais sûr, chacun pouvait l'entendre.

Dix minutes déjà après l'heure prévue pour le décollage ! Nous étions toujours sur la piste d'envol. Je me rappelai soudain que ma mère portait tous ses bijoux sur elle. L'avaient-ils arrêtée ? Devais-je descendre de l'avion et partir à sa recherche ? Je ne cessais de tendre le cou pour regarder vers l'aéroport, par le hublot, la sortie des passagers. Rien ! Que devais-je faire ? Que pouvais-je faire ?

Vingt minutes après l'heure de départ prévue, maman, accompagnée d'une hôtesse de l'air de la Lufthansa, apparut à la porte de sortie et s'approcha de l'appareil. Elle monta calmement dans l'avion. Seule la rougeur de son nez, visible à travers la couche de poudre dont elle se couvrait plutôt abondamment le visage, trahissait les épreuves qu'elle avait dû subir. Elle m'embrassa, mais ne dit rien avant que les portes de l'avion eussent été fermées et les moteurs mis en route — leur vrombissement empêchant alors les autres passagers d'entendre ses paroles.

Tout comme moi, elle avait été emmenée dans une petite pièce pour y être fouillée — dans son cas, par une femme. Maman portait une robe écossaise et un chemisier avec par-dessus un tricot. C'est sur celui-ci qu'elle avait accroché tous ses bijoux, au point de ressembler à Hermann Goering dans sa grande tenue des dimanches. Par-dessus toute cette masse scintillante, elle avait étendu un mince châle de soie qui ne cachait pas vraiment tous ces colifichets, mais au moins les recouvrait. Cette femme des douanes avait fouillé maman avec bien plus de soin encore que mes deux SS, l'obligeant même à retirer sa jupe et son corset pour se laisser examiner corporellement. Et elle accomplit cette tâche très scrupuleusement ; mais pas une fois elle n'écarta le châle de soie que portait maman, bien qu'on ait peine à imaginer qu'elle n'eût point remarqué ce qui se dissimulait dessous.

Le vol jusqu'à Londres — premier trajet aérien de ma vie — dura plus de quatre heures. Nous atterrîmes à Croydon, dans un univers totalement différent de celui auquel j'étais accoutumé ; et, pour bien faire, juste avant l'heure du thé. L'officier d'immigration britannique grogna et protesta certes un peu à cause du visa de transit britannique que nous aurions dû avoir ; mais, quand nous eûmes promis de poursuivre notre trajet vers l'Irlande avant un mois, il apposa son tampon sur nos passeports et nous les rendit. Nous étions arrivés ! Nous étions libres !

Un de mes anciens camarades de classe et sa sœur, qui vivaient tous deux à Londres depuis quelque temps, nous attendaient à Croydon. Nous leur avions télégraphié que nous arrivions. Ni ma mère ni moi n'avions jamais été à Londres, et sans leur aide nous nous serions sentis perdus. Ils nous avaient en outre réservé une chambre dans une pension du Swiss Cottage, et c'est de là que, le soir venu, j'entrepris, ravi, une promenade qui symbolisait pour moi la liberté.

La sœur de mon camarade avait une petite voiture et nous conduisit jusqu'à la pension. Elle s'arrêta en chemin dans un Lyons Tea Shop, où je dégustai pour la première fois un véritable thé anglais. Sans doute un Lyons Tea Shop n'offre-t-il guère un cadre propice à une importante expérience affective ; pourtant, c'est là que je connus une des plus grandes émotions de ma vie.

Comment trouver les mots pour exprimer le déferlement de joie et le soulagement que je ressentis d'être enfin sorti d'Allemagne après tant de faux départs ? Je savais — sans arriver pourtant à me le mettre dans la tête — que les gens qui sirotaient leur thé autour de moi n'accordaient pas la moindre importance au fait que mon nez fût crochu, camus, plus ou moins incliné, ni à la couleur de mes yeux, qu'ils fussent rouges, jaunes, verts ou les trois à la fois. Je savais — mais sans parvenir à le croire — que ces Anglais se moquaient bien de ce que je pouvais dire ou penser. Je savais que maman et moi étions enfin en sécurité, qu'ici personne ne nous persécuterait plus — mais n'en cessais pas moins de jeter des regards furtifs vers la porte, me demandant si elle n'allait pas s'ouvrir pour laisser entrer quelques hommes en bottes et cuissardes, vêtus d'uniformes bruns ou noirs... Le thé anglais m'enivrait, les petits canapés au concombre me plongeaient dans une sorte d'extase — mais je redoutais toujours de me retrouver, une fois revenu sur terre, devant le visage grimaçant d'un homme portant sur sa veste un insigne de SS.

Et puis, cette odeur si londonienne, quand nous ressortîmes dans la rue, cette inoubliable odeur du Londres d'avant-guerre ! Elle devait à jamais rester présente à mon odorat, cette atmosphère piquotante de fumée et de brouillard, devenue pour moi le parfum même de la liberté.

Quelle étrange apparence offrait Londres à un jeune homme débarquant du continent ! Ces interminables rangées de maisons basses, toutes identiques d'allure, où s'enfermaient les citoyens de la nation la plus individualiste au monde... Toutes les idées préconçues que j'avais alors sur Londres et sur l'Angleterre se trouvèrent à la fois contredites et confirmées par ce que je voyais. Notre trajet dans les rues de Londres, à bord de cette petite voiture, fut pour moi une expérience pour ainsi dire hégélienne — dont la synthèse, à savoir la compréhension des Anglais, allait me demander beaucoup plus longtemps que ce simple trajet de Croydon au Swiss Cottage, même si nous dûmes nous arrêter encore une fois en route : chez un prêteur sur gages.

Ma mère et moi n'avions en effet pas d'argent, et il devait s'écouler encore quelque temps avant que papa puisse nous en envoyer. Ainsi la grande broche de diamant héritée de grand-mère Adele dut-elle être échangée contre un reçu, accompagné de dix billets froissés de cinq livres. A ma connaissance, ce petit billet du prêteur était tout ce qui subsistait de l'héritage de maman. Et nous ne trouvâmes jamais l'argent nécessaire pour récupérer la broche.

Mon père, qui entre-temps avait reçu lui aussi son visa irlandais à la Légation parisienne, arriva à Londres vers la fin novembre. Il embrassa joyeusement sa femme et son fils et, le lendemain même de son arrivée, nous prîmes le train pour l'Irlande, à la gare d'Euston. Comme un jeune Irlandais était monté dans le même compartiment, nous le bombardâmes bientôt de questions sur son pays natal et la ville de Dublin. Ma mère et moi, qui parlions l'anglais couramment et avec un bon accent — quoique légèrement démodé, diphtonguant par exemple légèrement la voyelle « u » —, traduisîmes ses réponses à papa. Il en ressortait que nous n'étions pas en route simplement vers un nouveau pays, mais purement et simplement vers le paradis. Et Dublin, disait-il avec son accent irlandais, en levant les yeux au ciel dès que ce nom était prononcé, était la « plus belle » ville qui fût au monde. Oh oui ! L'ampleur de O'Connell Street, l'élégance de Grafton Street, la grâce des pelouses de St-Stephen d'où, « par beau temps », on apercevait les collines de Wicklow : « Le p'radiss, j' v' dis, le p'radiss ! »

La beauté, dit le proverbe, est dans l'œil de celui qui la regarde. Ce que je perçus de Dublin fut certainement influencé par le minable hôtel de troisième catégorie dans lequel nos moyens limités nous avaient contraints à descendre ; cependant, malgré toute la bonne volonté que je voulais bien y mettre — puisque c'était là que nous devions maintenant vivre —, je ne pus trouver l'image du « p'radiss » dans cette petite ville tout étroite, avec des taudis plus misérables que je n'en avais jamais vu, même dans les quartiers les plus pauvres de Vienne ; dans l'enceinte de O'Connell Street, ce n'était que crasse et ivrognerie, partout où se portait le regard. Sans doute étais-je trop jeune, et trop étranger au pays, pour admirer la douce élégance de Merrion et d'autres gracieuses places du règne du roi Georges ; mais, n'ayant jamais auparavant discuté avec un Irlandais ni entendu parler du « *blarney* », leur penchant bien connu à embellir la réalité, j'avais cru chaque mot de notre compagnon de voyage — d'où pour moi une terrible déception.

Il fut convenu que je dormirais, petit déjeuner compris, chez les voisins des Witzthum, mais vivrais chez eux et y prendrais mes repas. Je ne sais si je leur témoignai bien, à l'époque, toute la gratitude qu'appelait leur gentillesse, aussi voudrais-je le faire ici, fût-ce avec quelque retard. Les Hirsch arriveraient quelques semaines plus tard et je devais travailler pour eux — tout d'abord comme interprète, d'autres arrangements devant intervenir par la suite. Mon père retournerait à Paris, via Londres — où ma mère resterait jusqu'à ce qu'elle obtienne enfin son visa français — d'après ce qu'on avait dit à mon père, cela ne saurait plus tarder.

Dans la matinée qui précéda le départ de mes parents, j'émis une observation qui déclencha la dernière, mais sans doute la plus violente, de toutes les querelles que j'eus jamais avec mon père.

Nous venions de prendre notre petit déjeuner, qu'on nous avait servi dans notre chambre.

« Tu sais, papa, si jamais il y a la guerre, je ne resterai pas ici. »

Mon père me considéra d'un air surpris, ses yeux s'assombrirent de colère.

« Veux-tu bien répéter ? dit-il.

— S'il y a la guerre, je ne resterai pas ici. Je rejoindrai l'armée britannique dès que j'en trouverai l'occasion », repris-je.

Si violente fut sa réaction qu'en y repensant aujourd'hui, je ne crois pas que son souci de ma sécurité et son amour pour moi, si grands fussent-ils, pussent suffire à l'expliquer. Après tout, je n'avais rien dit dont on ne pût débattre paisiblement, je ne m'étais aucunement montré effronté ni agressif. Sans doute ma phrase avait-elle réveillé des tensions, des soucis, des craintes qu'au cours des derniers mois écoulés il avait gardés cachés au fond de lui-même.

« Mais tu es complètement fou ! vociféra-t-il. Maintenant que j'ai tout fait pour assurer ta sécurité, que tu te trouves dans un pays éloigné du danger et qui restera neutre, tu me dis que tu veux aller te battre ! Mais tu ne sais pas ce que tu dis, espèce d'idiot ! Tu ne te rends pas compte ! D'ailleurs, tu n'as jamais vu ce que c'est que la guerre ! Moi, je l'ai vu ! Non, non, trois fois non ! Tu resteras là où je t'ai amené ! Et ne t'avise pas de songer à autre chose ! » Sur quoi, il se leva et se mit à déambuler furieusement à travers la pièce.

Je me levai également et répétai calmement :

« Mais, papa, cette fois c'est de notre guerre qu'il s'agit ! De notre guerre à nous, d'abord, me semble-t-il. Et tu voudrais que je reste tranquillement à contempler le spectacle ? Au diable la neutralité irlandaise ! Comment, moi, pourrais-je donc rester neutre ?

— Tu feras ce que je te dirai de faire. Je suis toujours ton père ! Tu as toute ta vie devant toi, voudrais-tu donc la gâcher ? Tu as dix-huit ans, même pas ! Quand tu auras vingt et un ans, tu feras comme tu l'entendras. Mais pour l'instant, tu dois m'obéir ! » me répondit-il en criant.

Maman essaya de nous calmer tous deux, mais sans grand succès. Car, moi aussi, je m'étais mis à crier.

« Cette histoire d'âge est parfaitement absurde ! Oui, j'irai à l'armée, s'ils veulent bien me prendre, et je ne vois pas comment tu pourrais m'en empêcher. Hein, dis-moi comment ? Dès que la guerre sera déclarée, je me porterai volontaire !

— Ernst, au nom de Dieu, ne t'énerve pas comme ça, dit maman. Pour l'instant, la guerre n'a pas éclaté ; et d'ici là nous resterons tous les deux ici, nous pourrons en parler à loisir. »

Elle avait raison, cela va sans dire. Et la colère paternelle tenait sans doute pour une bonne part au fait de trouver face à lui, de façon soudaine et inattendue, un fils qui entendait prendre lui-même ses décisions et refusait carrément son autorité — outre, bien sûr, l'idée insupportable que son petit garçon pourrait se retrouver, armé jusqu'aux dents, dans une tranchée quelque part en France, avec des obus explosant partout autour de lui.

Cette querelle se termina très simplement : mon père, fou de rage, sortit de la pièce et resta quelque temps à déambuler à travers les rues de Berlin. A son retour, il était calmé. Nous ne reparlâmes jamais de cette question, ni à Dublin ni lors de notre dernière rencontre qui eut lieu à Londres en janvier 1939.

Mon père retourna donc à Paris, en passant par Londres où il laissa maman en attendant qu'elle eût reçu son visa français. Elle dut y rester pendant tout le mois de décembre, sans grand monde à qui parler, très isolée et malheureuse. Les fonctionnaires français de Londres montraient la même indifférence que leurs collègues de Berlin. Personne ne lui refusait ni ne lui promettait son visa ; simplement, il ne se passait absolument rien, on la laissait dans cette pénible situation d'attente. Elle n'avait guère le moral. Fin décembre, mon père sollicita à nouveau le président Reuter, qui avait promis d'intervenir auprès de l'ambassadeur lui-même, M. Corbin, ou bien de son conseiller, M. Cambon, qu'il connaissait personnellement. Comme il en avait lui aussi plus qu'assez de cette interminable séparation, il vint la voir à Londres pendant la première ou la seconde semaine de janvier ; et les Hirsch pour qui je travaillais, entre-temps arrivés à Dublin, me permirent très gentiment de m'absenter pour les y rejoindre.

Ce n'était cependant pas là pur altruisme. Certains de leurs biens avaient pu sortir clandestinement d'Autriche : je devais leur rapporter ces objets qu'ils avaient remis à mon père en rentrant à Dublin.

Nous allâmes dîner au Lyons Corner House, établissement très florissant et tape-à-l'œil, avec un orchestre de prétendus tziganes au fond de la salle — pour la plupart en fait, des réfugiés juifs parés de costumes hongrois... Mon père hésita d'abord à sortir, parce qu'il était plutôt mal rasé. Désormais contraint de vivre sans la visite quotidienne de Herr Lippert, il n'était quand même pas convaincu de l'utilité des rasoirs individuels modernes.

Je revois très distinctement mon père assis auprès de moi dans ce restaurant, le visage couvert d'une barbe sensiblement plus visible qu'elle n'aurait dû l'être normalement après cinq heures de l'après-midi. Le souvenir que je garde de lui n'est aucunement terni par le passage des ans ; il souriait timidement, dans ce cadre inhabituel. Il adorait Paris, où lui, l'apatride, avait trouvé plus qu'une patrie. Je me rappelle qu'il disait s'être souvent demandé pourquoi il avait toujours cru ne pouvoir être heureux qu'à Vienne. Mais Londres représentait un univers tout différent, bien anglais encore à cette époque — beaucoup plus qu'aujourd'hui.

Je revois certes aussi ma mère, tout comme mon père, dans certaines scènes que j'ai gardées en mémoire ; pourtant l'image que je conserve d'elle, sans être moins précise, reste d'une certaine façon plus terne. Mon père m'apparaît de manière entière, complète, globale, comme si je pouvais encore le toucher simplement en tendant la main. Ma mère s'apparente davantage à une ombre, elle ne possède plus pour moi la même présence. De fait, et sans doute en va-t-il naturellement ainsi pour un homme, je n'ai jamais eu le sentiment que ma mère continuait de vivre en moi, alors que je sens, à une sorte d'impression de *déjà-vu** que j'éprouve parfois, que c'est le cas pour mon père.

* En français dans le texte. (N.d.T.)

Ce n'est pas seulement que mes gestes ressemblent à ceux qui étaient jadis les siens, ni que mon corps soit bâti sur le même modèle. Il s'agit d'autre chose. D'ailleurs, nous ne nous ressemblions guère, et nous n'avions pas non plus des personnalités très semblables : par bien des traits de caractère, je serais beaucoup plus proche de ma mère. Mais, pour prendre un exemple, quand je souris à mes enfants, je sais qu'il me regardait avec le même sourire ; et l'on dirait que ce n'est pas tant moi qui leur souris, que lui-même à l'intérieur de moi. C'est là un sentiment étrange, et même quelque peu fantastique, mais qui ne me cause jamais de tristesse : car ce n'est pas le père mort, c'est le père vivant qui poursuit son existence à travers son fils.

Mon père n'avait que deux jours à rester à Londres, après quoi ma mère et moi l'accompagnâmes à Victoria Station. Cette séparation — ma séparation définitive d'avec mon père — est restée bien moins nettement fixée dans mon esprit que nos adieux de Berlin. Peut-être étais-je moins attentif car ma mère et moi partions pour l'Irlande l'après-midi même : nous avions estimé, et elle était d'accord, qu'il vaudrait beaucoup mieux pour elle venir me rejoindre en Irlande plutôt que de rester ainsi toute seule à Londres en attendant son visa.

Je n'habitais alors plus Dublin, mais Galway, ville que l'on m'avait jadis décrite comme située au-delà des frontières du monde. Et c'est bien ainsi que je la ressentis : Galway était un lieu idéal pour quiconque eût cherché un refuge paisible, à l'abri de toute l'agitation du monde. Et ma mère aurait pu y être très heureuse si seulement mon père s'était trouvé auprès d'elle. Mais moi, qui pourtant ne connaissais pas grand-chose du monde, je détestais Galway.

C'était en fait une très mauvaise idée que d'y emmener ma mère. Vu de Londres, Paris est simplement de l'autre côté de la Manche ; tandis que de Galway, c'est comme un autre univers, dont vous séparent des années-lumière. Ma mère semblait de plus en plus triste à mesure que les kilomètres nous éloignaient de Londres. Et, arrivée à Galway, elle devint vraiment très malheureuse. Son exil dura près de deux mois : elle maigrissait, son visage se décomposait et ses yeux myopes étaient presque constamment rougis par les larmes. Elle se sentait très seule, plus seule encore qu'à Londres, n'ayant pas grand-chose en commun avec les autres dames autrichiennes de Galway : celles de la famille Hirsch et leurs employées. Et je dus moi-même la décevoir, loin de lui être une compagnie agréable ou même vraiment sympathique. Le fait est que j'étais amoureux de Lisl, avant tout préoccupé par mes propres affaires, et plutôt agacé par ses larmes un peu trop abondantes.

Nous retournâmes à Londres fin mars. Je ne sais plus au juste si mon père avait écrit que son visa allait enfin arriver, ou si elle avait décidé de mener un assaut décisif contre l'ambassade française ; toujours est-il que nous regagnâmes Londres, ainsi que notre pension désormais familière du Swiss Cottage. Et c'est là que j'eus avec mon père, par le biais du téléphone situé au sous-sol, une conversation qui devait me laisser un sentiment de culpabilité tout le reste de mon existence, bien que je n'aie jamais pu déterminer dans quelle mesure ce que je lui dis ce jour-là pesa sur ses décisions ultérieures.

Papa commença par s'entretenir avec maman, puis demanda à me parler.

« Que penses-tu que je devrais faire, Georgerl, me demanda-t-il : rester à Paris, ou bien venir en Irlande ?

— Mais que ferais-tu donc à la rubanerie Hirsch ? Papa, la banque a toujours été toute ta vie ! De plus, tu adores Paris, et il est bien évident que tu as envie d'y rester, répondis-je.

— Tout cela est parfaitement exact. Mais l'Irlande est un pays plus sûr. Qu'adviendra-t-il de nous ici, lorsque la guerre éclatera ? »

Cette conversation venait après l'occupation de Prague par les troupes de Hitler et le problème n'était plus de savoir si la guerre qui menaçait aurait lieu, mais quand. Avant que je puisse répliquer, mon père ajouta :

« Si la guerre éclate, ce sont les Français qui m'interneront.

— Mais c'est ridicule ! m'exclamai-je. Ils ne vont pas interner des réfugiés juifs ! »

Mon père demanda alors :

« Et si les Allemands gagnent ! Si Hitler occupe la France ? »

A dix-huit ans à peine, je me trouvais soudain dans la position d'un spécialiste des affaires militaires.

« Mais il ne gagnera pas, rétorquai-je, c'est absolument impossible. La dernière fois, ils n'ont pas même dépassé la Marne ! Et les Français n'avaient pas encore édifié la ligne Maginot. »

De fait, mon analyse n'était pas plus mauvaise que celle des principaux généraux britanniques et français de l'époque. Tout comme eux, je refaisais en esprit la guerre précédente...

Cela pourrait sembler passablement anodin, d'autant que je croyais effectivement tout ce que je disais. Mais — et c'est là ce qui n'a cessé de me hanter depuis lors — j'avais par ailleurs un autre motif pour tenir ce discours à mon père : je voulais faire venir Lisl en Irlande et l'épouser ; or je craignais que mon père, en venant, ne fît tout ce qu'il pourrait pour m'en empêcher. Aussi ne souhaitais-je vraiment pas la présence de mes parents en Irlande.

Le quartier de Knightsbridge est réputé comme un des plus élégants de Londres, mais pas spécialement comme un lieu de miracles. Pourtant, fin mars 1939, j'y assistai bel et bien à un miracle : une femme d'une cinquantaine d'années, au visage triste — ma mère — pénétra dans l'ambassade française à Knightsbridge ; et, peu après, une jeune mariée au sourire illuminé de bonheur — toujours ma mère ! — en ressortit, son passeport muni d'un visa français.

Dès le lendemain matin, ma mère, plus qu'elle ne marchait, valsait à mes côtés sur le quai de départ du train pour Paris, à Victoria Station. Et c'est d'un pas assuré, sans trébucher ni manquer les marches, qu'elle monta dans son wagon.

Quand je l'eus installée dans son compartiment et qu'il ne nous resta plus que quelques minutes avant le départ, je vis des larmes perler dans ses yeux ; mais des larmes bien différentes de celles, si amères, qu'elle versait en Irlande. C'étaient des larmes à travers lesquelles elle pouvait sourire, qui exprimaient son affection et son amour pour moi, des larmes chaleureuses mais non brûlantes, qui coulaient sans le moindre sanglot, de façon douce et tendre.

Une fois de plus, je vis le train s'éloigner et disparaître au loin, emportant un être chèrement aimé. Tout semblait indiquer que sa destination était la même que celle du train qu'avait pris mon père trois mois plus tôt : Paris, la Ville-Lumière. Mais la véritable destination de ces deux trains, le lieu vers lequel ils emmenaient effectivement mes parents, c'était le fameux portail au fronton duquel était inscrit « *Arbeit macht frei* » (« La liberté par le travail ») : l'entrée du camp d'Auschwitz.

On sonna à la porte du tout petit appartement meublé que mes parents avaient loué au 10, rue de Trévise, dans le IXe arrondissement de Paris. Ma mère alla ouvrir : c'étaient deux policiers qui venaient chercher mon père. Cela se passait le 4 septembre 1939. La guerre avait été déclarée la veille, et l'on recherchait tous les ressortissants allemands de sexe masculin. Mon père fut emmené au camp d'internement de Beslay d'où, ayant finalement pu établir qu'il n'était pas nazi, il fut relâché vers la fin d'octobre.

Après que les Allemands eurent enlevé la ligne Maginot, les Français arrêtèrent à nouveau mon père qu'ils envoyèrent dans un autre camp d'internement, non loin de Biarritz. Sans doute ma mère parvint-elle très vite à savoir où il se trouvait car elle fit peu après ses bagages pour se rendre dans cette célèbre station balnéaire ; elle fut l'une des premières parmi le flot de réfugiés français qui descendait vers le sud, empruntant toutes les voies routières ou ferroviaires.

Le commandant du camp où se trouvait mon père était un être digne et humain. Lorsque le pays s'effondra, il relâcha tous ses prisonniers. Il s'en fallut de beaucoup que tous les commandants français de camps d'internement agissent de la sorte : nombre d'entre eux gardèrent leurs Juifs derrière les barbelés jusqu'à l'arrivée des Allemands, auxquels ils les livrèrent... Mais mon père et ma mère purent se retrouver avant que le gouvernement de Pétain n'eût signé l'armistice. Ils quittèrent Biarritz pour Oloron Sainte-Marie, près des Pyrénées. C'est de là que je reçus d'eux une carte postale — premier signe de vie de leur part depuis la défaite de la France. Je pensai d'abord sincèrement qu'ils avaient l'intention de passer en Espagne, mais c'était là une question que je ne pouvais leur poser dans mes lettres, qui étaient bien évidemment ouvertes par la censure de Vichy.

D'Oloron mes parents se rendirent à Marseille, sans doute parce que la Banque des Pays d'Europe Centrale y avait un bureau. Nous pûmes à nouveau correspondre régulièrement, nos lettres transitant par le Portugal, pays neutre où une cousine au second degré de ma mère, Renée Schwartz, s'était mariée, portant maintenant le superbe nom de Renée de Maghalaes Cardoso ; c'était elle qui servait de lien — entre mes parents et moi, mais également Lisl, devenue entre-temps ma femme. Longtemps, mon père refusa tout simplement de la reconnaître pour sa bru ; par la suite, il tira un grand réconfort de savoir qu'elle m'avait rejoint de Riga en Angleterre et que nous vivions heureux ensemble.

Financièrement, mes parents furent aidés par un homme remarquable : M. Reuter, le président de la banque. Il avait fait venir en France pas moins de vingt-deux employés de la Länderbank autrichienne. A l'exception de mes parents, tous survécurent à la guerre, cachés dans la campagne, et tous recevaient de Reuter une aide financière — provenant d'abord de la banque, mais ensuite de ses fonds personnels.

Je fis la connaissance d'Henri Reuter quand, encore sous les drapeaux de l'armée britannique, je vins faire un tour en France à l'été 1946. Il me reçut dans son élégant appartement de l'avenue Foch. C'était un homme d'allure très distinguée et d'une très forte personnalité, âgé à l'époque de quelque soixante ans. Il resta allongé sur une causeuse pendant notre conversation : il était souffrant, épuisé par ces années de guerre, et devait d'ailleur mourir quelques mois seulement après notre rencontre. Je pense qu'il était d'origine juive, de la même famille que le baron de Reuter qui fonda la célèbre agence de presse britannique. Je me sentis, bien entendu, beaucoup trop intimidé pour poser des questions d'ordre personnel ; en fait, j'étais si impressionné de me trouver en présence de ce chef que mon père admirait et vénérait tant, que je ne sus sans doute témoigner convenablement ma reconnaissance à M. Reuter. Il me donna tous les papiers, lettres et documents relatifs à mes parents qui étaient en sa possession, et, quand je pris congé, me remit une somme rondelette à titre de cadeau personnel, en me disant : « Je sais que vous êtes ici pour une bien triste mission ; mais vous êtes jeune : profitez-en pour prendre tout de même un peu de bon temps ! »

Mes parents vécurent à Marseille environ six mois, de la fin juin ou du début juillet 1940 jusqu'au début janvier 1941. Ils furent ensuite contraints, par le gouvernement de Vichy qui cherchait à chasser des grandes villes les Juifs d'origine étrangère afin de mieux les contrôler, de s'installer à Saint-Pierreville, en *résidence assignée* *.

A en croire les lettres qu'ils m'envoyaient, leur vie était dure, mais guère plus que celle des autres habitants de ce village de montagne — mise à part la peur qui tenaillait mon père et qu'il décrivait à M. Quinkal, un jeune charpentier avec lequel il discutait souvent, comme une angoisse silencieuse mais permanente. Mon père pensait en outre souffrir d'un disfonctionnement glandulaire, peut-être bien plus imaginaire que réel : un de ses amis y faisait allusion, en avril 1942, dans sa réponse à une lettre où mon père avait dû lui faire part de ses inquiétudes.

« J'espère de tout mon cœur que tu auras eu entre-temps des nouvelles de ton fils — écrivait cet ami de mon père —, car cela aura certainement écarté une des causes de ton extrême nervosité. Pour ce

* En français dans le texte. (N.d.T.)

qui est de tes craintes d'être malade, souviens-toi, je t'en prie, que tu es issu d'une famille de médecins ; cela représente un grave handicap car, comme on en sait davantage que la plupart des gens sur les maladies, on s'imagine bien trop facilement être soi-même malade. » Cette lettre fait également allusion aux pénibles douleurs rhumatismales de ma mère, dont elle-même ne me parlait jamais dans ses lettres mais qui n'avaient rien de surprenant, vu le climat froid et humide de la région.

Les habitants de Saint-Pierreville se montraient gentils à l'égard de mes parents et les aimaient bien. Une lettre de ma mère, en date du 2 mai 1942, commence par ces mots : « Selon la tradition locale, une petite fille nous a apporté ce matin un bouquet de muguet. Il faut l'épingler sur ses vêtements et le garder toute la journée : cela porte bonheur. »

Les gens de Saint-Pierreville était vraiment pleins de bonté à leur égard. Ils savaient que la situation antérieure de mes parents était bien différente de la leur, et les plaignaient de tout ce qu'ils avaient perdu. Hormis l'obligation de se présenter de temps à autre à la gendarmerie, mon père et ma mère étaient libres de passer leurs journées comme ils l'entendaient. Ils pouvaient aller se promener partout à leur guise, et étaient autorisés à posséder une radio. Les conditions d'approvisionnement dans les campagnes n'étaient pas fameuses, mais certainement pas pires que celles des villes. On ne manquait pas vraiment de viande, bien qu'il s'agît le plus souvent d'animaux âgés et de médiocre qualité. Les pommes de terre étaient disponibles sans limitation. Les rations d'huile et de beurre étaient maigres, mais il existait un marché noir fort bien organisé. Le charbon était légèrement rationné, mais il suffisait de faire quelques centaines de mètres dans la forêt pour ramasser autant de bois que l'on voulait.

Dans la même lettre, ma mère insistait une fois de plus avec force pour que je n'oublie pas de noter soigneusement le numéro de dépôt et l'adresse du garde-meubles parisien où étaient entreposées les affaires que nous avions ramenées de Vienne. Il était de la plus grande importance, aux yeux de mes parents, que je connusse ces renseignements ; cela ne tenait sans doute pas à de quelconques pressentiments, mais bien plutôt à leur sentiment général d'insécurité. Ils étaient alors plus attachés que jamais à chaque élément de leur mobilier ou de leur lingerie, à la moindre de leurs coupes ou soucoupes. C'était là tout ce qui leur restait de leurs années de bonheur, de leur vie de famille, et surtout de la sécurité qui leur faisait aujourd'hui si cruellement défaut.

Depuis que nous avions quitté la Pichlergasse pour gagner Berlin, ils n'avaient plus jamais revu ces biens. Ils avaient eu d'infinies difficultés à faire sortir d'Autriche ce chargement : toujours il fallait encore payer pour ceci ou pour cela, toujours il manquait telle ou telle pièce, tel ou tel document. Ernst Lamberg, le mari de ma tante Lisa, qui s'occupait de ces problèmes pour nous, obtint finalement le tampon d'autorisation quelque onze mois après que nous eussions quitté Vienne : le 3 août 1939 ! C'était exactement un mois avant la déclaration de guerre... Une fois arrivé à Paris, ledit chargement fut sur-le-champ pris en charge par les autorités douanières françaises, ce qui empêcha, au tout dernier moment, mes parents de signer le bail de location d'un appartement. Les douanes françaises voulaient avoir la preuve que mon père était officiellement autorisé à s'installer en France à titre permanent. Il put se procurer cette attestation — mais quelques jours seulement avant que les soldats allemands ne descendissent les Champs-Élysées au pas cadencé. Du moins, cloués dans leurs monts ardéchois, mes parents détenaient-ils ce document officiel, attestant que ce qu'ils possédaient depuis toujours continuait de leur appartenir aux yeux de l'État français.

Vers la fin août 1942, je prenais une tasse de thé à la cantine de notre régiment en écoutant les informations de la BBC, quand j'entendis le speaker déclarer : « Les récentes rumeurs selon lesquelles les Juifs d'origine étrangère seraient déportés hors de la France libre ont été confirmées par des sources françaises de Londres. On ne dispose pas pour l'instant d'autres détails. »

Je me sentis aussitôt alarmé, puis tempérai mes craintes en me disant que mes parents vivaient vraiment dans un tout petit village, bien à l'écart du cours principal des événements. Quelques jours plus tard, je trouvai dans un article du *Times* des informations plus substantielles :

Compte tenu du faible nombre de personnes qui se sont portées volontaires pour aller travailler en Allemagne, Laval a décidé à la fin de juillet que ce déficit serait comblé par des réfugiés juifs, avec un premier quota de 10 000 déportés. Les premières arrestations ont été effectuées à Marseille le 3 août. Le 6 août, les 1 000 premiers de ces Juifs ont quitté un camp situé à Les Milles, pour une destination inconnue. Le 10 août, 2 000 autres ont suivi, et 1 600 autres, en provenance d'autres camps, devaient partir le lendemain. Environ un tiers d'entre eux avaient été tirés de camps d'internement. Un grand nombre de protestations se sont fait entendre, notamment celle du nonce apostolique qui est intervenu auprès du maréchal Pétain ; mais il semble qu'elles soient demeurées sans effet.

Le lendemain, le *Times* apportait des précisions, grâce à un envoyé spécial écrivant depuis l'autre côté de la frontière pyrénéenne. Sous le titre « Quasiment condamnés à mort », cet article disait ceci :

Le rassemblement de tous les Juifs de nationalité étrangère entrés en France depuis 1936 et vivant maintenant en zone libre doit désormais être mené jusqu'à son terme, selon une déclaration de Vichy dans *le Petit Parisien*. Les personnes arrêtées sont regroupées à Dijon, en attendant d'être déportées vers l'Europe orientale.

En même temps, conformément aux instructions des autorités d'occupation, Vichy a donné consigne aux maires de rayer immédiatement des registres de la nation les noms de tous les Juifs, tant Français que d'autres nationalités, qui auront été arrêtés, internés ou déportés en zone occupée. Après cette radiation, les personnes concernées perdront toute espèce d'existence légale ; notamment, leurs lieux de résidence ultérieurs ne pourront être déterminés. Les Juifs de la zone libre qui n'ont encore fait l'objet d'aucune mesure craignent qu'il faille voir là une confirmation de la rumeur selon laquelle les Juifs arrêtés seraient quasiment condamnés à mort.

Je ne pouvais plus, ayant lu cela, continuer à me persuader que mon père et ma mère étaient en sécurité. Mais, aussi étrange que cela puisse paraître, un reportage ultérieur du même correspondant du *Times*, décrivant les horribles conditions dans lesquelles se pratiquaient les déportations, me redonna quelque espoir :

Des témoins oculaires ont rapporté les scènes poignantes au cours desquelles, à Nice, à Marseille, à Lyon, la police française a opéré des rafles de Juifs d'origine étrangère en vue de leur déportation. Parmi les personnes arrêtées, beaucoup avaient plus de soixante-dix ans ou étaient au contraire de jeunes enfants. Ils furent entassés dans des camions fermés et emmenés vers les gares, puis, après un examen superficiel, poussés dans des wagons de marchandises et envoyés à Dijon, de l'autre côté de la ligne de démarcation. Beaucoup de Français, notamment de jeunes étudiants, essayèrent d'intervenir par solidarité, et l'on rapporte que des centaines de Juifs ont été cachés par la population, malgré les sanctions prévues pour ce type d'action.

C'est cette dernière phrase qui ranima mes espérances. Et, comme je devais le découvrir après-guerre lorsque j'appris que mes parents avaient été les seuls parmi le groupe de la Länderbank à ne pas survivre, les autres ayant été dissimulés aux gendarmes de Vichy par des Français et des Françaises courageux, mes espérances n'étaient nullement déraisonnables. De fait, pour des raisons que je raconterai plus loin, il s'en fallut de peu qu'eux aussi n'en réchappent.

Le fait que l'ordre de Laval à propos de la déportation des Juifs se heurta à une résistance non négligeable parmi les Français est confirmé par un autre article du *Times*, en date du 7 septembre :

> M. Laval a congédié le général de Saint-Vincent, gouverneur militaire de Lyon, qui refusait de coopérer aux arrestations massives de Juifs. Laval a également fait arrêter des prêtres catholiques qui abritaient des enfants juifs en zone libre. Des recommandations épiscopales demandant aux catholiques français d'aider par tous les moyens les Juifs persécutés sont lues en chaire à travers toute la France.

Fin septembre me parvint une lettre du Portugal. Je reconnus en lisant l'adresse l'écriture familière de Renée Cardoso et mon cœur tressaillit. J'avais raison, ils étaient sains et saufs ! Je déchirai l'enveloppe — et tous mes espoirs se brisèrent. Ce que je tenais en main n'était rien d'autre que la dernière lettre que j'avais adressée à mes parents. Elle n'avait pas été ouverte, et une main anonyme avait écrit « *Adresse inconnue* »*, d'un trait de crayon que jamais plus rien n'effacerait...

Mes parents, ma mère et mon père adorés, avaient disparu avec ces millions d'*inconnus**, dans le macabre anonymat de ce massacre massif et impersonnel.

Les existences d'Ernst et de Stella avaient été effacées.

J'avais envie de pleurer, mais n'y parvins pas. Pendant de nombreuses années, je m'efforçai de fermer mon esprit et de verrouiller mon cœur. J'écrivis ainsi une lettre à l'un des frères de mon père — oncle Fritz —, où je lui disais : « Mes parents sont morts ; je ne veux savoir ni où ni comment ils sont morts. » Quand il m'arrivait de devoir jeter un coup d'œil sur une carte de France, j'évitais de regarder la région proche de l'Ardèche : je ne voulais pas y apercevoir le nom de Saint-Pierreville. Il me fallut trente ans, après la mort de mes parents, pour me rendre enfin à Saint-Pierreville en vue de découvrir enfin ce qui était arrivé à Ernst et Stella Klaar.

Selon M. Quinkal, ancien membre de la Résistance à Saint-

* En français dans le texte. (N.d.T.)

Pierreville, le propriétaire de mes parents, un certain M. Lascombe, fut réveillé à minuit, le 25 août 1942, par le chef de brigade Chandolas, qui lui ordonna de l'accompagner, lui et ses gendarmes, jusqu'au domicile de mes parents. Dès qu'il les entendit frapper, mon père comprit pourquoi ils venaient. Il se montra à la fenêtre de la chambre à coucher et menaça de sauter pour se suicider. Chandolas lui répondit en criant que la fenêtre n'était pas assez haute pour cela, qu'il se briserait tout au plus une jambe et que lui, Chandolas, ne l'en arrêterait pas moins pour le faire déporter. Les gendarmes pénétrèrent alors dans la maison, dont ils ressortirent quelques minutes plus tard encadrant mon père.

Le lendemain matin, quand la nouvelle de cette arrestation se répandit, des villageois indignés se rendirent à la gendarmerie pour protester auprès de Chandolas. Celui-ci répondit qu'il n'avait fait qu'exécuter les ordres. De toute façon, M. et Mme Klaar avaient déjà été transférés à Privas pendant la nuit : il ne pouvait donc plus rien faire.

Immédiatement des tentatives furent faites pour sauver mes parents.

M. de Juan, vétéran de la Guerre civile espagnole et ami de mes parents, écrivit de Saint-Pierreville, le 18 août, à Henri Reuter : « J'imagine que vous avez déjà appris la nouvelle concernant M. et Mme Klaar, qui ont quitté le village l'autre nuit pour Privas, sous bonne escorte. Connaissant votre amitié pour eux, je vous serais reconnaissant de me faire parvenir dès que possible toutes les nouvelles d'eux que vous pourriez obtenir. » Quand Reuter reçut la lettre de de Juan, il était en effet déjà au courant. Cette première information venait peut-être de mon père lui-même, qui câbla à Reuter, également le 28 août : « S'il vous plaît envoyez 7 000 F par télégramme. Merci. Ernst Klaar, camp de Vénissieux, près de Lyon, baraquement n° 2. » Un second télégramme fut envoyé par un certain M. Eisen. Il était daté du 30 août et disait : « S'il vous plaît, aidez M. et Mme Klaar. Ils sont à Dijon. » Autrement dit, déjà entre les mains de la police allemande.

Reuter fit appel à un fonctionnaire du gouvernement de Vichy, M. Couve de Murville, qui devait par la suite devenir d'abord ministre des Affaires étrangères, puis Premier ministre du général de Gaulle. La lettre que Reuter lui adressa le 12 septembre montre que Couve de Murville avait déjà essayé de l'aider dans certains autres cas :

Cher Monsieur,

Je vous remercie très sincèrement de votre aimable lettre. Je sais qu'il est très difficile d'intervenir efficacement dans ces tristes affaires et je sais que vous ferez certainement tout ce qui est humainement possible pour sauver les existences de pauvres gens qui n'ont rien à se reprocher.

Ceci me donne aussi le courage de vous signaler qu'un de mes anciens collaborateurs et sous-directeur à la Banque qui figure sur la liste que je vous ai adressée ainsi qu'à M. Rochat, M. Ernst Klaar et sa femme, se trouvent au camp de Drancy, d'après les nouvelles que je viens de recevoir. Y a-t-il moyen de les sauver en invoquant les services que M. Klaar a rendus à la Banque et aux intérêts français en Europe Centrale ?

Je pense que mon insistance se trouve excusée par le péril qui se dresse devant ces malheureux.

Je vous prie d'agréer, Cher Monsieur, l'assurance de mes sentiments très distingués et sincèrement dévoués.

Quand Reuter écrivit à Couve de Murville, il était déjà trop tard.

Le 12 septembre, le train qui emmena Ernst et Stella vers leur destination était soit en route, soit déjà arrivé à Auschwitz, auquel cas mes parents étaient morts.

Lorsque Reuter fait allusion à Drancy, il désigne le vaste camp de regroupement, situé en banlieue parisienne, d'où partaient les convois. Mon père — ma mère et lui étaient alors encore ensemble — avait trouvé le moyen d'envoyer depuis Drancy une carte postale à Reuter ; peut-être un des gardes français avait-il accepté de la sortir discrètement pour lui ? C'est à certains égards un étonnant document, par sa manière de montrer comment, jusque dans une situation aussi désespérée, se maintiennent les habitudes sociales et personnelles acquises tout au long d'une vie. Le style de mon père, sur cette carte postale datée « Paris, le 8 septembre 1942 », était tout aussi policé et maîtrisé qu'à l'habitude :

Cher Directeur général,

J'espère qu'un de mes récents messages au moins vous sera parvenu. Jusqu'ici je n'en ai pas reçu d'écho. Toute aide est ici déterminante. Nous devons partir aujourd'hui, aussi je voudrais profiter d'une occasion qui s'est présentée pour vous transmettre une fois encore, avec mes adieux, l'expression de tout mon dévouement. J'ignore quand je serai à nouveau en mesure de vous donner de mes nouvelles, mais je ne veux pas perdre tout espoir que cela soit possible un jour. Je vous prie par ailleurs, cher Directeur général, de vous tenir en liaison avec M. Wouters aussitôt qu'il arrivera à Nice, et de lui régler sa mensualité pour la garde de nos affaires, de telle sorte que je — ou plutôt mon fils — ne perde pas ce qui pourra subsister des biens de ses parents. Je vous serais également reconnaissant de garder le contact, ou de donner des instructions en ce sens, avec M. Valla, à Saint-Pierreville, qui s'occupe des objets que nous avons laissés là-bas, et si possible de recueillir ceux-ci vous-même. Je vous en remercie de tout cœur. J'espère que d'autres se seront vu épargner le sort qui est le nôtre. Avec mes vœux les plus sincères pour votre avenir et celui de votre famille, et encore mes plus profonds remerciements, votre dévoué

Ernst Klaar.

Maman inscrivit sur la même carte l'adresse de Renée Cardoso, indiquant que l'on pouvait me joindre par l'intermédiaire de celle-ci et ajoutant :

Espérons que nous surmonterons également cette épreuve-ci. Malheureusement, il n'a servi à rien d'insister sur la particularité de notre cas. Avec tous mes vœux,

Ernestine Klaar.

Encore cette carte postale de mon père ne fut-elle pas son dernier message : celui-ci fut écrit le lendemain, sur un bout de papier portant l'adresse de Reuter et que mon père dut soit à nouveau faire sortir du camp, soit plus probablement jeter du camion qui les emmenait vers le train, voire du train lui-même, quelqu'un l'ayant ensuite trouvé et posté à l'adresse indiquée. L'écriture de mon père, normalement minuscule mais extrêmement nette et régulière, est ici plus grande, avec des lettres vacillantes qui révèlent dans quelles conditions de hâte et d'énervement il rédigea sans doute cette note. En voici le texte :

Très estimé Directeur général,

Malheureusement, maintenant, on nous emmène. Je vous ai encore écrit hier, je ne sais si ce courrier vous parviendra. M. de Juan, bien connu à la gendarmerie de Saint-Pierreville, détient quelques bijoux et toute la correspondance avec Wouters. Je vous prie, cher Directeur général, de vous arranger avec lui pour que ces objets puissent entrer en votre possession. Je serais si heureux que tout cela puisse être sauvé pour mon fils. Malheureusement, nous voyageons sans aucun argent. Quant à ce qui nous attend, il n'est pas difficile de l'imaginer. Je vous remercie pour toute la gentillesse dont vous avez fait preuve à mon égard, au fil des années.

Mon père était si terriblement désireux que je puisse retrouver notre ancien cadre familial qu'il griffonna encore au dos de ce morceau de papier :

Je vous prie de payer le loyer mensuel de dépôt, 215 F, à Wouters. Si possible, je voudrais que tout cela soit conservé pour mon fils. Ces lignes constituent aussi mon autorisation, vis-à-vis de Wouters, de tout remettre entre vos mains.

Mais même son dernier souhait, si émouvant, n'allait pas être rempli. Jamais je ne devais, comme il l'espérait avec tant de ferveur, pouvoir utiliser son fauteuil favori, celui où il avait toujours fait sa petite sieste d'après déjeuner, jusqu'au moment de retourner au bureau ; ni m'asseoir dans celui de maman, où elle m'avait tenu sur ses genoux quand j'étais petit, en me racontant des histoires, pendant ce qu'elle appelait notre « heure entre chien et loup », au crépuscule. Jamais non plus je ne pus revoir les tableaux qu'il avait si amoureusement collectionnés, ni toucher ses bronzes ou le clown peint baroque avec son horloge à balancier. Les nazis étaient beaucoup trop efficaces pour permettre cela. Leur système de meurtre et de vol était le fruit d'une longue pratique et fonctionnait avec précision. Des soldats allemands se présentèrent au dépôt de M. Wouters le 5 février 1943 et réquisitionnèrent tous nos biens. Ils lui remirent un reçu en bonne et due forme — tout devait se faire dans les règles —, ainsi libellé : « Dépôt M 596, Ernst Klaar, réquisitionné entièrement et enlevé. Le présent reçu ne comporte aucun droit à compensation. Pour toute question : SS Obergruppenführer (Lt. Gen.) Lorenz. Services : poste de campagne n° 43071 W. »

Ce n'est pas la joie mais la tristesse qui m'étreignait le cœur alors que je faisais route vers Saint-Pierreville : ma première visite au village d'où mes parents avaient été déportés trente-deux ans auparavant.

Pendant des décennies, j'avais reproché à Saint-Pierreville et à ses habitants le sort qui avait été celui de mon père et de ma mère. Je ne pouvais même pas supporter de regarder le nom du village sur une carte. Je m'étais très vite rendu compte que cela n'était ni juste ni raisonnable, mais mon esprit ne pouvait l'admettre. L'évidence, je l'avais rencontrée en cet été 1946, lorque j'avais récupéré les affaires de mes parents, y compris les bijoux de ma mère, auprès de la

Communauté juive de Lyon. Tous les objets que mes parents avaient abandonnés derrière eux à Saint-Pierreville avaient été remis scrupuleusement aux autorités par MM. de Juan et Valla, auxquels ma mère les avait confiés à mon intention. Les bijoux de ma mère étaient plutôt modestes, mais aux yeux des villageois ils devaient représenter une véritable fortune : il eût été facile de prétendre que ma mère avait tout emmené avec elle ! Le respect des biens abandonnés par des déportés était plus l'exception que la règle en ce temps-là.

Comme je l'ai dit, j'ignorais malgré moi la réalité des faits. Tout simplement, je ne voulais pas admettre que j'avais tort de voir en Saint-Pierreville un repaire de fascistes vichyssois. A mes yeux, le maire du village était un Judas qui avait livré mes parents pour trente deniers, et les gendarmes du coin plus impitoyables que des SS. Sinon, comment aurais-je pu m'expliquer que mes parents fussent les seuls collaborateurs de la Länderbank en France à n'avoir pas survécu ? Il ne me vint jamais à l'idée que le drame tenait tout simplement à la faiblesse et à l'ignorance des hommes.

Je ne compris mon erreur que quand je lus la lettre de Michel Valla, petit-fils du M. Valla qui avait été le voisin de mes parents. Il était devenu maire de Saint-Pierreville : or j'avais écrit à la mairie pour annoncer ma visite, demandant si l'on avait conservé des documents concernant mes parents. Michel Valla me répondit :

> Nous n'en possédons pas, mais mes défunts grands-parents étaient de proches amis de vos parents qu'ils estimaient beaucoup. Après avoir reçu votre lettre, j'ai parlé à plusieurs personnes ici qui se souviennent des circonstances de leur arrestation, et en particulier M. Quinkal, qui m'en a parlé ce matin.
>
> Le groupe de résistants de la région avait organisé une surveillance discrète de vos parents, chaque soir vers les 9 heures, afin d'intervenir s'ils se trouvaient menacés de déportation. Personne n'aurait imaginé qu'une arrestation puisse survenir brusquement en pleine nuit. Lorsque cela se produisit, vos parents (qui se trouvaient déjà à la gendarmerie) demandèrent à voir mon grand-père et lui remirent tout ce qu'ils avaient avec eux.
>
> Je puis vous assurer que les habitants de Saint-Pierreville ont gardé un souvenir ému de vos parents et qu'ils ont éprouvé une grande tristesse et un profond écœurement lorsqu'ils ont appris la nouvelle.

Tandis que je montais la route en lacets qui mène à Saint-Pierreville, sous un ciel bleu vif, je me remémorais un passage du livre du professeur Raul Hilberg sur *La destruction des Juifs d'Europe*, qui décrit les ultimes instants des chambres à gaz.

A Auschwitz, gazer les gens était une opération rapide. Dès que les victimes avaient été enfermées dans la « salle de douches », elles comprenaient immédiatement quel procédé de liquidation allait leur être appliqué. L'installation de douches ne servait évidemment à rien. A l'extérieur, un interrupteur principal permettait d'éteindre les lumières. Un véhicule de la Croix Rouge contenant le gaz Cyclon s'approchait, et un SS portant un masque à gaz soulevait la bouche d'aération sur le grillage pour déverser l'une après l'autre les boîtes de poison dans la chambre à gaz. Graebner, l'*Obersturmführer*, responsable politique du camp, se tenait prêt, un chronomètre à la main.

Dès que les premières billes tombaient sur le sol de la chambre à gaz, c'était la lutte pour la survie. Pour échapper au gaz qui s'élevait rapidement, les plus forts repoussaient les plus faibles, marchaient sur les victimes prostrées pour tenter de survivre en atteignant les couches supérieures de l'air pas encore contaminées par le gaz. L'agonie durait environ deux minutes. Alors les cris cessaient, les mourants s'effondraient les uns sur les autres. Au bout de quatre minutes, tout le monde était mort dans la chambre à gaz.

Un rapport aussi sec apparaît, en raison même de son contenu purement factuel, plus horrible encore qu'une description plus littéraire. Il me laissait sur cette question qui me hantera sans cesse : l'agonie de mon père et de ma mère avait-elle duré deux minutes ou davantage ? Et que représentent deux minutes dans une chambre à gaz ? Ou quatre minutes ?

J'arrivai en milieu de matinée. Saint-Pierreville, qui fut pour mes parents l'antichambre paisible de cet enfer conçu par l'homme, est un village ardéchois typique, surplombé de montagnes verdoyantes et où l'on respire un air vif et rude. On y trouve l'inévitable château, une église avec son clocher, un camping avec son terrain de boules, une auberge qui loue des chambres aux vacanciers et s'intitule pompeusement « Hôtel des Voyageurs ».

La plupart des maisons, y compris celle qu'habitaient mes parents, sont construites en pierres de taille d'une couleur ocre que l'on retrouve dans la région — tout comme la Gendarmerie nationale, avec son drapeau tricolore et les deux gros vases de fleurs qui encadrent l'entrée. Le village, c'est une rue principale et une petite place de marché avec une fontaine ; il s'étire tout au long de la vallée. Bien que les montagnes lui aient donné un petit air aimable et accueillant en cette journée d'été, je pouvais facilement imaginer l'aspect sombre et menaçant qu'il devait avoir l'hiver, quand ces mêmes montagnes l'enserraient dans un rideau de brume, l'humidité glacée s'insinuant à travers les pierres poreuses des maisons. C'est là ce que mon père avait écrit, évoquant le froid glacial qui pénétrait dans les chambres et saisissait son âme. C'est aussi ce que ma mère voulait dire lorsqu'elle avait ajouté qu'il faisait trop froid pour qu'elle pût rougir après avoir lu les remarques élogieuses de mon père à son sujet.

Je garai ma voiture et me rendis à l'auberge pour boire un café. Madame Sabarot, la veuve du propriétaire, une solide blonde plutôt mignonne, dans la quarantaine, me l'apporta. Je lui racontai que j'étais le fils de M. et Mme Klaar, qui avaient habité à Saint-Pierreville pendant la guerre — et lui demandai si, par chance, elle se souvenait d'eux. « Bien sûr, monsieur, dit-elle. Je m'en souviens. Des gens très gentils. Je me rappelle comme votre mère semblait heureuse quand je lui avais apporté un petit bouquet de muguet. C'est la coutume, vous savez : nous le faisons toujours pour la fête du 1er Mai. »

« Hélas, ajouta-t-elle, mes fleurs n'ont guère porté chance à votre pauvre mère.

— Pouvez-vous vous rappeler, madame, comment étaient mes parents, comment ils vivaient ?

— Malheureusement non, répliqua-t-elle. Voyez-vous, je n'avais que dix ans et j'étais trop timide pour beaucoup parler avec eux. Mais ils avaient toujours un sourire pour moi. »

Mme Sabarot me conduisit ensuite à la maison où mes parents avaient vécu. Comme toutes celles de Saint-Pierreville, elle n'était qu'à quelques pas de là. Je gravis les marches de pierre le long de la rue principale, aperçus le petit jardin de maman et frappai à la porte. Personne.

Une vieille femme qui m'avait entendu regarda par la fenêtre de la maison voisine et me demanda ce que je cherchais.

Je me présentai. « *Ah, quelle tragédie !* »*, s'écria-t-elle. Voulais-je la clé ? La maison appartenait maintenant à une famille lyonnaise qui venait y passer les vacances — mais tout était resté comme au temps de mes parents.

J'ouvris la porte et entrai. La cuisine où ma mère inventait ses « excellentes recettes » se trouvait immédiatement sur la droite ; derrière, le minuscule séjour où elle lisait Goethe. En plus des trois petits volumes qu'elle avait probablement emportés avec elle, j'avais retrouvé parmi les objets qu'ils m'avaient laissés les Œuvres complètes de Goethe (une vieille édition que mon père avait achetée à

* En français dans le texte. (N.d.T.)

Paris). Je grimpai le long du vieil escalier de bois et me trouvai dans la chambre à coucher, avec un vieux lit tout à fait début de siècle. Dans un coin, la table de toilette avec ses deux cruches de faïence de chaque côté de la cuvette. Je ne pus réprimer un sourire : pour ma mère c'était certainement là la partie essentielle du mobilier de toute la maison !

Je ne restai pas longtemps. Il était midi et la rue était déserte sous le soleil quand je me rendis à la gendarmerie. Peut-être avaient-ils encore des documents ? Mais le bureau était vide. Après tout, c'était l'heure du déjeuner et la maréchaussée avait besoin de reconstituer ses forces.

J'ignore pourquoi, au lieu de m'en aller, je m'avançai dans le couloir derrière le bureau. Sans l'avoir cherché, je me trouvai devant la cellule de la prison du village : sa porte grillagée était ouverte.

Je regardai les murs gris : l'angoisse me saisit et je reculai quand j'aperçus le bas-flanc avec sa paillasse crasseuse — et la minuscule fenêtre à barreaux en haut du mur.

Pour la première fois de ma vie, je compris ce que pouvait signifier perdre sa liberté et se trouver enfermé dans une cellule semblable : on subit une pression psychologique qui brise rapidement votre résistance morale.

Avait-on enfermé mon père et ma mère dans cette cellule avant de les emmener à Privas ? Mon père s'était-il assis désespéré sur ce bas-flanc — écoutant les paroles d'amour et d'encouragement de ma mère, dont la voix calme devait tenter de lui redonner courage ? Car il ne devait plus guère en avoir, du courage. J'imaginais ma mère assise à côté de lui, tout le corps tremblant de fatigue nerveuse — mais l'esprit lucide affrontant la situation avec le plus grand réalisme. Pourquoi avait-elle déjà abandonné tous ses bijoux ? Elle savait qu'ils n'avaient pas de valeur : mais elle avait tout laissé à Saint-Pierreville pour moi. L'aurait-elle fait si elle n'avait compris ce qui les attendait à la fin du voyage ? Elle avait probablement su bien plus tôt que mon père qu'ils ne reviendraient pas.

J'eus l'impression que « quelqu'un marchait sur ma tombe ». Frissonnant, je sortis sous le soleil et pris le chemin de la maison dont on m'avait dit que c'était celle de M. Quinkal.

Sa femme ouvrit la porte. Elle savait qui j'étais : son mari lui avait dit qu'il m'attendait. Elle m'indiqua que je pourrais le trouver au camping près de la rivière dont il était responsable.

Je repris ma voiture et descendis jusque-là. Je demandai aux gens qui jouaient aux boules s'ils savaient où était M. Quinkal. Un petit homme avec un béret bleu, le corps perclus d'arthrite, s'avança vers moi.

« C'est moi Quinkal, monsieur, dit-il. Vous devez être monsieur Klaar. »

C'était la première fois depuis des années qu'on m'appelait par ce nom.

Il me dévisagea : « Je vois bien que vous êtes le fils de M. et Mme Klaar. Vos parents parlaient tant de vous : ils pensaient sans cesse à vous. »

Quinkal vint s'asseoir à côté de moi dans la voiture.

Je lui racontai ce que Michel Valla m'avait écrit.

« Oui, c'est tout à fait exact. C'est de moi qu'il tient tout ça, dit-il. Le groupe de résistants était dirigé par l'instituteur et comprenait quinze membres. Moi, j'avais la responsabilité d'une sous-section de cinq hommes. Nous gardions un œil sur vos parents. Au premier signe de danger, nous devions les emmener dans une ferme de montagne isolée. Nous avions tout préparé. Après cela nous devions contacter le maquis. Les gendarmes n'auraient pas pu les retrouver. Je ne pense pas d'ailleurs qu'il l'auraient voulu.

— Mais j'avais toujours cru que leur sergent — bref, celui qui les commandait — était un fasciste, un antisémite, dis-je.

— Oh, Chandolas n'était pas fasciste, répliqua Quinkal. Pas du tout. Il craignait pour son travail, oui, et même pour sa sécurité. C'est pour cela qu'on s'est trompé sur lui. Voyez-vous, il avait quatre hommes sous ses ordres, deux qui étaient dans la Résistance et deux qui ne l'étaient pas. Il le savait, bien sûr. Ce qui fait que, quand il a reçu l'ordre d'arrêter votre père, il n'a rien dit. Mais il s'est renseigné pour être sûr que les hommes de la Résistance n'étaient pas de service cette nuit-là. Il n'en a pas parlé non plus aux autres. Il faut dire que dans un village comme celui-ci les gens vont se coucher tôt. A neuf heures presque tout le monde est déjà au lit, même en été. Et n'oubliez pas de plus que c'était la guerre. C'est pourquoi, comme nous ne pensions pas que vos parents étaient en danger, nous avons suspendu notre surveillance vers cette heure-là. Alors lui, il a attendu, et vers la fin de la soirée il s'y est mis. Il a réveillé Lascombe aussi. »

Quinkal me raconta alors comment mon père avait menacé de se jeter par la fenêtre et comment Lascombe, son propriétaire, l'en avait dissuadé.

« Et vous croyez vraiment que c'est seulement par peur que Chandolas s'est conduit de façon si détournée, et qu'il a exécuté les ordres même après cette scène affreuse ? » interrogeai-je.

Quinkal hocha la tête. « Vous ne pouvez pas imaginer comme il avait peur, dit-il. Il était terrifié par ses supérieurs aussi bien que par le maquis. Mais si Chandolas avait su ce qui allait arriver à vos parents, s'il avait su la vérité sur les camps d'extermination — nous n'en savions rien, nous n'en avons entendu parler qu'après la Libération et même alors nous n'arrivions pas à y croire —, je pense qu'il nous aurait prévenus. »

Nous restâmes silencieux pendant quelques minutes.

« Eh bien, voilà, monsieur Klaar, c'est vraiment tout ce que je peux vous dire. Vous savez, ça s'est passé il y a très longtemps. » Il tendit la main vers la poignée de la portière.

Puis il se tourna vers moi et ajouta : « Votre mère aurait pu rester ici jusqu'à la fin de la guerre. Elle aurait été tranquille. Chandolas n'avait l'ordre d'arrêter que votre père. Votre mère l'a suivi volontairement. Elle n'était pas obligée, mais elle ne voulait pas laisser votre père partir tout seul. »

Je n'arrivais pas à croire ce que je venais d'entendre. Mon français laissait à désirer et Quinkal avait parlé vite. Je lui demandai de répéter et de parler lentement.

Ce qu'il fit.

Quand j'eus réellement pris conscience de ce qu'il avait dit, ma réaction ne fut absolument pas celle d'un adulte. Elle fut entièrement instinctive, enfantine. Comment avait-elle pu faire cela ? Abandonner son enfant — moi ! Pourquoi n'était-elle pas restée vivante pour moi ?

Il me fallut — pour retrouver mon équilibre — secouer la tête comme pour en chasser ces pensées.

Comme elle avait dû aimer mon père ! J'éprouvai une vague de honte devant ma première réaction. Sa vie à elle était liée à la sienne, à lui, non à la mienne. Moi, j'avais ma vie. Elle me l'avait donnée. C'est le don qu'elle m'avait fait ; à mon père, elle avait fait don de la sienne.

« C'est tout, répéta Quinkal. Tous ceux qui ont mieux connu vos parents, tous ceux qui ont été plus proches d'eux que moi sont morts. » Il y avait une légère note de reproche dans sa voix quand il ajouta : « Vous avez attendu trop longtemps, monsieur. *Maintenant c'est trop tard pour être à la recherche des parents perdus**. » Je ne sais pas

* En français dans le texte. (N.d.T.)

si Quinkal avait jamais lu Proust. J'en doute mais, croyez-moi si vous voulez, ce furent ses paroles exactes.

Bien sûr, en un sens il avait raison. Mais d'un autre côté il avait tort. Il me fallut du temps pour comprendre, pour vraiment assimiler ce qu'il m'avait dit et pour trouver le lien entre la décision de ma mère de choisir la mort aux côtés de mon père, et un rêve récurrent que j'ai souvent fait à propos de mes parents et dont je me rappelle tous les détails, bien que je ne me souvienne pas de la dernière fois que je l'ai fait.

Le téléphone sonne. Je décroche et j'entends la voix de ma mère au bout du fil. Elle me dit que père et elle ont survécu et m'indique où je peux les trouver. Fou de joie, je me précipite à l'endroit qu'elle a décrit, pour les prendre dans mes bras. A mon arrivée, je vois ma mère au premier plan, très nettement : elle est exactement comme elle était à l'époque de notre bonheur. Son visage, son sourire, sa voix sont exactement les mêmes. Mon père est au second plan. Ma mère me parle, mais elle ne répond jamais quand je l'interroge sans cesse : « Pourquoi me dit-elle seulement maintenant qu'ils sont encore vivants ? Pourquoi a-t-elle attendu si longtemps pour me le faire savoir ? ». Elle ignore mes questions. A l'arrière-plan mon père ne dit pas un mot, ne me dit pas bonjour, ne me regarde pas, il détourne la tête. Et il ne ressemble pas à ce qu'il était : il n'est pas rase — tel que je l'avais vu le soir au « Lyons Corner House » — et beaucoup plus maigre. Il ressemble à un fantôme à la peau presque translucide, son visage est d'une pâleur de cire et ses mouvements saccadés, mal coordonnés, automatiques comme ceux d'une marionnette. J'essaie de lui parler, de l'appeler, mais il ne me répond pas.

Voilà mon rêve. Qu'essayait-il de me dire ? Je crus tout d'abord que l'attitude de mon père dans ce rêve venait peut-être de la culpabilité que j'avais toujours éprouvée depuis cette conversation téléphonique de 1939, quand je lui avais conseillé de rester en France. Puis je me demandai si cela ne signifiait pas inconsciemment que l'amour de ma mère pour mon père me séparait de lui, et que c'était elle qui l'éloignait de moi. Consciemment, mon esprit le niait, bien évidemment. Mais je fus frappé du fait que l'interprétation inverse — c'est-à-dire que c'était moi qui poussais mon père à l'arrière-plan, pour garder ma mère pour moi tout seul — était tout aussi plausible. Ma réaction instinctive aux révélations de Quinkal semble le confirmer. Cependant, ces deux interprétations ne font pas seulement que s'annuler l'une l'autre, elles ne tiennent aucunement compte, ni l'une ni l'autre, de l'aspect qu'a mon père dans mon rêve. Même si son corps bouge, il a l'air d'un cadavre dans une chambre à gaz.

Mon père ne veut pas me parler parce que je suis inconsciemment coupable de lui avoir survécu. Je sais — et c'est ma seule certitude — que l'unique consolation de mes parents fut que j'aie survécu. Et pourtant — aussi longtemps du moins que je fus hanté par ce rêve — il dut rester en moi un sentiment profond de culpabilité pour avoir survécu, pour avoir échappé au massacre, pour n'avoir pas partagé le destin de mes parents — et de tout mon peuple.

ÉPILOGUE

Supposons que, pendant la Semaine Sainte, par exemple, tous les autels de toutes les églises et cathédrales du pays — des villes et des campagnes — se soient trouvés en une nuit ornés d'un immense portrait représentant un Juif de trente-cinq ans environ subissant le supplice de Jésus, ce n'eût été qu'un cri d'horreur et d'indignation. Car ainsi se fût révélée au grand jour toute la haine pour le Juif Jésus et tout le peuple juif qui se cache au plus profond des cœurs. Pour beaucoup, clercs et laïcs, princes de l'Église ou simples pasteurs, un tel portrait — imaginons qu'il s'agisse de la photo d'un jeune Juif prise en 1944, juste avant qu'il soit envoyé à la chambre à gaz — n'eût été qu'un horrible blasphème.

Ces paroles furent écrites par l'historien catholique autrichien Friedrich Heer et elles répondent, dans une large mesure, à la question que je me suis posée depuis des décennies :

Pourquoi a-t-il fallu que mes parents — Ernst et Stella Klaar — et les millions de ceux qui, comme eux, périrent écrasés comme de la vermine, pourquoi a-t-il fallu qu'ils meurent ? Qui est responsable ?

La première réponse qui vient à l'esprit est aussi simpliste qu'évidente : c'est la faute d'Adolf Hitler. Or, même si elle est vraie, la formule est creuse, vide — tout comme Hitler lui-même ne fut qu'un réceptacle prêt à accueillir les idées d'autrui.

Car Hitler ne fut jamais un novateur. Il ne fut que l'instrument terrible de toutes ces haines qu'il sut s'approprier : ce sont des haines accumulées depuis deux mille ans qui explosèrent à travers lui, comme du cratère d'un volcan jaillissent des masses de matière effervescente et incandescente, née de la terre en fusion après avoir été longtemps contenue dans les ténèbres souterraines.

La xénophobie à l'égard des Juifs existait bien avant l'époque de

Jésus, mais le poison, la haine même du peuple juif, commença quand les Pères de l'Église entreprirent de déjudaïser Jésus. Ils savaient qu'en le dépouillant ainsi de sa judéité, ils détruisaient en même temps son essence et son identité véritables. Car Jésus était juif, il vivait, prêchait comme un Juif et le Dieu qu'il priait et servait était le Dieu des Juifs.

Cela, ils le nièrent pourtant après sa mort, et de ce fait, ils portèrent à sa mémoire des blessures plus profondes et plus graves que celles qu'il avait subies dans son corps, sur la croix.

Car il n'est pas de crime plus grave que d'assassiner l'âme d'un homme et il pèse plus lourd encore sur la conscience humaine lorsqu'il s'agit d'un meurtre posthume perpétré sur une victime sans défense. Et nul châtiment n'est plus terrible que la honte qu'il fait naître dans l'âme des coupables.

Alors l'homme, qui se défend instinctivement contre cette culpabilité envahissante, se décharge de son péché sur ceux-là mêmes qu'il a blessés. C'est ainsi qu'ont agi les Pères de l'Église et bon nombre de leurs successeurs : ils ont dénoncé l'iniquité des Juifs, ils les ont peints avec le visage grimaçant du diable, et ils ont même fini par inventer un homme qui n'a jamais existé : un Jésus aux cheveux blonds, au parfait visage de Gentil.

C'est dans cette haine religieuse que prit racine l'arbre de l'antisémitisme. On chercha à exterminer les Juifs, mais parfois on leur accorda parallèlement une chance de salut s'ils acceptaient le baptême. Et c'est ainsi que le racisme antisémite devint un piège mortel : car, suivant sa propre logique — comme ce fut le cas sous Hitler —, il ne pouvait conduire qu'à l'extermination massive des Juifs.

Tout comme le terme « antisémitisme », le racisme antisémite fut une invention du XIXe siècle, une production de l'esprit nationaliste et chauvin qui commença à empoisonner l'Europe à la suite des guerres napoléoniennes.

Le grand poète et dramaturge autrichien Franz Grillparzer, qui fut le témoin de ce nouveau nationalisme et de sa signification profonde, l'a fort bien résumé dans une formule prophétique : « De l'humanitarisme au nationalisme et à la bestialité ».

L'idée de « solution finale » s'était en effet développée bien avant Hitler. A l'époque de l'affaire Dreyfus, en France, par exemple, Édouard Drumont accusa les Juifs d'avoir introduit la syphilis en Russie et suggéra qu'ils fussent tous jetés à la Seine. En 1935, l'antisémite Arthur Leese écrivait : « Il faut reconnaître que le moyen le plus sûr et le plus durable de se débarrasser des Juifs serait de les exterminer suivant quelque méthode humanitaire comme une chambre d'asphyxie. »

Il y en eut bien d'autres, dans toutes sortes de pays. Ainsi Paul de Lagarde, l'un des antisémites allemands les plus virulents du XIXe siècle, qui décrivit les Juifs comme une « vermine usurière » et suggéra de les exterminer comme on le fait « des trichines et des bacilles ». Lagarde fut l'un des auteurs favoris de Hitler et c'est à lui que ce dernier emprunta le terme de « vermine ».

Il faut bien le préciser : le racisme antisémite n'était pas un phénomène exclusivement allemand, mais international, et il l'est toujours. Cependant, c'est à l'Autrichien Hitler — qui ne devint jamais allemand, bien qu'il ne cessât de vociférer *Deutschland* aussi fort et aussi souvent qu'il le put — qu'échut de pouvoir utiliser l'efficacité et le sérieux des Allemands (aussi bien d'ailleurs que toutes les bonnes volontés qui, dans d'autres pays, ne demandèrent qu'à l'aider), pour mener à bien ce qu'un Lagarde et un Leese avaient suggéré.

Certes les Juifs ne furent pas les seuls à être exterminés ; ainsi des dizaines de milliers de Polonais et de Russes que nous pleurons aujourd'hui tout autant que les Juifs. Mais il subsiste toutefois une différence. Il n'entra jamais dans les intentions de Hitler d'exterminer tout le peuple russe ou tout le peuple polonais. Les Juifs seuls étaient promis au génocide total. Même les Tziganes, qui partagèrent leur destin dans une large mesure, ne furent pas tous condamnés à mort. Certains, qui avaient servi dans l'Armée allemande avant d'être envoyés à Auschwitz, purent retourner par la suite dans leur corps d'origine — après avoir accepté d'être stérilisés.

C'est parce qu'ils étaient Juifs que mes parents furent condamnés à mort, parce qu'ils appartenaient à ce peuple qui a donné naissance à Jésus et légué au monde un code moral sans lequel il ne saurait vivre.

L'Église enseigne que l'humanité tout entière est coupable du meurtre de Jésus sur la croix. Et l'humanité tout entière est coupable du meurtre de mes parents et des millions d'hommes, de femmes et d'enfants juifs disparus dans les chambres à gaz.

Les autorités internationales surent très tôt ce qui se passait. Elles eurent connaissance des exécutions massives en Pologne et en Russie, de l'utilisation du gaz exterminateur à Maidanek, Treblinka et

Auschwitz. Et dans le monde entier, nous, nous tous, avons laissé faire. Personne n'a rien fait. Nous n'avons rien fait.

Peut-être ce livre, qui raconte l'histoire véritable du désespoir d'un homme, l'histoire de la destruction d'une famille, aura-t-il un peu d'influence — si minime soit-elle — sur certains. C'est dans cet espoir qu'il a été écrit.

Faudrait-il, sinon, laisser pour toujours le dernier mot à Voltaire ? « L'Histoire ne se répète jamais, l'Homme si. »

ARBRES GÉNÉALOGIQUES

LES KLAAR

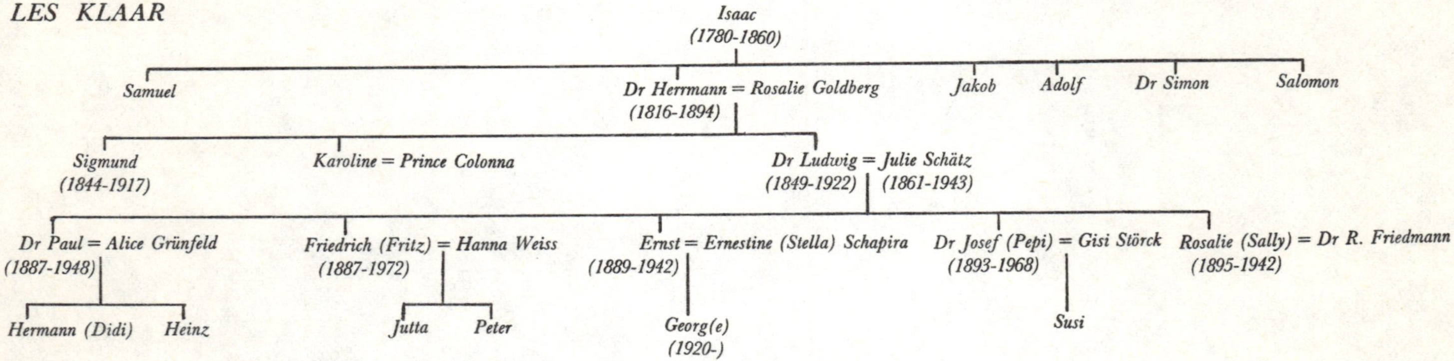

LES SCHAPIRA

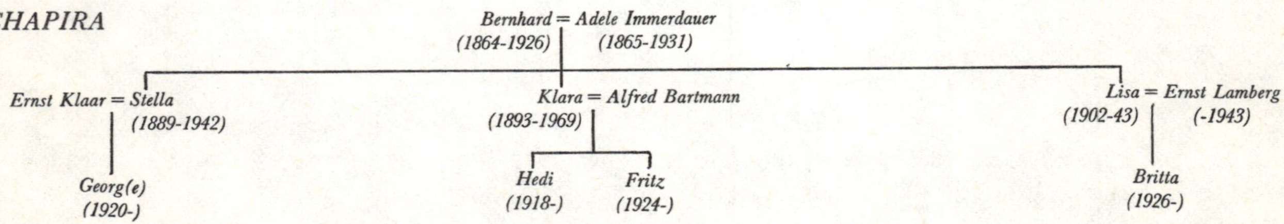

BIBLIOGRAPHIE

Adam, Uwe Dietrich : *Judenpolitik im Dritten Reich* (Droste, Düsseldorf, 1972).

Adler, Hans Günther : *Theresienstadt 1941-1945. Das Antlitz einer Zwangsgemeinschaft. Geschichte, Soziologie, Psychologie* (Mohr, Tübingen, 1955).

— *Die verheimlichte Wahrheit. Theresienstädter Dokumente* (Mohr, Tübingen, 1958).

— *Der verwaltete Mensch. Studien zur Deportation der Juden aus Deutschland* (Mohr, Tübingen, 1974).

Akten zur deutschen auswärtigen Politik 1918-1945. Aus dem Archiv des Deutschen Auswärtigen Amtes. Serie D, Band I. Von Neurath zu Ribbentrop (Sept. 1937-Sept. 1938) (Imprimerie Nationale, Baden-Baden, 1950).

Allmayer-Beck, Johann Christoph : *Die K. (u.) K.-Armee 1848-1914* (Vienne, Bertelsmann, Gütersloh, 1974).

Améry, Jean : *Jenseits von Schuld und Sühne, Bewältigungsversuche eines Überwältigten* (Klett-Cotta, Stuttgart, 1977).

Andics, Helmut : *Fünfzig Jahre unseres Lebens. Österreichs Schicksal seit 1918* (Molden, Vienne, Munich, Zürich, 1968).

— *Das österreichische Jahrhundert. Die Donaumonarchie von 1804-1900* (Molden, Vienne, Munich, Zürich 1974).

— *Der Staat den Keiner wollte. Österreich 1918-1939* (Herder, Vienne, Freiburg, Bâle, 1962).

Barea, Ilsa : *Vienna* (Weidenfeld & Nicolson, London, 1966).

Blumenkranz, Bernhard (éd.) : *Histoire des Juifs en France (Collection « Franco-Judaica » 1).* (Privat, Toulouse, 1972).

Botz, Gerhard : *Wohnungspolitik und Judendeportation. Zur Funktion des Antisemitismus als Ersatz national-sozialistischer Sozialpolitik* (Geyer, Vienne, Salzbourg, 1975).

Brook-Shepherd, Gordon : *Anschluss* (Macmillan, London, 1963).

— *The Last Habsburg* (Weidenfeld & Nicolson, London, 1968).

Clary-Aldringen, Alfons : *Geschichten eines Österreichers* (Ullstein, Berlin, Frankfurt-am-Main, Vienne, 1977).
Cole, Hubert : *Laval* (Heinemann, London, 1963).
Crankshaw, Edward : *The Fall of the House of Habsburg* (Longman, London, 1963).

Danzer, Alfons : *Unter den Fahnen* (Tempsky, Vienne, 1889).
Dimont, Max I. : *The Indestructible Jews* (Signet, New York, 1971).

Elon, Amos : *Herzl* (Weidenfeld & Nicolson, London, 1976).

Fest, Joachim C. : *Hitler* (Propyläen, Berlin, Frankfurt-am-Main, Vienne, 1973).
Fraenkel, Josef (ed.) : *The Jews of Austria, Essay on their Life, History and Destruction* (Vallentine, Mitchell, London, 1967).
Franzos, Karl Emil : *Die Juden von Barnow* (Hallberger, Stuttgart, Leipzig, 1878).
Friedell, Egon : *A Cultural History of the Modern Age* (Knopf, New York, 1930).
Fromm, Erich : *An Anatomy of Human Destructiveness* (Cape, 1974).
Fuchs, Albert : *Geistige Strömungen in Österreich.* 1867-1918 (Globus, 1949).

Gedye, George Eric Rowe : *Fallen Bastions* (Gollancz, London, 1939).
Grange, Henry-Louis de la : *Mahler* (Fayard, Paris).
Gunther, John : *The Lost City* (Hamilton, London, 1964).

Habe, Hans : *All my Sins* (Harrap, London, 1957).
Hasek, Jaroslav : *The Good Soldier Swejk* (Penguin, Harmondsworth, 1974).
Hay, Malcolm : *The Foot of Pride* (Beacon, Boston, 1950).
Heer, Friedrich : *Gottes erste Liebe* (Bechtle, Munich, Esslingen, 1967).
— *Das Wagnis der schöpferischen Vernunft* (Kohlhammer, Stuttgart, Berlin, 1977).
Hilberg, Raul : *The Destruction of the European Jews* (Allen, London, 1961).
Himmler, Heinrich : *Geheimreden 1933 bis 1945 und andere Ansprachen* (Propyläen, Berlin, Frankfurt-am-Main, Vienne, 1974).
Hitler, Adolf : *Mein Kampf* (Eher, Munich, 1925).

Jäckel, Eberhard : 'Hitler und der Mord an den europäischen Juden', *Frankfurter Allgemeine Zeitung,* 25 August 1977.
Jagchitz, Gerhard : *Der Putsch. Die Nationalsozialisten 1934 in Österreich* (Styria, Graz, Vienne, Cologne, 1976).

Kaindl, Friedrich : *Die Bukowina in den Jahren 1848-1849* (Pardini, Czernowitz, Vienne, 1900).
Kassner, Salomon : *Die Juden der Bukowina* (Loewit, Vienne, 1917).
Kochan, Lionel : *The Jew and his History* (Macmillan, London, 1977).
Kraus, Karl : *Die letzten Tage der Menschheit* (Kösel, Munich, 1970).

Lang, Jochen von : *Der Sekretär. Martin Bormann : Der Mann, der Hitler beherrschte* (Deutsche Verlags-Anstalt, Stuttgart, 1977).
Langbein, Hermann : *Menschen in Auschwitz* (Europa, Vienne, Zürich, Munich, 1972).

Lucacs, John : *The Last European War* (Routledge, London, 1976).

Maderegger, Sylvia : *Die Juden im österreichischen Ständestaat 1934 bis 1938* (Geyer, Vienne, Salzburg, 1973).

Magris, Claudio : *Der habsburgische Mythos in der österreichischen Literatur* (Müller, Salzburg, 1966).

— *Weit von wo, Verlorene Welt des Ostjudentums* (Europa, Vienne, Zürich, Munich, 1974).

Mann, Thomas : *Gedanken im Kriege (1915)*, in *Gesammelte Werke in 13 Banden, Bd. XII, Nachträge* (Fischer, Frankfurt-am-Main, 1974).

Marek, George Richard : *The Eagles Die* (Hart-Davis, London, 1974).

Mitchison, Naomi : *Vienna Diary* (Gollancz, London, 1934).

Molden, Fritz : *Fepolinski & Waschlapski* (Molden, Vienne, Munich, Zürich, 1976).

Moser, Jonny : *Die Judenverfolgung in Österreich 1938-1945* (Europa, Vienne, Munich, 1966).

Ottawa, Theodor : *Mein Österreichbuch* (Donauland, Vienne, 1953).

Pearlman, Moshe : *The Capture and Trial of Adolf Eichmann* (Weidenfeld & Nicolson, London, 1961).

Picker, Henry (ed.) : *Hitlers Tischgespräche im Führerhauptquartier 1941-1942* (Athenäum, Bonn, 1951).

Popper, Sir Karl : *Unending Quest* (Collins, Glasgow, 1976).

Pulzer, Peter G. Julius : *The Rise of Political Anti-Semitism in Germany and Austria* (Wiley, New York, 1964).

Qualtinger, Helmut and Herz, Carl : *Der Herr Karl* (Langen-Müller, 1962).

Reitlinger, Gerald : *The Final Solution* (Vallentine Mitchell, London, 1953).

Roth, Joseph : *Werke in drei Bänden* (Kiepenheuer & Witsch, Cologne, 1956).

Schnitzler, Arthur : *Jugend in Wien. Eine Autobiographie* (Molden, Vienne, Munich, Zürich, 1968).

— *Der Weg ins Freie*, in *Gesammelte Werke. Die erzählenden Schriften*, vol. 1 (Fischer, Frankfurt-am-Main, 1961).

Scholder, Klaus : *Die Kirchen und das Dritte Reich*, vol. 1 (Propyläen, Berlin, Frankfurt-am-Main, Vienne, 1977).

Schuschnigg, Kurt von : *The Brutal Takeover* (Weidenfeld & Nicolson, London, 1971).

— *Austrian Requiem* (Gollancz, London, 1947).

Speer, Albert : *Erinnerungen* (Propyläen, Berlin, Frankfurt-am-Main, Vienne, 1969).

— *Spandauer Tagebücher* (Propyläen, Berlin, Frankfurt-am-Main, Vienne, 1975).

Stern, J. P. : *The Führer and his People* (Collins, Glasgow, 1975).

Stewart, Desmond Stirling : *Theodor Herzl* (Hamilton, London, 1974).

Stoeger, Michael : *Darstellung der gesetzlichen Stellung der galizischen Judenschaft* (Kuhn und Millikowski, Lemberg, 1833).

Tietze, Hans : *Die Juden Wiens. Geschichte, Wirtschaft, Kultur* (Tal, Leipzig, 1933).

Villiers, Douglas : *Next Year in Jerusalem* (Harrap, London, 1976).

Wagner, Dieter and Tomkowitz, Gerhard : *Ein Volk, ein Reich, ein Führer! Der Anschluss Österreichs 1938* (Piper, Munich, 1938).

Waite, Robert G. L. : *The Psychopathic God — Adolf Hitler* (Basic Books, New York, 1977).

Warner, Geoffrey : *Pierre Laval and the Eclipse of France* (Eyre & Spottiswoode, London, 1968).

Watt, Richard M. : *The Kings Depart. The Tragedy of Germany : Versailles and the German Revolution* (Weidenfeld & Nicolson, London, 1969).

Weigel, Hans : *Karl Kraus oder Die Macht der Ohnmacht. Versuch eines Motivenberichts zur Erhellung eines vielfachen Lebenswerkes* (Molden, Vienne, Munich, Zürich, 1968).

Weinzierl, Erika : *Zu wenig Gerechte* (Styria, Graz, Vienne, Cologne, 1969).

Wistrich, Robert Solomon : *Revolutionary Jews from Marx to Trotsky* (Harrap, London, 1976).

Zweig, Friderike Maria : *Spiegelungen des Lebens* (Deutsch, Vienne, Stuttgart, Zürich, 1964).

Zweig, Stefan : *The World of Yesterday* (Cassell, London, 1943).

REMERCIEMENTS

Je remercie le Dr H. G. Adler, de Londres, qui m'a aidé à retrouver les sources concernant la politique nazie d'extermination des Juifs, et qui m'a mis en contact avec Mrs Gwyn Moser, de Vienne : elle a accompli pour moi un travail de recherche considérable et m'a aidé par sa collaboration et ses critiques constructives. Mrs Maria Bontoft a dactylographié mon manuscrit : mais elle a su également attirer mon attention sur les négligences qui avaient pu subsister dans le texte qu'elle tapait.

TABLE DES MATIÈRES

A la même librairie

Pierre ANDRIEU-GUITRANCOURT : *Histoire de l'Empire normand.*
Katherine ANTHONY : *La reine Elizabeth.*
Roland AUGUET : *Caligula ou le pouvoir à vingt ans.*
— *Le Juif errant.*
Sir Dunbar Plunket BARTON : *Bernadotte.*
Françoise BASCH : *Les femmes victoriennes.*
Roland BECHMANN : *Les racines des cathédrales.*
Victor BIBL : *Metternich.*
Katherine BLUNDEN : *Le travail et la vertu* (femmes au foyer et révolution industrielle).
Arno BORST : *Les Cathares.*
Henri BREUIL/Raymond LANTIER : *Les hommes de la pierre ancienne.*
Bruce CATTON : *La guerre de Sécession.*
Jean-Jacques CHEVALLIER : *Histoire de la pensée politique* (2 vol.).
Victor CHKLOVSKI : *Le voyage de Marco Polo.*
Norman COHN : *Démonolâtrie et sorcellerie au Moyen Age.*
— *Les fanatiques de l'Apocalypse.*
François COLLAVERI : *La franc-maçonnerie des Bonaparte.*
Egon César Comte CORTI : *Elisabeth d'Autriche.*
Pierrette DÉSY/John TANNER : *Trente ans de captivité chez les Indiens Ojibwa.*
A. ERMAN/H. RANKE : *La civilisation égyptienne.*
Rachel ERTEL : *Le roman juif américain.*
— *Le Shtetl. La bourgade juive de Pologne.*
Fanny FAŸ-SALLOIS : *Les nourrices à Paris au XIXe siècle.*
Carl FEDERN : *Mazarin.*
Marc FERRO : *Comment on raconte l'histoire aux enfants.*
James FÉVRIER : *Histoire de l'écriture.*
Léon FLEURIOT : *Les origines de la Bretagne.*
Claude GAIGNEBET : *Le carnaval. Essais de mythologie populaire.*
Charles GALLENKAMP : *Les Mayas.*
Philippe GOSSE : *Histoire de la piraterie.*
René GROUSSET : *L'Empire des steppes.*
— *L'Empire du Levant.*

Francis HACKETT : *Henri VIII.*
Claude KAPPLER : *Monstres, démons et merveilles à la fin du Moyen Age.*
Rafael KARSTEN : *La civilisation de l'empire inca.*
Georges LACOUR-GAYET : *Talleyrand* (3 vol.).
Henri LAOUST : *Les schismes dans l'Islam.*
T. E. LAWRENCE : *Les sept piliers de la sagesse.*
Georges LEFRANC : *Histoire du front populaire.*
Emil LUDWIG : *Bismarck.*
— *Guillaume II.*
Marianne MAHN-LOT : *Bartolomé de Las Casas et le droit des Indiens.*
Jean MARKALE : *Aliénor d'Aquitaine.*
— *Le roi Arthur et la société celtique.*
— *Isabeau de Bavière.*
— *Les Celtes et la civilisation celtique.*
— *La femme celte.*
— *La tradition celtique.*
Albert MATHIEZ : *La vie chère et le mouvement social sous la terreur* (2 vol.).
Aldo OBERDORFER : *Louis II de Bavière.*
Georges OSTROGORSKY : *Histoire de l'État byzantin.*
Georges PAGÈS : *La guerre de Trente ans.*
Jean PALOU : *La franc-maçonnerie.*
Françoise PARENT-LARDEUR : *Les cabinets de lecture (la lecture à Paris sous la Restauration).*
Henri B. PARKES : *Histoire du Mexique.*
Jean-Paul ROUX : *La religion des Turcs et des Mongols.*
A. THOMAZI : *Les flottes de l'or.*
Eric THOMPSON : *Grandeur et décadence de la civilisation maya.*
Arnold J. TOYNBEE : *Les villes dans l'histoire.*
Roland VILLENEUVE : *La mystérieuse affaire Grandier.*
— *Les procès de sorcellerie.*
G. VOLPE : *Le Moyen Age.*
Jean de VRIES : *La religion des Celtes.*
Hermann WENDEL : *Danton.*

Achevé d'imprimer le 2 mai 1984
sur presse CAMERON
dans les ateliers de la S.E.P.C.
à Saint-Amand-Montrond (Cher)

— N° d'impression : 769-532. —
Dépôt légal : mai 1984.

Imprimé en France